西方人文论丛

Collection of Western Humanities

The World of Signs

符号的世界

艾柯小说研究

A Study of
Eco's Novels

李静 ◎ 著

四川大学出版社
SICHUAN UNIVERSITY PRESS

图书在版编目（CIP）数据

符号的世界：艾柯小说研究 / 李静著. -- 2版. --
成都：四川大学出版社，2024.12
（西方人文论丛）
ISBN 978-7-5690-6646-3

Ⅰ．①符… Ⅱ．①李… Ⅲ．①艾柯－小说研究 Ⅳ．
① I546.074

中国国家版本馆 CIP 数据核字 (2024) 第 051404 号

书　　　名：符号的世界——艾柯小说研究
　　　　　　Fuhao de Shijie ——Aike Xiaoshuo Yanjiu
著　　　者：李　静
丛　书　名：西方人文论丛

出　版　人：侯宏虹
总　策　划：张宏辉
丛书策划：侯宏虹　张宏辉　余　芳
选题策划：曾　鑫
责任编辑：曾　鑫
责任校对：吴　丹
装帧设计：墨创文化
责任印制：李金兰

出版发行：四川大学出版社有限责任公司
　　　　　地址：成都市一环路南一段 24 号（610065）
　　　　　电话：(028) 85408311（发行部）、85400276（总编室）
　　　　　电子邮箱：scupress@vip.163.com
　　　　　网址：https://press.scu.edu.cn
印前制作：四川胜翔数码印务设计有限公司
印刷装订：成都金阳印务有限责任公司

成品尺寸：148mm×210mm
印　　张：9.5
字　　数：272 千字

版　　次：2017 年 1 月 第 1 版
　　　　　2025 年 3 月 第 2 版
印　　次：2025 年 3 月 第 1 次印刷
定　　价：58.00 元

本社图书如有印装质量问题，请联系发行部调换

扫码获取数字资源

四川大学出版社
微信公众号

前　言

2009 年博士毕业，迄今七年多了，有人说博士论文是人一生中写得最好的一部作品，回头看果然有理，那时候的专注与单纯，赋予博士论文一种青春的明晰和睿智。时隔几年，将并未过期的博士论文拿出来出版，心中充满的是一种安慰，因为青春并未荒废，这部著作就是说明。这部专著将保留博士论文的原样，基本不变，是对当年博士学习和研究的纪念。虽然后来对研究的主题和对象都有更为深入的拓展和探索（本人的国家社科基金西部项目"艾柯文学研究"的成果随后也将出版），但是博士论文是所有学术研究的起点，应将之作为自己学术生涯的第一部专著，希望为自己学术生命的诞生甚至重生树立一座纪念碑。在此，我再次感谢我的导师赵毅衡先生，是他将我领入符号学研究的领域，是他的悉心指导使我领悟到学术研究的价值和意义，也是他的谆谆教导使我明白了人生的价值和意义。

翁贝托·艾柯是意大利著名的符号学家，是当今世界最负盛名的知识分子之一。《剑桥意大利文学史》将他誉为 20 世纪最耀眼的的意大利作家，他的一系列学术著作和长篇小说受到了普遍的欢迎。博学小说是中西文学史上都有的一种小说类型，其包罗万象的百科全书式特征，在当今复杂多元的社会得到了新的发展。艾柯作为学者，其小说是典型的百科全书式博学小说；而他作为顶级符号学大师，他的小说充满了符号，因此，他的小说更是典型的符号学小说。

本专著的研究对象是艾柯的符号学小说，主要分析艾柯的五部长篇小说：《玫瑰之名》《傅科摆》《昨日之岛》《波多里诺》《洛安娜女王的神秘火焰》。艾柯是研究中世纪的著名的历史学家、哲学家、美学家和符号学家，但闻名世界的一个重要原因是他的小说家身份，他利用小说给世界提供了一幅幅魅力四射的图画。通过小说，他以感性的方式诠解了他的深奥难懂的理论，赢得了广泛的理解和认同。本专著从符号学的理论视角出发，运用符号学理论分析研究艾柯的长篇博学小说，以期给他的小说一个合理的符号学诠释。

本书共七章，包括导论、五部小说文本分析以及结论部分。

第一章导论首先梳理中西博学小说的传统以及这类小说在当前的发展，认为博学小说这一小说类型不仅在中西文学史上有着深厚的传统，而且随着社会和文学自身的发展，越来越呈繁荣之势。同时指出艾柯的小说是信息量巨大的百科全书式博学小说，艾柯是博学小说的集大成者。接着对艾柯做一宏观的介绍，从艾柯本人的经历到艾柯的符号学理论，从艾柯的诠释学研究到他的小说创作，给予一个整体性的观照。最后，导论部分将梳理国内外对艾柯的研究状况，并介绍选题的价值意义、研究方法、理论依据及论文创新之处。

第二章到第六章依次分析和论述艾柯的五部长篇博学小说，重点从符号学的理论视角进行讨论。这些章节之间既相互联系又自成一体，每一章都有自身的逻辑思路，而各章之间又有内在的联系。

第二章分析论述《玫瑰之名》中的能指与所指关系。该章共有五个小节，首先介绍《玫瑰之名》的出版情况、主要内容以及围绕着《玫瑰之名》的争论，接着从无名的修道院、无名的少女、无名的凶手以及无名的怪书四个方面来论述该部小说的能指与所指的关系。小说中的重要事物都没有名字，即能指缺失，能指缺失意味着所指无所依托从而毫无意义。因此，《玫瑰之名》是一部关于能指力量的小说，"玫瑰"的能指不断变化，无限衍义，直至最终失去能指，能指不在，所指也失去了存在的理由。

　　第三章分析论述《傅科摆》中的代码。该章共有六个小节。首先对《傅科摆》进行题解并介绍小说的故事内容，同时对代码理论进行论述。接着五个小节分别以巴尔特的五种代码即阐释代码、行动代码、语义代码、象征代码和文化代码为理论依据来具体分析小说文本。代码是艾柯极为关注的符号学概念，在《傅科摆》中，代码是极为突出的特点，小说从主题到结构、从人物到文化无不牵涉这个问题。这一章将按照艾柯和巴尔特的代码理论共同分析研究文本，宏观上以艾柯的代码理论为指向，微观上则以巴尔特的理论为具体分析的工具。

　　第四章分析论述《昨日之岛》中的隐喻和元小说技巧。该章共有四个小节。首先介绍《昨日之岛》的故事内容、主题意义，指出小说的符号学关注对象即隐喻，并对隐喻理论进行分析。接着分别从小说的修辞隐喻、文化隐喻两方面对小说进行分析。最后论述这部小说的元小说技巧。隐喻是艾柯始终关注的一个符号学核心概念，在小说中无处不体现着对隐喻的运用和探讨，而元小说作为后现代小说创作的一种基本方法和技巧，在《昨日之岛》中也被运用得出神入化。

　　第五章分析论述《波多里诺》中的符号和叙述化问题。该章共有四个小节。首先介绍故事内容以及艾柯的符号概念和当今学界的叙述转向问题。接着分别从符号和谎言两方面具体分析文本中的各种符号以及历史与谎言、真实与想象的关系。最后从叙述转向谈起，论述小说中对叙述化的具体体现和形象讨论。这部小说关注的两个问题即符号的概念和叙述化问题。艾柯关于符号学的名言是"符号可以是谎言"，小说以波多里诺以及他身边的人们发生的故事为其符号谎言论作例证，生动形象地演绎了符号的谎言本质，同时小说也探讨了叙述化问题，对历史进行了解构，体现出"历史是叙述性的"这一后现代主义历史观。这是一部典型的关于符号的符号学小说。艾柯将各种符号编排组合成生动的历史故事，是一部活的符号字典。

　　第六章分析论述的是《洛安娜女王的神秘火焰》，这是艾柯的最后一部长篇小说。该章主要论述小说中的失忆症和文本符号的双轴位移关系，具体分为五个小节。首先对《洛安娜女王的神秘火焰》进行题解，并介绍故事内容，接着分析失忆症与失语症和雅各布森的符号双轴理论的关系。第三节开始采用夹叙夹议的方式，从三个方面即失忆与符号双轴的平行位移、大众文化与符号的横向移动以及记忆与符号双轴的平行位移来具体分析阐释文本。指出随着记忆的变化，文本的符号双轴也呈现出相应的变化。

　　以上五章每一章都集中探讨一个符号学问题，即能指、代码、隐喻与元小说、符号与叙述化及符号双轴位移。但本书的分析论述却不限于这些问题，而是综合符号学理论进行全面的分析论证，既突出各章的特点，又兼顾全文的逻辑联系。

　　第七章是论文的结论部分，总结艾柯小说的总体特征。艾柯的小说除了符号学特征之外，还有几个其他方面的显著特征。首先总结艾柯小说的符号学特征，然后总结其他四方面特征：第一，除了《洛安娜女王的神秘火焰》之外，艾柯的其他四部小说都是以中世纪故事为主要内容，这一点体现了艾柯作为研究中世纪学者的强处。第二，艾柯的小说把互文性发挥到了极限，他的每一部小说都是书中之书，充斥着各种引文，这是艾柯博学的最重要体现。第三，艾柯的小说呈现出从结构到解构的模式和理念，他的小说看似有完整的结构主义特征，却在关键的位置展示出解构主义的思想，这一点体现了艾柯的思想变化。第四，艾柯的小说体现了在封闭中开放的理念，这是艾柯相对主义或者辩证主义思想的反映。

　　本书的主体部分采用艾柯以及其他符号学家如巴尔特、雅各布森的符号学理论，对艾柯的五部长篇博学小说进行文本细读和文本分析，同时也对其内容的博学性进行了分析，从中得出的结论是：艾柯的小说中到处都是符号学理念，他的小说是他的理论的生动演绎和形象阐释，也是当今最典型的百科全书式博学小说。艾柯小说的重要思想即事物在真实与谎言之间游移、滑动，一切具有不确定性；符号可以用来撒谎，谎言在某种意义上成为真实。这是艾柯作为符号学家的深刻观点，也是他的哲学观在小说中的渗透和精彩展现。本书总体呈现的是一种总分总的模式，分论部分采用并列的结构。

在中国，艾柯研究还远远不足，不仅对于他的理论，即使是对于他畅销世界的被誉为现代经典的小说，除了一些单篇的学术性论文，也还没有专门的研究论著。因此对于艾柯的研究，具有非常重大的学术价值和文学意义。

本书的创新之处在于：

第一，国内还没有对艾柯小说进行系统研究的专著，而艾柯又是如此值得研究，因此艾柯的选题既是本书的价值也是创新。

第二，从符号学角度来分析小说是一种新颖的研究方式。艾柯是著名的国际符号学大师，他的小说充满了符号，因此对其小说进行符号学阐释非常恰当，同时具有创新意义。

第三，艾柯是理论家和学者，他的小说含有大量的理论探讨和哲学思考，因而比较晦涩难解。本书应用他自己的理论来分析他的小说，既解读了他的小说，又研究探讨了他的理论，是一种创新的研究方法。

第四，学者型作家创作已经成为现代社会的一种特殊现象，博学小说是当今世界小说发展的一个趋势，对于学者型作家创作特征、对于博学小说文本的分析，是当前一个颇为有趣且颇具学术创新的课题。

艾柯在国际上如日中天，然而其在中国的研究却还刚刚起步。他对世界的影响深刻而且广泛，对他进行研究，将促进国内学界对艾柯的重视，促进中国在符号学和诠释学领域的研究，促进中国与世界的进一步交流，从而促进中国学术的发展。

目　录

第一章 导 论

第一节 中西博学小说传统与发展

一、引言

在中国传统小说中，有一类小说博学多识；在西方，此类小说更是屡见不鲜，这类小说内容驳杂。将多种学科的知识如历史、政治、宗教、神话、哲学、科学、技术、语言、文学等涵盖一起，英文中叫作 erudite novel 或者 encyclopedic-novel，我们也可以称这类小说为"博学小说"。博学小说这个类型，在中国文学史上实无此名称，鲁迅称这些小说是"才学小说"，夏志清称这类小说的作家是"学者小说家"（scholar-novelists）。现在有人称之为"学院派"小说，也有称"文人"小说、知识分子小说，还有称作"理论"小说、"智性"小说的。不过，至今对于这类小说的研究相对较少，陈平原的《小说史：理论与实践》一书虽然对中国小说的类型研究做了深入的探讨，但是竟无一处提到此类小说，甚至连鲁迅所说的"才学小说"一类也被忽略了，不能不得说这是一种遗憾。

那么，博学小说的基本特征是什么呢？它应当具备四个基本的特点。首先，作者要博学，作者是才子、学者。其次，是小说的叙述者或者人物是学者或有学问的人。再次，是从叙述层面讲，正常的叙述被打断，抛开叙述的逻辑大谈学问、知识和哲理。最后，是因为枯燥无味，常常让读者感到厌倦，不忍卒读。从严格意义上来讲，这四个方面的特点都具备的小说，如艾柯的小说，就是最典型、最完美的博学小说。而从宽泛意义上讲，只要这几个特点符合其中一点，均可算作博学小说之类。总体上讲，无论中西，只要是打通了各科知识、内容广博、知识丰富、上通天文、下知地理的小说都是博学小说。

这类小说中含有很多的知识和学问，这类写作可以说是一种智性写作。这一方面由于作者自身是学者，另一方面则因为小说人物或叙述者是学者或博学之人。小说在讲述故事的同时，经常抛开主要叙述线索，超出叙述要求而大谈知识、学问或者哲理智慧，使得读者望而生畏，这些是博学小说的主要特征。纵观古今，此类小说在中西小说发展史上都有痕迹，而且是源源不绝的一条鲜明的痕迹。从小说的兴起到当今小说的蔚为大观，中西文界向来不缺乏博学小说，其传统与发展源远流长。

二、博学小说传统与发展

（一）中国古典博学小说

在中国小说史上，博学小说有着深厚的传统。中国小说和西方小说一样，起源于神话传说。但是，中国的神话故事大多短小，小说也难以见到长篇。如魏晋南北朝的志怪志人小说，"唐人始有意为小说"，[①] 唐传奇（唐代小说），还是比较短。宋元时期是话本发展时期，后来有了话本小说，这是长篇小说的前身。到了明清，中国的长篇小说才真正变得空前繁荣。这个时期出现了一批博学小说。鲁迅在《中国小说史略》中曾将各类小说命名定义，把才子学者型的小说称为"才学"小说——以小说见才学者。[②] 实际上，这

---

① 鲁迅：《中国小说史略》，郭豫适导读，上海古籍出版社，1998年版，目录。
② 鲁迅：《中国小说史略》，郭豫适导读，上海古籍出版社，1998年版，第173页。

类才学小说即我们所谈的博学小说。鲁迅举有四例，即《野叟爆言》《蟫史》《燕山外史》《镜花缘》。夏敬渠的《野叟曝言》有天下"第一奇书"之称。它围绕文白——文素臣的发迹展开情节，是一部包罗万象的封建社会百科全书式作品，被鲁迅誉为以小说见才学者之首。夏敬渠（1705—1787），字懋修，号二铭，清代康、雍、乾时期人。他博通经史，旁及诸子百家、礼乐兵刑、天文算数之学，是个饱学之士。作品的主人公文素臣则是作者着力塑造的理想人物，他文武双全，品学兼优，是个极度有血性的真儒，不识炎凉的名士。

屠绅的《蟫史》二十卷，是中国小说史上最长的一部文言小说，但其卖弄学识，诘屈拗口，难以卒读。所以鲁迅在《中国小说史略》中说它"虽华艳而乏天趣，徒奇崛而无深意"。①《蟫史》的价值在于它在小说史上独具一格，鲁迅先生说："惟以其文体为他人所未试，足称独步而已。"②陈球的《燕山外史》叙述明永乐时窦生绳祖与绣州女子爱姑悲欢离合的爱情故事，别出心裁的是全篇三万余字，竟全以骈文写作。通篇四六，字字琳琅，句句珠玑，足见作者才华，是中国小说史上唯一的一部长篇骈文小说。被鲁迅称为"博物多识"之作的李汝珍的《镜花缘》继承了《山海经》《博物志》等古代地理博物小说并加改编，既讽刺时事，也呈现一定程度的乌托邦理想。作者用丰富的想象、幽默的笔调，运用夸张、隐喻、反衬等手法，创造出了结构独特、思想新颖的长篇小说，但是小说人物的个性不够鲜明，尤其后半部偏重于知识的炫耀，人物形象性不足甚至完全受到伤害。所以鲁迅说："论学说艺，数典谈经，

---

① 鲁迅：《中国小说史略》，郭豫适导读，上海古籍出版社，1998 年版，第 178 页。

② 鲁迅：《中国小说史略》，郭豫适导读，上海古籍出版社，1998 年版，第 178 页。

连篇累牍而不能自已矣。"① 这是学者型博学小说的一个通病，也是此类小说的典型特征。

鲁迅所言的"才学"小说是博学小说之一类，因为在这类小说中，作者通常是博学之士，小说不仅是在讲故事，更是博物多识，令人眼界大开。被鲁迅归为讽刺小说的《儒林外史》，是一部专写知识分子的博学小说，里面的人物个个能诗善赋，不乏大学问者，但是在清朝严酷的科举制度下，这些博学之士只能沦为社会的牺牲品。被称为晚清谴责小说的《老残游记》和《孽海花》，不仅含有深刻的哲理意义，更是无所不包的万花筒，也是博学小说的另一分支。

夏志清曾将李汝珍与吴承恩、董说、曹雪芹等人并称为文人（学者）小说家（scholar-novelists）："他们不以平铺直叙为足，每每加插些自创的寓言和神话……他们的主要的目的既在自娱……缀笔行文，确实有点玩世不恭……使他们更富创新性和实验性……李汝珍是这批文人小说家中最后一位……"② 《镜花缘》不必说了，吴承恩的《西游记》、董说的《西游补》都是学识渊博的经典之作，《红楼梦》更是一部包罗万象的封建社会的百科全书，中间的医药、服饰、饮食等写得极其专业，书中人物大部分是会诗词的，关于灯谜都写了那么多，诗词可以列成专辑。它的博学为大家所公认，毋庸置疑。

此外，古典小说中堪称博学小说的还有《平山冷燕》《合浦珠》《凤凰池》等。这些小说写的是才子佳人，他们常常才高盖世，诗词曲赋，无所不通。小说中常常以人物的才学作为故事发展的助推器，读者要具备一定的文化修养和学识，才能够读出其中的味道来，而对于普通的读者来说，这类小说实在没什么趣味。总的来

---

① 鲁迅：《中国小说史略》，郭豫适导读，上海古籍出版社，1998年版，第180页。

② 夏志清：《文人小说家和中国文化－"镜花缘"研究》，载《中国古典小说论集》幼狮月刊（1975）40卷第3期。

讲，中国的古典博学小说很多，传统是丰厚的，这为中国现当代博学小说的发展提供了基础。不过事实证明，这类小说并没有得到充分发展，这个"重智"传统几乎中断了，特别是在现代文学中。

（二）中国现当代博学小说

事实上，中国的现当代文学中确乎出现了博学小说，但是发展缓慢，没有那么强势有力。纵观现代文学史，几乎没有人可以称得上是博学的大师，更谈不上有博学小说。现代文学六大家"鲁郭茅、巴老曹"都没有写过类似百科全书的博学小说，不过还是有例外，那就是钱钟书先生。实际上，现代文学中除了钱钟书，几乎无人可以称为是博学小说家。钱钟书是现代中国社会独一无二、学贯中西的学者。他的小说之所以博学，是因为在他雄厚的知识支撑下，他的小说处处体现了大学者的智慧、思索，学术风味浓厚。此外，他的小说叙述复杂，杂糅各类修辞，令人目眩。钱钟书的最著名的《围城》，并不是一部简单意义上的小说，着意表现的是现代中国上层知识分子的众生相。钱钟书的借小说人物之口解释"围城"的题义：这是从法国的一句成语中引申而来的，即"被围困的城堡"。"城外的人想冲进去，城里的人想逃出来。"小说的整个情节，是知识界青年男女在爱情纠葛中的围困与逃离，而在更深的层次上，则是表现一部分知识分子陷入精神"围城"的境遇。他用隐喻象征的方式巧妙地揭示了人类时时处处面临的困境。《围城》的叙述并不完全紧贴人物性格与情节线索，钱钟书常常旁逸斜出，谈古论今，旁征博引。新奇的比喻、警策的句子层出迭见，使小说语言的知识容量大为增加，但有时枝蔓过多，有炫耀知识之嫌，不过这正是博学小说的特点。钱钟书的短篇小说，每一篇都可以说是哲理小品，将深沉的哲思融入俏皮幽默睿智的故事中，是钱钟书小说博学的体现。

自 20 世纪 80 年代以来，中国的文学创作有了很大的发展，改革开放使得中外文学进行了很多交流，很多作家受到西方文化的影响，产生了一些称得上是博学的小说。

格非的《欲望的旗帜》是较早以学院学者生活为主题的小说。该作品围绕20世纪90年代初期上海即将召开的一次学术会议而展开，描述了社会整体性价值伦理崩坍之后，困扰着人们的种种欲望以及这些欲望的变体。其中大量涉及哲学、神学和宗教的深奥问题，探讨的是人的存在意义和价值问题。

韩少功的《马桥词典》是当代一部典型的博学小说，曾经因为和塞尔维亚作家的《哈扎尔辞典》相似，被以剽窃罪名告上法庭。但是并无确凿的证据来证明两者本质的相同，荷兰的佛克马先生还为《马桥词典》辩护，说它在各方面都比《哈扎尔辞典》更为出色。当然，《哈扎尔辞典》也是一部从外形到内容都被称作百科全书的博学小说。美国评论家彼得·戈登（Peter Gordon）在《亚洲书评》中这样评价《马桥词典》："作品缺乏明显的情节，不过他采用的依然是叙述的方式。作者对作品的处理方式是迷人的和非常有技巧的。作品处处展示出叙述者对哲学、社会学、历史学的沉思，这些沉思并没有打断其中的叙述。作者描述了马桥这个地方传统文化与现代思想共存，马克思主义与乡下人信仰的冲突，书中栩栩如生的场景几乎让你可以触摸得到。"[①]戈登认为读这样的书如同观赏墙上的壁画。尽管每篇是独立存在的，但只有看到相当多内容的时候，才能搞清楚这部书写的是什么。《马桥词典》在语言上非常有趣，它探索了语言影响文化和思想的方法。事实上，《马桥词典》不仅可以用来作为研究民族语言学的材料，也可以用来作为研究人类学方面的材料，它的价值远远超出了小说的意义。

李洱的《花腔》是"百科全书式的小说"，各类知识的出场是这部小说最典型的特征。回忆录、报刊资料、历史事实、虚构叙事，各种知识混杂在一起尤其是关于"粪便学"的论述，是一篇非常专业的论文。它的文体形式、语言方式相当繁复，兼具历史学、社会学、医学和考据学等专业知识。小说叙事非常复杂，

---

① http://book.sina.com.cn/xiaoshuoxuankan/2004-03-12/3/50284.shtml.

是一种知识和历史的考据相结合的东西。这部小说不仅内容是百科知识型的，它的叙述方式也是崭新且富有创意的，叙事的象征化、多层次化，对历史阐释的多元化，产生了复杂而新鲜的阅读效果，由此获得了阅读空间的最大化。它对历史进行拼接与拆解组装，从多个角度进入，对历史和人物命运进行观察和描写。历史虽被叙事颠覆，但它的碎片都真实地散落到了人们心灵的各个角落。可以推断，作者是有意地、非常自觉地想要写出百科全书式博学小说。

另外，当代也出现了一些显示出博学倾向的优秀小说，如麦家的《解密》和《风声》。小说中不仅有侦探的味道，而且也充分运用各种叙述技巧，有一种博尔赫斯迷宫的气象。何大草的小说《盲春秋》以朱元璋女儿的视角来写当时的中外关系，历史、哲学、中西文化交流涉及面很广，有博学小说之倾向。2008年出版的邱华栋的《教授》，写的是大学校园内教授在当代社会激烈变动中的生活，内容涉及大量学术问题，是当代学院类博学小说。

中国的古典博学小说传统源远流长，丰富厚重，但是博学小说整体的发展状况是比较弱的。尽管中国的现当代小说中出现了关于/创作博学小说的努力和尝试，也有学者对此类小说进行初步的探究，如耿占春的《叙事美学——探索一种百科全书式的小说》（第三章专谈此类小说）①，但是在这个领域还比较匮乏和落后。对博学小说的探索、创作和研究是中国当代文学界的一件大事，这个智性写作传统的中断，不利于中国小说的深入发展和走向世界，这一点值得我们深思。

（三）西方早期博学小说

西方的小说也起源于神话史诗或英雄传奇，这些神话故事在西方非常发达，形成了自己的体系，而西方的小说从中汲取了营养。

---

① 耿占春：《叙事美学——探索一种百科全书式的小说》，郑州大学出版社，2002年版。

塞万提斯的《堂吉诃德》应该是比较早的一部博学小说。它不仅内容广博，是西班牙文艺复兴时期的历史画卷，而且叙事更是为人称道。特别是后现代以来，很多人认为它是"元叙事"小说，即随意抛开故事主线进行小说写法的讨论，类似元小说的写法。

18世纪启蒙主义的哲理小说，如卢梭的教育小说《爱弥儿》和柏拉图的《理想国》相提并论，虽然是小说，但是却被认为是哲学著作，对18世纪古典哲学特别是康德美学有很大影响。狄德罗的《宿命论者雅克和他的主人》《拉摩的侄儿》被称为"辩证法的杰作"，伏尔泰和孟德斯鸠的小说都是哲理小说。这些小说不仅哲理性强，而且很博学。

19世纪被誉为是"小说的世纪"，浪漫主义、现实主义等思潮将小说发展成了相当完善的文体，以至于还没到20世纪，有人已经开始说"小说死了"，但是小说是不可能死的。19世纪也出现了一些博学小说。如陀思妥耶夫斯基的复调小说《罪与罚》《白痴》等，都是讨论宗教哲理的博学小说。19世纪现实主义小说发展到极端，产生了自然主义小说，最著名的代表人物就是左拉，有人称自然主义文学为"左拉的文学"，他主张小说写生物遗传、科学实证，实际上非常偏离传统的现实主义小说。他的《卢贡－马卡尔家族》既是一部自然主义的史诗，也是一部典型的博学小说。

福楼拜的小说被誉为是现代主义的开端，他的小说风格受到了极大的推崇。他未完成的《布瓦尔与佩居榭》是一部百科全书式的博学小说。卡尔维诺认为这部小说是当代百科全书式小说的原型，并给予高度评价：

> 《布瓦尔与佩居榭》堪称今天我讲到的这类小说的原型，虽然该书的两位主人公穿越19世纪科学知识宝库而进行的悲怆而令人愉快的堂吉诃德式的旅行，在今天看来充满了灾难。对这两位单纯的自学者来说，每一本书都是一个新的世界，而且各个世界又相互排斥，让他们得不到一点确切的知识。他们尽管用尽心思，也未能从书本上学到才干。

如何理解这部未完成的小说的结尾呢？布瓦尔和佩居榭放弃了理解外部世界的企图，甘当一名抄写人员，决心一辈子抄写宇宙图书馆中的图书。难道我们应该得出这样的结论：布瓦尔和佩居榭的经历表明百科全书与空虚是一回事吗？然而，这两个人物的背后是福楼拜，他为了一章一章地写这两个人物的经历，需要了解各种知识并设计出一种供他的这两个人物摧毁的科学来。为此，他读农业书籍、种植蔬菜的书籍，读化学、解剖学、医学、地质学的等方面的书籍……他在1873年8月写的一封信中说，为此他读了一百九十四本书并做了笔记；1874年这个数字上升到二百九十四本；五年之后他对左拉声明道："我的阅读已经结束，写完这本小说之前我将不再翻开任何书籍。"可是在此后不久的文件中，我们又看到他在攻读有关宗教的书籍，然后又攻读教育学。教育学又迫使他去学习一些最使他伤神的科学。1880年1月他写道："您知道为这两个人物我啃了多少本书吗？一千五百多本！"

这部描写两个自学者涉猎百科知识的传奇，事实上反映了一项真实而伟大的创举：福楼拜自己变成了一部百科全书，以不亚于他那两个人物的热情掌握了他们力求掌握却未能掌握的全部知识。[①]

从这里看出，要写出百科全书小说，要写出博学小说，作者自己首先要博学。

19世纪中叶，美国的小说得到了很大的发展。麦尔维尔创作于1850—1851年的《白鲸》，一度被19世纪美国文学的大潮所淹没。经过半个多世纪的沉寂，当20世纪的人们用新的视角重新审视它时，这部史诗般的文学巨著就像深埋于古墓中的珠宝重见天日一般，放射出前所未有的璀璨光芒。如今它已成为世界文坛公认的

---

① 卡尔维诺：《美国讲稿》，萧天佑译，译林出版社，2008年版，第109~110页。

伟大杰作，被誉为"时代的镜子"和"美国想象力最辉煌的表达"。《白鲸》是一部融戏剧、冒险、哲理、研究于一体的鸿篇巨制。依托美国资本主义上升时期工业发达、物质进步的时代背景，作者将艺术视角伸向了艰辛险阻、财源丰厚的捕鲸业，以沉郁瑰奇的笔触讲述了亚哈船长指挥下的"裴廓德号"捕鲸船远航追杀白鲸，最后与之同归于尽的海洋历险故事。在与现实生活的相互映照中，作者寓事于理，寄托深意，或讲历史、谈宗教，或赞自然、论哲学，闲聊中透射深刻的哲理，平叙中揭示人生真谛，不但为航海、鲸鱼、捕鲸业的科学研究提供了丰富的材料，而且展现了作家对人类文明和命运的独特反思。这部表面看似杂乱无章、结构松散的皇皇巨著被冠以各种形式的名字：游记、航海故事、寓言、捕鲸传说、有关鲸鱼与捕鲸业的百科全书、美国史诗、莎士比亚式的悲剧、抒情散文长诗、塞万提斯式的浪漫体小说……它就像一座深邃神奇的艺术迷宫，呈现出异彩纷繁的多维性、开放性和衍生性，具有开掘不尽的恒久艺术价值，是博学小说完美的开端和代表。

卡尔维诺在他的《美国讲稿》里，列举了一系列百科全书式的小说家，如加达、穆西尔、普鲁斯特、诺瓦利斯甚至马拉美，还有福楼拜、雷蒙·凯诺、托马斯·曼，以及20世纪最伟大的作家詹姆斯·乔伊斯。

（四）西方现代后现代博学小说

博学小说真正地繁荣发展是在20世纪。20世纪前半期是所谓的现代派时期，现代派思潮纷呈，象征、表现、超现实、未来主义、意识流、存在主义等各种迥异于传统小说的流派迭起，而博学小说奠基性的作品当属乔伊斯的《尤利西斯》。乔伊斯想创作一部系统的、百科全书型的、按照诠释学可作出多种解释的小说（他把《尤利西斯》的章节名称与人体的部位、艺术的种类、颜色及符号加以对比，编了一些符号对照表）。其实他这部小说应该是一部写作风格的百科全书，讲他如何一章一章地写作《尤利西斯》，并把这部著作的多样性纳入另一部著作《为芬尼根守灵》的语词之中。

自然还有普鲁斯特的《追忆似水年华》，这部小说和《尤利西斯》一起被称为 20 世纪的两大奇书。

而萨特的存在主义小说如《恶心》等，可以和 18 世纪的哲理小说并论，也和后来的哲理小说如昆德拉、卡尔维诺等人的小说一脉相承。到了后现代时期，各种思潮流派更是多样，新小说、黑色幽默、垮掉的一代、元小说、魔幻现实主义等，使得文学界一时花团锦簇，纷繁复杂。

托马斯·品钦是一位比较有代表性的后现代博学小说家。他是麦克阿瑟奖和布克奖获得者，并几度获得诺贝尔文学奖提名。他的小说和非小说作品都包含着丰富的意旨、风格和主题，涉及（但不仅仅限于）历史、自然科学和数学等不同领域。品钦最著名的长篇小说是他的《万有引力之虹》，出版于 1973 年。这是一部复杂的含沙射影的小说，结合并详述了他早期作品的许多主题，包括偏执狂、种族主义、殖民主义、阴谋、共时性和熵。该书衍生出许多注解和评论资料，包括两篇导读、研究书籍和学者论文、在线索引和讨论，它被认为是美国后现代主义文学的典型文本之一。

这部小说眼界极为开阔，且往往别具风格地使用颇具幽默的夸张，并在对从物理、化学、数学、历史、宗教、音乐、文学和电影各领域中汲取的素材之处理上显示出一种令人印象深刻的博学。或许为了与这本与工程学知识如此关系密切的书相适应，品钦《万有引力之虹》最初的草稿是用一种整洁、小巧的笔迹写在工程用方格纸上的。《万有引力之虹》描述了许多种类的性变态，比如性虐待、嗜粪癖和触手侵犯的极端情形，以及在许多情节中对药物滥用的特写，比可卡因、天然迷幻剂、毒蝇蕈中提炼的毒蝇碱，尤以对吸食大麻的描写为多。《万有引力之虹》尤其得益于品钦的数学背景：在一个情节中，他将吊袜腰带的几何形状与座堂尖顶作类比，均被描述为数学奇点。各学科知识的混杂造就了这部博学小说。

《葡萄园》是品钦自其代表作品《万有引力之虹》推出 17 年后的第一部作品，被评论者称为与前一部作品同样令人震惊，同样千变万化，同样有趣。小说以少女普蕾丽寻找母亲的流亡生活为线索，以 20 世纪 80 年代为背景描写了 60 年代的社会生活，涉及摇滚乐、毒品、性、越战、学生运动等一系列现象与事件，将现代主义、后现代主义和现实主义手法糅合在一起，可以说是作者在小说创作方面达到的高峰。

品钦是少数正牌博学小说家之一，因为他的每部小说几乎都很博学，涉及各方面的知识，尤其是科学。他经常探讨人类性欲、心理学、社会学、数学、自然科学和技术领域的问题。他最早的短篇小说之一《低地》（1960）特别写到了关于沃尔纳·海森堡不确定原理的沉思，将之作为讲述个人经验的隐喻。在另一篇早期的小说《玫瑰之下》（1961）中，赛伯格的时代背景被错误地设置在维多利亚时代的埃及（这种写作风格被称作"蒸汽庞克"）。这个故事被品钦做了重大改写后出现在《V.》的第三章。品钦的最后一部短篇小说《秘密融合》（1964）是一个关于一群面临美国种族融合政策的年轻男孩的青春故事，它敏感地把握住了时代的脉搏。在小说的一个情节中，男孩试图以数学方法理解这个新政策，这是他们用以理解这一命令的唯一熟悉的方法。《叫卖第 49 组》（1966）同样提到了熵和通信理论，并包含一些对微积分学、芝诺悖论和以麦克斯韦妖之名为人所知的思想实验的戏仿和借用。与此同时，小说也探讨了同性恋、独身生活以及医学上认可但违反法律的迷幻剂使用。《梅森和迪克逊》（1997）探讨了理性时期的科学、宗教及社会文化基础，同时在错综复杂的叙事中将真实历史人物和小说人物联系在一起。与《万有引力之虹》一样，该书是历史编纂元小说的一个典型范例。

美国盖伊·戴文坡的《采薇》和《康科德奏鸣曲》，虽然篇幅比较小，但长文短写，是真正的博学小说。他被称为"学者型短篇小说艺术大师"。卡尔维诺、昆德拉写的则是哲理博学小说。

南美曾经有"文学爆炸"之说，博尔赫斯的中短篇小说对于整个世界文学的影响都是巨大的，例如他的《交叉小径的花园》《死亡与指南针》等。

　　阿根廷作家胡里奥·科塔萨尔的《跳房子》，被誉为南美的《尤利西斯》，是一部充满阅读挑战的巨著，它甚至包含着现代主义、后现代主义的一切写作技法。它为读者安排了两种以上的读法：传统的、现代的以及科塔萨尔向读者发出的"合谋者"阅读方法，即读者自己挖掘出的第三种、第四种乃至无穷的读法。科塔萨尔在繁复的长句间毫不吝啬地炫耀着他的博学，从植物学、爵士乐到古罗马史，甚至中国的刑罚等知识都有所涉及……各个门类知识的陈列，让整个故事充满反讽性的特征，仿佛所有的知识和话语都在进行着自我拷问，拷问存在的合理性。事实上，对整部小说的阅读始终是自我拷问的过程，就连拷问本身都将面对拷问。这部充满"哲学思辨色彩"的小说在某些时刻甚至会具备精神上的疗效。需要指出的是，科塔萨尔实际上是想通过《跳房子》来实现对语言焦虑的克服和对詹姆逊所说的"语言的囚笼"的个人突破。按照科塔萨尔自己的说法，整个《跳房子》都是通过语言构成的。换句话说，存在着一种对语言的直接进攻。

　　无论从哪方面来说，这部被古巴文论家阿鲁法特称为"把悲戚痛苦与幽默诙谐融合一体的，令人忍俊不禁却又荒诞不经的悲喜剧巨著"，都具有一部伟大作品所必备的"不可归类性"，或者说与诸种范式的"不可通约性"。因此构成了一种能量无穷、跨界跳动的巨大的精神财富，而这种不可归类性和不可通约性正是其成为博学小说的因素。同时，它又是一部有理想的小说，它最大的理想正是让南美成为南美本身。它是对欧洲价值的一次抽离，在小说的方式上，南美获得了它的经典与诠释。

　　乌拉圭作家多明盖兹的《纸房子》也是一部学者型博学小说，文字简洁流畅，叙述手法看似平淡，情节铺展却步步为营。从一个剑桥大学女教授布鲁玛的车祸死亡开始，几乎每个段落都藏着神秘玄机，有如一部惊悚的侦探小说。穿梭其间的经典书名、作家之名、巨细靡遗的注解，以及各种特殊的阅读仪式与偏执的藏书癖好，不但丰富了我们的视野，也给我们阅读带来莫大乐趣。但多明盖兹的终极企图，是透过隐藏其间的人性追逐和结尾的爱情悲剧，来嘲讽学者的傲慢身段、藏书家的僵化思维。

佩雷茨的《生活：使用说明书》、富恩斯特和拉什迪的某些作品也属此类。

值得一提的是，女性作家对于百科全书式博学小说的兴趣有增无减。如英国女作家拜雅特的《隐之书》是一部学院气息浓厚的博学小说，被称作"理念小说"。拜雅特自己是学者也是大学老师。故事从文学研究助理罗兰偶然发现夹于一部古旧图书中的两封情书开始，引领读者沿着"维多利亚时代著名诗人"艾许断断续续的足迹，逐渐接近历史的真相。该书融作家名著、各种典故、文化寻根、历史悬疑、学术计谋、凄美爱情于一炉，呈现出"荡气回肠的大师作品"的紧张刺激与悲伤惆怅。

博学小说在西方虽是一个亚文类（subgenre），但在这个文类下面诞生了许多的故事，且西方一直没有间断这个传统。相比中国的博学小说，西方的发展势头迅猛，远远超乎我们之上。随着西方社会的发展，作者和读者的共同要求更高，这个传统进一步得以壮大。从我们一系列的例证可以看出，这类小说在西方越来越呈繁荣之势，甚至有成为小说界的领衔角色和主流文类的趋势，其发展前途难以估量。

三、博学小说的主要类型

（一）学院小说

博学小说大部分都和学院有关，学院小说是博学小说最大的一支。因为博学的作者经常是学贯中西的学者或教授，而他们写的小说经常发生在学院里，人物多为学院中人，他们的故事必定大量讨论知识和学问。因而博学小说某种意义上就是学者小说或学院派小说。学院小说作为一种独特的叙事，表面上反映的只是学院小世界的光怪陆离，其深层则是对知识分子的精神群像与学术图像的一种深刻思索。前面我们谈到钱钟书和格非的学院小说，在西方这类小说可以说是层出不穷。

戴维·洛奇的系列学院小说赢得了广泛的兴趣和认可。在他出版的 12 部长篇小说中，包括"卢密奇学院三部曲"的《换位》《小世界》《作者，作者》等，大部分是学院博学小说。《小世界》最为经典，《小世界》采用类似"圣杯传奇"的结构，让许多人物进行漫长的旅行，在不同的地点、不同的聚会中频频相遇，发生纠葛。在戴维·洛奇的笔下，学者的目光不再局限于书本，而是张开双眼，在世俗社会中寻找满足，他们频繁穿梭于世界各地，表面为了学术交流，实际上是追逐名利，寻欢作乐。小说中巧妙地穿插了许多文学典故、新潮理论，对人性、文化冲突、宗教与人生、婚姻与爱情等古老命题做了入木三分的分析，并借用侦探小说中的悬念，通过隐喻、寓言和象征丰富想象空间，令读者震撼不已。

《文学部唯野教授》是日本著名作家筒井康隆于 1990 年发表的长篇小说。这篇小说带着一种科幻或者超现实的氛围，故事讲述的是一所大学教授之间的权利争夺与家长里短，主人公唯野每周都会讲授一门文学理论的课程。小说分为九章，每个章节前半部分是传统的故事叙述，后半部分则是他在该周文学理论课的讲义。一本书下来，除去构造了一个有些荒诞却不乏幽默的故事外，也详细地讲述了印象批评、新批评、形式主义、现象学、阐释学、接受美学、符号学、结构主义、后结构主义的相关知识。小说描写的对象是被称为象牙塔而不被一般人所了解的大学内幕，主人公是大学教授，叙述形式是以西方文学理论讲义为纲，而作者更是在序中坦言，希望读者们可以利用 1‰ 的时间轻松地阅读，成为对文学批评、文学理论相对了解的人。多方面的因素使本书成为典型的学院博学小说。

再如纳博科夫的《普宁》，索尔·贝娄的《赫索格》《洪堡的礼物》等都是学院博学小说。如前所述，其特征是作者是大学教授，写的是学院学者生活。

（二）侦探小说

比较著名的学术侦探小说家是阿瑟·伯格。阿瑟·伯格的学术荒诞系列小说引起了读者的广泛兴趣。《一个后现代主义者的谋杀》是一部奇怪的作品——半是混乱的小说，半是哲学的小语。故事的主要情节如下：一位被称为"后现代主义之父"的美国加州大学教授艾托尔·格罗奇在自己家的餐厅里被人同时用四种方式谋杀了。当时在场的有他的妻子、同行专家和作家、女研究生、女访问学者等人，他们正在帮助教授筹备召开后现代主义学术会议。侦探亨特进行调查时陷入了这帮后现代主义者的话语迷魂阵。到最后，侦探的结论也是"后现代"式的——谁都没有杀他。

阿瑟·伯格的《涂尔干死了——社会学理论另类读本》以小说的形式写社会学理论。来自19世纪和20世纪最重要的社会学家和社会思想家杜波依斯、涂尔干、弗洛伊德、齐美尔、比阿特丽斯·韦布和马克斯·韦伯等出席在伦敦举行的一次学术讨论会。在会前的一个晚会上，发生了学者斗殴、珠宝失窃、涂尔干失踪等一系列可怕的案件，杰出的私家侦探福尔摩斯和他忠实的搭档约翰·华生博士介入了这群社会学家，展开调查。社会学家纷纷向福尔摩斯讲述他们的社会学理论，并展开了激烈争论。女权主义、种族理论、精神分析等社会学流派在这里激烈交锋，充满了智慧、思想和幽默。终于，这场扑朔迷离的案子真相大白。

阿瑟·伯格的最新学术荒诞小说《哈姆雷特谋杀案——文学批评理论另类读本》，以侦探小说写文学批评理论。书中的主要人物除了亨特探长外，都是研究莎士比亚的学者，他们分别代表了心理分析批评、马克思主义批评、女性主义批评、结构主义批评、社会学批评、接受美学批评和传统的文学批评。20世纪是批评的世纪，文学批评理论空前繁荣，各种流派都为解读文学作品提供了一种视角或方法。作者巧妙地把这些批评理论编织到了他的谋杀小说中，让每个流派都面对《哈姆雷特》发言，让他们互相辩难、互相揭短，最后又走向毁灭。读者可以在轻松愉快的阅读中了解西方

20世纪文学批评理论的概貌，并对文学理论的认识上升到一个新的高度。这本书也不乏独立的文学价值，作品充满了喜剧性的揶揄和戏拟，常常令人捧腹。作者以夸张的手法揭示了各种批评流派的局限，也顺带讽刺了当今学术界的一些荒诞现象，勾勒出一幅文学教授的众生相。

《学术会议上的惨案——大众传播理论另类读本》是阿瑟·伯格最新一部滑稽凶杀推理小说，这是一部集推理、理论和讽刺于一体的作品。小说描述了五位大众传播理论教授以特邀演讲者的身份，出席一个关于大众传播的专题研讨会。就在让-乔治·西缪尔教授结束其精彩的演讲之时，悲剧发生了，他被人从后背用刀捅死了。悲剧从此开始，五位教授在阐释了各自的传播理论之后，一个接一个神秘地走向死亡。小说从头到尾颇具悬念，情节扑朔迷离，扣人心弦。巧妙的是，作者通过五个杀人嫌疑犯的叙述从五个不同角度，向读者展示关于大众传播的各种不同理论，从符号学、传播过程、传播中的对话因素、重大传媒事件到沉默螺旋理论等。

曾经风靡一时的丹·布朗的《达·芬奇密码》是一部非常好看的侦探博学小说，既混合了谋杀、解谜、悬疑、追捕等常规的畅销要素，又加进了大量艺术史、宗教史、象征学等文化佐料。令人惊叹的是，他把那些高级调味品洒得恰到好处，丝丝入味，与惊心动魄的故事完全融为一体。《达·芬奇密码》结合了宗教、艺术与符号学，主角兰格顿又是个类似印第安纳·琼斯的智能型英雄，全书情节紧凑、人物鲜活，作者在传统的推理情节之中，添加特定的科学背景。因而有些书评家称此类作品是"必须拿着百科全书对照参考"的推理小说，我们可以称之为侦探博学小说。帕慕克的《我的名字叫红》也是侦探博学小说，叙述一群细密画家勾心斗角要找出杀害同行画师的凶手的故事。《黑书》以侦探推理的方式开展一个追寻文字和身份的旅程。而艾柯的小说全部包含着侦探小说的元素，特别是《玫瑰之名》。

（三）历史小说

王小波的《青铜时代》是历史博学小说的代表。王小波的文学创作独特，富于想象力、幻想力，更不乏理性精神，特别是他的"时代三部曲"。"时代三部曲"由三部作品组成，分别是《黄金时代》、《白银时代》、《青铜时代》。在整个三部曲系列中，故事跨越各种年代，展示中国知识分子的过去、现在和未来的命运。这组作品的主人公，是古代的知识分子和传奇人物。他们作为一群追求个性、热爱自由、想按自己的价值观念精神信条生活的人，充满了强烈的创造欲望和人道需求，但被当时的权力斗争控制和扭曲了心态与行状，竟将智慧和爱情演变为滑稽闹剧。《青铜时代》是其"时代三部曲"之三，是以中国古代唐朝为背景的三部作品构成的长篇小说。作者在这部长篇中，借助才子佳人、夜半私奔、千里寻情、开创伟业等风华绝代的唐朝秘传故事，将今人的爱情与唐人传奇相拼贴，使唐人传奇现代化，在其中贯注现代情趣，并通过对似水流年的追述，让历史与艺术相融合，浩繁博大，华美绮丽。

帕慕克的《我的名字叫红》和《黑书》是侦探博学小说，但是实际上也可叫作历史博学小说。《我的名字叫红》写的是1590年末的伊斯坦布尔，是一部奥妙的历史博学小说。国王苏丹秘密委托制作一本伟大的书籍，颂扬他的生活与帝国。四位当朝最优秀的细密画家齐聚京城，分工合作，精心绘制这本旷世之作。此时离家12年的青年黑终于回到他的故乡——伊斯坦布尔，迎接他归来的除了爱情，还有接踵而来的谋杀案。《黑书》是一部迷宫般叙事繁复的小说，而其主题则呈现出意义的网络化格局。作者融情节、故事、历史、虚构文本、自传成分等于一炉。各种元素交叉并存，形式和主题都体现出鲜明的原创性。《黑书》着眼于现当代土耳其历史，即20世纪60年代至80年代之间的土耳其。政治之演进、思潮之纷争、理念之嬗变，都以极其戏剧化的方式在小说中得以呈现。小说塑造了一段活生生的历史、一段当代人的历史，因而在土耳其国内非常流行，也备受争议。《黑书》以极其宏阔的视角、包罗万象的内容、推理小说式的结构，以及普鲁斯特式的叙事质感，堪称帕慕克最有野心的作品，是一部不可多得的博学小说。这是一部伟大的小说，堪称作者集大成的作品。

（四）哲理小说

昆德拉是最著名最典型的哲理小说家，他的小说都不算长，却包含了无比的哲学思想。他是最喜欢借小说阐释哲理的作家，在《生命中不能承受之轻》中，他探讨了"轻与重""灵与肉"，生命中的"偶然与必然"等关系，而这些都是著名的哲学命题。书中昆德拉用他哲人的深邃、小说家的细腻，把人生的坚果一个个敲开了让人看。昆德拉最喜欢犹太民族的一句谚语："人类一思考，上帝就发笑"。但无疑，他时刻都在思考，他的大多数作品写的都是善于思考的知识分子生活。昆德拉善于以反讽手法，用幽默的语调描绘人类境况。他的作品表面轻松，实质沉重；表面随意，实质精致；表面通俗，实质深邃而又机智，充满了人生智慧。他的小说如《玩笑》《笑忘录》《生命中不能承受之轻》《不朽》一直到后来用法语写成的《慢》和《身份》等，都是哲理丰富的博学小说。

博尔赫斯是阿根廷当代最重要的小说家，对拉丁美洲文学有深刻的影响。博尔赫斯的小说创造了一种新的流派。这种流派，评论家或称为"极端主义"，或称为"宇宙主义"，或称为"卡夫卡式的幻想主义"。我们称之为哲理博学小说。概括起来，它有四大特点，即题材的幻想性、主题的哲理性、手法的荒诞性、语言的反复性。在《死亡与指南针》一书中，博尔赫斯嘲弄世人迷恋规律的文化理念，断案者一味从犹太教的历史暗雾中去推究事物的因果关系，未料凶犯正是利用那些宗教传说布设迷障，而一切只是始于走错房间的偶然事件。其实，历史未尝不是走错房间之后的将错就错，面对那些因果倒置的文化诠释，博尔赫斯含而不露的微笑中永远带有哲学的沉思。在他最重要的作品《小径分岔的花园》中，无限中的偶然便是一个叙述主题，而如此形而上学的探讨竟采用侦探推理的悬疑手法加以表现，不能不说是一桩有趣的文学实验。他不仅将艺术与哲理熔铸一体，也每每将不同体裁和叙述手法熔于一炉，在他眼里，小说压根就是一种没有文体界限的东西。

卡尔维诺的许多作品都是哲理幻想小说，奇特和充满想象的寓言作品使他成为20世纪最重要的意大利小说家之一。卡尔维诺钟爱童话这一艺术形式，熟稔童话的特征、手法，自然也偏爱在小说中运用童话的手法来写现实的人和事。《我们的祖先》是这一艺术手法占主导地位的标志。《我们的祖先》三部曲由《分成两半的子爵》《树上的男爵》《不存在的骑士》三部小说组成。三部曲没有一个共同的人物或共同的情节脉络来把它们连缀，但共同的思想内涵、共同的艺术探索把它们合成一个有机的整体，即这三部小说都采用童话的手法来表现当代社会里的人被摧残、苦苦追求自身的完整性的遭际。20世纪70年代问世的三部具有后现代派创作风格的小说《看不见的城市》《命运交叉的古堡》《寒冬夜行人》，则更进一步确立和完善了卡尔维诺的独特的创作风格：过去与现在相结合，内心世界与外部世界相结合，幻想与现实相结合。尽管他自己认为他不是哲学家，但他的小说无疑可以作为哲理小说来读。

博学小说的主要类型有以上几种；但是，实际上，真正的博学小说是难以归类、不可通约的，它们常常是涵盖了一切类型、含有多方面内容、采用多种写作技法、可以有多种读法的小说。当今世界文坛博学小说的集大成者无疑是意大利学者型作家——艾柯。他的小说容纳了多种学科的知识，属于典型的博学小说，在我们探讨的博学小说类型中，每一种类型都可以找到他的影子。艾柯的小说就是本书的研究对象。

第二节 研究对象——艾柯的符号学小说

一、多种身份的艾柯

翁贝托·艾柯（Umberto Eco，1932—2016）是意大利著名的符号学家，是国际符号学界的权威，更是当今世界著名的公共知识分子。他的哲学、美学、符号学、诠释学著作，是他成为一代大师的明证。《剑桥意大利文学史》将他誉为 20 世纪最耀眼的意大利作家，他的一系列学术著作和创作受到了普遍欢迎。然而，艾柯为人所知、声名远扬更多的是源自他的一系列百科全书式长篇博学小说。他的小说风靡全球，艾柯也因之成为学者小说家的典范，可以说他是当今世界最为博学的小说家之一。他在国际学界如日中天，然而在中国得到的研究却还刚刚起步。他对世界影响深刻而广泛，有关他的研究，将促进国内学界对于艾柯的重视，促进中国在符号学和诠释学领域的研究，促进中国与世界的进一步交流，从而促进中国学术的发展。

艾柯的世界辽阔而又多重，除了随笔、杂文和小说，还有大量论文、论著和编著，研究者将其粗略分为 8 大类 52 种[①]，包含中世纪神学研究、美学研究、文学研究、大众文化研究、符号学研究和阐释学研究等。而艾柯最引人瞩目的，是他在多个世界间轻松游走的能力，还有那不保守也不过激的精神。正是这种能力和精神，使他既感兴趣于最经院主义的托马斯·阿奎那，也热衷于最现代主义的詹姆斯·乔伊斯；既强调阐释的力量，又担心过度阐释的危害；既能使作品成为行销全球、印数千万的畅销书，也能吸引研究者写出大量的论文和专著。

---

① 根据艾柯研究的权威网站、博洛尼亚大学设立的"Porta Ludovica"统计。

1932 年 1 月 5 日，艾柯诞生于意大利西北部皮埃蒙蒂州的亚历山大。这个小城有着不同于意大利其他地区的文化氛围，更接近于法国式的冷静平淡而非意大利式的热情洋溢。艾柯不止一次指出，正是这种氛围塑造了他的气质："怀疑主义、对花言巧语的厌恶、从不过激、从不做夸大其词的断言。"① 艾柯的父亲是一名会计师，祖母达观幽默，从她那里艾柯获益良多。当时的意大利天主教氛围浓郁，自 20 年代兴起的新托马斯运动方兴未艾，以至于艾柯在 13 岁就参加了意大利天主教行动青年团，在方济各修会做过一段时间的修道士。正是这段经历使他接触了天主教的哲学核心——托马斯主义。后来，艾柯进入都灵大学哲学系学习，在美学教授、存在主义哲学家路易斯·帕莱松（Luigi Pareyson）的指导下，于 1954 年完成了博士论文《圣托马斯的美学问题》，经过修改的论文于 1956 年出版，更名为《托马斯·阿奎那的美学问题》（*The Aesthetics of Thomas Aquinas*，1956），初步奠定了他作为"中世纪学者"（medieval scholar）的地位。

就在大学毕业的那一年，由于一批左倾的青年学生与教皇发生矛盾，艾柯与天主教行动青年团决裂，研究的重点也从托马斯·阿奎那转向詹姆斯·乔伊斯。毕业后不久，艾柯进入了新闻传媒的世界，在位于米兰的意大利国营广播公司找到一份工作，负责编辑电视文化节目。这份工作为他从传媒角度观察现代文化提供了平台。同时，他开始与一批前卫的作家、音乐家和画家交往。5 年之后，他离开电视台，到米兰的一家期刊社当了非文学类栏目编辑，这份工作他做了 16 年之久。这期间，他也为另外几份报刊撰稿、开设专栏，成为意大利先锋运动团体"63 集团"（Group 63）的中流砥柱。艾柯的这些杂文作品起初与罗兰·巴尔特的风格比较接近，但在研读了巴尔特的著作之后，深感"无地自容"，于是转向更为综合的风格，将前卫文化、大众文化、语言学和符号学融为一体。在

---

① Allen B. Ruch: A Short Biography of Umberto Eco. See Porta Ludovica.

1962 年，他发表了成名作《开放的作品》（*The Open Work*，1962），凭借此书成为意大利后现代主义思潮的主将。

1964 年，罗兰·巴尔特发表《符号学原理》，标志着符号学进入新阶段。同年，麦克卢汉发表《媒体论》，为学术界开辟了媒体符号学研究的新领域。也是在这一年，艾柯发表了论著《启示录派与综合派——大众交流与大众文化理论》（*Apocalyptic and Integrated Intellectuals：Mass Communications and Theories of Mass Culture*，1964），自觉尝试使用符号学方法研究媒体文化问题，这标志着他已经站在了意大利学术界的前沿。此前，他已经在都灵、米兰、佛罗伦萨等地的大学讲授美学，从 1964 年开始，他成为米兰大学建筑系教授，讲授"可视交往"（Visual Communication）理论，关注建筑中的"符号"问题，也就是建筑传达特定社会与政治含义的方式。1965 年，他的论文《詹姆斯·邦德——故事的结合方法》发表于法国符号学阵地《通讯》杂志上，意味着他已经跻身于以罗兰·巴尔特为核心的符号学阵营。同一时期他又将《开放的作品》中有关詹姆斯·乔伊斯的部分修改出版，是为《混沌宇宙美学：乔伊斯的中世纪》（*The Aesthetics of Chaosmos：The Middle Ages of James Joyce*，1966）。这种将《007 系列》与《芬尼根守灵夜》平等对待的态度，显示出艾柯非同寻常的广阔视野。

到 1968 年，《不存在的结构》（*The Absent Structure*）出版，这是他数年研究建筑符号学的成就，也是他第一部纯学术化的符号学著作，奠定了他在符号学领域内的重要地位。进入 20 世纪 70 年代，艾柯的成就进一步获得了国际学术界的肯定。1971 年，他在世界最古老的大学博洛尼亚大学创立了国际上第一个符号学讲座；1975 年发表符号学权威论著《符号学原理》（*A Theory of Semiotics*，1975，英文版本在 1976 年出版），并成为博洛尼亚大学符号学讲座的终身教授；1979 年用英文在美国出版了论文集《读者的角色》（*The Role of the Reader：Exploration in the Semiotics of Texts*，1979）。此外，艾柯还在美国西北大学（1972）、耶鲁大学（1977）、哥伦比亚大学（1978）等著名院校授课，作为符号学家声名远扬。

早在1952年，艾柯已经有意写作一本名为《修道院谋杀案》的小说，但直到1978年3月他才正式动笔。他将小说背景放在自己非常熟悉的中世纪，并从一篇中世纪的散文作品中找到合适的题目。1980年，长篇小说《玫瑰之名》（*The Name of the Rose*）出版，出版商原计划印刷3万册，没想到销量很快达到200万册，迄今则已经翻译成35种文字，销售了1600万册。"玫瑰之名"使"艾柯之名"蜚声世界，跻身于第一流的后现代主义小说家之列。有意思的是，《玫瑰之名》一出，各种研究论文和专著源源不绝，特别是关于"玫瑰之名"的阐释几乎构成了一场20世纪末期的"阐释大战"。由于艾柯此前就关注"开放的作品""读者的角色"等问题，对阐释学颇有心得，加之一直关心研究者对自己作品的分析，所以他不断站出来澄清、挑战或是回应，于是有了《〈玫瑰之名〉备忘录》（*Reflections on the Name of the Rose*，1984）、《诠释的界限》（*The Limits of Interpretation*，1990）等专著。最著名的事件是，1990年剑桥大学丹纳讲座（Tanner Lectures）就阐释学问题邀请艾柯和著名学者理查德·罗蒂（Richard Rorty）、乔纳森·卡勒（Jonathan Culler）以及克里斯蒂娜·布鲁克－罗斯（Christine Brooke－Rose）展开辩论，最后结集为《诠释与过度诠释》（*Interpretation and Overinterpretation*）在1992年出版。作为小说家的艾柯继《玫瑰之名》以后，又陆续发表了四部长篇小说，于是他成了当代著名的小说家。

由中年步入老年的艾柯视野愈加扩大，在学科与学科之间、历史与现实之间、学院与社会之间游刃有余地纵横穿梭。作为学者的艾柯一方面修改完善了自青年时代起就深为关注的中世纪研究；另一方面继续完善其符号学－阐释学理论，延伸或部分修正了昔日的观点。他陆续发表了《符号论与语言哲学》（*Semiotics and the*

Philosophy of Language，1984)、《完美语言的探索》 (*The Search for the Perfect Language*，1993) 等专著，编著了近二十本书籍，并先后在哥伦比亚大学（1984）、剑桥大学（1990）、哈佛大学（1992—1993）、巴黎高等师范学校（1996）等一流名校讲学，还获得了全世界二十多个大学的名誉博士称号。与此同时，作为公共知识分子的艾柯也极为活跃，先后发表了《带着鲑鱼去旅行》(*How to Travel with a Salmon*，1992)、《康德与鸭嘴兽》(*Kant and the Platypus*，1997)、《五个道德断片》(*Five Moral Pieces*，2001) 等亦庄亦谐的杂文集，甚至为儿童写了两部作品。自1995 年始，更是积极投身于电子百科辞典的编修工作，主持了《十七世纪》和《十八世纪》部分，并在各地发表题为《书的未来》的长篇演说。

二、艾柯的理论

（一）美学

艾柯的美学观点主要体现在他的《托马斯·阿奎那的美学问题》中，这是他的博士论文修改而成，艾柯师承意大利美学家帕莱松。从他那里得到的收获是形式（forma）的概念和解释的概念。解释的概念，后来经由在《开放的作品》中将其进一步发挥，而形成了"开放的作品"这一观点。但形式的概念在其处女作《圣托马斯的美学问题》中可以看到它的影响。

意大利与法国相同，是一个天主教信仰氛围浓厚的国家，甚至比法国有过之而无不及。前边已经提到艾柯曾参加意大利天主教行动青年团。因为天主教的哲学核心是托马斯哲学，所以，艾柯研究托马斯似乎也没有任何不可思议。而且，在 1920 年以后，已经掀起了一场要在现代生活中有效利用托马斯教义的运动，即被称作新托马斯主义的运动。艾柯的研究也顺应了这股潮流，但是他和新托马斯运动保持着一定的距离。艾柯对托马斯的美学研究主要有三个方面，第一点是美的超脱性问题，无论谁要论述托马斯的美学，都不能回避与美的超脱性有关的问题。艾柯也认为，毫无疑问，对托马斯来说，美是超脱的概念。

有关托马斯提出的美的三个标准的论述，是艾柯着墨最多的问题，很能表明年轻艾柯的思维方式。托马斯认为美需要三个方面，并列举如下：第一是整体性（integritas）或者完善性（perfectio），第二是恰当的比例（proportio）或和谐（consonantia），第三是光辉（claritas）。

艾柯尤其看重比例，对此加以详细研究，而且，着眼于比例的各种形式中的一种，把其他一切形式的比例都看作据此产生。所谓这个形式就是比例，有着生动的统一性。这一点很重要，因为艾柯认为，所谓整体性或者完善性，最终与上述意义上的比例同义。正因为如此，艾柯说了如下一段话："事物的美，即指事物的完善性或存在的丰盈。比例的超脱性规则成为其完善性的系数，正是这一超脱性规则才使该事物成为具有机构化秩序的有机体。在这纯粹的、作为形式的侧面（正是它在美学上才引起关注）上，所谓完美的事物是整体而比例化了的事物。除此之外再不需要其他什么东西。我们面临的是在存在论上已准备好判断为美的、被完善的形式。"[1]

在有关美的两个标准——比例和完善性的解释中，已经间或可以看到帕莱松的影响。事实上，艾柯论及了将要形成的形式（forma formans）和托马斯所讲的完善性的相近意义，将要形成的形式体现了引导形成过程的整体性。这样一来，一般认为以美为基础的形象也和帕莱松所讲的形式无多大区别了。当然，形象和形式这两个词在意大利语中都用 forma 来表示。还有一个美的标准，即光辉这个标准。所谓光辉，只能是作为现实形态下的比例和完善性。于是，艾柯对光辉最终下了如下定义：光辉成为一种形式的传

---

[1] 筱原资明《埃柯——符号的时空》，徐明岳、俞宜国译，河北教育出版社，2001年，35页。

达原理，它因与看（事物）对象相关联而得以使其本身被现实化。

总之，他认为比例、整体性、光辉这三个美的标准，只能是"形式能够从整体上把握的三个方法"。关于艺术问题，对托马斯美学来说，艺术就不会有自律性存在的资格，其有关形式或者形象的美学就不会被作为独立于艺术之外之物来对待。对于艾柯所理解的托马斯来说，美必须通过理性结构来把握。对于托马斯的研究，形成了艾柯美学的基本观点，到后来，艾柯虽然不再研究托马斯，但是在很多作品里照样运用其美学思想，再后来，他也并没有放弃美学研究，而是经常在杂志上发表关于美学问题的论文。

（二）符号学

意大利符号学诞生于 20 世纪 60 年代中期。1964 年巴尔特发表的《符号学原理》被意大利学界视为新时期符号学宣言书。正是这本小册子将语言符号学理论外推至非语言的其他文化系统，刺激了对一般记号系统理论的兴趣。当时主持电视美学讨论的艾柯，在法国结构主义思潮影响下，走上了一般符号学理论建设的道路。在符号的意指作用和通信作用之间、在结构主义和行为主义之间采取折衷主义立场，既是意大利符号学研究的一般倾向，也是艾柯一般符号学理论的认识论和方法论基础。而世界符号学学科的建立和符号学思想的发展都与艾柯所提出的一般符号学理论直接相关。《符号学理论》（1976）在西方学术界一直备受推崇，这不仅是由于该书与同类书相比更具系统性，而且还因为这位勇于创新的学者提出了一整套超越前贤的理论见解。在这部理论著作中，艾柯对符号学所作的分类一直被西方学术界公认为是有关这一问题的最为全面的表述。

艾柯建议将任何依据事先确定的社会规范可以视为代表其他某物的事物都界定为符号。他认为符号分为三大类：一是自然事件类，人们用此类中的项目进行认知活动，如从烟认知火的存在；二是人为符号类，人们用此类中的项目与他人通信；三是古意性（或废弃性）和诗意性符号类，这是文艺性表现的特殊活动。对于符号学的分类问题，艾柯按照对象或符号的性质异同原则，尽量广泛地把自然和文化的通信过程分门别类地纳入符号学领域。他开列了一个详细的符号学门类清单。艾柯在 20 世纪 70 年代中期列举的这份符号学分类清单虽然不完全，彼此的分界原则也未予以明确说明，但列举的内容均在不同程度上属于当代符号学的研究领域。

关于一般符号学的设想，艾柯认为应考虑到代码理论和符号生产理论。代码理论和符号生产理论之间的差异，并不对应于"语言"和"言语"、能力与运用、句法学（及语义学）与语用学之间的区别。从原则上讲，意指符号学蕴含代码理论，而交流符号学蕴含符号生产理论。代码是一种意指系统。当依据潜在规则，用实际诉诸接受者感觉的东西代表他物时，存在着意指。意指系统是一种自动符号学系统，它具有抽象的存在方式，而不取决于任何促成其事的潜在交际行为。相反（刺激过程除外），每种指向人们或介于其间的交流行为——甚或任何其他生物或机械智能机制——都把意指系统预设为其必要条件。

在索绪尔书中已出现过代码一词，当时索绪尔用其指 langue 的属性（按艾柯的解释）或 langue 本身（按马丁内解释）。按此词在语言学中的这种原始用法，可大致解释为任何主题的一个规则系列，包括语言规则系统。在现代语言学中代码概念的流行首推雅各布森之功，他在 1956 年的《语言基础》一书中引用了几年前申农等在信息论中使用的这个词，并将其与从信息论借用的另一概念"信息"（message）并用。与此同时，列维—斯特劳斯将其用于文化人类学研究，此时它被明确地理解为规则、系统、结构等，以强调每一文化现象的产生都是受规则制约的。而且语言现象和文化现象有同构性，二者均受同一代码制约。艾柯借助代码模型来建立其一般符号学的意指关系规则系统，他通过生动的工程学例子说明了意指系统和通信过程的关系，其中，最典型明了的例子是"水闸模式"。在该模式里，代码是保证特定电信号能产生特定机械信息，并由此引起一种特殊反应的手段。

20世纪符号学研究的方向大致可以分为三大类：语言学的、非语言学的和折中的。它们彼此的立场区别主要是语言结构是否应成为非语言文化现象的模型或"蓝图"。在考察语言结构和非语言现象的意指结构问题时，重要的是文化对象结构的分节方式问题。所谓"分节方式"（articulation），即诸部分之间的联结方式、组接方式。按照马丁内的理论，语言是由两个分节层组成的，即由有意义指示性的层次（第一分节层）和仅作为物质支持成分的无意义指示性的层次（第二分节层）共同构成。而如果一些非语言对象确实具有隐在的语言结构，那么它们首先应当也含有双层分节。艾柯认为，符号系统的联结方式多种多样，远不限于双层，而且一些符号系统并不具有分节联结结构，此外，诸可能的联结层次之间的结合方式也各有不同。艾柯针对非语言现象，提出了六种符号分节类型（即由各种各样的组接方式形成的符号类型）。所谓符号生产理论，就是关注那些为生产和译解符号、信息或文本而需要的各种劳作及其相互作用所引起的结果。

关于符号的定义，艾柯认为，符号是"从能指角度替代他物的东西"，而这种"他物"既可存在也可虚构，所以符号学是"研究可用以说谎的事物"的学科。[①] 艾柯对符号的热爱始于中世纪研究。按照艾柯的同道人、苏联符号学家洛特曼（Lotman）的分析，中世纪文化结构有高度的符号性，把各种事物都看成表达某种更重要的东西的符号，这种文化蔑视物质，重视符号和它表征的东西。所以，欲理解中世纪必须先理解它神秘复杂的符号体系。经过中世纪美学研究和当代文化研究两个阶段之后，业已形成的开放而综合的美学观要求艾柯全面地、深层地将这两个领域"打通"，而作为"工具"的正是最小的"文化单元"（cultural unit）——无所不在的"意义"。艾柯追求"符号学的科学化"，所以他的符号学理论是

---

① 乌蒙勃托·艾柯：《符号学理论》，卢德平译，中国人民大学出版社，1990年，第5页。

从传统的语义分析开始的，但和莫里斯追求"纯化主义"不同，他提倡"综合主义"，艾柯认为：语义分析问题不得不越出语言范畴而诉诸文化语境，也就是说语义要受制于历史的、社会的各种惯约，即"文化场"。所以，在学术界，艾柯的符号学理论被称为"历史符号学"，也叫"文化逻辑学"。

（三）诠释研究

艾柯在研究抽象而艰深的符号学理论的同时，也对当时学者少有涉猎的大众文化进行了研究，比如超人、小红帽、007系列、柯南·道尔等，但他并没有将文化价值等级模式化，按照他自己的话说："对米老鼠的仔细分析有利于理解为什么普鲁斯特比较复杂。"[①] 通过对经典作品、大众文学和先锋文学的通盘考察，在1979年发表的论文集《读者的角色》中，艾柯提出了几个颇具深度的问题，比如"开放的作品"与"封闭的作品"、"普通读者"与"经验读者"，[②] 这也标志着他正式进入阐释学领域。

作为后现代主义大潮中的一员，对多元化的肯定，对终极意义的消解，对主体性的提倡，一直都是艾柯各种学说的主要特征，所以他自然是支持阐释，支持"开放的作品"中的"读者角色"。但是面对当代批评晦涩、神秘、牵强附会、学院气浓等弊端，面对后现代主义的"后遗症"极端虚无主义，他毅然在《阐释的界限》及《阐释与过度阐释》中提出"过度诠释"的问题。在他看来，如果诠释者的权利得到了过分夸大，种种离奇又无聊的阐释便可能毫无节制地一拥而上，这就是"过度阐释"，是"阐释的癌症"。他指出：批判对于文学的阐释不是无限的，丧失了鉴定的尺度必将导致阐释的失控，无限的衍义只能扰乱文本的解读。批评的尺度应该是作品，批评阐释的是文本本身所隐含的意图（the textual

---

① 皮埃尔·邦瑟恩等：《恩贝托·埃科访谈录》，张仰钘译。《当代外国文学》，2002年第3期。

② 艾柯等：《诠释与过度诠释》，王宇根译，生活·读书·新知三联书店，1997年版，第26页。

intention），也就是文本在文化习惯和阐释传统中所获得的规定性。事实上，某些阐释的确比另一些阐释更为合理或者更有价值，因为一方面作者让读者去完成作品，另一方面作品本身已经提出了"合理的、具有明确方向和一定组织要求的种种可能"①。

从历史的角度看，艾柯个人的学术史是后现代主义思潮下的产物，有着深刻的后现代印记，有着其他各学说的折光，现象学、存在主义、大众文化、语言学、阐释学、符号学、文化人类学、新历史主义……皆在他的研究范畴之中。从某种意义上说，20 世纪一波未平一波又起的种种思潮，并不是互不相干的机械运动，而是有机联系的整体，在振荡和摆动中前行。由于置身于后现代浪潮之中，后现代的特征——对多元化的肯定、对终极意义的消解、对主体性的提倡——自然成为艾柯诠释学的主要特征，这也就是他始终主张"诠释"的理论来源。而与此同时，后现代主义中的诸问题，成为艾柯诠释学必须面对的诸问题，最核心的问题便是后现代的"后遗症"：虚无主义。

如果说后现代思潮通过带来自由和权力而使诠释活动变成了一场快乐轻松的游戏，那么，同样一种自由和权力在没有限制的情况下，不仅会把诠释引向虚无之境，也会把游戏变成"不能承受之轻"。与其他后现代主义者诸如理查德·罗蒂（Richard Rorty）相比，艾柯虽然深谙游戏之道，却比较注意"度"的把握，对"狂热"及"狂热"之下潜藏的"权力欲"始终抱有怀疑的眼光。

艾柯对过度诠释进行了追本溯源式的研究，将其上溯到神秘主义——诺斯替主义（Gnosticism）和罗塞克卢主义（Rosicrucism）。诺斯替主义是希腊晚期和基督教早期流行的一种哲学和宗教的混合体系，它以神秘主义为核心，强调得救的条件在于获得"诺斯"。"诺斯"（nous）是一个希腊词，常被翻译成"心灵"或"理性"，

---

① 艾柯等：《诠释与过度诠释》，王宇根译，生活·读书·新知三联书店，1997 年版，第 68 页。

与中国的"心"的概念类似，属于非常重要而又非常难以翻译的关键性术语。[①] 罗塞克卢是一种十分关注超自然的神秘符号与现象的神秘主义思想体系，擅长于挖掘"字面涵义下面的深层含义"，虽然始于 17 世纪，但直至今日仍有余绪。[②] 在艾柯看来，诺斯替主义和罗塞克卢主义代表了一种西方诠释传统：一种知识类型越是隐秘不宣，人们就越是觉得它神乎其神；你越是一层层揭开其神秘的面纱，解读出隐秘的编码，人们反而越是觉得它深不可测。而潜藏在这种诠释传统下面的，是一个共同的心理原因：人们对显而易见的意义往往持一种怀疑与轻蔑的态度。[③] 艾柯指出：在神秘主义者的心目中，文本的一字一句后面都隐藏了另一种秘密意义，另一种未曾明言的内涵，而诠释的使命便是竭尽全力在文本的帷幕后搜索那个并不存在的终极答案，这种心理基础，就是过度诠释的土壤。构成过度诠释的动力的，还有诠释者的权力欲——诠释者的能力、地位和尊严，取决于他的"解谜"本领，显而易见的意义是如此唾手可得，这对他们的地位和智力都是一种致命的浪费与损伤。[④]

就因为有了虚无之中的这一点坚守、消解之中的这一点理性，形成了艾柯不同于他人的"中庸"的态度，造成了他要为诠释"设限"的思想基础。客观地说，艾柯的诠释学由开放向相对保守的转化，是对"后现代之后"的"价值重建"趋势的顺应。

在 20 世纪 90 年代以后发表的众多论著中，艾柯的诠释学取向逐渐明晰，那就是支持诠释，反对过度诠释。他并没有放弃多元主义的观点，因为唯有多元主义才会分散权力、维护自由、反对专

① 安德鲁·洛思：《神学的灵泉——基督教神秘主义的起源》，游冠辉译，中国致公出版社，2001 年，第 30 页。

② 艾柯等：《诠释与过度诠释》，王宇根译，生活·读书·新知三联书店，1997 年版，第 65～76 页。

③ 艾柯等：《诠释与过度诠释》，王宇根译，生活·读书·新知三联书店，1997 年版，第 11 页。

④ 艾柯等：《诠释与过度诠释》，王宇根译，生活·读书·新知三联书店，1997 年版，第 11 页。

制，所以并无单一的"文本中心""读者中心"或"作者中心"，诠释活动理应是多中心、多角度、多层次的，也就是说没有唯一的诠释，只有合理的诠释。同时，他也没有让诠释放任自流，颇有新历史主义色彩的"文化逻辑学"观念，就是为诠释加上的一条底限。在他看来，批评诠释的是文本本身所隐含的意图，某些诠释的确比另一些诠释更为合理或者更有价值。一方面，作者让读者去完成作品；另一方面，作品本身已经提出了"合理的、具有明确方向和一定组织要求的种种可能"。这无疑是一种有弹性的观念，是其思想成熟的体现而不是相反。

三、艾柯的小说

艾柯除了大量的理论论著外，文学创作已是他生活的一部分，或者是他学者生活以外的生活方式。他给自己的定位是：一个大学教授，在星期六和星期天也会写小说；或者也可以这样说，"我是一个在星期一到星期五在大学里教书的作家"。"做学者是我的工作，但是让我快乐的事情是做一个作家。"不过他又说："在我这里，记者、作家和教授是一体的。"他给杂志写过专栏，尝试过不同的文学体裁如散文，《小记事1》即《误读》，《小记事2》即《带着鲑鱼去旅行》，他写过童话故事，写过很多文学评论，当然最著名的是他的小说。

事实上，早在 20 世纪 50 年代，艾柯就有意创作小说，实际上他写小说的念头可追溯更远，在《我如何写作》（*How I Write*）一文中他曾说过他在 15 岁时就尝试写小说，但直到他将近 50 岁时他才真正开始写小说①。因为到这时候，他"发现心中有许多话无法用理论表述，必须求助于小说"②。1994 年，艾柯在哈佛大学进

---

① Illuminating Eco，*On the Boundaries of Interpretation*，Edited by Charlotte Ross Rochelle Sibley. Published by Ashgate Publishing Company，2004. P172.

② 昂贝托·埃科《玫瑰之名》，林泰、周仲安、戚曙光译，重庆出版社，1987 年版，前言。

行了一系列的小说专题讲座，结集为《悠游小说林》（*Six Walks in th Fictional Woods*），这本书阐发了艾柯的小说观及其对于小说由衷地热爱。艾柯认为，"每一个虚构世界都是现实世界的寄生虫，虚构世界以现实世界作为背景"。人们经常"把生活读成小说，或把小说读成生活"。他要和小说签署议定书，永远不离开小说之林，因为"正是从小说中，我们才能找到赋予自己存在意义的普遍公式"①。艾柯的文学观和创作观体现在他的作品中，而最能说明他文学观的是他的文学专论《论文学》（*On Literature*）。2002 年，艾柯将自己关于文学的论述结集出版为《论文学》一书，这部文集既有文本细读，又有理论阐发。艾柯从文学的功能谈起，谈到具体作家的具体作品，从《失乐园》到《共产党宣言》，从乔伊斯到王尔德，从圣经到博尔赫斯，论及风格、象征、形式中的缺陷、互文反讽和阅读层面，谈到诗性、美国梦以及谎言在历史中的力量，最后谈到自己如何创作小说——创作的动机、程序、习惯、灵感等，在最广泛的意义上总结和概括了艾柯的文学观和创作观。由此看出，艾柯在进行创作的同时，不忘理性分析，有着高度的理论自觉性。

从第一部畅销小说《玫瑰之名》（*The Name of the Rose*，1980）开始，艾柯迄今已出版了七部长篇小说，即《玫瑰之名》、《傅科摆》（*Foucault's Pendulum*，1988）、《昨日之岛》（*The Island of the Day Before*，1994）、《波多里诺》（*Baudolino*，2001）、《洛安娜女王的神秘火焰》（*The Mysterious Flame of Queen Loana*，2006）、《布拉格公墓》和《试刊号》。而每一部小说的出版都能引起不小的轰动，尤其是《玫瑰之名》长期占据欧美各地图书排行榜前列，1985 年，《玫瑰之名》改编为电影后，连获意大利和法国电影文学大奖，更是受到读者的狂热追捧，各种研究

---

① 安贝托·艾柯《悠游小说林》，俞冰夏译，生活·读书·新知三联书店出版社，2005 年版，第 98、124、149 页。

性论文令人眼花缭乱，形成一种独特的"艾柯现象"，成为和伊达洛·卡尔维诺（Italo Calvino）齐名的 20 世纪最优秀的意大利作家。艾柯的小说之所以风靡世界，最大的特点就是其小说的博学性所带来的百科全书气质，充分显示了艾柯学者型作家的磅礴气势、渊博学识，达到了同类作家的不可企及之处。

艾柯小说之博学首先在其百科全书的内容，艾柯被誉为"当代达·芬奇""21 世纪的但丁"，他本人对于各科知识熟知领会，在小说中无不涉。他的小说可以说是独领风骚，独步一时，他将他所有的知识融入洋洋洒洒的长篇小说中，在知识的海洋中俯仰自得。他的小说涉及历史、政治、宗教、神话、哲学、科学、技术、语言、文学等各种学科，具有极高的认识论价值。

艾柯小说中的人物都是博学多才之人，大谈特谈百科知识，开口闭口都是哲思妙想。《玫瑰之名》写的是中世纪的修道院发生的故事，其中的约尔格和威廉，学富五车，而其中的每一位修道士都是博学之士，出口成章。实际上，修道院就是中世纪的高等学府，在修道院里都是卧虎藏龙的高级知识分子。他们动辄旁征博引、引经据典、口若悬河、滔滔不绝。在《傅科摆》中，写的是几位在出版社工作的知识分子，他们有广博的学识，天文地理无不精通，而他们所讨论的内容包括宗教，宗教中又含有基督教、犹太教、伊斯兰教甚至佛教等各种宗派教派。考察的历史是中世纪的圣堂武士，但讲述了从古到今的圣堂武士历史，实则是将西方历史的各个阶段重新演绎一遍。《昨日之岛》讲述的是科学发展的 17 世纪，包含了大量科学探讨，而最重要的是对于经线的测量进行了神学以及科学的叙述，对大自然的变化无端进行了丰富的描述，其思考的不仅是人类自身的命运，更多的则是人与自然的关系。《波多里诺》中涉及的是十三至十四世纪的"十字军"东征的故事，小说对于战争、宗教，以及城市的兴建盛衰都有生动的讲述，对于历史发展的成因进行的是不厌其烦的讨论。《洛安娜女王的神秘火焰》中对于各种知识的展示更是无边无垠，每一章都取自一本经典著作中一句美妙的引语，每一句都是一个深奥玄秘的象征。看艾柯的小说，首先就要为他小说中的百科知识所倾倒，读者可以获得进入图书馆时的宏伟神圣惊叹的感觉，可以从琳琅满目的知识珍宝中摄取自己所需。

其次，艾柯小说之博学体现在每部作品都含有深沉的哲思，每部小说都是关于世界宇宙和人生的不懈探讨。而在这些哲思中，也深层体现了作为一个顶级符号学家的根深蒂固的符号学思想。《玫瑰之名》含有大量对于上帝与人类的关系、知识与信仰关系的探讨，对亚里士多德《诗学》的探讨，而其核心的符号学思想探讨的是名与实的关系，能指与所指的游戏。这部小说的主题思想在小说的结尾处点出："昔日的玫瑰芳香已逝，我们拥有空空的名字①"，意思即在这个物质的世界上，能指不在了，我们拥有的只是空洞的所指，其意指反讽，即没有能指的世界，其所指也没有任何意义。这部小说体现出艾柯的悲观主义世界观，美好的事物被毁灭了，世界只是一片死寂、一团虚无。《傅科摆》重构了西方历史，在圣堂武士的追踪中叙述了人类的狂热与荒诞；《昨日之岛》隐喻了一个人与自然关系的秘密；《波多里诺》解构了历史，将历史的创造赋予小人物的谎言，是后现代解构主义历史观的再现；《洛安娜女王的神秘火焰》追忆的是叙述者一生美好而痛苦的经历，是一个智者对个人与国家、历史与现实的反思，神秘的火焰象征着重生的无尽力量。

再次，艾柯小说之博学体现在他对各种表达技巧的娴熟运用。他在小说中信笔由缰，从现代主义到后现代主义的各种手法出现在他的小说中，也同时有多种语言出现，如英语、意大利语，拉丁语、希腊语等，既透露着中世纪的节奏和气息，又折射出现代后现代的韵味。他的小说体现的历史观价值观则是从结构到解构再重塑结构的一个辩证的过程，这种矛盾发展的辩证思想来自艾柯不断发

①　Umberto Eco：*The Name of the Rose*，Harcourt Brace Jovanovich，Inc. 1980. P502.

展变化的世界观。总之，他的博学不仅是小说内容的博学，也是各种文体各种思想的博学，完美体现了博学之博是一种全方位的博。

最后，艾柯小说之博学在于对读者来说阅读是一种挑战，"我创造我的读者，而不是读者创造我"。他的读者不是普通读者，普通读者对这类小说无法感兴趣，因为对于读者的学识要求很高，普通读者是无法看懂或者看不完这类小说的。

博学小说前景灿烂，是当代小说发展的一个趋势。正如卡尔维诺在他的《美国讲稿》中谈到的："我希望传给21世纪的标准中最重要的是这条标准：文学不仅要表现出对思维的范畴与精确性的爱好，而且要在理解诗的同时理解科学与哲学"。[①] 他的意思是小说要包含宇宙万物。

艾柯从理论走向创作，在他的理论创建和小说创作中，曾经受到过许多大师的影响，比如中世纪的托马斯、格拉西安，文艺复兴时期的拉伯雷等，现代的乔伊斯、博尔赫斯、卡尔维诺等。他广泛吸收各种养料，在将自己塑造成博学大师的同时，他的小说也成了典型的博学小说，堪称百科全书。

第三节　国内外研究现状

一、国外研究

艾柯的母语是意大利语，但他精通英语写作，他的著作主要用意大利语写成，也有一部分是用英语完成。他不仅在意大利得到深广的研究，在英语世界里也获得了相当全面和成熟的研究。国外对艾柯的研究，不仅有很多专著，也有大量的论文，不仅有对其理论的研究，也有对其小说的分析。

---

① 卡尔维诺：《美国讲稿》，萧天佑译，译林出版社，2008年版，第113页。

（一）论著

国外 20 世纪 80 年代就出现了介绍艾柯的著作，对艾柯开始了介绍性的论述。例如由迈克尔·凯撒（Michael Caesar）主编的《当代意大利作家与社会文集》（*Writers & society in contemporary Italy：a collection of essays*. 1984），对于艾柯以及他的作品有全面的概况和介绍。罗宾·里德里斯（Robin Ridless）的专著《意识形态与艺术：从本雅明到翁贝托·艾柯的大众文化理论》（*Ideology and art ：theories of mass culture from Walter Benjamin to Umberto Eco*. 1984），该书探讨了艾柯对大众文化的理论。斯特法奴·塔尼（Stefano Tani）的《侦探的命运：美国和意大利后现代小说中的侦探小说论集》（*The Doomed Detective：The Contribution of the Detective Novel to Postmodern American and Italian Fiction*，Southern Illinois University Press，1984），这部书将艾柯的《玫瑰之名》划归侦探小说进行讨论。这些不算是对艾柯的专论，但是都对艾柯表示出了极大的兴趣。

随着小说《玫瑰之名》的蜚声世界，研究艾柯的论著论文开始不断出现，对《玫瑰之名》进行研究的论著就有几部。比如，1988年出版的《命名玫瑰：艾柯和〈玫瑰的名字〉》（*Naming the Rose：Essays on Eco and The Name of the Rose*. M. Thomas Inge, editor. University Press of Mississippi, 1988），是一部关于《玫瑰之名》的学术论文集，收集了大量对《玫瑰之名》的研究论文，对于了解和研究《玫瑰之名》有极大的参考价值。1988 年还有一部《玫瑰的命名：艾柯，中世纪符号和现代理论》（*Naming of the Rose：Eco，Medieval Signs，and Modern Theory*. Theresa Coletti. 1. Cornell University Press, 1988）出版，该著作分析作为符号学家的艾柯和小说家的艾柯，将艾柯的符号学和小说结合进行讨论。1989 年，罗伯特·弗莱斯纳（Robert Fleissner）的《玫瑰之别名：对文学中植物形象的考察——从莎士比亚到艾柯》（*A rose by Any Other Name：A Survey of Literary Flora from*

Shakespeare to Eco，West Cornwall，Locust Hill Press，1989）出版，这是一部专门研究各种文学中的"玫瑰"形象的专著，也是艾柯本人非常欣赏的一部论著，"弗莱斯纳在我的玫瑰与世界文学中所有其他的玫瑰之间发现了许多联系"。弗莱斯纳认为艾柯的玫瑰来自柯南道尔的小说，而柯南道尔又受到了卡夫卡的小说影响，对此，艾柯认为，弗莱斯纳对他的小说有点过度诠释了，但是他认为："我这种声辩毫无作用：在我的小说中可以发现与柯南道尔的小说那么多的明显的联系，因而我的小说文本完全可以支持弗莱斯纳的论点。"[①]

进入 20 世纪 90 年代，对艾柯的研究更加丰富深广，将艾柯本人及其小说和理论综合进行研究的论著大量出现。1997 年，《迷宫：恐惧的符号、再生和解放》 （*The Labyrinth*：*Symbol of Fear*，*Rebirth*，*and Liberation*. Helmut Jaskolski. Translated by Michael H. Kohn. Shambhala Publications，1997）一书出版，这部著作主要研究迷宫及其历史，其中有长长的一章专论艾柯的迷宫。作者认为世界各种文化中都有迷宫形象，该书涉及迷宫的各种主题和迷宫外观，从希腊神话谈到中世纪故事直到艾柯小说中的迷宫，并认为迷宫就是时代的活的象征。1997 年还出版了两部重要的艾柯研究专著。一部是《翁贝托·艾柯与开放的文本：符号学、小说和通俗文化》（*Umberto Eco and the Open Text*：*Semiotics*，*Fiction*，*Popular Culture*. Peter E. Bondanella. Cambridge University Press，1997），该书是第一部对艾柯的学术生涯进行全面研究的论著，作者皮特·E. 邦德内拉（Peter E. Bondanella）首次将艾柯的著作进行了综合全面的研究，追溯了艾柯的中世纪美学、符号学以及通俗文化理论，论述了艾柯的小说怎样从其文学和文化理论而来。邦德内拉还提供了一份艾柯和有关艾柯的参考书

---

① 艾柯等：《诠释与过度诠释》，王宇根译，生活·读书·新知三联书店，1997 年版，第 85 页。

目，并探讨了从但丁以来的意大利著名作家。这部专著对于艾柯的研究全面透彻深入，是不可多得的艾柯研究论著。1997 年出版的另一部《阅读艾柯：文选》（Reading Eco：An Anthology/edited by Rocco Capozzi. Indiana University Press，1997）也是艾柯的重要研究资料，序言由国际著名符号学家西比奥克撰写。全书分为四部分：第一部分是艾柯的文选，收录了艾柯著作中的重要篇目，包括符号学、语言哲学、诠释学等内容；第二部分收集了对艾柯的研究性论文，包括研究艾柯学术和理论的各种论文；第三部分收集的是艾柯的小说研究，包括对小说《玫瑰之名》《傅科摆》《昨日之岛》的学术论文；最后一部分是各种参考文献。这部文选对艾柯的研究有很重要的参考价值。

1998 年，《翁贝托·艾柯的选择：文化政治学与诠释的含混》（Umberto Eco's Alternative：The Politics of Culture and the Ambiguities of Interpretation. Norma Bouchard ＆ Veronica. Pravadelli，Editors. Peter Lang Publishing，1998）出版。该书将艾柯的著作置于文化信息和诠释争论的语境中进行考察，论文的作者都是知名的艾柯研究专家或著名学者，他们丰富的研究方法反映了艾柯研究的盛行，提供了对于艾柯研究的新鲜的思考方式。

1999 年，关于《玫瑰之名》的一部非常重要而受欢迎的著作问世，就是《打开〈玫瑰之名〉的钥匙》（The Key to The Name of the Rose. Adele Haft，Jane White，and Robert White. University of Michigan Press，1999）。这本书被认为非常实用，既适合普通读者，也适合艾柯的研究者。全书分为四大章：第一章是"翁贝托·艾柯、符号学和中世纪思想"，简单勾画了艾柯的生涯，明晰地讨论了他的符号学理论，重点论述了中世纪和他小说的关系。中世纪方面突出了和玫瑰有关的论述，包括亚里士多德的影响、普遍性的观念等。还讨论了现代文学对艾柯小说的影响，重点强调的是福尔摩斯和博尔赫斯。这一章总结了对于小说题目的思考。第二章是"中世纪简单年表"，列举了和小说情节相关的从

480 年到 1367 年的事件。第三章是"历史和文学参考注释",类似百科全书,无数的学者、教皇、智者和异端,不同的宗派、书籍、神秘的处所和奇异的兽类都有所涉及。注解和人物小传简明适当,行文幽默。第四章"《玫瑰之名》文本注释"是该书非常实用的一部分,翻译了所有非英语的短语和句子,包括拉丁语、中世纪德语、阿拉伯语甚至小说中悲惨的萨尔瓦托的咕哝——巴别塔语,注解生动易懂,提供了原文和译文,对艾柯的迷宫还提供了插图。在书的附言里讨论了启示录主题,并附有艾柯的各种书目。这部关于《玫瑰之名》的著作知识性强,信息量大,所以一版再版,是研究艾柯的重要论著。此外,20 世纪 90 年代还有一些重要的著作,例如《翁贝托·艾柯:哲学、符号学和小说作品》(*Umberto Eco*:*Philosophy*,*Semiotics*,*and* *the* *Work* *of* *Fiction* / Michael Caesar. 1999.),也是综合性研究艾柯的专论。

2000 年以来,艾柯研究更为成熟深刻,比较重要的专著有《论艾柯》 (*On Eco*, Gary P. Radford. Wadsworth Publication Company,2002)。该书是沃兹沃斯(Wadsworth)哲学系列之一。加里·瑞德福德以轻松幽默的精神讨论艾柯的符号学著作,概括了艾柯的阐释学理论和哲学思想,最后将其理论和小说联系起来。对于普通读者来说,这本书通俗生动,将艾柯的哲学观点采取折中的看法,毫无晦涩难解之处。对于标准读者,这部书将艾柯的各种理论一一加以论述,并提供原文和注释。作者将艾柯的哲学思想和理论以及小说融为一体,适合各种读者的需要。书的开头和结尾都是对这部专著的讨论,认为这本书对艾柯的讨论也没有结论和结尾,这种戏谑与艾柯的开放的作品理论相呼应。另一部重要专论《艾柯的混沌宇宙:从中世纪到后现代》 (*Eco's Chaosmos*:*From the Middle Ages to Postmodernity*. Cristina Farronato. University of Toronto Press,2003)一书,主要评价艾柯的文学批评和小说创作的哲学基础,探讨艾柯独特的思想特征——重视相互冲突的力量,比较事物的相似性,将过去的事物重置于当代。论著重点讨论了艾柯的学术背景对其符号学的影响，将《玫瑰之名》的分析与威廉·奥卡姆认知论和皮尔斯的无限演绎说以及维特根斯坦的语言学相联系，将《傅科摆》与早期的诠释学联系，认为《昨日之岛》是科学与迷信的后现代混合物，《波多里诺》是一部把中世纪置于后现代语境的历史幻想小说。艾柯的混沌宇宙证明了艾柯的符号学理论对于理解当代文学和文化的后现代特征非常重要。

此外，还有对艾柯的诠释学和符号学理论的研究专著，比如《照亮艾柯：在诠释的边界上》（*Illuminating Eco—On the Boundaries of Interpretation*/edited by Charlotte Ross and Rochelle Sibley，2004.）和《开始：符指过程起源》（*In the beginning：origins of semiosis* / edited by Morana Alač and Patrizia Violi；contr 2004.），是专门讨论艾柯的诠释学和符号学的论著。2005年，关于艾柯各种著作出版情况的书也出版了，即《翁贝托·艾柯：首要的版本注释目录》（*Umberto Eco：an Annotated Bibliography of First and Important Editions* / by James L. Contursi）。这本书是查阅艾柯各种著作的词典。2005年还出版了一部关于《傅科摆》的专论即《情节：锡安长老协议书的秘密故事》（*The Plot：the Secret Story of the Protocols of the Elders of Zion* / Will Eisner.），是比较早研究《傅科摆》的专著。

（二）论文

除了各种专著，研究艾柯的学术论文也非常多，不仅有研究其理论的，更多的是分析其小说的。国外对艾柯的小说《玫瑰之名》分析最多，其次是《傅科摆》和《波多里诺》，对于《昨日之岛》和《洛安娜女王的神秘火焰》的研究则不是很多。概括起来，对于小说的研究有下面几个特征：

第一，综合性研究，即不是对某一方面进行的研究，而是对小说整体的关照。比如《形象—音乐—弹球戏》（*Image －Music －Pinball*. Preview By：Artigiani, Robert. *MLN*，Dec92，Vol. 107 Issue 5）、《文本与故事》（*Text and Stories*. Preview By：Hadas，

Rachel. *Partisan Review*，Summer91，Vol. 58 Issue 3)、《夏季阅读》(*Summer Reading*. Preview By：Jouve，Nicole Ward. *Journal of Gender Studies*，May91，Vol. 1 Issue 1) 等文章属于这类。

第二，主题内涵研究，对艾柯小说进行主题分析，例如《从修道士到修道士：翁贝托·艾柯〈玫瑰之名〉中的快乐终结》(*From Monk to Monks：The End of enjoyment in Umberto Eco's The Name of The Rose*. Preview By：Rushing，Robert A.. Symposium，Summer2005，Vol. 59 Issue 2)、评论《傅科摆》的《阅读，男性：读者共同体的倾向》(*Reading，the Masculine：An Orientation of the Community of Readers*. Preview By：Richardson，Timothy. *Literature & Psychology*，1998，Vol. 44 Issue 1/2) 和《信息是没有信息的信息》（*The Message Whose Message It Is That There Is No Message*. Preview By：Juarrero，Alicia. *MLN*，Dec92，Vol. 107 Issue 5)，以及研究《波多里诺》的论文《浪漫家庭：翁贝托·艾柯的〈波多里诺〉》(*Romancing the Family：Umberto Eco's Baudolino*. Preview By：Francese，Joseph. *American Journal of Psychoanalysis*，Sep2005，Vol. 65 Issue 3)。

第三，美学形式研究，对艾柯小说的艺术手法进行的研究，例如《文本生产美学：与翁贝托·艾柯一起读写》（*The Aesthetics of Textual Production：Reading and Writing With Umberto Eco*. Preview By：Trifonas，Peter Pericles. *Studies in Philosophy & Education*，May2007，Vol. 26 Issue 3)、《阅读平面图：翁贝托·艾柯〈玫瑰之名〉中的建筑图》 （*Reading the Plans：The Architectural Drawings in Umberto Eco's The Name of the Rose*. Preview By：Hallissy，Margaret. *Critique*，Spring2001，Vol. 42 Issue 3) /《艺术的危险一击：越轨的反讽》(*A Dangerous Stroke of Art'：Parody as Transgression*. Preview By：Duarte，Joao Ferreira. *European Journal of English Studies*，Apr99，Vol. 3

Issue 1)、《建构世界：后现代历史小说》（*Constructing A World：How Postmodern Historical Fiction*. Preview By：Rozett，Martha Tuck. Clio，Winter96，Vol. 25 Issue 2)。这些论文都是讨论艾柯的小说美学的。

第四，宗教、哲学性研究，艾柯的小说与宗教密切相关，含有深刻的哲理性，这方面的论文也很多，如《在耶稣的十字架下面：发现他者》（*Beneath the Cross of Jesus：Finding the Other*. Preview By：BRITTON，JOSEPH H. *Anglican Theological Review*，2004，Vol. 86 Issue 4)、《维特根斯坦的阶梯》（*Wittgenstein's Ladder*. Preview By：Churchill，John. *American Notes & Queries*，Sep/Oct1984，Vol. 23 Issue 1/2)、《信仰的恶魔：叛逆的文本，渎神的诠释和杀人的读者》（*The demonics of（true）belief：Treacherous Texts，Blasphemous Interpretations And Murderous Readers*. Preview By：Vernon，Victoria A. *MLN*，Dec92，Vol. 107 Issue 5)、《弹球戏，伏都教和原始事物：〈傅科摆〉中的静默肉身》（*Pinball，Voodoo，And 'Good Primal Matter：Incarnations of Silence in Foucault's Pendulum'*. Preview By：Coleti，Theresa. *MLN*，Dec92，Vol. 107 Issue 5)。

第五，语言研究，从语言学出发研究艾柯的小说，或者对小说的语言艺术进行论述，如《多语言联盟》（*For A Polyglot Federation*. Preview By：Schifano，Jean－Noel. *NPQ：New Perspectives Quarterly*，Winter93，Vol. 10 Issue 1)、《神圣与恶魔的语言：〈傅科摆〉中夸饰性注解》（*Oh，Language Diabolical And Holy：Notes on the Extravagances of Foucault's Pendulum'*. Preview By：Rubino，Carl A. *MLN*，Dec92，Vol. 107 Issue 5)等。

综上所述，国外对艾柯的研究全方位、多视角，视野开阔，观点新颖独特。文书的阐释和批评理论结合紧密，达到了相当全面和深入的研究状况。

二、国内研究

与艾柯的国外研究相比，国内研究比较落后，至今还没有研究艾柯的专著出现，不能不说是一种遗憾。不过对于艾柯作品的翻译已经小有规模，至于研究性的学术论文呈现上升趋势，现综述如下。

（一）译介译著

艾柯于 20 世纪 80 年代被引进中国，国内最早介绍艾柯的文字材料是 1981 年王祖望翻译的载于《国外社会科学》第 5 期的美国人 T. 谢拜奥克的《符号学的起源与发展》一文，文中提到了艾柯在国际符号界中所起到的作用，并且以注释的方式对艾柯做了简要说明。1984 年，艾柯的小说《玫瑰之名》首次得到介绍。1984 年《译林》第 2 期上弋边的《世界文坛动态》，该文介绍了《玫瑰之名》在美国受到欢迎的情形和小说的故事情节。同时，作者认为这部小说从虚无主义出发，人为杜撰情节的痕迹比较明显。

1986 年《外国文学》第 6 期上载王斑的《高雅的传奇故事》，是国内第一次详细介绍艾柯《玫瑰之名》的故事内容，并且在文中预告，艾柯的《玫瑰之名》已由北京外语学院文学研究所与《外国文学》杂志的五位青年译者着手译出，不久将在《外国文学》上以连载的方式与读者见面。接着，1987 年《外国文学》第 4 期至第 10 期上连载了闵炳君翻译的《玫瑰的名字》，这个翻译最终成书于 1988 年，由中国戏剧出版社出版发行。该译本将原本的内容和情节做了适量删减，增强了故事的可读性，卷首附艾柯的亲笔信，他对自己的作品被翻译到中国表示高兴。而在 1988 年，林泰、仲林和曙光翻译的《玫瑰之名》也由重庆出版社出版。该版本根据英文版《玫瑰之名》翻译而来，文笔流畅，有较高的可读性。1987 年，中国符号学家李幼蒸编译的《结构主义和符号学》一书中，对艾柯的符号学理论进行了介绍，这是比较早的国内对艾柯的理论介绍。20 世纪 80 年代刚刚引进艾柯，主要的成果就是出版了两个版本的

《玫瑰之名》。

  进入 20 世纪 90 年代，对艾柯的理论有了比较深入的译介。1990 年，卢德平翻译的艾柯的《符号学理论》由中国人民大学出版社出版，该书是艾柯的符号学重要著作，在西方学术界一直备受推崇。1993 年，艾柯第一次来中国，并在北大发表了《独角兽与龙》的演说。1995 年，林周戚译的《玫瑰之乱》由吉林人民出版社出版，这是《玫瑰之名》的第三个版本。1997 年，王宇根译的《诠释与过度诠释》由三联书店出版，这本书在国内引起过较大的反响。1999 年，李幼蒸的《理论符号学导论》由社会科学文献出版社出版，其中对艾柯的符号学理论进行了比较系统的介绍。此外，20 世纪 90 年代对艾柯还有一些介绍性的文章。总之，90 年代对艾柯的最重要的译介就是他的两本理论著作的翻译。

  2000 年以来，对艾柯的译介呈现繁荣之势，尤其是他的小说得到了比较系统的翻译。2001 年，谢瑶玲翻译的《玫瑰的名字》、翁德明译的《昨日之岛》由作家出版社出版。河北教育出版社出版了徐明岳、俞宜国翻译的日本筱原资明的《埃柯——符号的时空》，这本书对艾柯的研究比较全面，按时间顺序论述艾柯的理论和创作，对于国内的艾柯研究有很大的参考价值。2003 年，谢瑶玲译的《傅科摆》由作家出版社出版，同年，高俊方译的《大学生如何写毕业论文》由华龄出版社出版。2004 年，艾柯的《带着鲑鱼去旅行》由殳俏、马淑艳翻译并由广西师范大学出版社出版。由康慨翻译的艾柯的《书的未来》刊登在《中华读书报》上，该文是根据艾柯在 2003 年 11 月 1 日在埃及亚历山大图书馆《书的未来》的长篇演讲翻译而来，原文刊载在开罗出版的《金字塔周刊》（*Al － Ahram Weekly*）。2005 年，国内翻译出版了艾柯的三部著作，分别是刘儒庭翻译的艾柯的成名作《开放的作品》，由新星出版社出版；俞冰夏翻译的《悠游小说林》由三联书店出版；王宇根翻译的《诠释与过度诠释》再版。2006 年，王天清翻译的艾柯学术著作《符号学与语言哲学》由百花文艺出版社出版，吴燕莛翻译的艾柯随笔小品集《误读》由新星出版社出版。

2007年3月，艾柯第二次来华访问，在中国社会科学院"治与乱"研讨会演讲发表了《古典战争与后现代战争》的演讲。艾柯此次中国之行受到学术界的热烈欢迎，并受到《南方周末》《中国新闻周刊》等多家国内主流媒体的跟踪报道。同年，杨孟哲翻译的《波多里诺》由上海译文出版社出版，彭淮栋翻译的《美的历史》由中央编译出版社出版。此外，艾柯的访谈录也频频出现，2000年《花城》第6期载晓强译的俄国亚历山大·休普洛夫和尼古拉·奥格洛布林的《艾柯访谈录》，该文选译自俄国1998年6月2日《书评报》，访谈者为亚历山大·休普洛夫和尼古拉·奥格洛布林。2002年《当代外国文学》第2期载张仰钘译的法国皮埃尔·邦瑟恩、阿兰·让伯尔辑录的《恩贝托·埃科访谈录》系法国《读书》杂志所刊登的对艾柯的采访内容，涉及他的个人创作以及他所关心的问题。2007年以来，在中国的网络和报纸上都出现大量有关艾柯的访谈录，这些对于研究艾柯也有积极的参考意义。

以上是对艾柯的译介情况，这些著作涵盖符号学、诠释学、艺术理论、小说等方面的内容，可以说一个比较完整的艾柯已经呈现于中国读者的面前。但是这些翻译作品有不少是从英语转译而来（当然艾柯部分作品是用英语写成的），译文的质量各有千秋，其中也不乏谬误之处。与艾柯在多个领域的丰富的原著比较，翻译论著还是不足齿数。令人欣慰的是，上海译文出版社正在组织一批优秀的翻译工作者重译艾柯的作品，这对于中国的艾柯研究无疑会有很大的帮助。

（二）理论研究

与较为繁荣的翻译现状相比，对艾柯进行学术研究的队伍，其实力和规模相对薄弱，长期停留于对艾柯及其作品的介绍上，缺乏深入研究的成果。随着翻译和介绍的日益增多，特别是艾柯在2007年第二次访问中国后，学术界的一些研究者开始将目光投向艾柯。国内目前对艾柯的学术研究主要着眼于两个方面，一方面是对艾柯理论作品特别是诠释学的研究，另一方面是对艾柯小说的研究。前者或者阐发艾柯理论内涵，或者援引艾柯的理论说明问题；后者以对《玫瑰之名》《傅科摆》的研究居多。研究基本局限于艾柯的诠释学理论，至于符号学理论、传播学理论和大众文化理论涉及比较少。总体说来，对艾柯研究有待进一步深入。笔者查阅了国内各种期刊，对艾柯的学术研究论文梳理如下：

对于艾柯的符号学理论的研究，相关文章论述或介绍艾柯的符号学的，最早的是1992年《东疆学刊》第2期发表的王佳泉、唐海龙的《艾柯"十大代码"理论的读解与批判——电影符号学理论阐释》，该文对艾柯从电影语言中找寻和归纳出的十种不同的代码——知觉代码、识别代码、传递代码、声调代码、相似代码、趣味感觉代码、修辞性代码、风格代码、无意识代码——进行了批判性的解读。1996年《读书》第11期上张学斌的《写小说的符号学家》一文是对《玫瑰之名》的书评，但是文中介绍了艾柯的《符号学和语言哲学》，认为符号学把"存在"的意义作为研究对象，"存在"的最准确的定义是"语言用多种多样的方式所做的表述"。1996年《天涯》第2期上薛忆沩的《符号学代表一种生活方式（外一题）》，以《玫瑰之名》为例来说明符号学展现出了一种有意义的生存，并提到了艾柯符号学的核心观点和艾柯与西比奥克共同主编的《三个人的符号》（*The Sign of Three：Dupin，Holmes，Peirce*）。此外，没有专门对艾柯的符号学进行论述的学术论文。

对于艾柯的诠释研究理论，研究性的学术论文比符号学要深入，最早介绍艾柯诠释理论的是1998年《读书》第11期上南帆的文章《阐释与历史语境》，该文对艾柯的阐释学作了简要介绍。2002年《中山大学学报》第1期发表刘玉宇的《诠释的不确定性及其限度》。该文介绍了艾柯的诠释学理论，指出艾柯在确认诠释的不确定性的同时，反对一些批评家过度强调诠释者的权力，强调"文本意图"，试图通过对艾柯所提出的符号理论的分析，说明"本文意图"在其符号学中的理论依据，并指出其局限。

2005 年《文艺理论研究》第 4 期刘全福的《意义的回归：阅读中的本文神秘主义批判》，以艾柯的《开放的作品》和《玫瑰之名》为切入点，指出读者中心论实则是本文与神秘主义媾和的产物，它毕竟是一种非主流的"主流"，本体论意义上的阅读行为不可能长期趋于边缘。回归作者本意、拒斥本文神秘主义观点、适度限制读者中心论的语境及话语范围，至少不会为文艺批评的健康发展带来更多的负面影响。2006 年《湖南文理学院学报（社科版）》第 4 期朱寿兴的《艾柯的"过度诠释"在文学解读活动中并不存在》一文，不赞同艾柯的诠释学理论，认为泛泛而论"过度诠释"之说是有其道理的，但从《诠释与过度诠释》一书来看，无论是艾柯立论的方式还是具体论证过程都有着明显的错误，其错误主要在于：将生活本文诠释、科学本文诠释与文学本文诠释混为一谈，从而抹杀了在文学解读过程中不可能撇开其第一阶段———文学欣赏阶段的丰富多彩的感受、想象和联想所带来的结果这一根本特点，从而也就忽视了在文学解读活动中根本不存在的"过度诠释"的问题。

2007 年有三篇关于艾柯诠释学的文章。《外语教学》第 3 期张广奎的《从艾柯诠释学看翻译的特性》一文，运用了艾柯诠释的局限性及过度诠释的理论，认为翻译过程受译者主客观因素，甚至人类认知局限性的影响。科学的方法是用艾柯所倡导的历史和哲学的调查方法考察文本，诠释、翻译文本。接着张广奎又在《电影文学》第 14 期上发表《为艾柯诠释学的"读者意图"辩护——从马克思主义的中国化到现行的中国文艺复兴》，该文通过对安贝托·艾柯诠释学中"读者意图"的分析，论述了马克思主义理论在中国最终获得成功的根源是其不断改进、不断本土化的结果，是读者诠释，甚至是"过度诠释"的结果，也是"读者意图"为读者服务的结果。由此他认为中国的文艺复兴也必须走西方理论本土化的道路，因为诠释中的"读者意图"本来就是种族文化的。2007 年《外国文学评论》第 4 期周颖的《无边的"语境"———解构症结再探》一文，从艾柯与卡勒的争论出发，围绕"语境"的概念，对三位解构主义大师的代表作进行了细读。解构主义忽略句段关系，重视联想关系，似乎是拓展了语境的空间，赋予了读者充分的自由，但达到这一目的是以牺牲阅读习惯为代价的。"语境"在解构手里表面上没有了界限，实际上是真正的失落。2008 年《外语学刊》第 1 期董丽云的《创造与约束——论艾柯的阐释观》一文，结合艾柯的《故事中的读者》等书对艾柯的阐释理论进行了分析。

此外，和艾柯诠释理论相关的学位论文有两篇。2007 年，黑龙江大学亓元的硕士论文《中国古典审美接受中的"过度诠释"》（指导教师张奎志），借用艾柯的相关理论与概念，对于中国古典审美接受中的"过度诠释"做了全面考查。他/该文发现在中国古典美学中，"过度诠释"在政治、伦理和宗教等内被大量使用。文章论述了在实用理性传统下对于过度诠释的支持，无论从中国古典审美接受理论，还是从中国古典审美接受方法，都有大量的理论与方法对"过度诠释"进行支持。福建师范大学黄艳彬的硕士论文《论诠释的有限性及其标准——从艾柯与罗蒂之争谈起》（指导教师陈维振），主要是通过艾柯和罗蒂关于阐释和过度阐释的论争来论述阐释的界限与标准问题。

从以上对艾柯的理论进行研究的学术性论文中可以看出，国内对于艾柯的理论进行的研究还需要进一步发展。虽然国内对于艾柯小说的研究渐渐呈升温趋势，但是总的来说，研究还不够充分。

（三）小说研究

对于艾柯小说的研究主要集中在《玫瑰之名》和《傅科摆》两部小说，从以下几个方面来进行：

第一，对小说的主题内涵研究。这方面的论文有 2001 年《当代外国文学》第 2 期刘佳林的《火焰中的玫瑰——解读〈玫瑰之名〉》。该文认为《玫瑰之名》是在后现代语境下对中世纪修道院生活的描绘，通过不同人物的塑造，作者揭示了理性与信仰之间的冲突及各自的局限：多种认识假相对真理的遮蔽。埃科将真理与火联系在一起，通过取消二元对立模式，实现诸对立面的和解，真理在永恒变化着的和谐中现身。

2003 年，马凌在《读书》第 2 期上发表《玫瑰就是玫瑰》，对小说《玫瑰之名》题目的来源及其内涵做出了深入分析。同年，马凌在《外国文学评论》第 1 期上发表《诠释、过度诠释与逻各斯——玫瑰之名的深层主题》。该文指出《玫瑰之名》是一部可以多层次、多角度诠释的奇书，是作者借以表现自己诠释学理论的文学载体。其深层主题不仅是对中世纪文化结构，更是对逻各斯中心主义的颠覆，因此具有重大的诠释示范意义。2005 年，马凌又在《外国文学评论》第 2 期上发表《解构神秘：傅科摆的深层主题》，认为《傅科摆》审视了神秘主义、符号学和诠释学的关系。小说运用戏拟反讽方式，对神秘主义的运行机制、话语逻辑进行了解剖，并对新历史主义进行了反思。作者在此呼吁一种清醒的限度意识，旨在说明为诠释设限是祛魅的基础，也是治疗后现代主义不确定性的良药。

另外，2003 年，余虹、杨恒达、杨慧林主编的《问题 2》，其中有杨慧林《"笑"的颠覆性与神学逻辑——〈玫瑰之名〉的神学批判》。该文从"笑"的文学传统与哲学的"驯化"、"渎神"的"合法形式"与哲学的"共谋"、在"冬眠"与"玩世不恭"的两极之间三个层次以基督教文化的视角对《玫瑰之名》进行了解读。2006 年《当代外国文学研究》第 2 期张琦的《"笑与"与"贫穷"——论埃柯小说〈玫瑰的名字〉的主题》一文，从艾柯小说《玫瑰的名字》的两条线索出发——主人公威廉修士与佐治关于"基督是否可能笑过"的争论、圣方济各修会与罗马教廷关于"基督是否贫穷"的争论，认为《玫瑰的名字》写的并不是知识分子对真理过度狂热的追求之类抽象的主题，而是作者作为一名知识分子，对现代生活中诸如"差异"等问题所做的现实思考。

第二，对小说的艺术或形式进行研究。论文有 1997 年《外国文学评论》第 4 期袁洪庚的《影射与戏拟：玫瑰之名中的互为文本性研究》。该文介绍了当代侦探小说向玄学侦探小说演进的趋势，将《玫瑰之名》放到古典文学、传统侦探小说、当代侦探小说的语境中分析了该小说丰富的互文内涵。2007 年《外国文学评论》第1 期胡全生的《在封闭中开放：论〈玫瑰之名〉的通俗性和后现代性》，指出《玫瑰之名》是一部雅俗共赏的小说。它借用侦探小说这一通俗小说框架吸引广大普通读者，与此同时它又以"釜底抽薪"的方式，抹去了传统侦探小说的最终"释然"，并运用拼贴、典故等互文性技法，使它在封闭的框架中获得一种后现代小说的开放性。2007 年《外国文学研究》第 5 期张广奎《论〈傅科摆〉的艾柯诠释学回证与诠释熵情》一文，认为小说创作的理论基础是他本人的艾柯诠释学，而另一方面，小说本身又是艾柯诠释学的回证。小说里，作者以比喻和象征的手法说明了诠释的局限性和过度诠释的后果，而用由物理学上的"熵"概念推引出的"诠释熵"理论，更能进一步分析《傅科摆》故事情节所包含的过度诠释及其程度。

第三，将艾柯的小说和他人的小说进行比较研究。论文有2005 年《文艺研究》第 12 期杨慧林的《"圣杯"的象征系统及其"解码"——〈达·芬奇密码〉的符号考释》，以艾柯的《玫瑰之名》和《傅科摆》为参照，对"话语生产者的自我建构"予以考察；并试图以《圣经》叙述与西方艺术的相关诠释为据，回到《达·芬奇密码》所借助的象征符号系统，解析其中的演变、误读以及意义延伸，从而揭示"精神表达"与象征符号之间的张力。2007 年《当代外国文学》第 4 期张琦的《〈福柯摆〉与〈达芬奇密码〉——试论通俗小说的界限》，该文通过比较艾柯的《傅科摆》和丹·布朗的《达·芬奇密码》这两部小说，指出小说能否超出通俗文学的界线在于作者，在于作者自身的丰富程度，以及对生活的真诚感受。后现代文化思潮下，人们常常认为通俗小说长期以来遭到文学批评标准的歧视，被"边缘化"，因此要重新确立其地位，但真正的弱者其实是非通俗小说。较为复杂的思想，和对晦涩的写作技巧的追求，使后者在读者中的接受一直成问题，而文学批评的职责就在于将这些不易为人们认知的优点介绍展示给人们。

第四，对艾柯的《玫瑰之名》改编的电影评论有 1997 年《电影艺术》第 3 期李显杰的《因果式线性结构模式：〈玫瑰的名字〉解读》一文，指出电影《玫瑰之名》的线性叙述方式的价值和意义。2004 年中国人民大学出版社出版的戴锦华的《镜与世俗神话：影片精读 18 例》一书中，专列一节从文化分析的角度对电影《玫瑰之名》进行了解读。文中认为《玫瑰之名》是因果式叙事结构的典范，从故事情节、叙事结构、镜头运用等角度对电影《玫瑰之名》进行分析，指出因果式线性结构模式，并不妨碍其思想艺术观念上的创新性和叙事主题上的深刻性与哲理性。

第五，比较重要的研究还有 2004 年广西师范大学出版社出版的张大春文集《小说稗类》，其中含有评论艾柯的两篇文章，对艾柯小说的评论相当到位。2004 年天津人民出版社出版马凌的《后现代主义中的学院派小说家》，该书将艾柯放到后现代主义学院派小说家的背景之下，将艾柯单列一章，分四节对艾柯小说的整体特征和思想内涵做出了较为透彻的分析，这是国内研究艾柯小说难得的资料。值得一提的还有 2003 年《世界文学》第 2 期格非的《我读〈玫瑰之名〉》，2003 年 05 月 30 日《中国图书商报》止庵的《埃柯的诠释与被诠释的埃柯》、2007 年《南方文坛》第 6 期王宁的《艾科的写作与批评的阐释》等。这些文章对艾柯的小说都有独特的见解和看法。

另外，研究艾柯小说的学位论文有 2001 年徐豪谷的硕士论文 *Reading The Name of the Rose in the Light of Walter Benjamin：Reflection，Form and Content*（指导教师邱汉平）、2004 年张玉燕的博士论文《符号、知识与时空：艾可四本小说中的迷宫》（指导教授邱汉平）和 2005 年杜妍的硕士论文《欲望的呈现——对〈玫瑰的名字〉中欲望呈现方式的研究》（指导教授吴予敏）。

对艾柯小说的研究虽然小有规模，但还远远不够。艾柯迄今出版了5部长篇小说，中译本有4部，但是学术论文不仅少，而且仅仅集中在《玫瑰之名》和《傅科摆》上，对于艾柯的其他小说如《昨日之岛》《波多里诺》以及《洛安娜女王的神秘火焰》还没有学术论文出现。只有一些零星的书评散见于《中华读书报》《中国图书商报》《环球影视》《南方周末》《中国新闻周刊》等报刊。

从上面的综述来看，国内对于艾柯的研究从理论到小说已有一定的成果，但是总体来说，深入透彻的学术研究还相当缺乏，希望本书可以弥补这一不足。

第四节　研究方法与创新之处

艾柯是世界著名的符号学家，他的小说具有极强的符号学特征。本书主要采用艾柯以及巴尔特和雅各布森等著名符号学家的符号学和诠释学理论，细读小说文本，分析文本特征，主要是艾柯小说中的符号特征。作为理论家，他的理论渗入他的小说中，作为小说家，他的文本印证着他的理论，可以说，艾柯是学者型作家的典范，他的身上既有作为学者与理论家的理性、睿智、博学多才，又有作为小说家的机智、情趣、多彩多姿。

艾柯的小说是典型的博学小说，因为除了符号学，艾柯在美学、语言学、历史、哲学、诠释学，以及大众文化等领域都有杰出的成就。他的小说中无不带着他一代大师博学多识的印痕，从中世纪到后现代，从历史到现实，哲学探讨、美学分析、科学猜想、关于符号、文本诠释等在他的小说中都有或浅或深的讨论。而博学小说在中外文史上有源远流长的传统，当今更是有新的发展。因此，在分析艾柯小说文本的符号学特征的同时，本书兼论博学小说的特征，以探讨这一小说类型在中西小说史上的位置。

通过对艾柯的小说研究得出的结论是：艾柯的小说中处处是符号学理念，他的小说是他的理论的生动演绎和形象阐释，也是当今最典型的百科全书式博学小说。艾柯小说的重要思想即事物在真实与谎言之间游移、滑动，一切具有不确定性；符号可以用来撒谎，谎言在某种意义上成为真实。这是艾柯作为符号学家的深刻观点，也是他的哲学观在小说中的渗透和精彩展现。本书总体呈现的是一种总分总的模式，在分论部分则是并列的结构特征。

艾柯在中国的研究还不成气候，不仅对于他的理论，即使是他畅销世界的被誉为现代经典的小说，除了一些单篇的学术性论文，也还没有专门的研究论著。因此对于这样一位世界顶级大师来说，对他的研究具有重大的学术价值和文学意义。

本书的创新之处在于：

首先，选题具有创新意义。艾柯是意大利著名的符号学家，是当今世界最负盛名的知识分子之一，他的一系列学术著作和长篇小说受到了普遍的欢迎。然而在中国艾柯的研究还远远不足，不仅对于他的理论，即使是他畅销世界的被誉为现代经典的小说，国内还没有系统深入的研究专著。

博学小说是中西文学史上都有的一种小说类型，其包罗万象的百科全书式特征，在当今复杂多元的社会得到了新的发展。艾柯作为学者，其小说是典型的百科全书式博学小说；而他作为顶级符号学大师，他的小说充满了符号，因此，他的小说更是典型的符号学小说。本书的研究对象是艾柯的符号学小说，主要分析艾柯的五部长篇博学小说即《玫瑰之名》《傅科摆》《昨日之岛》《波多里诺》《洛安娜女王的神秘火焰》。艾柯通过小说，以感性的方式解构了他的深奥难懂的理论，赢得了广泛的理解和认同。

其次，研究方法具有创新意义。用符号学理论来分析小说是一种新颖的小说研究方法。艾柯是著名的国际符号学大师，他的小说充满了符号，因此对其小说进行符号学阐释非常恰当，同时具有创新意义。艾柯是理论家和学者，他的小说含有大量的理论探讨和哲学思考，因而比较晦涩难解。本书主要应用他自己的理论来分析他的小说，既解读了他的小说，又研究探讨了他的理论，体现了一种创新的研究方法。本书从符号学的理论视角出发，运用符号学理论分析研究艾柯的长篇博学小说，以期给他的小说一个合理的符号学诠释。

具体研究方法上也体现出创新。本书共七章，包括导论、5部小说文本分析以及结论部分。导论将从博学小说谈起，引出研究对象即艾柯的小说，并介绍国内外研究现状以及研究方法和创新点。专著主体部分是小说文本分析，每一章集中探讨一个符号学问题，即能指、代码、隐喻与元小说、符号与叙述化及符号双轴位移，但本书的分析论述却不限于这些问题，而是综合符号学理论进行全面的分析论证，既突出各章的特点，又兼顾全文的逻辑联系。论文的结论部分，总结艾柯小说的总体特征，除了符号学特征之外，艾柯的小说还有四方面的显著特征，即中世纪内容、互文性、从结构到解构、在封闭中开放的个性特征。因此，不仅总体研究方法是创新，这种创新也体现在具体的每一章。

最后，研究视角具有创新意义。学者型作家创作已经成为现代社会的一种特殊现象，博学小说是当今世界小说发展的一个趋势，对于学者型作家创作特征及博学小说文本的分析，是当前一个颇为有趣且颇具学术创新的课题。本书从分析符号学家出发，运用符号学理论研究符号学小说，同时分析小说所具有的百科全书式博学特征，在当今的学术界具有多方面的创新意义。

艾柯在国际上如日中天，然而在中国得到的研究却还刚刚起步。艾柯对于世界的影响深刻而且广泛，对于他的研究，将促进国内学界对于艾柯的重视，促进中国在符号学和诠释学以及小说领域的研究，促进中国与世界的进一步交流，从而促进中国学术的发展。这正是本书的研究价值和意义所在。

第二章　寻找能指——《玫瑰之名》

第一节　《玫瑰之名》概述

《玫瑰之名》［The Name of the Rose（Il nome della rosa）］出版于 1980 年，既是艾柯的第一部长篇小说，也是一部不可多得的侦探—哲理—历史小说。《玫瑰之名》出版后迅速赢得各界好评，席卷欧美各地的畅销排行榜，荣获意大利两个最高文学奖和法国的梅迪西文学奖，迄今销量已超过 1600 万册，并被翻译成 30 多种文字。根据小说改编的同名电影当时耗资 1600 万美元，由让·雅克·阿努达执导，肖恩·康纳利主演，同样取得了极大的成功。电影的改编使小说更加畅销，艾柯因《玫瑰之名》而享誉全球。

小说叙述的故事发生在 1327 年，当时的意大利正处于天主教封建势力的阴影中。英国天主教方济各会修道士威廉和年轻的徒弟阿德索来到意大利北部山区本尼迪克特教会修道院，参加关于宗教与清贫、王权与意志的大辩论。但就在他们抵达的前一天，修道院里发生了一起离奇的凶杀案，修道院院长委托擅长推理的威廉进行调查、找出元凶。而在以后的数天里，每天都有新的离奇血案，原本已经被异端和欲望搞得乌烟瘴气的修道院，气氛变得日渐阴森恐怖。威廉推测凶手可能是从《圣经·启示录》中得到杀人的灵感，他把注意力集中于修道院的图书馆——这是当时西方世界最大的图书馆之一。凭着对符号、象征、代码的深刻理解，凭着在哲学、文学、版本学、自然科学等方面的深厚造诣，威廉发现了真凶，解开了谜底。凶手是个博学而虔诚的、双目失明的老修士，他的杀人动机非常"别致"：他要保护一本禁书，不希望被他人阅读，认为这本书可能会摧垮整个神圣的基督教世界，而这本书就是亚里士多德的《诗学》下卷。

除了扑朔迷离的侦探故事情节外衣外，《玫瑰之名》涉及神学、政治学、历史学、犯罪学、植物学等多学科的知识，在政治上表现了教皇与国王之间的冲突，在宗教上讨论了圣经中有关罪恶的预言，还涉及亚里士多德、阿奎那、培根等人不同的思想，展现了作者渊博的学识和超凡的叙述才能。阅读全书，犹如通过意大利来欣赏欧洲中世纪晚期和文艺复兴初期五彩斑斓的历史画卷。小说充满各种学问，尤其是艾柯对符号的巧妙运用更使小说妙趣横生，德国《明镜》周刊曾说，这是"近年来写法最妙，内容最有趣的小说"①。自然，这是一部典型的博学小说。

玫瑰的象征历来都很丰富，尤其在文学作品中，它的象征意义已经到了无所不及的程度。正如艾柯在《诠释与过度诠释》中曾说："玫瑰，由于其复杂的对称性，其柔美，其绚丽的色彩，以及在春天开花的这个事实，几乎在所有的神秘传统中它都作为新鲜、年轻、女性温柔以及一般意义上的美的符号、隐喻、象征而出现。"② 玫瑰在西方是最复杂的符号象征系统之一，它至少有三个层次。一是在古希腊罗马的神话系统里，第一束红玫瑰是从维纳斯的情人阿多尼斯的鲜血中长出来的，象征了超越死亡的爱情。二是在基督教象征系统里，玫瑰是慎重的象征，拉丁语"秘密地"字面上的意思就是"在玫瑰下"；而且，红玫瑰代表基督在十字架上流的血，因而也代表了上帝之爱；同时，玫瑰又是玛丽亚的象征。三

---

① 昂贝托·埃科：《玫瑰之名》，林泰、周仲安、戚曙光译，重庆出版社，1987年版，前言，本章未注引文，均出自该译本。

② 艾柯等：《诠释与过度诠释》，王宇根译，生活·读书·新知三联书店，1997年版，第59页。

是在民间传统里，红玫瑰代表着世俗的情爱，白玫瑰则代表死亡。在中世纪，玫瑰的纹样异常丰富，约克家族的白玫瑰、兰开斯特家族的红玫瑰、都铎王朝的双色玫瑰，还有秘密宗教组织玫瑰十字会，甚至马丁·路德的私章上，到处都有玫瑰。[①] 而如果从互为文本性角度来看，文学中的"玫瑰"更是蔚为大观了：二世纪的罗马作家阿普列乌斯把玫瑰作为情欲的符号；十三世纪的诗人丘罗·达尔卡莫把玫瑰当作女性美的象征；遑论但丁的《神曲》和法国的寓意作品《玫瑰传奇》了。艾柯深受影响的博尔赫斯就有三篇作品以玫瑰命名：《隐蔽的玫瑰》《消灭玫瑰》《昨日的玫瑰》。应该说，"玫瑰"这一象征系统的多义性和丰富性，为"经验读者"留下了无尽的诠释空间。

　　自从艾柯的《玫瑰之名》出版以来，对这部小说的争论和阐释就没有断过，大家关注的焦点首要的是这个书名。"玫瑰之名"到底是什么意思，众说纷纭，争持难下，真可谓是"古有说不尽的莎士比亚，今有说不尽的玫瑰花"。关于《玫瑰之名》的西文论著已有好几部，在中国也已引起了广泛的兴趣。在他的《〈玫瑰之名〉后记》中，曾明确断言："玫瑰这一意象有如此丰富的含义，以至于现在它已经没有任何含义了：但丁笔下神秘的玫瑰；代表爱情的玫瑰；引起战争的玫瑰；使艺术相形见绌的玫瑰；以许多其他名字出现的玫瑰；玫瑰就是玫瑰就是玫瑰就是玫瑰……"而一部小说的题目"必须把读者搞晕，而不是要限制读者"[②]。因此，对《玫瑰之名》的诠释，仁者见仁，智者见智也不足为奇。

　　这部小说的名字来之不易，艾柯费了不少功夫为它取名。他最初起的名字是《修道院谋杀案》，还有他认为比较中肯的即《梅尔克的阿德索》，但是由于出版商的意见，加上艾柯自己的思考，他

---

　　① 汉斯·比德曼：《世界文化象征辞典》，刘玉红等译，漓江出版社，2000年版，第215—216页。

　　② Umberto Eco: *Postscript to The Name of the Rose*. Harcourt Brace Jovanovich, Inc. 1984. p2—3.

又为该书取了至少十个名字，最后选定了《玫瑰之名》。在《〈玫瑰之名〉后记》中，艾柯列举了一些对《玫瑰之名》的诠释和评论，谈到自己曾经受到莎士比亚《罗密欧与朱丽叶》的启发，但是他愿意将诠释的权利留给读者，他赞同巴尔特"作者之死"的观点，"作者在完成作品后应该死亡，不应该成为文本的麻烦"①。但是，读者对文本的诠释必须有个限度，在《诠释与过度诠释》一书中，他提出了"文本意图"这个概念，希望读者尊重文本自身的意图，从文本出发，进行意义解读。单从文本来看，整部小说除了结尾根本就没出现玫瑰，因此"玫瑰之名"具有极大的象征隐喻意义。在小说结尾处，阿德索写道：我留下这份手稿，不知道日后有谁会看它，我也不再知道它究竟在讲述什么了。昔日的玫瑰芳香已逝，我们拥有的是空空的名字。这里他引用的是十二世纪欧洲诗人——Bernard of Morlay 的六音步诗句（stat rosa pristine nomine, nomina nuda tcnenus.），这感伤的诗句，与阿德索的悲观情绪相契合，世界原是虚空，玫瑰只是个名字。在此，我们可以说"玫瑰之名"象征着世界的虚无本质。

实际上，从符号学的角度来看，该小说题目说的就是能指与所指的关系。根据索绪尔的结构主义语言学，每一个符号都是由一个概念（所指）和一个音响符号（能指）构成的，其实这个能指就是事物的名字，而能指与所指的关系完全是任意性的。罗兰·巴尔特曾用"玫瑰"为例，来解释他的二级符号系统，在第一级符号系统中，玫瑰是花的所指，是任意性的；在第二级符号系统中，玫瑰花则是能指，而其所指就很多了，比如爱情。没有香味没有花的能指，我们拥有的就只是空空的名字。在小说中，神秘的修道院没有名字，乡村少女没有名字，凶手没有名字，怪书也没有名字，而玫瑰作为象征，可以是任何一种名字，也可以说没有名字。《玫瑰之

① Umberto Eco：*Postscript to The Name of the Rose*. Harcourt Brace Jovanovich, Inc. 1984. p7.

名》实际上是在寻找玫瑰的名字，这个题目可以说是个问句，它的意思应该是"玫瑰的名字是什么"？而它的答案应该是个否定句，即"玫瑰没有名字"。这是因为玫瑰在文本二级系统中隐匿或失去了能指，而能指不在也就意味着丧失了所指，因此，如果有所谓的所指的话，它也随着能指的丧失而不复存在。在这个意义上，这部小说是一部关于能指力量的小说。

能指是符号对感官发生刺激的显现面，所指应当是系统中的符号的意指对象部分。[①] 无名是有名的能指，有名是无名的所指，能指不在，所指消失。因此，无论是有名抑或无名，在终极意义上，均不存在。世界是一团虚无，一片死寂，一具死尸。在《玫瑰之名》中，无名的修道院、无名的乡村少女、无名的凶手以及无名的手稿，这些重要的符号都没有名字，换句话说，他们都失去了能指，也即他们根本就不存在，因而也就根本无法谈及其所指意义。小说讲的是纯粹虚无的故事，颠覆戏谑反讽了前言中作者故作真实地发现手稿，将读者置入符号的不在场与谎言之中。而若要寻找到世界的意义，就必须寻找到其能指。

第二节 无名修道院

修道院和教堂不是发生谋杀的地方，而是潜心修行的场所，是知识和神圣之所，是上帝在人间的安身之处。谋杀一般是发生在城堡里，城堡是世俗贵族的住所，代表着奢华、挥霍，与神圣朴素的修道院刚好相反。但是在《玫瑰之名》中，这所意大利北部的修道院却完全改变了人们惯常的看法。这所修道院不仅富庶，而且以其藏书闻名天下，更令人惊叹的是，正是在这座基督教世界最有名的修道院内，发生了一起连环杀人案，一周之内连续七人死亡。它是

---

① 赵毅衡：《文学符号学》，中国文联出版公司，1990年版，第14页。

一座怎样的修道院呢？

这所修道院位于意大利北部，依山而建。在小说中它没有名字，没有具体位置，不知它位于何处，有什么来历，而其间发生的一切故事，其所指全在读解之间。该修道院没有名字，是中世纪欧洲甚至现代欧洲社会的象征。修道院也是一座知识堡垒，这所修道院因为其中藏书丰富为当时欧洲之最而闻名遐迩。然而，它也是一所异端秽行、谋杀迭起，隐藏了太多秘密的罪恶修道院。这座修道院像一座坟墓，将真理和知识连同人的肉体一同埋葬。

一、修道院的富庶及其象征

（一）建筑

该修道院在当时是基督教世界首屈一指的修道院。它的著名首先体现在它的建筑艺术上。首先看一下阿德索和威廉刚抵达修道院外部时它的样子。他们看到的是修道院的巍峨庄严的主楼大殿。

我们费劲地爬上蜿蜒而险峻的山路时，看见了修道院。修道院四周都围着高墙，这不奇怪，因为基督教世界其他修道院也是这样；使我感到惊奇的是雄伟的建筑。后来我才知道那是修道院主楼。主楼是八边形的结构，远看像四边形（这是至善至美的形式，表明天堂的坚不可摧）。南面是修道院的高台，北靠险峻而陡峭的大山。从低处的某些角度向上看，悬崖岩石黑森森的颜色，一直伸向天外；悬崖的某处有一座有瞭望塔的监狱（这是对天地非常熟悉的巨人的作品）。三排窗户显示了崇高的三位一体律，这样，那些肉体上在人世间被清算的，就可在天上实行精神上的三三制了。我们走近些，就可以知道四边形的每一角都有一个七角塔，从外面可以看到七角中的五个角——然后较大的八边形的四边都有四个小七角，从外面看这小七角像五角形。这样你可以看到这么多神圣的数字绝妙的和谐，每个神数都显露出微妙的精神意义。八，是每个四边形的完美无缺数；四，是福音书的数目；五，指世界分为五界；

七，是圣灵的才能数。就其体积和形式来说，主楼像意大利半岛南部的乌西诺城堡或蒙德城堡（后来我曾到那里观光）。但因其位置不易接近，所以比上述两座城堡更吓人；它能使逐渐走近它的旅客产生畏惧。但幸运的是今天是晴朗的冬晨，最初看到的建筑物，不像在暴风雨的日子里的样子那么可怕。

我无论如何都不愿说，大殿使人产生欢乐的感觉；我感到恐惧，一种莫明其妙的不安。天晓得这些是不是我未成熟的灵魂中的妖魔鬼怪；我正确地解释了在巨人们开始其工作的那天就刻在石头上明确的预兆，在修道士们将受到有意欺骗之前，我冒险揭示了这建筑物之秘从而保持了神意。①

这段文字是阿德索和威廉在修道院外面看到的景象，修道院主楼大殿充满了象征的味道。它的结构和数字符号莫不是基督教神界的象征，显得威严而雄伟，但是阿德索感到的却是恐惧和莫名其妙的不安。这正预示了即将来临的不幸。当他们走进修道院，阿德索得以更为详尽地描述修道院的布局结构。从他们初到修道院时的总体印象来看，这个修道院是非常讲究、古老且拥有相当的历史。最为突出的是它的主楼大殿，比其他建筑还要古老、威严、雄伟，显示出它在修道院中的显赫地位。修道院布局整齐、完美和谐，符合中世纪的美学标准。除了主楼，礼拜堂也是重点描述的对象，阿德索对着礼拜堂大门的雕像，甚至产生了一段长长的幻想。他们又参观了经堂，经堂的布局非常严谨，在主楼大殿第二层，它是美的三因素的体现，这里阿德索美的概念显然来自托马斯·阿奎那。对厨房、食堂、药房、马厩、猪圈、铁匠工场等地方都有详略得当的描绘。可以看出此修道院非常富庶，各种物品应有尽有。不仅从它的建筑物，而且从它的人员组成，从图书馆的藏书，修道院里的每一处能指符号都显示出它的富庶。修道院的形式呈现出来，读者和阿

---

①　昂贝托·埃科：《玫瑰之名》，林泰、周仲安、戚曙光译，重庆出版社，1987年，本章引文若无说明，均出自该译本。

德索一起感到了震惊，不知如此高贵华美的建筑群间会发生什么样的故事。

艾柯在小说中有大量的符号学与诠释学理论的形象的探讨，而对修道院建筑的描述充满了象征和隐喻。

（二）财物

从修道院的建筑完全可以看出它设备齐全，应有尽有，然而不仅如此，它的富庶体现在各个方面。在威廉刚刚抵达这座修道院的那天早上，他就根据周围的环境推断"这座修道院有钱啊""院长喜欢在公众场合大肆炫耀"。随着他们对修道院的参观和了解，威廉的推断得到了印证："修道院中有许多其他人、马夫、羊倌、雇工……"威廉不仅观察修道院的环境和建筑物，也观察其中的人物。他们受到了最好的款待，他们吃的食物非常精美。从草药师的谈话中知道院内各种草药繁多，当然就会有毒药，从玻璃工尼科拉斯的谈话则表明这个修道院里有人关注科学。主楼夜间会有幻象出现，是有人在利用镜子和草药的功能。实际上这个修道院汇聚各路豪杰，人才众多，也是它富庶的表现。院长本人则自满地给予了证明并深感得意。"本修道院虽小，但是富有"，院长自满地表示同意："六十位修道士，有一百五十个雇工。但一切活动都在大殿中进行。在那里，也许你已经知道了，虽然第一层是厨房和餐厅，上面两层是经堂和图书馆。晚餐后大殿就上了锁，一条很严格的教规禁止任何人进入大殿。"

修道院的礼拜堂圣餐具是华美而贵重的，这些圣具之美令人眼花缭乱，阿德索禁不住惊叹不已。那花瓶，那酒杯，每件都是珍品；黄金的璀璨，象牙的洁白，水晶的透明晶莹，各种颜色、各种形状的珍宝闪闪发光。有红宝石、黄玉、红宝石、蓝宝石、绿宝石、金黄宝石、缟玛瑙、红玉、碧玉等。圣坛的正面和其他三个侧面整个都是金镶的，结果无论从哪个方向看，整个圣坛仿佛都是金做的。

院长对于修道院相当自豪，他骄傲地描述着主楼建筑，用数字符号阐明它的象征意义，"一座多么令人赞美的堡垒"，他说。"它的比例体现了建造方舟时用过的黄金分割定律。你们瞧，它分为三层，因为三是三位一体的位格数目。三又是三位天使下访亚伯拉罕的次数。约拿在大鱼肚子里度过了三天；耶稣和拉萨路死而复活也是三天；基督三次祈求天父将痛苦的圣杯从他身上拿走，并三次背着别人悄悄地同使徒们一起祈祷。彼得三次不认主耶稣；基督复活后，三次出现在使徒们的面前。神学的美德是三个；神圣的语言有三种；灵魂由三个部分组成；智慧的创造物分三个等级——天使、人和魔鬼；声响也有三种——话语、气息和脉动——人类历史也可分为三个阶段：律法制定前、中和后。"而威廉则进一步给予精确补充，显示出他骄人的学识。"是啊，它们之间确有一种神秘的联系，一种绝妙的统一，"威廉赞同道。"那四边形也同样包含了神圣的意义。"院长继续道，"地上有四个基本方位；一年有四个季节；世界由四个要素组成，还有热、冷、湿、干是四；出生、生长、成熟、老年也是四。动物可分为四类：天上、地下、空中和水里的。组成彩虹的颜色是四种；闰年也要四年才回归一次"。"哦，是啊！"威廉说，"三加四等于七，又是一个极为神妙的数字，而三乘以四等于十二，耶稣即有十二个使徒。十二乘以十二等于一百四十四，这正好又是上帝的选民数。"威廉一下子道尽了基督世界那些玄妙的数学学问，使院长再也没什么可说了。

　　修道院还有一个蓄满财宝的地下室，地下室里到处是大大小小的箱子，里面放着一件件精美别致、玲珑剔透的珍宝。所有这些财宝令阿德索倾倒，但是这些财宝的来源可疑，而围绕着这些财宝发生了和正在发生着许多罪恶。针对这些财宝，威廉告诉阿德索说："好好看看这个地下室吧。现在你该明白为什么你的兄弟们为了争夺修道院院长的位置而互相厮杀了吧？"那是因为争权是为了夺利。

　　在更多的人死去的时候，也是在案情渐渐明朗的时候，院长希望威廉不要再对那些不愉快事件做进一步调查。他在自己宽敞、豪华的正厅接见了威廉和阿德索。他先是赞美主楼高超的建筑艺术，接着作了一通关于宝石的宏论，足以显示修道院的富可敌国和他对于财富和权力的贪婪。财富就是权力，权力可以得到财富，两者的关系不言而喻。财富和权力直接挂钩，院长手上戴的一枚戒指，价值连城，是为了向人显示自己的权力。小说中使用的大量的符号学和诠释学知识，在这里得到了很好的表现，诸如各种宝物的象征隐喻意义等。包括威廉对院长宝马布鲁纳勒斯的推断，是威廉根据事物的表象来推测的，他深信各种符号的意义，以及符号与符号之间有密切的联系。而院长则深信权力是宝物的诠释者，而这些宝物象征着真理，因此权力就是真理真正的诠释者，宝石所指的名堂多种多样，根据不同场合所作的不同解释，应当说，每个含义或每种解释都包含了某些真理。那么谁来决定应在何种恰当的场合对它们解释到何种程度才对呢？正如院长所言："那就是权力。权力是最可信赖的解释者，也是最享声誉、最神圣的解释者。"因此，这座修道院是财富和权力的象征，而院长无疑就是掌控权力的核心人物。

二、修道院的迷宫——图书馆

如果说知识就是权力，那么对知识的垄断和霸占，就是对权力的垄断和霸占。因此，修道院的图书馆就是一座知识（即权力）的堡垒。在院长和威廉富有启发性的谈话中，修道院的秘密开始露出冰山一角，而修道院的重点保护区图书馆也浮出水面。从某种意义上说，这座修道院是为图书馆而设，图书馆因为藏书丰富而使修道院闻名，修道院则为图书馆增添了神秘和光辉。修道院最威严、最古老的建筑是主楼，而主楼最核心、最神秘的地方是图书馆。图书馆位于主楼的最上层，是修道院最为宝贵和最值得骄傲的地方，然而却是一方禁土。图书馆除了馆长，禁止任何人进入。这座藏书为当时欧洲之最的图书馆何以不许人们进入呢？院长说："你可以像我说的那样，在整个修道院中自由活动。但大殿的顶层，即图书馆，肯定不能去。""我们的图书馆不像别的图书馆……"威廉首先对该图书馆作出了自己的一番理解并表示敬仰，在对图书馆的讲述中，显示出威廉的博学，同时体现出该修道院因图书馆藏书之多才闻名于基督教世界。这些藏书也是修道院富庶的体现，因为这些藏书修道院更加闻名，但这些藏书是被禁止阅览的。

（一）藏书与迷宫

威廉对该修道院的藏书非常清楚："我知道它的藏书比基督教任何其他图书馆的多。我知道，波比奥和庞波萨，克鲁尼或弗勒里的图书馆跟你们的情况相比简直是小巫见大巫；知道一百多年以前诺瓦利萨修道院夸耀有六千册古书抄本，这跟你们的相比较，算不了什么，也许其中许多古书现在就在你们馆中。我知道，巴格达有三十六个图书馆，维兹·伊本·阿尔卡米有一万册古书抄本，你们的修道院是唯一能与之抗衡的基督教明灯；开罗值得骄傲的是它有两千四百卷《古兰经》，你们的《圣经》数与之相等，异教徒多年以前宣称（他们是撒谎大王的密友）的黎波里的图书馆富有六百万卷藏书，有八万名注释家和二百名抄写员，你们的真实情况，是驳斥这一骄傲传说的光辉证据。"而院长说："无书之修道院，犹如无智之政治，无财之城堡，无佐料之烹调，无佳肴之餐桌，无香草之花园，无花之花坛，无叶之树……"通过威廉和院长的讨论，图书馆藏书之多，修道院可见一斑。而如此闻名、如此丰富之图书馆却有令人难以理解的戒律，院长不无骄傲地说："任何人都不应该进，他也不能进。任何人，即使他希望成功，也绝不会成功。图书馆的自卫能力，就像它所藏的真理那样无法计量，就像它所保存的谬误那样虚虚假假。它是神界的迷宫，也是人间的迷宫。你可以进去，但也许就出不来了。说了这么一些话，我希望你遵守修道院的教规。"

威廉和院长的讨论，使得该修道院图书馆的神秘与怪异开始有所露迹。正如院长所言，"它是神界的迷宫，也是人间的迷宫"，这纵然是院长不许外人擅自闯入的威吓，但这个图书馆确如他所言是迷宫。它在构造上非常复杂，堪称迷宫典范，在收藏书籍方面，要想找到你需要的书，历经种种困难也不一定找得到。修道院年龄最大的修道士阿里纳多告诉他们："那是大地上的迷宫……""内部迂回曲折，非常狭窄。图书馆是大迷宫，世界的迷宫的符号。进去你就不知道是否走得出来了，你不要越过海格立斯的柱子……"进入图书馆要先进入主楼，必须取道藏骨室，"圣坛的石板刻有一千具骷髅的那个圣坛，按右边的第四个颅骨的眼睛……藏骨室的门就开了"。进入主楼都要这么复杂，可想而知图书馆内部又是如何令人迷惑。这一迷宫在阿德索和威廉寻找凶手的过程中，其魅力和魔力更是得以充分展示。阿德索和威廉为了寻找凶手，几次三番潜入图书馆，尽管威廉有着侦探般的警觉、科学家般的理性，在第一次潜入主楼图书馆时，很自然地他们像进入迷宫一样迷路了。

图书馆房间有七边形的，有四边形的、五边形的等，样子不一，但其外观整体上呈梯形，还有很多怪异的门窗以及走廊，以至于他们在房间里进进出出，找不到方向。除了这些迷惑人的房间，在他们的探险中还有突然出现的一块凹凸镜，"由于灯更近地把它照明，我看见了我们两人的映像，完全是奇形怪状，其形状和高度随着我们走进镜子或后退而变化"。实际上这面镜子正是后来他们进入"非洲之端"的机关，但第一次看到镜子只会让人惊骇。除了吓人的镜子外，他们还发现了一盏灯。"桌子上放着一盏灯，是点着的，在冒烟，闪烁着。它不像我们的灯，倒是像未加盖的香炉。没有火舌，只是熏烧什么东西成灰产生的光亮"。然后阿德索看到桌上有本书，他走上去翻看，这时他产生了很多的幻象，最后晕倒了。原来是灯中燃烧着使人产生幻象的药草，以便使强行进入图书馆的不速之客相信：有魔鬼防守着图书馆。"药草，镜子……这个禁锢知识的地方由许多最精巧的装置防守着。知识用来掩盖而不是摆脱偏见。……一颗反常的心主持着图书馆神圣的防守"。

除此之外，还有像鬼抚摸脸颊的对流空气形成的风。所有这些设置，都显示了图书馆建造者非同小可。威廉依靠自己的理性和学识对所有神秘的事物进行去魅，还原其真实的构造和原理，而要走出迷宫，威廉说："需要科学和知识"。

这就是他们到达修道院的第二天晚上，威廉和阿德索第一次进入图书馆。正如以上所述，他们看了各种各样的房间，以及大量的书籍，有让人变形的镜子，还有一盏燃着药草的长明灯，阿德索产生了幻象并晕倒，还有利用通风设备，像是有鬼抚摸脸颊的风，他们转来转去，迷路了，但最后又莫名其妙地出了图书馆。当他们下楼进入藏骨室的走廊时，阿德索不禁大为感叹："我觉得那些无肉的头颅死样的张牙咧嘴，都好像是亲爱的朋友的微笑。""世界多美，迷宫是多么讨厌可憎。"但是威廉说："如果有走通迷宫的办法，那么世界该多美啊！"

（二）译解迷宫

威廉崇拜的人是罗杰·培根，中世纪的哲学家、神学家和科学家、炼金术士。在小说中，威廉多次谈到对于罗杰·培根的信仰和钦佩。威廉通过数学知识揭示了图书馆的构造。图书馆的复杂性一般人难以彻底搞清楚，只有威廉，这个睿智、机敏、崇尚科学的人才能解密。在第一次造访图书馆后，威廉给阿德索讲了一些译解迷宫之谜的想法，令人震惊，他想到制造一种"指北针"，就可以确定主楼里的方向，谈到数学科学的作用，让阿德索画图书馆的地图，"最完善的秩序引起了最大的混乱：这真是卓越的计算。图书馆的建造者是大师"。图书馆的迷宫来自缜密的秩序，博学而傲慢的威廉对图书馆的建造者大为赞叹。

原来图书馆的平面图，书籍的摆放是按照地球的形状安排的，"我们后来肯定地完善平面图时，就深信图书馆的确是根据地球的图像布置和安排的。北边是 ANGLIA（英国）和 GERMANI（德国），这些沿着西墙跟 GALLIA（盖利亚）相连，然后转向极西，进入 HIBERNIA（西伯尼亚）；转向南墙是 ROMA（罗马）（拉丁古典著作之都！）和 YSPANIA（西班牙）。然后往南是 LEONES（南边）和 AEGYPTUS（埃及），东边是 IUDAEA（印度）和 FONS ADAE（人间乐园）。东和北之间，沿着墙的是 ACAIA，威廉说，这是一个很妙的提喻法，表示希腊。最后，在那四个房间中，私藏着大量古代异教诗人和哲学家的著作"。威廉和阿德索明白这个之后，图书馆的妙处就已经昭然若揭了，然而对于经验论者来讲，无疑像进入了迷魂阵。

第六天夜间，威廉和阿德索最后一次进入图书馆。阿德索在马厩偶然性的、无心的语言，让威廉得到了重大的启示，很快就破译了那句进入"非洲的终结"的密码，"镜上有四，其一其七"，不是像他最初猜想的那样"第一个和第七个四"，而是指"四之第一和第七"。他们进入后，那个为维护真理而不惜任何牺牲的约尔格正在等候他们。威廉和约尔格两位进行了有趣而紧张的辩论后，开始争吵并打斗起来，图书馆在他们的打斗中燃起了大火。大火烧了三天三夜，整个修道院都被焚毁了。

（三）图书馆主人

图书馆这座迷宫的主人是何许人也？老约尔格就是图书馆实际的主人，是掌握图书馆的顶级人物。就连院长对于图书馆也没有他那么清楚，事实上从约尔格在40年前当上前馆长的助理后，他就开始逐渐成为图书馆实际的掌控人物，在他回到家乡博尔赫斯的希洛斯收集《启示录》时，他发现了那本由稀有的亚麻纸制成的抄本《诗学·卷二》即亚里士多德的《喜剧》。这一重大发现使其大为受到尊敬，并很快成为图书馆的馆长，一直到他死他也没有放弃对图书馆的掌握。

在这座修道院内，图书馆馆长的职位被交予外国人，这虽然为修道院的意大利人所痛恨，但是他们也没有办法。约尔格虽是西班牙人，统治图书馆长达几十年。"图书馆乃验证真理和谬误的试金石"。老约尔格总是在出其不意的时候出现在众人前，他是个盲人，却毫不影响他在图书馆内的活动自如。事实上，"约尔格在这座修道院内是无所不在的"。虽然他是盲人，他对书籍的位置，什么书第几页，书上写的什么内容，都一清二楚。他说话的样子就像他看到东西似的，他比那些拥有明亮双眼的人看事物更透彻。"换句话说，他是图书馆的大脑，经堂的灵魂。他听到修道士在闲聊的时候就告诫说，'快点，给真理作证，因为时间到了！'他指的是魔鬼的到来"。

实际上，该修道院是图书馆的堡垒，它隐藏着图书馆，而图书馆是知识的堡垒，在图书馆里藏着无尽的知识和真理，当然还有谬误，但图书馆将这一切同样隐藏了，而不是展示给世人看。图书馆和修道院两位一体，两者互为存在的理由。图书馆馆长可以升为修道院院长，院长是从馆长那里来的。对于图书馆的掌握也即对修道院的掌握，反之亦然，对修道院的掌握也就是对图书馆的掌握。掌握了图书馆和修道院也即意味着掌握了巨大的权力，不仅是具体的世俗的实权，还是对知识的掌握，对真理的霸占。"知识就是权力"。不仅中世纪如此，现代社会依然如此。所有围绕修道院和图书馆的谋杀都是为了争夺权力、争夺话语权、争夺基督教世界的霸权。这座修道院没有名字，暗示的是所有的修道院，它不是任何一个具体的修道院，它是整个基督教世界的缩影和化身。

艾柯对图书馆情有独钟，在他的小说和散文中，图书馆是他必写的题材。在《玫瑰之名》中，图书馆可以说是重中之重，是整个修道院的核心，是谋杀案的主要案发地，一切源于图书馆，罪恶与骄傲、知识与真理、恶魔与上帝——在《傅科摆》中，在《昨日之岛》《波多里诺》《洛安娜》中，图书馆都是一个必不可少的对象。不过唯独在《玫瑰之名》中，图书馆成为叙述的中心。

三、修道院的罪恶与焚毁

修道院闻名世界，但是它的内部却滋生蔓延着罪恶。这里人才济济、豪杰云集，方济各派、本尼迪克特派、多明我以及异教徒等各种教派的人都有。在这个神秘的修道院内，预言似乎成真。修道院白天肃穆庄严，是大家吃饭、学习研究和工作祈祷的地方，到了晚上，则是神出鬼没的秘密场所。这是个本尼迪克特派修道院，却藏着圣方济各派的乌伯蒂诺，藏有异端分子雷米吉奥和萨尔瓦托，而院长是当地领主的儿子，馆长是来自西班牙的盲人，众多的修道士则来自世界各地。在修道院发生谋杀案之时，也是方济各派检查官威廉被派往该地调查调解的时候，整个欧洲的精英人物都集中到此，包括代表帝国方面的迈克尔、代表教皇约翰 22 世的红衣主教伯特兰以及多明我派的大检查官贝尔纳德，修道院在任何时候都没有如此热闹过。

威廉刚刚抵达，死亡的阴影就已经笼罩了这座修道院，阿德尔摩的自杀引发了一系列的死亡。随着死亡人数的增加，修道院表面上依旧，实则已经陷入极度的混乱和恐怖之中。人人自危，昔日一起工作、祈祷、学习的伙伴都成了相互怀疑的对象。正如玻璃工尼科拉斯带领他们参观藏宝室时所谈到的："在这个国度，可耻的事情已发生多年了，甚至在修道院，在教廷，在教堂都同样如此……为争夺权力发生冲突，互相倾轧，指控别人犯有异端而占有他的俸禄……多么卑鄙！我简直要对人类失去信心了。到处在明争暗斗，到处有宗派在施行阴谋。连我们的修道院也陷到这种地步！在这曾经使圣徒们自豪过的地方，竟有一批奸诈之徒，通过神秘的魔法，一个个显形。"而老是带着冷笑，好像他永远不能容忍所有人的愚昧，但又把这种宇宙的悲剧看得不太重要的亚历山大的艾马罗则调侃说："噢，威廉牧师，对于这座疯人窝，你习惯了吗?"修道院已经成为罪恶的滋生地和人间的疯人院。

最终修道院毁于大火，大火烧了三天三夜，这座基督教世界最为著名的修道院变成灰烬，从此在大地上消失了。图书馆也荡然无存，书、知识、权力全部葬身火海。结尾处，叙述者阿德索回到了老年状态，威廉在中世纪瘟疫中丧生。阿德索叙述了多年后他重访故地的感受。除了一片废墟、一片凄凉，昔日的辉煌早已不再。阿德索在那片土地上捡到了一个有残篇断章的书箱，将其带回留作纪念，那些残存的书页伴随他度过了余生。他思考着上帝、神意、存在、差异的意义，得出的结论是："上帝并不存在"。修道院是一座迷宫，作为一个巨大的能指，它所指的是财富、权力、知识、神圣、神秘甚至罪恶等，但是这座迷宫却没有名字，没有名字的修道院是杜撰，是空想，根本无一物，何处有谋杀？一切都是虚空。它毁于大火，成为灰烬废墟，变成了另一种元素。也许根本就没有存在过。因此它注定成为虚空。也或者，没有名字的修道院代表了世间所有的修道院。

<h1 style="text-align:center">第三节　无名少女</h1>

在《玫瑰之名》中出现的女性很少，仅有的一位就是萨尔瓦托带进修道院的那个乡村少女。然而关于女性，在《玫瑰之名》中则有大量的讨论。各个教派各种人物都有各自对女性的看法，诬蔑的、赞美的、感激的、崇拜的、憎恨的、倾慕的、厌恶的、喜爱的等不一而足。而无名的乡村少女作为唯一出现的女性人物，成为所有这些男性世界议论的中心，而她自己则似乎患了失语症，不仅没有说什么话，甚至没有留下一个名字。

一、阿德索——情感

阿德索到修道院的第三天晚上，先是到乌伯蒂诺那里去寻找真理，乌伯蒂诺的讲述对他产生了巨大的影响，使得他决意独自进入主楼图书馆，去探索未知的领域。在这个他直觉认为是决定命运的一晚，他的命运确实有了很大的改变。就在他经过昏昏沉沉的一番阅读和幻想后，离开图书馆来到厨房，看到了一位少女。这位少女是萨尔瓦托诱惑来以色相换取食物的乡下女孩。这位少女和阿德索一夜春风，成为阿德索终生难忘的唯一一次世俗的爱情。阿德索即使到了老年依然"还无情的清楚鲜明地记住每一个细节"，可见少女对他的心灵、情感、精神的影响和震撼。

十六七岁的女孩在阿德索的眼里甚至是完美的。阿德索听不懂她的语言，但能从语音和语调中猜出姑娘在夸他"年轻、俊秀"，阿德索虽然觉得魔王的圈套魔法无边，认为这种赞美的话虚虚假假假，但他还是生起无法克制的感情。因为她的美丽令人震撼，她像黎明那样出现，像月亮那样美，像太阳那样清澈明亮，像举着旌旗的大军那样可怕。他觉得自己陷入了一种谵妄状态，不知道为何在快乐的同时还有罪感。他用最美好的语言和句子表达他的快乐，并且质疑道："在圣人所说到的乐事跟在我搅动了的心灵当时感到的乐事之间，真的有所不同吗？"

无论在当时还是在后来，阿德索的心理都极为矛盾，无比的幸福感、极乐感以及羞愧感、罪恶感交织在一起。两种情愫在他的心中、脑中反复冲突，他既将这件事看作神圣的，又将之视为魔王的诱惑和哄骗。"也许当时和在夜里所经历的是中午的魔王的法术；魔王懂得掌握住（人的）灵魂并哄骗肉体。但我立刻就相信：我的顾虑的确是太过分了，因为没有什么东西比我当时正在经历的，更正确、更美好并且更神圣了，那种经历的甜蜜与分俱增、与秒俱增"。不管怎样，爱总是人间最美丽的事物。阿德索用来描绘世俗的欢乐和神圣的殉教者是一样的句子，他无法将世俗和神圣区别开来，他只好认为那件事就是上帝创造的美和善。他质疑神圣事物和世俗欢乐的相似之处，他认为这些相反的事物之间都有同类性，有难以捉摸的相似性。"通过多义的代号，上帝可以叫作狮子或豹子；死亡可以叫作刀剑；欢乐叫作火焰，火焰叫作死亡，死亡叫作深渊，深渊叫作永灭，永灭叫作疯狂，疯狂叫作情欲。我作为一个青年，为什么用圣人描写对（神圣）生活的心醉神迷所使用的词，去描写给我深刻印象的殉道者迈克尔对死的心醉神迷呢？为什么我禁不住用同样的措辞描写对世俗欢乐（是有罪的，并且是短暂的）的心醉神迷呢？"

快乐过后产生的是悲哀、罪感。人类是多么矛盾，在追求世俗快乐的同时，会认为那些快乐都是罪恶。尤其是对于一个修道士来说，世俗的欢乐是他所不应该涉及的，更何况，阿德索还是一个教规规定要独身和禁欲的本尼迪克特教士。因此，在那幸福的一刻来临时，他的内心充满了矛盾；在那一刻结束时，他想到自己犯了罪。不管怎样，阿德索都无法将姑娘和邪恶联系在一起。当他老的时候，他依然怀着罪感幸福地回忆并认为自己的青春是多么美好。"我意识到我犯了罪。现在在许多年以后我仍然悲叹自己的错误时，无法忘记那天夜晚我所感到的极乐。如果我不承认在那两个罪人之间所发生的关系，本身当然也是善和美，那么我就是对创造了善和美的万物的上帝不公平。"

阿德索自从和无名少女相遇后，就陷入了难以摆脱的困境中。有时悔恨，有时思恋，一时受着情欲折磨，一时犯了相思病，又时时为姑娘的安危着急担忧。可以肯定的是，他无时不在想念她，他的幻象中到处是她。"我可以竭力写下来的是：我有罪过，我希望她随时出现。"他从爱情想到美德，大抒其情。脑袋里出现了很多的幻象。"我觉得天地间的造物都是她的体现，我希望跟她再次相逢，……就好像万事万物都只对我诉说着我在厨房芳香的身影上努力看到的脸孔。"对于他的各种幻象，阿德索翻来覆去地分析，到底是中了魔王的圈套呢，还是上帝的美意？他对于自己的所作所为，在内心千回百转的荡涤过后，认为："如果整个世界注定要对我诉说造物主的力量、仁慈和智慧，如果那时整个世界都对我诉说那位姑娘，她（尽管她是罪人）却是造物这部伟大著作中的一章，全世界唱的伟大的赞美诗中的一首赞美诗——我对自己是（现在我在说）：如果这种事情发生了，那只能是支撑着世界的上帝伟大设计的一部分，神把世界安排成一把七弦竖琴。共鸣和谐的奇迹。我如醉如痴，我在所看到的东西中欣赏她的存在，希望她存在于我所见的东西中；看着它们，我尽情享受着"。

由此阿德索得出结论：爱情作为认知来说，是最伟大的认知。我们通过爱情，比通过知识能更好地懂得事情的本质。

然而，作为本尼迪克特的修道士，阿德索必须从情感的纠缠中挣脱。后来当姑娘被贝尔纳德的弓箭手抓住时，阿德索吓坏了，"我的心脏收缩了：原来是她，我思念中的姑娘"。阿德索一时冲动，想要冲过去救她，但威廉责备地制止了他。当他看到姑娘被带走时，情不自禁要跟随她去，理性的威廉又一次拉住了他，阿德索为自己的无能而愧悔。"我羞愧地哭泣起来，逃回自己的密室，整整一晚上咬着自己的草铺，偷偷地绝望地呜咽着，流着泪，因为我甚至不能——像我和我的伙伴们在梅勒克念到的骑士罗曼史里的人物那样——哀悼死者，喊出心上人的名字"。

这位少女没有名字，如果她象征着爱情的话，她可以成为玫瑰的又一别名，但她自己没有名字，正如她最后被当作女巫送上火刑柱，她作为欲望的能指消失了，因而作为爱情的所指也成为空洞的理念。阿德索在得知她会被烧死时想："这是我平生第一次获得的人世间的爱，无论在那时还是在以后，我都不能够叫出心上人的名字。"无尽的怅惘，无尽的回忆，阿德索第一次也是唯一一次人世间的爱，留下的是永恒的追忆和遗憾。那个心上人什么也没有留下，甚至名字。能指没有了，所指也终将消逝在世界的空虚之中。

二、威廉——理性

威廉是一个非常重视事实的理性至上、崇尚科学的智者。他善于从事物的迹象中推断出事物的本质。对布鲁纳勒斯的推断就是典型一例，使所有的人都为之大吃一惊。他教导阿德索："要认识迹象，因为世界就是通过这种迹象像大部头的书告诉我们情况那样。"威廉信仰罗杰·培根，精通亚里士多德学说，他是一个本尼迪克特教士、一个教廷大法官，对于阿德索的情爱困惑，他给出的诠解是合理的、理性的。对于乡村少女之事他给予的解释非常符合他作为智慧的导师身份。

阿德索向威廉进行了忏悔，把一切毫不隐瞒地告诉了他。威廉认为阿德索违反戒律犯了罪，但是也并非罪不可赦。他引经据典，先分析女人的缺点：《圣经》说女人是诱惑的根源。《传道书》论及女人时说，跟她性交像烧着的火。《箴言》说，女人夺去男人宝贵的灵魂，最坚强的人也毁在她的手中。《传道书》进一步说，女人比死亡更厉害，女人的心是圈套和罗网，手像嵌条。还有一些书说女人是魔王的人。然而，威廉有自己对女性的看法，因为他无法相信上帝故意造出这样一种恶人，而不赋予她某些美德。从而他对上帝创造女性进行了深入的论述："上帝授予女人许多特殊的荣幸和显赫的动因，其中三点的确是很伟大的。实际上上帝在低下的世界中、在泥地里造男人；女人是上帝后来在天堂中造出来的，用高贵的人的材料造成。他不是按亚当的底部和内脏而是按肋骨捏成女人的。第二，上帝是万能的，他可以直接以某种神奇的方式变成人形，但他不那样做，却故意寓于女人的子宫中。这就表明女人根本就并不那么肮脏。他在复活节后出现时，就是出现在女人面前的。最后，按照天福，任何男人都不能成为天国的国王，但王后则是从来没有罪过的女人"。

对于阿德索受女孩的吸引以至于违反戒律一事，威廉说："如果上帝对夏娃本人及其女儿表现出如此的恩宠，难道我们被女性的优雅和崇高所吸引，就是那么不正常的事吗？阿德索，我要对你说的意思，是当然你不应该干这种事了，但你受到诱惑而干了这种事，那也不是什么元凶极恶。就这种事而论，对一个修道士来说，在他的一生中至少有一次肉体情欲的经验，这样在他将来规劝和安慰罪人时就可以有宽容心和理解的心情……"他劝诫阿德索："这不是事情发生前希望它发生的事，但一旦发生了，也不是什么值得大骂特骂的事。这样，让它见上帝去，今后别提这件事了。"

威廉的分析超越了狭隘的男权主义思想，甚至给女性以崇高的评价。在他的分析中，他并不囿于宗教经典的禁制和局限，而是以自己的理解，反向阐释，对经典的说法给予解构。他的分析给了阿德索很大的安慰，使得阿德索心中的压力和愧疚减少许多，甚至有点得意和庆幸。威廉善于推断，根据阿德索的忏悔，威廉推断出了是萨尔瓦托和雷米吉奥干的事，因为他们有机会和乡下的农民打交道，他们知道怎样把外人弄进修道院来，又怎样弄出去；他们在夜间自由自在地在整个修道院中逛来逛去，雷米吉奥是生活总管，萨尔瓦托是他的死党，他们利用职务之便满足自己的欲望。

三、乌伯蒂诺——信仰

乌伯蒂诺是修道院中一位圣方济各派的教士，和威廉是老朋友。他在多年前就因躲避"异教徒"之名而藏身于这家修道院，不问世事，只是沉思和祈祷。他的一生中有过太多的经历，对于女性他有丰富的经验和独特的看法。在阿德索遇到少女之前两个小时，乌伯蒂诺刚刚给他做了长篇大论的分析，对于异教徒多尔西诺以及玛格丽特的经历，对于善恶的区分，对于爱和女性的看法，他发表了作为一个老年的修道士的经验之谈。阿德索深受其影响，正是听了乌伯蒂诺富有哲理而又不乏激情的讲述，他才决意脱离老师，独自进入图书馆去冒一次险。

乌伯蒂诺对于女性和爱的看法集中在他对阿德索的讲述中——在他谈到异端的时候，他认为"女人是魔王的手下""善与恶的分界线是那样微妙"，他认为异端多尔西诺的罪过在于他是以一种纯粹神秘的方式把大概是正统宗教的人所宣讲的东西付诸实施，多尔西诺错在"不应该改变事物的秩序，即使我们必须热烈地希望改变它也罢"。他向阿德索介绍纯洁的爱和邪恶的爱，他认为人性是软弱而矛盾的。"爱是什么？世界上，人或者是魔鬼或者任何东西中，我怀疑没有什么东西能像爱那样存在的，因为爱比其他任何东西都更能渗透入灵魂。存在的东西中，没有什么比爱那样充实而吸引心灵的了。因此，除非你有克制爱的武器，否则灵魂总是通过爱堕入无边的深渊"。

在他的概念中，有良好的爱与邪恶的爱之分，有超自然的美与世俗的美之分。圣母玛丽亚具有超世俗的美，妓女虽然形体美，但却是世俗的恶的美。必须把这些不同性质的爱区分开，但是他承认，"要想把此种爱与另一种爱区分开，是多么难"。他认为"女性本质上是邪恶的，但当女性通过神圣活动就变得崇高庄严时，只有在这时它才能是神的恩典最崇高的媒介。最纯洁的贞洁给人生命以灵感"。然而阿德索虽然铭记各种爱的不同，当他在图书馆看着圣母像和妓女的肖像时，却认为她们一样美，他分不清哪个是超自然的、哪个是世俗的。

当无名的乡村少女被抓时，阿德索一心想要跟去。乌伯蒂诺的分析则令他更加痛苦万分："如果你看着她，是因为她美，并且她使你感到心烦意乱（但我知道你已心烦意乱，因为她被怀疑所犯的罪，使你感到她更加迷人），如果你看着她就有所要求，那么单单这一点她就是女巫了。警惕啊，我的孩子……身体之美只是皮毛之美。如果愚钝的人能透过表皮看到内容，那么他一看见女人，就会不寒而栗。一切优美雅致都在于粘液和血液、体液和胆汁。如果你想想鼻孔、喉咙和肚子里藏着什么东西，那只会发现污秽而已。如果你手指尖接触到粘液或粪便就恶心，那我们怎样想像拥抱那包含着那些粪便的囊袋呢？"阿德索几乎要眩晕过去，幸好有威廉的理性支持。乌伯蒂诺作为信仰者，对于女性的分析倾向于重视精神鄙视肉体。他对于乡村少女的态度对无疑是阿德索的折磨，不过阿德索很快从仁慈的导师那里获取了解脱。

四、贝尔纳德——官方

贝尔纳德是教皇的大检查官，权倾一时，可以对修道院中的任何事情进行调查和处理。当他的弓箭手抓到无名的少女和萨尔瓦托在一起时，贝尔纳德当即判断"现在这案件在我看来很清楚：是修道士勾引女巫，还有某种法术。"他补充说，她是什么人，已经是很清楚了，在把她当作女巫烧死之前，有审讯她的时候。这两个人被拖走，一个沉默不语，失魂落魄，心里七上八下；另一个哭哭啼啼，像被领往屠场的动物那样尖叫着。不管是贝尔纳德、弓箭手还是阿德索自己，都听不懂女孩的农民方言。虽然她大叫大喊，却像是哑巴似的。有些话好像是授予力量，另一些话则使他们摸不着头脑。正如小说中的插话："无知的人的粗俗语言属于这后一个范畴；上帝还没有施恩惠于无知的人，让他们以知识和力量的普遍语言去表达自己的意思"。姑娘根本没有辩解的权力，她的话没人听也听不懂，他们根本不给她机会辩解。在此，显然说的是女性没有任何地位，也没有任何话语权。作为乡下的一个无名少女，任凭她说什么，根本没有人听更不必说为之辩解。她只能被当作女巫活活烧死，可以说她的死毫无价值。如果说有"价值"的话，那就是威廉后来所分析的："把一名漂亮的女巫扔到火堆里，将提高他俩的威望和声誉……"

阿德索痛心疾首，一心想要为姑娘辩护，但是他在检察官面前毫无办法、无能为力，想到那女孩在为与她毫无关系的东西付出代价，他就感到非常绝望。而他从中获得的人生哲理便是："卑贱者往往得为一切承担后果，甚至为那些替他们说话的人，为那些像乌伯蒂诺和迈克尔这样的大人物当替罪羊。这些人苦口婆心，阐述了苦修之理，最终使卑贱的小人物走上了反抗之路！""确实如此，"威廉悲哀地说道，"如果你确实在追求一点正义的话，我可以告诉你，总有一天，教皇和皇帝这两条天狗会对为他们效劳而相互残杀的小狗们的尸体视若无睹的，迈克尔和乌伯蒂诺也一定会遭到与这个女孩今天相同的命运的。"

弱者永远是强者的替罪羊，这就是社会的法则，威廉的分析可谓是入木三分。女性本来就是社会的弱者，在黑暗的时代里更是如此，无名的少女，无名的玫瑰，消逝在火焰中。玫瑰没有名字，正如这个无名的乡村少女。在小说中，玫瑰无名有多处暗示和映射，而最典型的隐喻之一就是：无名的乡村少女。女孩和阿德索一夜良宵，让阿德索终生难忘，然而这个女孩是没有名字的，她甚至也没有语言。在众多的男性包围中，患了失语症，失去了自己的声音。作为小说中唯一的女性，没有名字，能指缺失，其女性的所指意义也当阙如。

第四节　无名凶手

凶手是谁？是末日的审判，还是魔王的诱惑？当一个人死去时，另一个疑似凶手的人也紧跟着死去。元凶到底是谁？能指何在？能指无数，也就是能指没有，凶手很多，一直推下去，找不到元凶。每个人都成为凶手，即每个人都不是凶手，反之亦然。凶手到底是谁？凶手没有名字，凶手的名字很多，因此没有凶手或者都是凶手。是约尔格？是书？是修道士自己？都是都不是？事实上，凶手可以做多种解释，而每一种都合情合理，每一种也都有自身的局限性。因此，凶手只能无名，成为没有特指的虚构的能指。

一、启示录的预言

威廉和阿德索到达的第一天，就听说修道院的书籍装帧师阿德尔摩刚刚死掉，第二天早上就又听到了残忍的消息，希腊文译者维南蒂乌斯一命呜呼，大家胆战心惊，相互猜疑。这时候，最年老的修士阿里纳多警告威廉，还会不断出事，这是上帝按《圣经·启示录》七个喇叭手的预告在进行惩罚。他说："第一个天使吹喇叭就有冰雹与火夹着血从天而降——阿德尔摩不就是死在下冰雹的暴风雪之夜吗？第二个天使吹喇叭，海的三分之一变成血——维南蒂乌斯正是倒插在猪血桶中。第三个天使吹喇叭，就有烧着的火星落在江河的三分之一……因水变苦，就死了许多人——贝伦加刚好是死在浸满水的浴缸里。第四个天使吹喇叭，太阳，月亮，星辰的三分之一都被击打……第五个天使吹喇叭，就有蝗虫从烟中出来飞到地上，好像地上的蝎子一样。第六个天使吹喇叭，就听见有声音从神面前金坛的四角出来。第七位天使吹喇叭，我就走到天使那里，让他把小书给我，他说，你要把它吃尽了，便叫你肚中发苦……"确实，按照这个说法，阿德尔摩就是死在冰雹的暴风雪之夜，维南蒂乌斯也是插在猪血桶中，第三个是谁呢？江河的三分之一？当大家正在狐疑之时，第三个死者——图书馆馆长助理贝伦加死在浴室浴盆里，有一个似乎应验了启示录的预言。这时阿里纳多又念叨他的疯话了，"第一个天使……"，难道还有第四个、第五个吗？修道院笼罩了一层神秘恐怖的气氛，人人自危，不知道下一个轮到的会是谁。

然而到最后威廉和约尔格对决时，威廉终于从这个错误的推断中解脱，并对这个天使吹喇叭的启示录预言进行了颠覆和解构。"由于听信了阿里纳多的话，我以为这一系列罪恶发生的顺序是根据《启示录》里吹的七支号编排的。要真是这样，冰雹指的是阿德尔摩，而他恰恰是自杀的；血指的是维南蒂乌斯，而实际上那不过是贝伦加刹那间萌发的一个怪诞念头；火指的是贝伦加，而事实上贝伦加去澡堂只是一种随机行为；日头的三分之一被击打是指塞维力努斯的死，而马拉奇用那架浑天仪击打他的头，只是因为当时那是他唯一可随手拿到的东西。最后，蝎子指的是马拉奇之死……你为什么要告诉他这本书有一千只蝎子的威力呢？"约尔格告诉他，他相信了是神的力量造成了这些人的死亡，而且他告诉马拉奇，如果他对此事表示好奇，他也会像神安排的那样死去，结果真的应验了。约尔格到死都深深相信是启示录的预言。但威廉已经清醒了："为解释罪犯的动机，我设想了一个模式，但这却是个错误的模式，可这个罪犯没想到也套进了这一错误模式。正是这个错误的模式使我盯上了你。现在每个人都被这本神秘的书搞得神魂颠倒，而在我看来，唯有你对此书思索得最甚。"

威廉最后感到失败，因为图书馆和修道院没了，他没能够挽救那些丰富的知识，而且因为自己的推断失败感到自尊受了伤害。正如乌伯蒂诺曾批评他的：理性和知识遮蔽了他的预言力。他不禁又进行了一番自我剖析和自我怀疑。

"阿德索，我从没怀疑过各种迹象的真实性，而且它们是人类可以用来使自己适应于这个世界的唯一可信赖的东西。我所不理解的是各种迹象间的相互联系。我最终之所以查究到约尔格这个人，完全是因为我把《启示录》中所描述的那七支号依次吹出后的迹象，同这里发生的几起死亡事件联系了起来。因此，这仅仅是巧合使我成功的。我发现约尔格在为所有的罪行寻找一个罪犯，而据我们所知，每一起罪行都是由不同的人犯下的，或者说根本就没人犯过。我发现约尔格在追求一种反理智的设想，或许他根本就没什么设想。也许他本人是被自己最初的计划所驾驭，从而开始了一连串的原因，反原因和互相矛盾的原因。所有这一切自顾自地发展着，彼此间产生着与任何设想均无关联。那么，我所有的智慧在哪儿呢？我固执地一味追求一种有秩序的模式，而我早该明白，宇宙根本是没有秩序的。"

启示录的模式虽然被证明是失败的，但是实际上不管是威廉还是约尔格都受到了启示录模式的误导，约尔格甚至相信是上帝的旨意，他最后吃掉了书以应验启示录的模式，从而认为自己是为了荣耀上帝才去死的。威廉由于受启示录天使吹喇叭的影响，设想了错误的模式，虽误打误撞，得出合理的解释，并由于迷信启示录，得到了进入"非洲的终结"的密码。虽然最后证明一切都不过是巧合，但按照启示录的解释也完全合理，因为他们的死亡看似巧合，实际上完全符合启示录的模式。阿里纳多说的话可以认为是一个老年人的疯话傻话，但也可以认为是一种智者的预言。因此，启示录模式虽假犹真，虽真犹假。这更加重了小说的迷幻性、凶手的不确定性。是上帝的旨意吗？是还是不是，既是也不是。能指何在？在确定与不确定之间滑动延异。

二、魔王的诱惑

《玫瑰之名》中，恶魔的诱惑作为一个文化符码，对于院长是一个有力的盾牌，他可以据此遮蔽起第一个死者自杀或他杀的可能，以此保护图书馆的秘密，以及可能的对修道院中的秽行——变态情欲的深究。威廉刚到修道院，院长就给他上了一堂警戒图书馆的课。出于魔鬼的诱惑，人们经常有想要探究图书馆秘密的愚蠢的好奇心，但是图书馆内有很多含有谬误的书籍严禁阅读。"妖魔鬼怪之所以存在，是因为它们是神意的一部分，在这些妖魔鬼怪狰狞可怕的面目中，也透露出上帝的威力。也是根据神意，馆中还有术士写的书，犹太人写的希伯来神秘哲学著作，不信教的诗人写的寓言，异教徒的谎言。而在圣人看来，甚至在谬误的书中也可以依稀闪烁着神的智慧"。因此，不能让任何人都上图书馆去，因为他们分不清什么是谬误，什么是真理。

魔王的诱惑对于异端审判官贝尔纳德来说，则是出自意识形态的需要和作为一种权力手段：它是对权力的行使和对信仰/权力的维护。他必须命名罪行并阐释罪行，他必须借助特定的文化符码及能指链印证"魔鬼的诱惑"的存在。人总是首先确定他们所要的东西，然后使事实符合自己的目的。"最终，人们在事物中所发现的只是他们自己投放进去的东西"。于是，他成功地发现了魔鬼的能指：黑猫、黑公鸡、女人，发掘出半人半兽的萨尔瓦托，并成功地发掘了作为萨尔瓦托的保护人和逃脱了异端审判的前行乞僧雷米吉奥。当他成功地把作为魔鬼的文化符码和世俗巫术的杂碎汤——秽行、黑猫、黑公鸡、女人与异端的追随者联系在一起的时候，他无疑获得了空前的成功与一个异常完美的离轨者，一个再度得到印证和确信的意识形态镜像。魔鬼的诱惑作为一个象征/文化符码将再次出台，提供秽行、罪人与特定凶手之间必要的、"合理"的联系。当雷米吉奥迫于酷刑的威胁，甘愿承担谋杀罪时，他悲怆而嘲讽式地自问："可是为什么？为什么我要杀害他们？"审判官给出的提示性的回答是："你受到了魔鬼的诱惑。"于是，不再有疑问，不容有疑问，因为撒旦（魔鬼）与一切秽行、巫术与罪恶间的联系是恒定的、不容置疑的。怀疑"魔鬼的诱惑"的存在，同时意味着怀疑上帝的至善与万丈光焰。每一次对魔鬼诱惑的指认都将成为对上帝的再度认同。

院长和约尔格不止一次谈到魔王的诱惑、魔王的到来。约尔格在布道时候，曾预言反基督者即魔鬼来时，"所有的王国会被一扫而光。饥馑和贫困将出现；农作物会歉收，冬天会酷冷异常。地狱之子即将来到。……他将击败西方的文明，摧毁贸易的通道"。魔鬼来时就是世界末日来之时。"这时候，一切天规地法会荡然无存，儿子会动手去打老子，妻子会密谋陷害丈夫，丈夫会与妻子对簿公堂。……到处是此起彼伏的歌声，颂赞肆虐、邪恶和放荡的行为。随后，强奸、通奸、伪证以及对自然的亵渎，肉体汹涌的巨浪，滚滚而至。疾病、卜辞、咒语，行尸走肉会继之出现在苍穹。在基督教虔诚的信仰者中会出现伪善的预言家、假使徒、腐化分子、骗子、巫术士、强奸者、高利贷者和伪证犯……"在约尔格眼里，正是魔鬼到来，人们受到了蛊惑，修道院才笼罩上死亡的气息。

按照威廉的说法，约尔格就是真正的魔鬼。约尔格是上帝创造的怪物。"那魔鬼不是地狱之子，而是宗教的傲慢，不苟言笑的虔诚、容不得诱惑的狂妄。那魔鬼是残忍的，因为他知道他要去哪儿，而在行动时，他又总是从哪儿来又回哪儿去。你就是那魔鬼，又像魔鬼一样生存在黑暗之中。假如你想说服我，那你是失败了。我恨你，约尔格，假如能够的话，我真想把你带下楼去，让你赤条条地穿过场院，在你的屁眼里插上鸡毛，把你的脸画成个骗子、小丑，好让整个修道院都来嘲笑你，叫他们别再怕你。我要在你身上涂满蜂蜜，再叫你在羽毛堆里滚上一滚，然后用皮带把你系着牵到集市上去，告诉众人：这人曾向你们宣扬过所谓真理，告诉过你们那真理具有死亡的滋味，你们相信了，那并不是因为他说的话，而是他的残忍。现在我告诉你，在事物的各种可能性的无限漩涡中，上帝也允许你去想象一个世界，在那儿，所谓的真理诠释者只不过是个冥顽愚钝的偷盗者在重复陈词滥调而已"。

当图书馆和修道院在大火中燃烧得无可挽回时，威廉对阿德索说他终于找到了反基督者那就是约尔格。"这是基督教世界里最大的图书馆，"威廉说，"反基督徒确实近在眼前，因为学问再也不能掩盖他的真实面目了。今晚，通过这件事，我们总算见到了他的嘴脸。""我指的是约尔格。在那张由于痛恨哲学而变得丑陋的脸上，我第一次看到了反基督徒的尊容。他并不像他的告密者所说的那样，来自犹大部落或某个遥远的国家。反基督徒可以从对真理或上帝的极度热爱、虔诚中诞生，正如异教徒是从圣人中产生，着了魔的人是从占卜者中产生一样。"正是约尔格自己从对真理的极度热爱和誓死捍卫中变成了魔鬼。

三、人性的贪欲

凶手就是人类的贪欲，正是在疯狂的贪欲追逐中，人们才葬送了自己。修道院里的死亡事件遮住了其他任何事情的重要性，威廉甚至忘记了自己的真正任务，是要在此地对来自教皇的代表和德皇的代表会晤进行调解。这件事是基督教世界的大事，但在修道院恐怖的气氛中，这件事甚至也成为陪衬。正如阿德索说，比起教皇和皇帝陛下的冲突来，威廉似乎对解开这里的谜更感兴趣。威廉也承认自己对解谜的着迷，因为他从中能够得到快乐。他的欲望和兴趣就是寻找世界的秩序，但是他却没有找到。"疯子和孩子总是道出事实的真相"。威廉认为自己作为一个宗教法庭的审讯官，相当合适，正是因为他每每为能解开一个微妙而复杂的谜而感到其乐无穷。他的兴趣就在于探索这个世界的秩序，"这个世界虽非井然有序，但也并非不存在有机的联系"。尽管最后的结论是世界根本就没有什么秩序。

不仅对自己的欲望、对贝尔纳德的欲望有清醒的认识，威廉对于众多的欲望都有深刻的认识和分析。而正是这些欲望促使很多人走上罪恶之路。大检查官贝尔纳德·古伊的兴趣并不在于侦破罪案，而是想烧死那些嫌疑分子。因为这是他的政绩，他轻易地将无名少女当作女巫烧死，抓住了萨尔瓦托和雷米吉奥这两个异端，烧死异端就是他升官发财的砝码。他的欲望就是抓人和烧死人，事实上他的贪欲恰恰是一种诋毁正义的贪欲，也正是一种对权力的贪欲。而修道院发生的事情则都是为了那本禁书，死者都是因为要满足自己的欲望而被杀死的。贝伦加和马拉奇都有对情欲的贪欲；乌伯蒂诺对"基督贫穷论"和圣迹狂热；萨尔瓦托对肉欲和食物狂热；修道院总管雷米吉奥怀有一种想证实自己，改变自己，苦修出世，最后一死了之的强烈欲望。而神圣的罗马教皇则是贪念财富，因此才发生了无数的宗派之间的斗争和这场"基督是否贫穷"的持久论战。

对于本诺，威廉做了深刻的分析，他认为本诺的贪欲和许多学者的贪欲是一样的，那就是对知识有着一种贪婪的追求，不过这是为了追求知识而追求知识，如果有一部分知识他无法得到，就千方百计要得到它。然而得到了又不是用来和人分享，只是满足自己占有的欲求。而威廉崇拜的罗杰·培根则不同，罗杰·培根对知识的渴求并不是一种贪婪，他不过想利用他的学识让上帝的奴仆更为幸福。所以，他并不是为了知识本身而去追求知识。本诺追求知识只是出于他那种永远无法满足的好奇心，或他的恃才傲物的德性，或一名修士为了转移和减轻性欲的纠缠而采取的另一种方式，或者为使另一个人成为笃信基督教或信奉异教的那种强烈的激情所致。"本诺贪求的是书籍，他的贪欲像所有的贪欲，包括那位将种子撒在土地上的奥南的贪欲一样，毫无生命力，与爱毫无关系，连性爱都谈不上……"那么本诺要得到书是否为了书的价值，阿德索质疑威廉："（现在这些书已由他保管了）他是不是认为只要不让贪婪的手接触这些书，书的价值就有了保障了呢？"

"书的价值在于被人阅读。一本书的内容是由符号构成的，这些符号又能代表其他符号，它们所代表的符号又反映了一定的事物。要是没有人读，一本书的符号就形成不了任何概念；因而这本书就如同一个哑巴。人们建造这所图书馆，本意也许是为了保存它所贮存的书籍，可现在这所图书馆的存在却是为了埋葬它们。那就是为什么说它业已变成一个罪恶的渊薮的原因。修道院总管说他自己曾是个背叛者，现在本诺也重蹈覆辙，他也背叛了。"

从某种意义上说，是贪欲使得人们走上了不归之路，正是他们内心的贪欲造成了一系列的悲剧，使得他们背叛和犯罪。因而，贪欲是凶手，是罪魁祸首，如果没有贪欲，就没有这些罪恶。但贪欲何在，能指何在？贪欲是一种看不见摸不着的内心的欲望，从某种意义上说，它是非物质的，是非存在的。因而，贪欲根本就是子虚乌有的东西，即使它作为凶手，也更是无法确证的玄幻。

四、死者即凶手

阿德尔摩、维南蒂乌斯、贝伦加、塞维里努斯、马拉奇、院长、约尔格都是死者，却又都是凶手，一个人被杀后，下一个是被怀疑的杀手被杀。凶手无名，死者却都有名字，凶手变成了死者，死者被疑为凶手。

阿德尔摩的自杀引发了一系列的死亡。在馆长马拉奇死后，修道院真正陷入了恐怖和混乱之中。大家人人自危，互相怀疑，昔日的伙伴都变成了怀疑的对象，凶手的名字很多，就无法确定是哪一个，也就等于没有。能指无限，所指不在。院长、约尔格、阿里纳多以及各位修道士都感到了死亡的气息，阿德索也紧张至极，威廉则相当镇定："一直到今天早上，人们才发现那些最值得怀疑的人都已经死了。到昨天为止，大家还在怀疑被认为是愚蠢、奸诈、好色的贝伦加；接着怀疑上了生活总管，一个可疑的异教徒；最后又怀疑起马拉奇来，一个极不讨人喜欢的……而现在，他们不知道又该怀疑谁，提防谁了。他们急切地需要找到一个敌人，或者说，一头替罪羊。每个人都在怀疑别人。有些人像你一样感到害怕；另一些人已经想好要去吓唬人。你们都过分焦虑了。"

在经过一系列的调查后，威廉将元凶指向约尔格，约尔格反驳道："我没杀任何人。他们都是由于各自的罪孽而一命呜呼的。我只不过个工具。"威廉针锋相对地说："昨天你说犹大也是个工具，但他还是摆脱不了被打入地狱的塞运。""我甘愿冒下地狱的风险。上帝会宽恕我，因为上帝知道我是为了他的荣耀而这么做的。我的责任是保护图书馆。"此时约尔格只有狡辩，但不可否认是他在书上涂了剧毒，如威廉所说："我得说你的办法真是绝了：谁想读这本书就得中毒身亡，一命呜呼，而且周围绝无他人……"因此约尔格是谋杀的元凶。而且他在利用修道士忏悔的时候，会说一些吓人的话，能够使人害怕，例如阿德尔摩就是其中一例，到他那里忏悔受到恐吓威胁，内疚愧悔自杀身亡。即使约尔格不算是亲手杀了他，约尔格也难辞其咎，因为是他的诠释促使阿德尔摩自杀的。后面的连环死亡从此开始。维南蒂乌斯对知识的疯狂欲望使他偷了书被毒死，他是从阿德尔摩那里得到的"非洲终结"的信息。贝伦加好奇看了书也被毒死。塞维力努斯被马拉奇用浑天仪砸死，因为马拉奇受命要去找回那本书。马拉奇拿到书后，自己也忍不住要看，也被毒死。院长受到威廉的启发，知道阴谋和罪恶就在图书室，他对修道院的情况最为熟悉，尽管不知道怎么去找书，但他是院长，任何人都要服从他。但是院长被困在主楼的夹墙里，即约尔格的秘密通道里，最后窒息身亡。院长也是看过书的，因此他也必定要死，因为见书者必死。约尔格最后将书吃掉了，他为了维护他自认为的真理，要和书同归于尽。大火烧起来了，约尔格在大火中和书一起见上帝去了。威廉认为约尔格是为了真理而做出残暴的事情，因为他狂热地热爱他的真理，直至敢于做出任何事情来推翻谬误。由此他还推断约尔格害怕亚里士多德的第二卷书被人看到，是因为很可能正是这卷书在教导着人们怎样去重新认识所有的真理，从而使人们不至于沦为鬼魂的奴隶。

　　如果有罪的必死，那他们必定有罪。死亡的必定有罪，那他们依然有罪。被杀的人同时就是杀人的人，一体两面，是被害者同时也是害人者，是无辜者同时又有罪。如果没有自己的贪欲，他们不会成为被杀的对象，同时，如果没有贪欲，也不会去杀别人。"欲望"和"狂热"是这些修道士惨剧的根源。人性中无法抵挡、无法驱除的欲望促使他们走向灭亡。

　　最后凶手落在书的身上，然而，书是谋杀者吗？书只能是谋杀者的工具，尽管它是直接致人死亡的原因。这本书究竟是何物，如此剧毒，如何能使人看了即死。这本书也没有名字，甚至根本就不存在这本书，它被认为是亚里士多德的《诗学·卷二》——《喜剧》，但是却并无考证和任何根据。实际上，书是无罪的，但书却毁灭了，说明它还是有罪的。书被约尔格涂了毒，见书者必死。书虽是直接杀人者，但是若没有这些修士自己的贪欲，他们就不会死。约尔格虽然不是亲手杀人，但他却借书杀人。约尔格最后将书吃掉了，他就连死也要把书带走，不能让书中内容流毒人间，他是为了自以为的真理而死。他为了保护真理，由于对真理的狂热而变成了恶魔。

从人类历史以来，对于美好事物的寻找就是人们存在的一个理由。这个诱惑长久地吸引着人们为之付出精力和生命。在《玫瑰之名》中，是什么造成众多修道士的死亡，跟这个也有关系，这个终极性的东西也可以看作杀手。对它的寻找成为死亡的根源。实际上，这个终极性的东西就是逻各斯，在《玫瑰之名》的开头，就是："太初有道，道与神同在，道即神。对于道和神的寻找，成为死亡的根源。"正如威廉总结的："也许那些热爱人类的人的使命正是要使人们嘲弄真理，使真理变得滑稽可笑，因为唯一的真理在于学会使自己从对真理的疯狂热情中解放出来。"

第五节　无名怪书

杀人的怪书没有名字，大家拼命争夺的是一本怪书的手稿。该书能杀人，看了该书的人都会死。但是也有例外，本诺看了却没死，因为他翻不开的地方没有强翻，也没有去舔手指。威廉没死，因为他看书时戴了手套。只要翻书舔手指的都会死，那是因为书上被涂了毒，看书者必死。本诺没有翻开，等于没看，威廉戴了手套当然也不能翻开。实际上两位都没真正看到书的内容。因此，看书者死。即使院长没看过书，但他清楚这本书的存在，因此也要死。争夺手稿是争夺权力的意指，各位为了书不惜杀人不惜牺牲生命，是为了掌控修道院，成为馆长、院长，操控知识意味着操控阐释权，意味着操控着权力和财富。经过穷形尽相的追踪，推断该书是希腊文，死去的都是懂得希腊文的人，加上和约尔格几次关于"笑"的争论，威廉推断该书就是亚里士多德的《诗学·卷二》即《喜剧》部分，但是却无法证明，因为看过书的人都死了，书被涂了剧毒。事实上，《喜剧》在历史上是否存在也没有确证。有人考证说在亚历山大的大火中烧毁了，有人说亚里士多德根本没写出《喜剧》。但即使没有毁于亚历山大的大火，它也在无名的修道院图书馆内成为灰烬了。《喜剧》之书没有了，喜剧也不存在了。

一、三次关于笑和喜剧的讨论

威廉到达修道院的第一天就在经堂（缮写室）和约尔格就笑和喜剧的问题辩论起来，第一天下午吃饭时第二次辩论，第二天在经堂第三次激烈辩论。

威廉和阿德索到达修道院的第一天下午参观了经堂即缮写室。在那里他们认识了很多修道士，了解了他们的工作。死去的阿德尔摩装帧的插图吸引了他们的注意力。阿德尔摩的想象力丰富，可以从见过的事物画出未见过的、奇奇怪怪的东西，在他的设计中，有各种各样想入非非的图像，这些图画给大家带来愉悦。因此在观看这些图像时他们谈起了怪诞的东西以及诗歌，修道士都开怀大笑起来。这时，约尔格出现了，他总是不合时宜地出现，把大家吓一跳，并给予严厉的斥责。第一次讨论围绕阿德尔摩的图像，辩论的中心问题是上帝的意志是否也经由怪诞的东西体现，通过这些可笑的东西能否更深刻地理解上帝的旨意。

阿德尔摩的工作台上，装帧得绚丽多彩的诗篇仍然摆在台上。看着这些书页，阿德索和威廉都惊叹不已，因为在诗篇的四周画的是他们的感官熟悉的世界，好像意味着"通过谜一般的奇妙的暗示，讲述乱七八糟的世界的荒谬"。当阿德索看着这些诗篇时，心中由于钦佩就笑了起来，因为这些插图使人产生愉快感，虽然它们是给神圣的典籍做注。阿德索由阿德尔摩的画想起了一些诗句，就禁不住背诵起来：

> 所有的奇迹是如此神奇，
> 大地超越天堂，
> 啊，一个神奇的奇迹。

图书馆馆长马拉奇跟着引述了同一诗篇的诗句：

> 大地在上，天堂在下，
> 脚在手之上，
> 这是奇迹中的奇迹。

马拉奇补充说："实际上这些意境说的是一个你骑着懒鹅可以到达的国度，在那里鹰在小溪中啄吃小鱼，熊在天空追逐雄鹰；大虾与鸽子齐飞，三个巨人同落陷阱，公鸡啄着巨人。"他说完，其他的修道士都开怀大笑起来，好像他们一直在等着馆长的允许。正当大家都在笑的时候，背后传来庄严而严峻的声音："笑并不是雄辩，实为空虚之形式也。"他就是年迈的修道士约尔格，他是一个盲人，他的身体因年老而萎缩了，但声音仍然是威严的，手脚也有力。他虽然看不见，却好像能看见，他的行动和言语都好像他能看见东西似的。而他的语调是那种有预言才能的人具有的语调，他是这个修道院里除了阿里纳多外最老的人，修道院的修道士很多都会向他秘密忏悔吐露罪过。约尔格是这个修道院里的精神权威，可以说是他控制着整个修道院的意识形态。对笑的反对，使得这个修道院里充满着阴森的气味。他和威廉开始了辩论，这第一次见面就争吵显然不是好现象。尽管各自还保留了形式上的谦卑，但是正如他们俩最后对决时所言，他们在第一次见面对对方就有了非同一般的感受。

他们辩论的核心就是，怪诞可笑的形式是否可以揭示更多的上帝旨意，从堕落的形象中能否悟出玄妙的含义。约尔格批评阿德尔摩的死是由于他沉醉于所画的可笑图画："上帝无须采取给我们指出狭窄的通道这样的蠢着。上帝的寓言中无一事是笑柄，是惧怕的根据。你们现在哀悼阿德尔摩之死；阿德尔摩就是如此醉心于他所画的妖魔鬼怪，以致看不见妖魔鬼怪所要说明的终极事物。他全完了——""一条可怕的道路，上帝知道如何惩处他"。

希腊语翻译维南蒂乌斯对约尔格的论调进行了大胆的反驳，他们曾经在前一天进行过讨论，当时阿德尔摩曾引用了阿奎那的话，"神圣的事情用邪恶的躯体的形象阐发比用崇高身躯的形象，会更清楚、恰当些"。维南蒂乌斯接着说："换句话说，我们那天是讨论理解如何通过邪恶而不可思议的奇怪图画揭示真理的问题。"维南蒂乌斯还说他在伟大的亚里士多德的著作中找到了关于这一点的非常明智的话，但约尔格打断了维南蒂乌斯的话，不愿继续讨论，但维南蒂乌斯毫不退让："那是学问极高深的、很好的讨论……实际上问题是这样的：诗人仅仅出于逗乐想出的隐喻、双关语和谜语，是不是能使我们以新的、令人惊奇的方式对事物进行思考呢，我说这也是要求聪明人应具有的一种美德……"维南蒂乌斯的挑战使得约尔格哑口无言，而在此，也已经提及亚里士多德的理论，也是一种暗示和伏笔。

第一次的辩论，就可以看出双方的立场，约尔格极力否定可笑的事物和怪诞的事物，认为他们都是无意义的东西，是妖魔鬼怪的魔法迷惑人的方式。威廉认为只有通过歪曲的事物才能更好地说明上帝。约尔格无时不在预言撒旦的到来，从而警告威吓这些修道士。第一次的辩论，双方在心里就已经开始了较量。当日晚餐时分，约尔格和威廉又一次发生了辩论。约尔格先说："约翰·克里索斯托姆说过，耶稣基督从来就没笑过。"

"人性中没有任何东西禁止笑，"威廉评论说，"因为笑，正如神学家所教导的，是人所特有的。"

"人之子会笑，然而典籍并未写明此点，"约尔格引用彼特鲁斯·康托尔的话，尖刻地说。……

"根据安布罗斯的说法，这是圣者劳伦斯在烤柱上说的话，当时他请执刑人把他翻翻。普鲁登蒂乌斯在《边缘之歌》中关于此事也有叙述"，威廉说，样子像个圣徒，"圣者劳伦斯即使是在使敌人出丑的时候，也懂得如何笑，说笑话。"

"此恰为明证，表明笑跟死亡、跟身体的腐烂非常接近。"约尔格咆哮着回答说。阿德索觉得他说话像个优秀的逻辑学家。经院长的斡旋，争论总算平息。吃过晚饭，阿德索因为威廉的机智推断而发笑，威廉说："别笑。你没看见吗，在这座修道院里笑的名声不好。"这句话又引得阿德索想笑。这一次威廉和约尔格的冲突尽管相当短暂，但是已经非常尖锐。威廉一贯赞成笑的积极意义，而约尔格坚持捍卫他的笑的罪恶论，双方都已经充分感到对方的来者不善。

第二天的上午九点左右，威廉和约尔格第三次就"笑"的问题进行了辩论。威廉先引出争论，他故意找约尔格讨论喜剧问题，约尔格把话题转向笑是否正当，而避谈喜剧。这也说明此时威廉已经考虑并怀疑《喜剧》一书了，约尔格显然也意识到了他的怀疑。这一次双方的争论最为深刻、全面，他们各自引经据典说明笑的好与不好，基督是否笑过。最后约尔格大怒，气急败坏，口出恶言，但威廉却180度转弯，谦卑恭敬的态度令所有在场的人都为之惊讶。约尔格认为基督不笑，威廉则认为基督也会说俏皮话。两人互不相让，充分探讨了笑在基督教史上的功用以及地位。约尔格说："唯心灵思考真以及对取得善感到愉悦时，心情才安详，而真与善是不应讥笑的。所以基督不笑。笑煽动怀疑。"而威廉则拿约尔格做例证："虽然你在控制着自己的嘴唇，可你是在默默地对某事发笑，你也不希望我认真看待这种笑。你在讥笑'笑'，但你是在笑。"约尔格恼怒地反驳："你这是就笑打诨逗趣，借此把我拖入无聊的争论之中。然而你知道基督并不笑。"

威廉将约尔格置于自相矛盾之中，约尔格因而大怒，但威廉高雅的谦卑使得约尔格无可奈何。所有的这些争论都迫使威廉思考那本怪书的名字，何以约尔格如此厌恶笑，何以避谈喜剧，而不得不谈论笑的时候，何以对喜剧深恶痛绝。在约尔格的论辩中引用了《诗学》中的句子，由此，威廉推断怪书跟《诗学》有关。

二、阿德索的梦

第五天上午大家为马拉奇的灵魂祈祷时，阿德索在听"安灵歌"的时候，做了一个奇怪的长长的梦。这个梦给威廉以极大的启示，它是小说的一个缩写文本，是一个解释文本的隐喻符号。

他在故事快结束时曾做一梦，这个梦是我们理解小说情节，也是理解《玫瑰之名》深刻内涵的锁钥。阿德索在教堂里听"安灵歌"时，梦见自己走进一个离奇古怪的宴会厅，《圣经》中的众多人物和修道院的各色人等正在举行荒诞混乱的聚餐。阿德索的梦是中世纪流传很广的民间诙谐作品《基普里安的晚餐》（Coma Cypriani）的翻版，是对整部《圣经》狂欢式宴饮式的滑稽改编。《基普里安的晚餐》被奉为自由的"复活节诙谐"的传统读物。"《晚餐》的作者做了巨大的摘录工作，他不仅从《圣经》和《福音书》里摘录了全部筵席形象，而且还选录了全部节日形象。他把所有这些形象汇合成巨大的、充满行动和生活气息的极富狂欢化激情的筵席场景，准确地说，极富纵情狂欢的场景"。各种《圣经》人物都到场了，而且按最奇异的方式入座：亚当坐在中间，夏娃坐在无花果叶上，该隐坐在犁上，亚伯坐在牛奶罐上，诺亚坐在方舟上，犹大则坐在钱匣子上。各个场景都充分显现出离奇怪诞，颠倒混乱，充满对神圣、崇高的嘲弄。巴赫金说，《晚餐》是绝对自由放纵的一种游戏，是戏弄一切神职人员，嘲弄《圣经》和《福音书》中的物品、故事情节和象征手法的一种游戏。"宴席具有强大的威力，它能把词从对上帝的虔敬和恐惧中桎梏中解放出来。一切都与游戏、娱乐接近起来"。

事实上，阿德索的梦就是一场狂欢游戏，是一场喜剧，由此给威廉以极大的启示。威廉已经推断出无名怪书跟喜剧有关。威廉对阿德索说他的梦比他自己在这些日子里所知道的所有内容都要多，并且跟他的假设吻合了。我们可以猜想他的假设就是这本剧毒的怪书即《诗学·卷二》之《喜剧》部分。

三、魔鬼的笑与天使的哭

在小说最后，威廉和约尔格在"非洲的终结"密室内进行了最后一次势均力敌的辩论。然而这两个正在进行精神交战的人这时却互相称道起来了，似乎各自的努力都旨在赢得对方的喝彩。双方似乎是在心照不宣地进行着神秘的较量，而且各自都为能得到对方的认可而暗暗高兴，但各自对对手既恨又怕。这使得阿德索感到不寒而栗，因为似乎两者已经没有区别。双方通过对方之口来证实自己的睿智和精明能干。两人对《喜剧》和笑进行了深入的讨论，尽管是在生死对决中讨论的。威廉进入约尔格密室时，约尔格已经在那里等候，而那本书也躺在桌上等候他们的决战。这本书的"书页是用一种与前面不同，质地更柔软的材料做成的。第一页已经破烂，边上有不少已磨损了，上面沾着许多灰白点子，这通常是由于时间太久和潮湿引起的"。约尔格准备毒死威廉，但威廉戴了手套，不可能上当。

约尔格的重要问题是威廉何以知道了这本书是亚里士多德的《诗学》第二卷，威廉回答："仅仅根据你那些对笑的诅咒，或我所了解的那一丁点有关你同别人的辩论显然是不够的。开始我并不明白它们的意思，但你有一次说起一块无耻的石头滚过平原，地面上有蝉在鸣叫，以及古老的无花果树之类的话。类似的话我以前读到过。于是这几天我去查证了一下，果然这是亚里士多德在《诗学》的第一卷和《修辞学》中举的例子。接着我又想起了塞维里亚的伊西多尔曾把喜剧定义为是一种讲 Stupra Virginum etamores meritcum——我怎么译呢？——讲庸俗爱的故事的……渐渐地，我就猜到这准是亚里士多德《诗学》的第二卷了。"

　　威廉的不解之谜是，书有那么多，为什么约尔格却想把这本书保护起来，为什么他要把这本也许是亵渎神明的巫术之书藏起来呢？而为了这本书，约尔格把他的同道、甚至他自己投入了地狱。"有许多书论及过喜剧，也有许多书称颂笑的，为什么偏是这本书使你那么惊恐呢？"约尔格回答："就因为这本书是这位哲学家写的。他的每一部书都使基督教几世纪来所积累的学说有一部分被毁于一旦。……现在连圣哲和先知也要向这位哲学家发誓，他的每一个字都使世界的形象翻了个儿了。但是他还没能推翻上帝的形象。要是这本书成为……成为公开被诠释的著作，那他们就会把我们最后的界线逾越过去了。"

　　关于笑，约尔格认为笑是人们肉体软弱、堕落和愚蠢的表现。它是乡居者的娱乐、酒鬼的放纵，甚至神明的教会有时也会纵于喜宴，狂于集市。当然，这些常见的庸俗低劣的行为浸透着幽默，会使人们发出摆脱其他欲望和野心的笑……但笑终究是低级的，是对平庸者的庇护，是一种受到玷污的、供贱民享用的、不可思议的东西。而笑又是一种战胜恐惧的武器，在人们笑的时候，死都没什么可怕。笑是俗人的欢乐，那么俗人的狂欢必须加以抑制，并予以取笑，并用严厉来使之就范。这本书会提供一种新的灾难性的手段，通过超越恐惧来战胜死亡。"这本书能撩拨晨星的火神的激情，从而最终燎原整个世界。"而这正是约尔格作为上帝的宠儿所恐惧的。

　　威廉认为约尔格是魔鬼，是上帝创造的怪物，但约尔格则认为自己是上帝的手，只有他在按照上帝的意志行事，为了上帝而保护真理。当他们的争论无法调和时，约尔格夺走了书并开始边撕边吃。"他那双骨瘦如柴的手把薄薄的手稿慢慢地撕成碎片，塞进嘴里，渐渐地咽下去，好像他在吞噬的不是书，而是书的主人，像是要把这些纸片看作是那人的皮肉似的。"威廉为了救下这一世间孤本，与约尔格发生了抢夺。约尔格开始继续把书撕成碎片，大把大把地往嘴里塞。当他觉察到威廉的狼狈时，得意地大笑起来，向来鄙视笑、禁止笑的约尔格在穷途末路时笑了。

小说最后一节是："夜，是夜，灾难降临；由于过度的德行，地狱的力量占了上风。"任凭他们怎么努力，修道院和图书馆都注定要变成灰烬。"他的脸被烤焦了，衣服冒着烟，手里拿着一口大锅，一副无可奈何的样子。"阿德索想起了圣人奥古斯丁的故事。他看见一个小男孩想用汤匙把海水勺干。这个小男孩是个小天使，他这样做是为了取笑一个想知道神性之奥秘的圣人。像那小天使一样，威廉精疲力竭地倚在门框上，对阿德索说："不可能了，即使修道院所有的修士都来，我们也做不到了。图书馆保不住了。"与小天使不同的是，威廉哭了。

禁止笑的约尔格最后笑了，那是魔鬼的笑，他又一次胜利了。赞成笑的威廉则哭了，那是天使的哭，是一种心痛和心碎，因为他爱的书籍、知识和真理付之一炬。如果亚里士多德是威廉的最爱，那么被投入大火中焚毁的《诗学·卷二》意味着他失去了他的所爱、他的玫瑰。玫瑰找到了名字，但是转瞬间就在大火中灰飞烟灭。

世界依然只有《悲剧》存在，《喜剧》之书没有了，幸福和快乐也没有了。能指不在，所指也荡然无存了。事实上，根本无法考证的事物，即使别人给它一个名字，也是不可靠的，在此意义上，这本杀人之书是没有名字的。这是一本杀人之书，书既是杀人者，又是人所追逐的，人不怕死，人为了书而丧命，为了书而去杀人，换句话说，人追逐书也就是人追逐死亡，书即死亡。但是何以追逐书呢？因为书是《喜剧》，是颠覆，是秘密，而寻找秘密一向是人类的特长。人要寻找幸福和快乐，但是寻找到的却只是死亡。

结 论

《玫瑰之名》很可能指的是"该书无名"。能指具有无限的可能性，能指在无限衍义的同时消解了自身。玫瑰什么都不是，玫瑰什么都是，玫瑰就是玫瑰，玫瑰不是玫瑰，玫瑰揭示了一切，玫瑰湮没了一切。玫瑰没有名字。符号的能指消失了，所指也只能是空洞的理念，阿德索只有在他空荡荡的回忆中不知所云。在小说的结尾，阿德索重访故地，凭吊一番，有所醒、有所思、有所获，修道院和图书馆成为一片废墟，但他还是从废墟中找到了一个书箱，找到了一些残章断简。但是在最后，连他自己都不知道自己写了些什么，又是为谁而写，谁人会看？"抄经室里很冷，把我的拇指冻得生疼。我撇下这份手稿，因连我都不知道这是为谁写的，而且我也不知道自己写了些什么：昔日的玫瑰芳香已逝，我们拥有的是空空的名字"。

总之，玫瑰无名是因为玫瑰可以指任何事物，这也就意味着什么也无法指称。因而这个名字自身消解了能指同时也失去了所指。玫瑰在第一系统中，它是一朵玫瑰花，它的所指就是芬芳。但在文本中，它的二级系统中，由于它的象征意义太丰富，它的能指隐匿或者消逝，因而所指不明，从而，玫瑰意味着没有指称，也没有内涵，而这个正是其能指——内涵无限衍义造成的"意不尽言"——所指模糊的悖论。

玫瑰可以指修道院，修道院是知识真理的象征。修道院和图书馆烧毁，意味着真理和知识不存在了。修道院无名字，也是指玫瑰没有名字。玫瑰的能指不在，所指也成为虚无。女孩无名字，也可以说是玫瑰无名字，她被当作女巫处以火刑，正是爱情死亡的象征。能指不再，所指死亡。凶手没有名字，因为任何人都可以是凶手。神秘的书没有名字，它在历史上并不存在，在小说中也是杜撰，最后焚为灰烬，更成为其真实与否的悬念。如果说真的是亚里士多德的《喜剧》，那么它的所指就是快乐和幸福，却被投入了大火之中，它变成了灰烬，因而笑与快乐与幸福均不存在，所谓的happy ending（幸福的结局）也不存在。世界仍是一具死尸、一场死亡，就连理性智慧的威廉最后也死在中世纪那场著名的瘟疫之中。

因而，这部小说是一部死亡之书，它直指世界的虚无性，世界即永恒的死亡。有名的死了，无名的也死了，有罪的死了，无罪的也死了。修道院和图书馆焚毁了，书更是化为灰烬了，知识和信仰都没有了，喜剧没有了，只剩下悲剧了，世界成为死寂了。一切表现的都没有了，被表现的也不存在了。死亡就是世界的终结，世界的终极。乌伯蒂诺曾对阿德索说："必须思考的只有一件事——这是在我生命行将结束时认识到的——那就是死亡。死亡是人生跋涉者的安息——是万事万物的归宿。"人为的一厢情愿的所指《喜剧》或者说幸福，由于能指不在，此所指也烟消云散，没有存在的根基和依据。只有找到了能指，这个一厢情愿的所指才可能存在。因此，玫瑰之名就是玫瑰无名，寻找能指，成为人们生存下去的理由。

　　世界存在于能指的构成，没有表达就不会有被表达的内容。小说的结尾"昔日的玫瑰芳香已逝，我们拥有的是空空的名字"，看似作者在赞美名字，实际上，是一种反讽，一切都已经烧毁，一切都已经不存在，留下的只是怅然的空虚的记忆而已。而此处的名字指的是符号一级系统中缺乏能指的所指，只是没有芳香的名字。玫瑰是无限衍义的符号，玫瑰可以言说不存在和被毁灭的，可以是任何名字，也就是玫瑰没有名字。因此，从某种意义上说，这部小说没有名字，这是一部没有名字的小说。

第三章 代码的家族——《傅科摆》

第一节 《傅科摆》概述

艾柯的第二部长篇小说《傅科摆》［*Foucault's Pendulum (Pendolo di Foucault)*］出版于 1988 年，距离第一部《玫瑰之名》有八年。实际上，他每一部小说的撰写和出版间距都在五年以上，他从不随随便便对待小说创作。艾柯是教授、学者、哲学家，他的每一部小说都渗透着哲学家的深刻思索，每一部小说都是包含了无限心血的文学精品。《傅科摆》出版后，同样引起了相当的震动。但是这部小说因为深奥难懂，令许多读者望而却步。和《玫瑰之名》一样，艾柯把他丰富的理论知识、历史知识，他的哲学、美学、符号学、诠释学思想全部融入，信息量巨大的同时给读者提出了严格的知识储备要求。有趣的是，艾柯在这部小说中运用了他熟知的代码理论塑造了小说，代码理论不仅表现在局部内容，更是表现在整体构思上。因而，这部融百科知识于一体的小百科全书读起来更是难上加难。做艾柯的经验读者已经不易，做一个模范或曰标准读者则会更难。不过，设若掌握了艾柯的文本代码，他的小说就不会那么无趣和难以理解了。

《傅科摆》这一小说名字来自著名的科学实验，摆的规则是根据地球自转的原理制成，尚·勃哪·里昂·傅科（Jean-Bernard-Lean Foucault，1819—1868）是 19 世纪法国物理学界的巨擘。他曾经参与发展高精度测量绝对光速的技术，更为地球绕轴旋转提供了实验证明。所谓"傅科摆"，正是这位物理学家赖以证实地球自转速率的设计——它是一个悬垂于 67 米长的钢丝底端的铁球，重 28 千克。这个摆在无须人为助力的情况下，因地球自转而移动，其速率为地球转动速率乘以纬度的正弦。但是"傅科"这个名字或许另有意旨，它暗示的可能是米歇尔·福柯（Michel Foucault）。不过，这个有趣的戏仿，艾柯在《诠释与过度诠释》中明白指出，他的这部小说和米歇尔·福柯没有任何关系。

《傅科摆》是一部被人称为"比《玫瑰之名》更难懂的小说，它有太多的地方简直像极了数学、物理学、神学、史学、政治学乃至历法学的论文"①。故事发生在 20 世纪 60—80 年代，其中心内容则是中世纪的圣堂武士的历史演变，从其诞生，在世界各地的发展一直到现代社会。《傅科摆》的主角卡素朋 1968 年进入大学读博士，研究的课题是中世纪的圣堂武士，他的朋友贝尔勃和狄欧塔列弗则是一家学术书籍出版社——葛拉蒙出版社的资深编辑。经常有一些才智平庸然而贪慕虚荣、抱着荒诞不经想法的作者到出版社投稿。一天来了位上校，他声称发现一份手稿，这份手稿以密码的形式记载了圣堂武士的一个巨大秘密：即惨遭迫害覆灭后，一些圣堂武士带着团体的秘密逃了出去，约定每过 120 年，流散在世界各地的圣堂武士就要在指定地点会晤一次，拼合各自所掌握的信息，直至最后秘密被揭开。半开玩笑半当真，贝尔勃和卡素朋决定重构圣堂武士的秘密，经过对文献大量地研读、推理和诠释，他们"发现"几乎历史上所有著名的人和事都与圣堂武士有关联：共济会、金羊毛修会、蔷薇十字会等是圣堂武士乔装改扮后成立的新组织；弗兰西斯·培根、伏尔泰、笛卡儿、叶芝、拿破仑、富兰克林、希特勒等都是组织的成员；巴黎皇家科学院、艺术科技博物馆、莎

---

① 安伯托·埃柯《傅科摆》，谢瑶玲译，作家出版社，2003 年版，第 5 页。本章未注引文，均出自该译本。

剧、百科全书、三十年战争、环球航行、地铁网络、埃菲尔铁塔……则是圣堂武士为召唤联络彼此、破解秘密所做的努力。

卡素朋的妻子莉亚通过研究文件得出相悖的结论：根本就没有什么圣堂武士的秘密计划，那份文件不过是个送货—购物清单。但是卡素朋和他的朋友已经走火入魔，根本不相信她的解释，到处寻找这个计划，然而却终被计划拖垮。结果贝尔勃被"他们"绑架并吊死在傅科摆上，狄欧塔列夫患癌症死去，其他暗中追寻"计划"的人物也不明不白地死了，卡素朋知道自己也难逃毒手——所谓的"计划"不过是他们三人自己的"发明"。艾柯延续了《玫瑰之名》一书中的若干材料和旨趣——他所熟悉的中世纪天主教掌故（其中不乏令人难以辨识的虚拟杜撰）、依赖广博的自然及社会科学知识以进行的精密推理、波云诡谲的庞大阴谋、隐藏于种种语言符号中极易为人忽略而关系重大的秘密、基于错误的逻辑推演和一连串瞎打误撞的巧合而揭发的历史/现实真相……其中最重要也最值得读者探索的是：西方（欧洲）自中世纪以来的文明发展历程是可以在某种知识的偏执之下被重新书写一遍的。历史叙述的代码不同，历史的呈现方式也不同。

对《傅科摆》的评论中，谈得最多的是其中的诠释与过度诠释思想，甚至艾柯在美国丹纳讲座上和罗蒂激烈的辩论也是以《傅科摆》为中心对象。毫无疑义的是，《傅科摆》的主题之一就是反对过度诠释，正是由于过度诠释，才出现了圣堂武士的计划和秘密，故事得以增殖，但过度诠释的后果则是诠释者贝尔勃被吊死在傅科摆上。而《傅科摆》无论从哪一方面来讲都不是"过度诠释"一词能够穷尽的，其博大精深，融汇了文、史、哲等各种学科的知识和思想。本章将从艾柯的代码理论和巴尔特的5种代码理论出发共同分析小说文本。

"代码"（Code），又译符码，可用来表示种种意义：①法规汇集；②规章体系；③信号系统；④密码；⑤通讯传输中为保密和简约的目的而编制的文字、字母或符号系统；⑥计算中为一种数据形式想另一种数据形式转换而使用的一套规则和书写符号及数据作为结果而产生的形式；⑦社会语言学中公众的语言体系或一种语言中的特殊变化等，因此被广泛用作符号学、信息论、交流理论的术语。代码（code）这个词在古代词源学中是"制度性法典"之意，即将诸法律条文按一定分类和次序排列在一起，以避免彼此冲突或重复。在词源学中，code 与 codex 同源，后者为拉丁文中的"树干"之意，是古代书写工具，后来人们用其表示书本。之后这个词在使用中被抽象化，逐渐含有以下的意思："项目或单元之系列"和"排列这些单元的规则"。自从莫尔斯电码出现后，code 被引申为"编码"，用于记录电讯符号的系列和字母系列之间的相关关系。在社会科学中该词的流行发生于控制论和信息论及生物遗传学诸学科创立之后，这时它指一组信号在信息发出者和接收者之间的传递法则，后者相对于一二元制句法，不涉及意义，为纯操作性的。自20世纪50年代后，科学代码概念开始移用于人文学界。

从符号系统意义上讲，代码这一术语起源于符号学从索绪尔的普通语言学理论向能指系统理论的发展。索绪尔只是在描述语言系统时简单地运用了"社会代码"这一术语。雅各布森受信息理论的影响，采纳了代码与信息（code and message）二分法，从而取代了索绪尔的语言系统与语言运用（langue and parole）。马蒂内将代码概括为"允许语言构成的组织。信息的每一因素只有求助于这一代码才能产生意义"①。在雅各布森之后，列维·斯特劳斯在他的符号人类学中采纳了代码作为关键词的概念，用以描述文化与社会行为的基本原则，此时它被明确地理解为规则、系统、结构等，以强调每一文化现象的产生都是受规则制约的。而且语言现象和文化现象有同构性，二者均受同一代码制约。应该说，代码一词侵入人文学界并非出于对人文话语进行科学化装饰的需要，而是为了增加描述的准确性，这是增强话语符号学分析中的操作性倾向和强调价

---

① Andre Martinet, *Elements of General Linguistics*, U of Chicago, p34.

值中立性的结果。[①]

　　艾柯的关于代码的符号学理论的发展经历了几个阶段，文化惯例是他定义代码的基本标准，虽然这一理论被当作研究代码的现象学而被特别扩大化了，但艾柯还是将现象系统排除在代码之外。作为第一次对代码的探讨，艾柯接受了米勒的定义：代码是"任何一种被用来通过来源与目的地之间事先达成的一致性描述和转达信息的符号系统"[②]。艾柯更具体地把代码定义为"一种具有结合和变化规则的意义系统。总之，一个代码是一种文化所提出的规则系统"[③]。

　　艾柯认为符号的功能是由各种代码相互作用的结果："代码提供了形成符号功能之间复杂的相互作用的条件。"这一符号学领域包含了具有不同等级的惯例和复杂的代码，表现了一种极为宽泛的代码概念。它包括动物符号学代码、触觉交流代码、医学符号学代码、运动学代码、音乐代码、语言代码、视觉交流（包括建筑与绘画）代码、物体系统代码、叙事与其他文本符分支代码、文化（如礼仪与原始宗教系统、美学、大众交流和修辞学）代码等。他认为代码的概念一方面涉及约定俗成和社会的一致，另一方面又涉及被各种规则所维系的一种机制。代码的意图是给变动提供秩序，给人的冲动提供组织，给只是各种偶然事件的即席表演提供台词。即使代码是一种规则，它也不是"封闭的"规则，而是一种"开放的"、能产生出无限需要的规则-母式：它既是某种"功能"的起源，又是某种难以控制的"漩涡"的起源。

　　艾柯符号学理论的主要目标之一是在于对文艺和美学现象进行更准确的意义说明。在社会文化中，特别在文艺现象中，存在着大量非严格编码或者毫无编码结构的"表达组合物"，如一些文艺作

---

①　李幼蒸：《理论符号学导论》，社会科学文献出版社，1999年版，第542—543页。

②　George A. Miller, *Languageand Communication*, McGraw—Hill. 1963, p7.

③　Umberto Eco, *Einfuhrung in die Semiotik*, Fink, p134.

品，特别是现代派作品。它们肯定是一种"表达"，即应当有"内容"与其对应，但表达面和内容面的关系却不明确，或简直无从建立。这类文化品的意指方式是当代美学中的重要课题。艾柯指出，传统哲学美学无法对此提出解释。在他看来，当代美学研究首先应对美学性作品的意指过程本身，进行结构式分析。然而正是在这些由各种介质组成的文艺记号系统中，其编码方式最不明确。在诗歌、音乐、绘画中一切被编码的联觉作用以及现代绘画中的视觉结构，均可按某种贯例直接"传达"某种感情和感觉，如强力性、优雅性、不安性和运动性等因素，都具有打动观众的艺术效果。但是这类美学意指方式带有很明显的任意性和变动性。

艾柯说，美学文本也即相当于一种通信行为网络。如果把握了美学文本的"独特方言"的元语言机制，解读一文艺作品，就成为一个正确解码的问题，此时信息受者就能感觉到表达面与内容面上的多余部分，以及两个维面的联系规则。但这类规则是高度不确定的，需运用一整套试推法程序来暂时增加其确定性，如假设、对比、排斥和接受等相关关系。结果现行代码被重加考虑和修改，从而改变了作品内容系统和世界状态之间的关系。换言之，美学信息通信中的发起者和接受者之间形成了新型的对话关系。

在结构主义文论思潮中，代码这一术语获得了非常特殊的意义。它表示一种文化的意义系统，现实就是通过这一系统得以表现的。结构主义理论认为，所有的文化现象都是诸多代码或一个代码的产物；代码是一种系统诸成分之间的关系，正是这种关系而不是现实诸成分之间的关系赋予代码意义。

巴尔特对阅读和写作所包含的代码的本质以及对代码的潜能也进行了分析，这集中体现在他的《S/Z》一书中。《S/Z》记录了巴尔特对法国现实主义大师巴尔扎克的短篇小说《萨拉辛》(Sarrasine) 的分析，他所运用的"五种代码解读法"是符号学研究的一个杰作，耐人寻味。他在分析时提出了5种代码：解释代码、语义或能指代码、象征代码、布局代码和文化代码。文本通过这些代码得以构成，读者与作者分享这些代码。根据巴尔特的观点，每一个代码都是"一种声音，织入文本之内"。巴尔特认为，文本本身提供代码，这些代码使他能将这一短篇小说的各种成分在语法上和语义上相互关联起来。他并未将等级（hierarchy）强加给这些代码，因为在他看来这些代码都是平等的。巴尔特分析《萨拉辛》的目的是要证明文本完全具有能指作用的性质。他"将导引之文的能指切割为一连串短而紧接的碎片，我们称之为区别性阅读单位"，即将小说分成 561 个词汇单位（长短不一的阅读单位），然后用五种代码来分析这些文本的能指。[①] 这种分析从本质上说，已把"读者的"文本变为"作者的"文本。这 5 种代码部署得非常集中，作为分解文本的力量并不彼此排斥，它们常常同时作用于同一个词汇单位。总之，与传统批评要从文本中读出读入的方法不尽相同。阐释代码及布局代码接近传统的所谓结构；语义代码及象征代码则接近传统的所谓主题、意旨等。实际上，巴尔特的代码是文学文本"母题"即 motif 的符号学说法。这五种代码将文本所有的母题加以总结概括，以符号学的话语方式重释了小说文本。

艾柯高度评价巴尔特的《S/Z》，认为他在这本书中列举了——尽管是以隐喻的方式——他所考察过的代码的所有不同词义。巴尔特最大限度地显示出充满含混性的一种范畴的各种特点，这是对统一的前景之呼唤：把文化生活视为各种代码的组织，视为从代码到代码的不断呼唤，已经意味着以某种方式为符号化过程的活动寻找出一些规则。即使这些规则已被简单化，寻找出它们也是很重要的。为代码而战是反对"不可表达的东西"之战。如果存在着规则、指令、社会，那么存在着以某种方式可构成的和可解构的机制。谈到代码意味着把文化视为被制约的相互作用的事实，意味着把艺术、语言、各种制成品和相同的理解视为由可表达的规律所维系的集体的相互作用的现象，不可表达的东西的藏身地，纯粹的

① 罗兰·巴尔特：《S/Z》，屠友祥，上海人民出版社，2000 年版，第 74 页。

创造性能量的释放。文化生活是由文本间的规律所维系的诸本文的生活，其中，任何"已经说过的"东西都作为一种可能的规则在起作用。这种"已经说过的"东西构成了百科全书的财富。运用代码的知识，我们可以断言，尽管在文化生活中，目前还存在大量的没有认识到的现象，但从原则上讲，并不存在着不可认识的东西，因为某种东西总是各种研究的对象，总是诸规则的一种系统，尽管这些规则是深层的，尽管它们是根据网络好迷宫的模式被编织在一起的，尽管它们可能是不稳定的、过渡的、表层的、取决于语境和环境的。

艾柯说代码"是一种允许无限需要的母模，游戏的一种源泉"[1]。艾柯的代码理论主要运用于一般符号学领域和通信系统之中。而巴尔特的五种文学代码在分析文学文本时则呈现特定的优势。因此，本书在宏观总体上采用艾柯的代码理论观念，在具体文本分析上借用巴尔特的代码理论。

第二节 阐释代码

"hermeneutic"一词原指对西方圣经的诠释，寻求经义之真谛。但这里却是指文本中"疑问"的设置与疑答，属于结构上的一个层面。这种代码包括这样的单位，它们"以不同方法表述问题，回答问题，以及形成或能酝酿问题，或能延迟解答的种种机遇事件……其功能乃至可构成一个谜并使之解开"[2]。这是一种讲故事代码，它提出问题，运用叙事造成悬念和神秘，然后随着故事的发展再来解决悬念和神秘带来的问题。巴尔特在研究《萨拉辛》时剖

---

[1] 翁贝尔托·埃科：《符号学与语言哲学》，百花文艺出版社，2006年版，第368页。

[2] 罗兰·巴尔特：《S/Z》，屠友祥，上海人民出版社，2000年版，第79页。

析了该代码的 10 种状态，它由 3 部分组成：①建构问题：主题（每个疑问都涵摄着一个主词）、疑团之构成（疑问的指陈）、疑团之指出（疑问句）；②延搁：答案之承诺、答案之延搁、答案之粘连（含糊其词）、陷阱、局部答案、模棱两可；③答案：解开答案。在一些文本中，如侦探小说中，这种代码统治着整个表述，它同布局或行为语码一起构成叙述悬念并去满足读者结束文本的愿望。

《傅科摆》中最大的阐释或者说疑问代码就是圣堂武士的神秘计划：每过 120 年，一代又一代分散在欧洲各地的 36 名圣堂武士将要重新聚首一次，拼合他们手上断简残篇的信息，以便掌握一种可以控制世界、改造人类前途的巨大能量。这种比核武器还要可怖的能量一直是圣堂武士以及尔后转生演化的共济会、蔷薇十字会、大白兄弟会等等秘密结社团体、锲而不舍、勠力追求的宝藏。

从它的诞生、建构到解构，圣堂武士以及他们的秘密计划就统治着全部小说的表述，这个代码和布局（行为）代码一起构成悬念，引导读者进行文本解读。它本来就是虚构的，是小说中人物按照自己的需要建构出来的，但是最后弄假成真，一个虚无的计划带来一系列的悲剧。小说从四个不同角度讲述圣堂武士的故事：艾登提上校等"魔鬼作家"相信圣堂武士拥有一个重大秘密，他们以陈词滥调重复历史上有关圣堂武士覆灭后的种种猜测和传说；贝尔勃和"我"则凭借自然科学和社会科学知识上的博学，加之长于理性分析和推理，把"魔鬼作家"的理论推到极致，将圣堂武士的秘密与一切联系起来，重写了整部世界历史；"我"的女友莉雅则证明上校所谓的"普洛文斯"文件根本就是一份与圣堂武士毫不相干的送货清单，密码是手稿最初的发现者殷戈在对这一切厌倦之极后用秘法书写的一句诅咒；而以奕格礼为首的"三斯"集团则将追踪圣堂武士的秘密付诸行动，他们阴谋绑架了上校，并为贝尔勃和"我"杜撰的"地图"吊死了贝尔勃。但这些不同角度的叙述，与其说是推动了小说情节的发展，或是表现了人物的形象，不如说是一种观点的陈列和展示。

一、卡素朋、贝尔勃

卡素朋的论文题目是圣堂武士的审判，但对于审判后的圣堂武士情况他没有再深入研究。当他在皮拉底酒吧结识贝尔勃和狄欧塔列弗时，他将他的圣堂武士讲述给了贝尔勃和狄欧塔列弗。在卡素朋的眼里，圣堂武士是这样的人：满脸大胡子，全身发臭，雪白的罩袍上有鲜红色的十字，胯下的坐骑在他们的黑白旗帜阴影下转跑。他们视死如归。他们过着豪华的生活，孤立地住在全欧各地的堡垒中和巴黎的圣堂里，可是他们依然梦着在他们全盛之时，耶路撒冷圣堂所在的高原，梦着点缀着许多座还愿小礼拜堂的圣玛利大教堂，梦着他们的胜利纪念碑，以及其他的一切：要塞、马具、谷仓、两千匹马的马厩、骑士随从的部队、助手，还有白罩袍上的红十字、侍从的暗色袈裟、戴大头巾和金头盔的苏丹使者、朝圣者、站满了精悍哨兵和骑马侍从的十字路口，以及金银满箱的欢欣，运货到本土城堡去的港口，或是到岛上的城堡，或是到小亚细亚洲的海岸……贝尔勃问他们到底是什么人，卡素朋回答："他们什么都是的：迷失的灵魂、圣人、骑士、马夫、银行家、英雄……"至于为什么大家都迷恋圣堂武士，卡素朋如此解释："这一切是个扭曲的三段论法。表现得像个疯子，你便永远是莫测高深的。——贞洁的，长寿的，和美好的今天。每当有诗人或牧师，酋长或巫师胡言乱语一句，人类便穷花时间试图加以解析。圣堂武士的心灵混乱，使得他们令人看不透、想不通，所以才会有这么多人尊崇他们。"

经过一系列的资料搜集、调查研究，卡素朋、贝尔勃和狄欧塔列弗终于创造出了圣堂武士的秘密计划："圣堂武士的秘密——真正的秘密——是寻找内部韵律的泉源、甜蜜、可畏、规则如大蛇昆达里尼的颤动，它的许多面仍不为人知，然而却如钟一般精确，因为那是被天堂放逐的一颗真正的石头的韵律，伟大的地球。"即圣堂武士的秘密就是要寻找地下潮流，从而控制整个世界和地球，但是必须找到地球之脐才能找到地下潮流。而这个脐的位置，就要依靠傅科摆的指针。但是傅科摆挂在世界的哪个位置，还要寻找，于是他们需要一张地图。所以他们又发明并创造地图。

二、艾登提上校

在《傅科摆》中，一系列诠释的起点是所谓的"普洛文斯信息"。艾登提上校是个退伍军人，打过四场战争。他在战后一直从事搜寻圣堂武士的秘密工作。"他们必定有个计划，一个至高无上的计划。设若圣堂武士有个征服全世界的计划，而他们又知道无限之力量来源的秘密。为了保存这个秘密，值得牺牲巴黎的整个圣堂区域，还有分布在全法各地的分团，在西班牙、葡萄牙、英格兰和意大利的分部，以及圣地的城堡和修会的财富——一切。……我也不是天真到对牛车的说法深信不疑，那不过是个象征——象征一个明显且已成立的事实，就是杰克·莫雷在知道自己将被逮捕时，把修会的指挥权和秘密指示，都移交给他的侄儿包乔伯爵，因而包乔便成了今天秘密圣堂的首领。"

艾登提上校相信诺查丹玛斯关于武士藏身牛车而逃亡的预言，并猜测逃亡去向是法国的普洛文斯，于是捕风捉影、按图索骥，经过复杂的过程，"破译"了一份"秘密羊皮纸文件"的近代抄本。他指出每过 120 年，一代又一代分散在欧洲各地的 36 名圣堂武士将要重新聚首一次，拼合他们手上断简残篇的信息，以便掌握一种可以控制世界、改造人类前途的巨大秘密。艾登提的"破译"有三个主要问题。一是"固定观念"，只因诺查丹玛斯提到"牛车"，所以他在文件中一旦看到"牛车"字样，马上先入为主地联系到圣堂武士；二是"逻辑错误"，他相信用 15 世纪和 16 世纪之交的编码系统，可以对 14 世纪的密码进行解码，倒果为因；三是"神秘类推"，如同对照着一本玄学象征词典，他将文中一切符号"转换"成玄学意义，例如把文中的"城堡""有面包的""避难处""河对岸的淑女""波普利肯人的招待所""石头""大娼妓"等比附为一个个武士聚会的秘密地点。正如小说中心理医生瓦格纳的说法，

"你所了解的意思，是你想了解的意思"，在强大的心理定势下，依靠错误的逻辑和过度的联系，艾登提铺衍出一个大胆假设、却未曾小心求证的"圣堂武士阴谋"。

艾登提上校拜访过贝尔勃和卡素朋之后，据说当天就被勒死，后来尸体也失踪了。不过后来事实证明，他没有死，他加入了最后对贝尔勃的审判。和艾登提上校一类的人有古柏那提、布拉曼提教授等一群魔鬼作家，即 SFA 自费作者。所有的 SFA 都是一样的。他们都是一些庸才，却梦想着成为名登百科全书的名诗人，葛拉蒙出了主意：很简单，你付钱就得了。SFA 以前从未想到这一点，但由于马纽夏斯计划存在，他便认同了这计划，相信他一辈子便是在等待马纽夏斯，只是不知它的存在而已。于是他们结为共谋。

三、莉雅

《傅科摆》中最清醒的人物是卡素朋的妻子莉雅，她是查阅百科全书的专家，与"有学问的无知者"不同，她的诠释原则是相信常识、相信历史语境。根据普洛文斯地区的历史，依据一本观光局出版的旅游小册子，再加上历史语言学知识，她轻松证明所谓"普洛文斯信息"根本就是一张与圣堂武士毫不相干的送货清单，"36"和"120"不过是钱币数量，"城堡""有面包的""避难处""河对岸的淑女""波普利肯人的招待所""石头"和"大娼妓"无非是小城中一个个真实的地名而已。牛车就是牛车，玫瑰就是玫瑰，这里没有任何象征和神秘的东西。

不难看出莉雅身上有艾柯本人"文化逻辑学"的影子。艾柯被视为当代结构主义符号学大师，结构主义符号学的中心观念是系统，强调的是部分（或组分、因素）脱离了系统就不再具有意义，针对昔日由"所指"与"能指"构成的"二元符号模式"，他提出了自己的"三元符号模式"，认为语义要受制于历史的、社会的各种惯约，即受"文化场"的限定。众所周知，符号学和诠释学的基础是现代语言学，而索绪尔所发现的能指与所指的分离使语言学注定与"真性"无涉，德里达的"延异说"又使符号变动不居、意义四散飘零，所以在理查德·罗蒂等"快乐的实用主义者"看来，既是"使用"文本，何妨"过度诠释"。在"不确定性"甚嚣尘上的时候，艾柯提出"过度诠释"的问题，确实勇气可嘉。他指出："我接受本文可以有许多不同的诠释这样的观点。我反对那种认为本文可以具有你想要它具有的任何意义的观点。"在他看来，"对本文的任何解释都涉及三个方面的因素：第一，本文的线性展开；第二，从某个特定的期待视域进行解读的读者；第三，理解某种特定语言所需的文化百科全书以及前人对此本文所作的各种各样的解读"。不难看出，最后一点与他的"文化逻辑学"或称"历史符号学"相应和，强调的是用"文化百科全书"来代替"词典"，用丰富的知识王国来代替暧昧的语言王国，用"历史语境"作为控制"意义不确定性"的缰绳。

"你们的计划并不诗意，而是耸人听闻。……要当心：人们会相信你们的。人们相信那些卖生发水的人。他们本能地察觉推销员将并不相连的事实放在一起。他所说的不合逻辑，而且言不由衷。可是他们也知道上帝是神秘的，不可触知的，因此对他们而言，前后不连贯的谵言狂语便是最接近上帝的东西。最牵强附会的便是最近于奇迹的。……我不喜欢，那是个低劣的玩笑。"然而，无论莉雅多么清醒，她的解释多么合情合理，卡素朋仍受到"计划"的吸引。他不想放弃它，因为他参与此事已经太久。她斥责卡素朋玩着他们"计划"的拙劣游戏时说："人们对计划贪求无厌。如果你给他们一个，他们就如狼群般对它扑击吞咽。你发明，他们便照单全收。在已存在的事物上再加上发明物是不对的。"

在卡素朋回头反思时，他承认莉雅是对的。只是他依然不会听信她。他已经历过"计划"的创造、法规和自由的和谐。狄欧塔列弗跟他说过摩西·寇多伟洛的警告："由于其五经变得令无知者——即亚威的整族人——而自豪，使泰福瑞也为玛寇自豪。"可是"玛寇"，这世上王国，在其炫人的单纯中，是卡素朋到死亡来临时才明了的——及时得知真相；也许获得这真相却已嫌太迟。

四、奕格礼

奕格礼在小说中是一个核心人物，而格拉蒙全体都受到他的迷惑任其肆意妄为，可以说他是个邪恶的天才。在巴西，卡素朋和安柔认识了几乎是怪物化身的奕格礼。对于他的身世背景，他含糊其辞从不言明，"我的因子里含有无数个种族"，卡素朋认为他"阅历丰富，有点老迈，有钱可花，有时间自由旅行，而且对超自然感兴趣"。安柔说他"一个持续不懈的反动分子，拥有向颓废屈服的勇气"。奕格礼自认为是永生不死的圣日耳曼伯爵转世，是个无所不通的人，对于圣堂武士和玫瑰十字会都有研究，对各种宗教，以及意大利和巴西的文化风情非常熟悉，对于女人他也非常老练。实际上从安柔到萝伦莎都被他蛊惑降伏了。圣日耳曼伯爵历史上实有其人，史学家霍勒斯·沃波尔描述他是个意大利人或西班牙人或波兰人，在墨西哥发了财，后来带了他妻子的珠宝卷逃至君士坦丁堡。据说他曾做过音乐家、染衣专家，在化工和油漆厂工作过，是一个典型的18世纪探险家，精通奇妙的炼金术。唯一不寻常之处便是传说他永生不死，而奕格礼无疑就是在模仿这个日耳曼伯爵，自认为是永生不死的伯爵转世。

在米兰，卡素朋推荐奕格礼作为葛拉蒙出版社"神秘学"丛书计划的顾问，从此，葛拉蒙出版社的每一个人都深受其影响。奕格礼对科学、宗教、神秘学都有相当的研究，对于神秘学计划丛书，他认为自己如果加入其中，将是对真理的追寻。他的深邃折服了他们。然而贝尔勃和卡素朋一行人在第一次造访奕格礼时，就遇到了贝尔勃日夜念之的萝伦莎。贝尔勃对奕格礼从此就开始腻烦："这个人敏锐、细心。只是他活在一个与我们不同的世界里。"狄欧塔列弗认为奕格礼"是个学者，对神秘科学感到好奇，对艺术感兴趣，对以耳朵学习的人感到猜疑"。葛拉蒙完全被奕格礼征服，认为他"是个天才，一个不寻常的人才，机智，博学。……老派绅士，一位贵族；知识渊博，教养深厚，博学多闻"。奕格礼为葛拉蒙出点子，就是让从前的 SFA 即自费作家来写这些神秘主义丛书。而这个主义很快就见效了，来稿络绎不绝，而他们也开始走向对神秘主义的深度追寻。奕格礼对于圣堂武士的秘密如此解释："如果圣堂武士，真正的圣堂武士，真的留下了一个秘密，也真的建立了某种连续，那么我们必须将他们找出来，在他们可能易于伪装的地方，也许借着发明仪式和神话好在不为人注意之下行动，如鱼在水中。……隐藏的光在火中最容易找到；那么，真正的圣堂武士之最佳藏身处，岂不是就在模仿他的群众之间吗？"事实上，奕格礼带领他们去参加炼金术士的盛宴和玫瑰十字会会员入会仪式后，就开始诱惑葛拉蒙。葛拉蒙后来做任何决定都要找他商量，还要支付他月薪，奕格礼连续不断地写信、联络和定约会。但是实际上他是在建立三斯集团，后来终于成为一个拥有庞大会员的组织。奕格礼不停留于幻想和写作"计划"，他将"计划"付诸行动，他认为他就是可以获取秘密的圣堂武士。最后奕格礼组成的三斯集团将贝尔勃绑架，在巴黎科技博物馆内进行逼供。此时，计划已经成真，不仅贝尔勃遭到恐怖主义的追缉，不仅奕格礼在两天内凭空消失，而且，伯爵并不是神话中的人物，成了真实而不朽的圣日耳曼。然而，这个秘密，只有贝尔勃能够揭露的秘密，是一个并不存在的秘密。但是，如果你发明了一个计划，并有人将它实施，那它就是真实的。

第三节　布局代码

布局代码（the proairetic code），希腊语 proairesis 意为"选择的行为"，也称作行为代码、动作代码。根据巴尔特的解释，用亚里士多德的术语来说，praxis 意为情节技艺，proairesis 指布局活动，即深思熟虑地确定情节结局的能力，所以也可把情节代码和行为代码称为布局代码。然而叙事中确定情节者,乃是话语,而非人物。[①] 这种代码为读者描述了行为代码建构的方式,即行为举止的序列逻辑。这种布局序列"隐含了人类行为的某种逻辑",这不过是阅读技巧的结果。巴尔特所界定的动作,包含了动作及其反应两个方面,即一个动作本身涵摄着对这个动作的反应。比如敲门即涵摄着应门或不应门的反应。因此,一个动作往往涵摄着人类行为的一个逻辑,用巴尔特的话来讲,即"一种理性的能力决定了动作涵摄着一种反应"。

一般认为,亚里士多德和托多洛夫等一些传统批评家只关注并寻找故事的主要情节,巴尔特则(在理论上)把所有行动,从"开门"这样最平凡的行动到浪漫历险都视为代码活动。行为代码主要指涉一些动作连续体,它是在阅读时被建构的。换言之,我们在阅读中抓住一大堆动作的资料,给它们赋予动作的名称,以帮助我们对这些资料进行把握。这些类属性的动作名称,或取自我们琐屑的日常行为(如敲门、约会等),或取自小说经常出现的设计(如引诱、示爱、谋杀等)。当然,这些动作可以像树一样产生许多枝叶而扩展起来。

这种代码为读者描述了行为代码建构的方式,即行为举止的序列逻辑。布局代码可组成诸多序列,读者在阅读时会在情节的某一名目下积聚叙述所提供的各种信息,给每一个序列赋予一个名目,如漫步、谋杀、约会等。序列随着寻觅或确定命名这一进度(rythme)而展开,序列的基础与其说是逻辑,还不如说是经验。序列的唯一逻辑是已做过或已读过,由此而有种种序列、种种项目。所以,布局代码控制着读者对情节的建构。

从《傅科摆》的一系列布局或行为代码中,我们可以构建这一小说的重要情节。我们只分析最重要的布局即行为代码。

---

① 罗兰·巴尔特:《S/Z》,屠友祥,上海人民出版社,2000年版,第81页。

一、皮拉底饮酒

叙述者也是主人公卡素朋于 1972 年年底在皮拉底酒吧认识了贝尔勃。皮拉底酒吧是一个文化代码，是当时意大利文化的一种呈现方式。卡素朋、贝尔勃在喝酒聊天之时，发现他们的共同兴趣即对圣堂武士的着迷。接着卡素朋认识了贝尔勃的女友萝伦莎，她经常在皮拉底酒吧打弹球。他又通过贝尔勃认识其同事狄欧塔列弗，于是共同的趣味将他们吸引在一起。他们几乎每天都会到那里去，皮拉底成了他们透露心声、放松心情的场所。喝酒聊天的这一行为代码，提供了他们日常生活方式中最轻松也最真诚的一面。正是在这些看似悠闲实则充满勃勃生机思想火花的时光里，他们开始了对圣堂武士的探寻。

在那时候，皮拉底酒吧是个自由港，一家来自奥菲可星的外星侵略者可以与巡逻范艾伦辐射带（Van Allen radiation belt，环绕地球之内外两个辐射带。在内的辐射带位于地球外围约两千英里处，在外的辐射带位于地球外围约九千至一万两千英里处）的帝国士兵和平地摩肩接踵的星河酒站。那是一家古老的酒吧，靠近米兰运河，有一座锌板柜台和一座撞球台。本地的电车司机和工匠一早就会到那里去喝杯白葡萄酒。在 1968 年和往后的数年中，皮拉底酒吧类似一家友善的咖啡店；在这里，倡言革命的行动主义者可以和一个在写好报道后走进来喝杯威士忌的记者扑克牌，同时第一批卡车已在对报摊分发着政府的谎言。到这里来的人照例要有少量的酒精刺激。老皮拉底不但为电车司机和技工们贮存大瓶的白酒，也以正确的标签为知识分子以葡萄酒取代汽水和沙司，为革命分子供应"Johnnie Walker"。以红标如何渐渐地被 12 年陈百龄坛取代，接着又被麦芽酒后来居上为基础，卡素朋说"我便可以写出那些年的政治史来"。由此可见皮拉底酒吧的意义。

二、参观仪式

参观并参加仪式，是《傅科摆》中比较重要的行为代码，仪式是神秘主义、宗教文化的集中体现。在巴西，卡素朋和安柔在奕格礼的带领下参观了两次北方宗教艾昔丝的礼拜式。在意大利，卡素朋和贝尔勃以及其他朋友在奕格礼的带领下，参加了皮德蒙地区玫瑰十字会会员城堡的宴会，并参观了督伊德教的入会和礼拜仪式。

卡素朋因为爱上巴西女孩，也到了巴西。在这里，他教意大利文化，但是对巴西的文化很着迷，尤其是在巴西他又遇上了圣堂武士。卡素朋在巴西除了教课外，到处参加活动，如安柔的政治活动，去参观各种教堂、到市场去淘书和各种小玩意。在这个文化混杂的地区，圣堂武士又找上了他。那就是和葡萄牙裔意大利人奕格礼的交往。奕格礼带领卡素朋和安柔去参观北方宗教艾昔丝的仪式，第一次只是参观其静态场地，并没有看到真实的仪式。第二次在里约热内卢亲自参加，卡素朋受到强烈影响，安柔则根本无法进行理性防御，被非洲的神祇旁巴吉拉附体，成为灵媒。但是实际上这种事情很难说是怎么回事。可能真的如安柔所言，自己是吃错了东西。她根本不信这些神秘主义或者宗教迷信，参加前她们曾喝了主持仪式的人给的饮料，加上室内的各种烟香气味，很可能是受到了诱骗。巴西的艾昔丝礼拜仪式过后，结果是安柔离开了卡素朋，两人的爱情不了了之，剩下的我"没有热情，没有嫉妒，没有思念。我空空洞洞，头脑清晰，干干净净，如一只铝罐般毫无情感"。

返回意大利后，卡素朋自己发明了一项工作，他自称为"学识的私家侦探"，专门替人查资料，在这项工作中，认识了他的人生伴侣莉雅。在和贝尔勃重拾友谊后，他成为葛拉蒙出版社的一员，为葛拉蒙先生搜集"奇妙的金属历险"资料。他们发动"赫米斯计划"后，邀请了奕格礼作为他们的顾问。在奕格礼的引导下，他们又参加了玫瑰十字会成员的一个宴会以及入会仪式，并参观了督伊德教的礼拜式。在那个神秘的城堡里，卡素朋又一次受到了强烈的影响，和巴西的体验相当相似。

三、创造计划

　　为了赚钱，葛拉蒙先生打算出版"神秘学"丛书的计划，让自费作者来写。而卡素朋和贝尔勃、狄欧塔列弗则从各自的立场参与了此事，并卷入神秘主义不可自拔。正如葛拉蒙所言："我们乔装成一朵花，他们便蜂拥而至。"而他们自己也迅速被引向一朵花，那就是创造圣堂武士的计划。"和我们所要吸引的那些蜜蜂一样，我自己也是一只；一如他们，我正被迅速诱向一朵花，虽说我还不知道那朵花是什么。"这是他们亲自创造的一个游戏，但最终他们却被游戏所游戏。

　　卡素朋从小就是一个"不肯轻信的人"，在写作以"圣堂武士的审判"为题的博士论文时他只看第一手资料。然而，"一个不肯轻信的人并不表示他什么都不相信，而是说他并不什么都相信。……不肯轻信并不会将好奇心扼杀；相反的，它会使人更好奇"。专注使人近视，长久地浸淫在神秘主义素材中，人的心态自然会发生变化，所谓"如果你的论文写的是淋病，最后你也会爱上螺旋菌病毒的"。他博学多识，曾自诩说："我所知甚多，杂七杂八的事，但只要在图书馆待几个小时，我便可将这些事连结起来。"为此他甚至开设了一家"文化调查公司"，自封为"学识的私家侦探"。正因为有如此本领，他才敢于自夸："如果真的必须有个宇宙阴谋，我们可以发明出一个最为宇宙化的。"作为这份玩笑计划的主创之一，他试图将所有材料整合进一个宏大叙事，而基本方法就是"发明联系"。

　　贝尔勃不仅是怀疑主义者，也是虚无主义者。在真实的生活中，他是一个怯懦的男人、失败的情人和没有创造力的编辑。然而，"计划"给了他启示。他"创作了更要丰富许多的叙述，其中各种引述疯狂地与他的私人神话相混合，结合其他故事之片段的机会，刺激他写出他自己的故事"。所以在他重写的"历史"中，他是传奇的七海吉姆，是真正的莎士比亚，是神秘的日耳曼伯爵。宛然一个后现代主义作家。贝尔勃集引述、抄袭、假借、俗套、拼贴之大成，将卡素朋笔下的历史叙述转换为廉价小说的形式，彻底地"爆裂历史"。然而，贝尔勃走得太远了，当他期望利用"计划"来干预生活、以击败现实中的情敌时，他既得到了控制"他们"的力量，也受到"他们"的追捕。他的宁死不屈中隐含着他的虚无主义：成全"计划"，把玩笑进行到底。他就这样成了一个反对神秘主义的神秘主义者。

狄欧塔列弗是自封的犹太主义神秘者，当他们搜集的派系、协会差一个最近成立的组织时，狄欧塔列弗想出了这个组织的名字：共同统治复苏圣堂，即三斯集团。卡素朋他们都喜欢这个名字，狄欧塔列弗得意地说："有这么多的秘密协会，再发明一个根本就易如反掌。"这个三斯后来就成了奕格礼一伙的名称。玩这个游戏，对狄欧塔列弗来说，是祷告的一种形式。"我们正一章一章地重写世界史。我们在重写圣经。我喜欢，真心喜欢。"对卡素朋来说，觉得好玩又可显示自己的学识，却引火烧身。至于对杰克波·贝尔勃而言，根本毫无乐趣可言。他紧张地参与，焦虑地咬着指甲。或者，他之所以玩这个游戏，是希望找到至少一个未知的地址，没有脚灯的舞台，这是他在一个叫"梦"的档案中提到的。一种为一个永不会出现天使的替代神学，就是他毕生寻找的证明自己的机会。

他们为了计划，什么书都读——百科全书、科技史、报纸、漫画、出版商目录等，渐渐地，"计划""如体操选手的训练般逐渐成形，或是像铁饼选手的慢速转动、阻击手的谨慎、高尔夫的长速度、棒球那无意义的等待"。不管节奏是什么，他们如愿找到关联——无时无处，且在所有的事物之间。整个世界爆炸成一个关联网的漩涡，每样事物都指向其他的事物，每件事情都解释了其他的事情。最后他们的脑子渐渐习惯于连接，将每件事物与另一件事物连接起来，直到成为一种机械化的习惯。"我相信一个人可以达到在养成假装去相信的习惯和在养成相信的习惯之间已不再有任何差别的地步。"在发明计划的过程中，"我变得上瘾，狄欧塔列弗变得腐化，而贝尔勃则是改宗了"。他们三个日益走火入魔，逐渐失去了分辨相似和相同、隐喻和真实的智慧，"盲目地看不到任何启示"。

四、逃跑

事实上，贝尔勃如此沉迷于计划和在阿布拉非亚的书写只因他从来都自认为缺乏创造力，生命中缺少与真理相系的澄明时刻。这是他小时候第一次逃跑便留下的心灵创伤。

他第一次向卡素朋讲述童年往事，是刚从游行队伍中成功逃脱之时，而回忆的故事同样是一次逃跑。那是 1943 年，贝尔勃刚刚十一岁。一晚，他爬上山丘去买牛奶，树上突然传来"呼、呼"的声响，那是法西斯党与游击队在交火。他开始向山谷跑去，但就在这时，"嚓嚓嚓"的响声在贝尔勃四周的田野响起。他后来明白，要是有人从高坡往山下射击，那你该跑上山坡，你跑得愈高，子弹便从你头上愈高的地方飞过。"年纪太小，还不能参与，却又够大，能够——怎么说呢？——清晰地记住每一件事。我还能做什么呢？我只能旁观。还有逃跑。就像今天。"第二次是"运河"档案中记载的贝尔勃和小朋友一起玩，他在别人前进的时候后退，在别人还未有行动时盲进，"我在十二岁时便错过了机会。如果你在第一次时无法勃起，此后你一辈子便是性无能了"。第三次，贝尔勃和卡素朋在街上，遇到示威游行队伍和警察的冲突，便一起逃跑。他将童年逃跑的往事告诉卡素朋，并发感慨，他对卡素朋说道："你可以一辈子都感到后悔，并不是为了你选择错误——你总是可以悔改，赎罪的——而是为了你从没有机会向自己证明你大可做正确的选择……"那如影随形，与他一起成长的梦魇，是他一生的失落与疼痛。因为他觉得自己是个懦夫，而他却没有机会证明自己本可以不是懦夫。而一个故意制造的机会并不算是真正的机会。第四次，到小说的最后，贝尔勃遭到三斯集团的威胁，先是到巴黎去，然后在逃跑时候被绑架到科技博物馆内，在他的人生中，他一直都在逃跑，这次是他最后的逃跑，但是被抓住了。在巴黎艺术科技馆内，他拒绝说出计划，拒绝说出秘密，被吊死在傅科摆上。他终于永远停止逃跑了。

而卡素朋呢？即使是逃跑他也不承认自己是逃跑，他自有解释的理由。第一次，就是游行的时候，他跟随贝尔勃抄小道顺利逃跑，这是理所应当的逃离骚乱现场。第二次，在被安其利警官调查时，他们俩都说了谎，觉得很尴尬，贝尔勃认为自己又一次怯懦了，是一种变相的逃跑。他们开始疏远，见面次数也少了，而卡素朋则认为："我为他难过，因为他自觉像个懦夫。我却没那种感觉。我在学校学到了和警方打交道时，便须说谎。这是原则。只是愧疚的良知却能毒杀友谊。"那以后许久他们都没再见面，"我是他受到呵责的良心，而他的是我的"。第三次是贝尔勃在巴黎科技博物馆被吊死后，卡素朋逃跑到贝尔勃的老家，去寻找贝尔勃宁死不屈的答案。在这里，他终于明了了。贝尔勃在死亡的那一刻已经拥有了，他不仅拥有了他梦想的塞西莉亚，还拥有了他一生都在寻找的机会。所以，卡素朋等待，他不逃跑，等待着告诉"他们"，根本就没有圣堂武士的计划和什么地图。但即便是没有，"他们"也不信没有。

五、审判

计划变成真实的以后，圣堂武士也成为现实，葛拉蒙三剑客无意中创造的三斯集团也变成真的了，三斯以奕格礼为首，他带领一帮魔鬼作家和为神秘主义疯狂的怪人，在星期六晚上圣约翰之夜，在巴黎艺术科技博物馆内，上演了一场奇特怪异的闹剧。他们将贝尔勃绑在傅科摆上，对之进行诱导逼供，让他说出圣堂武士的地图在何处，但是贝尔勃宁死不屈，始终没有说出地图并不存在、计划和秘密都不存在的秘密。"并非他拒绝对权力的欲望屈服；他拒绝对无意义屈服。他知道，虽然我们的生存是那么脆弱，我们对这世界的询问是那么徒然无益，然而却有某种事物是比其余的更有意义的"。

最后贝尔勃被吊死，"垂线在摆上的贝尔勃，在空中画出了赛福瑞之树，在他的最后一刻为宇宙的所有变迁浮沉总结，以他的动作永恒地定出世上之神难免一死之吐气与净化的十个阶段"。卡素朋认为贝尔勃死得其所，因为贝尔勃并不只是最近造出之"计划"的受害者；他对贝尔勃的死早有准备，在不知道贝尔勃的想象力比他更有创作力的想象中，便计划着那死亡的现实了。贝尔勃的死，其实便是他的胜利。奕格礼和萝伦莎也都在骚乱中身亡，一群疯狂的人们陷入混乱。

这是"一场充满了静默、矛盾、谜和愚行的审判。愚行是最明显的，因为，如果愚行不明显的话，通常会与难以理解的谜吻合。在那些太平无事的日子里，我相信谜的来源便是愚行。后来，在潜望镜里的那一晚，我决定最令人难解的谜是那些以疯狂为名而掩饰的谜。现在，我却相信整个世界便是一个谜，一个无害的谜，但因我们自己想加以解析的疯狂尝试——仿佛这谜隐含了真理——却使得他变得有害了"。

第四节　语义代码

语义代码（the semic code）是一种语义素（semes）的和能指（signifiers）的代码，因此是文本中经常出现的含蓄意义或主题。这种代码利用的是由某些能指所产生的暗示或"意义的明灭不定"。语义素仅仅指明阐释代码所表示的种种重复出现的项目，"既不欲系之于某个人物（或某类处境，或某个对象），也不想在种种语义素间作出安排，好让它们形成为纯一的主题区；我们听任其不稳定性，离散性，这使得它们成为尘屑的微粒，意义的明灭不定的微粒"①。

在这个标题下，我们可以找到的不是一种而是多种代码。读者在阅读中使文本主题化。他注意到文本中词和词组的某些内涵，可以同其他词和词组的类似内涵组合在一起。要是我们识别出各种内涵的"共同核心"，我们就找到了文本的一个主题。当一群内涵依附于一个特殊的专有名词时，我们就能辨别出一个具有某些特征的人物。"从一定意义上讲，这种代码处理的是英美批评中习惯于称为'主题'或'主题性结构'的东西。"② 语义代码是文本中一些阅读片断所内含的意义的片断，如女性化、富有、国际化、神奇、复合、超越时空、幼稚、机械、空洞、世外等，它们主要是从角色、物件里被解读出来的。

在《傅科摆》中，主题不是单一的，傅科摆是最重要的语义代码，它作为小说的题目在文中不断出现，有着深刻的主题意义。贝尔勃终生对"摆"着迷，在我看来，卡素朋甚至艾柯对摆也很着迷，不论是科学与神秘之间、理性与信仰之间、还是秘密的有和无之间、历史的连续与非连续之间、事物的联系性与非联系性之间，正如摆，都在两极之间摆动，无论如何，有个定点，但是这个定点却又并不确定。

一、科学与神秘

傅科摆从开头到结尾一直存在，是最主要的内涵代码，贯穿始终的一个代码。这个发明于 19 世纪的机械装置，一端固定，一端自由摆动，在科学主义者看来，摆动的那一端通过在地上擦出的轨迹，可以证明地球转动的速率，所以傅科摆是理性的胜利。而在神

---

① 罗兰·巴尔特：《S/Z》，屠友祥，上海人民出版社，2000 年版，第 83 页。
② 特伦斯·霍克斯：《结构主义和符号学》，瞿铁鹏译，上海译文出版社，1997 年版，第 120 页。

秘主义的信徒看来，固定的那一端更重要，因为一切都在动，而在上方却有宇宙之间唯一固定点的概念，证明了上帝的存在，所以傅科摆是信仰的胜利。关于傅科摆的不同见解让人想起牛顿三大定律，有人从中看到自然是一架机器，有人看到的却是上帝那只看不见的手，见解如何端赖于不同的"期待视野"。大概基于同样的认识，在保罗·利科看来，诠释学势必与宗教现象学融合：因信仰而理解，还是因理解而信仰，从来都是"诠释学循环"本身。

上帝无处不在，但是要先有信仰。贝尔勃的解释是傅科摆证明了上帝无所不在："你瞧，卡素朋，就连傅科摆也是个假先知。你望着它，望着它是宇宙间唯一的定点，可是如果你将它从科技馆的天花板上移下，将它挂在一间妓院里，它照样摆动。而且还有其他的摆：在纽约联合国大厦里有一个，旧金山的科学馆中也有一个，天晓得其他还有多少个。不论你把摆放在哪儿，它都是自一固定点摆动的，而地球却在它下方运转。宇宙的每一点都是个定点：只要你自那里挂下摆就得了。""上帝无处不在？""也可以这么说。也因此摆令我困扰。它允诺了无限，可是将无限放在哪儿却要由我决定。所以光是崇拜摆是不够的；你还得做个决定，你必须为它找到最好的一点。然而，你会觉得你一辈子都花在将摆挂在许多个不同的地方，而它却都不动。"因此，必须先有信仰才行。

傅科摆的作用所在，圣堂武士要它用来指出地球之脐的位置，不过这只是个假设，"让我们假设圣堂武士利用摆来指出脐吧。在地板上，——放一张世界地图。在某一特定时刻，摆的尖端指出的那一点，便是脐之所在"。地点是圣马丁教堂，是圣堂武士的避难所。时间（根据魔鬼作家们说法）是6月24日，圣约翰节的黎明，夏至之时，在圣马丁的唱诗班席次，有一扇窗子在两铅接合点附近有一个没有着色的地方。就在那一天的那个时刻，太阳的第一道纯净光辉照过那窗子，射到摆下方的地板上，而在那一刹那摆和那道阳光的交合点，便是地图上脐之所在的那一点。但是事实上，摆并不能指出那个位置。

科学与宗教或者信仰从来都不是截然分开的，正如葛拉蒙在指导卡素朋编写金属历史时曾这样说："真正的魔术士并不是那个两眼茫茫，一无所知的老头子，而是抓住了宇宙隐藏奥秘的科学家们。"而卡素朋觉得要分辨魔法世界和所谓的现实世界相当困难。因为他发现在学校研读的那些身负数学和物理启示的人，变成了迷信者流，他们工作时一脚涉及秘法，而另一脚踩着实验室。或者，看到物理学者如何涉及降灵术和占星术，以及牛顿如何因他相信超自然力的存在，使他深入调查蔷薇十字会的宇宙论，因而发明了重力法则。"我原一直认为怀疑是一种科学职责，可是这会儿我却连教我要怀疑的导师们也不信任了。"

卡素朋和安柔一样，并不相信科学，却又向它投降。因为发现自己为大金字塔的高度真是地球至太阳之距离的十亿分之一而赞叹，也为一个人真的可以在赛尔特神话和美洲神话之间找到一条平行线而啧啧称奇。科学和宗教信仰之间本来就没有绝对的划一，最初的科学也大多来自神奇的猜想。这也正是傅科摆带来的启示，它也永久性地在科学和信仰之间摆动。

二、计划与秘密

圣堂武士的计划和秘密是这部小说的中心内容，它到底是否存在呢？从小说中，我们看出，计划从创造杜撰编造变成真实，亦真亦假，存在又好似不存在。主人公卡素朋的名字来源于文艺复兴时期的语言学家伊萨克·卡素朋（Isaac Casaubon），正是他证明了流行一时的神秘主义著作《赫耳墨斯神智学》是一本伪书。言下之意，《傅科摆》将矛头直指神秘主义。然而，小说在解构神秘主义的同时，却又为神秘主义辩护，因为只要有人相信并将之付诸实行，假的就可以成为真实的。

没有什么密码，没有什么秘密计划。正如贝尔勃那个公正的阿布拉非亚，当它问："你有口令吗？"卡素朋绞尽脑汁，一再尝试，终于无计可施，只好打"NO"，结果这便是所设口令。对此他诠释道："那神奇的口令不仅不存在，而且我们并不知道它不存在。因此，那些承认自己无知的人便可有所获知，至少一如我所学到的。"这不啻是个象征，卡素朋此前试图进入程序的无谓举动，不过重新演绎了"发明'计划'"以及对此信以为真的过程而已。自以为能够理解历史——在若干现象之间建立臆想的联系——势必永远徘徊于真正的历史之外；只有否认这种虚假的"理解"，才是对历史真正有所理解。

并没有什么"较大的秘密"，因为一个秘密一旦揭露，便总似微小而不足取。只有空洞的秘密，一个不停地自你的指缝间溜掉的秘密。兰花的秘密是，它象征且影响睾丸。但是睾丸又象征黄道十二宫的一个星座，而十二宫则象征着天使的阶级制度，而天使的阶级制度又象征音阶，音阶象征基本体液之间的关系。以此类推。启蒙便是学习永不止息。宇宙如一个洋葱般层层剥开，而一个洋葱剥开后便空无一物。让我们想象一个无止尽的洋葱吧，处处都是其中心，无处为其周边。启蒙便是绕行无尽的一条皮。真正的受教者知道最有力量的秘密是个没有内容的秘密，因为任何敌人都无法使他招供，任何仇敌都不可能将它自他身上取走。

贝尔勃曾宣称拥有一个秘密，他因此得到了控制"他们"的力量。"他们"的第一个冲动——即使是将他们召集在一起的、聪明如奕格礼——便是迫他说出秘密。贝尔勃越拒绝揭露，他们便越相信那是个秘密；他越发誓他并未拥有它，他们便越会相信他拥有它，相信那是个真的秘密，因为如果那不是真的，他一定会揭露的。几世纪以来，搜寻这个秘密便是使"他们"聚合在一起的黏胶，尽管有种种放іх、种种两败俱伤的战斗和突击。现在"他们"很快就知晓了。可是他们却有两点恐惧：一是那可能是个令人失望的秘密；二是一旦大家都知道了，便再也无秘密可言了。而那便会是"他们"的终点。因此，事实上，他们并不想知道这个秘密。"我们唤醒了他们的欲望，提供他们一个不可能更空洞的秘密，因为非但我们自己不知道这秘密，而且，我们知道这秘密是假的。"

然而卡素朋又总结道："那一晚，我必须相信'计划'是真的，因为如果那不是真的，那我过去两年来便只是一场邪恶梦境的全能创造者而已。事实总比梦好：如果某事是真实的，那便是真的，而谁也不能怪你了。"

三、相似性与相关性

《傅科摆》的一大主题是将圣堂武士与世界上发生的一切都联系起来。贝尔勃敏锐地指出："任何事实只要与另一事实有关便变得重要。关联改变了对事物的看法，使你想到世上的每一细节、每一种声音、每一句话或句子都有更深一层的意义，并告诉我们一个'秘密'。"他创造计划的一个基本原理就是"相关性"。人类有用熟悉的事物解释陌生事物的习惯，在这种联系中产生了隐喻，在现代语言学看来，隐喻甚至是"语言普遍原则"，海登·怀特赋予隐喻以合法性："恰恰由于世界上的每一事物和经验都可以通过类比或相似性而与任何其他事物或经验相比较，因此可以说任何隐喻都不完全是错误的。"在隐喻生成的过程中，最基本的是相似性，但是如果将"相似"混同于"相同"，用"局部"替代"整体"，视"一般"为"普遍"，"隐喻"中的概念偷换也许就会将"一种理解"转换为"一种真理"。艾登提上校心目中那本潜在的玄学象征词典就是这种神秘类推的产物。

卡素朋说："我相信……每样事物可能神秘地与其他每样事物相关。""每一项资讯都是同等重要的。力量源自将它们全存入档案，然后找到关联。关联总是存在的；只是你必须想要找出来。""任何事实只要与另一事实有关便变得重要。关联改变了对事物的看法，使你想到世上的每一细节、每一种声音、每一句话都有更深一层的意义。"这些构成小说情节基础的话显然来自艾柯所从事的符号学、诠释学研究。在《诠释与过度诠释》中，艾柯以更加学术化、更加理性、更加具有正面价值的口吻，再次谈到了神秘主义者，即小说中魔鬼作家诠释意义的方式、规则，以及"我们的这个寻找神秘主义遗产之根源的旅行在哪种意义上会有助于我们理解某些当代的本文诠释理论"。艾柯认为，当代文学批评，尤其是解构理论，在寻找事物之间的"相似性"上，过于灵活宽泛，失去了判断有意义的相似性与偶然的、虚设的相似性的原则，从而导致"无限衍义"的过度诠释。埃柯这番论述，可以使我们看到，他创作小说最初的动机，《傅科摆》就是这样一场寻找事物之间相似性，"过高估计偶然巧合的重要性""过高评价线索重要性"的"华丽表演"。小说主人公"我"和贝尔勃借重构圣堂武士的计划，重写了整部世界历史，他们甚至说："我们并不是要找出德布西和圣堂武士之间的联系；人人都那么做。问题在于打出———例如秘法和汽车火花塞———之间的联系。""在我们的权力列车和塞弗拉之树的幻想之后，我便准备在我碰到的每样事物看到各种象征。"

他们甚至为计划发明了三条"联系规则"。第一条，意念联想，比如怎样通过五个步骤由"香肠"走到"柏拉图"：香肠—猪鬃—油漆刷子—显著派—意念—柏拉图，"关联总是存在的；只是你必须找出来"。第二条，如果到后来皆大欢喜，那"联系"便是"对"的，无法证伪，视同真实。第三条，联系不是独创的，必须是先前便存在的，且越常见越好，"互文性"某种意义上就是"互证性"。不难想象，如此炮制出来的"计划"，尽管表面上像马赛克拼花一样吻合，内部却又有多少曲解、误读、移植、放大、忽略、伪造和错误。

然而《傅科摆》的叙述口吻并不完全是反讽的，事实上，作者表达了另一层更深的隐忧。小说最后，目睹贝尔勃被"三斯"集团杀害后，卡素朋做了大段反思，他越来越觉得失去了自我。他变成了贝尔勃。和贝尔勃一样，"我知道这世上的每一件事物，即使是最卑污的，也必须被视为另一样事物的象形图案，而且没有一样事物或东西会比'计划'更加真实"。他得出结论：我们发明了一个并不存在的"计划"，而"他们"不只相信这计划是真的，且相信"他们"自己许久以来便是这计划的一部分，或者，他们将他们那混沌神话的片段视为我们"计划"的时刻，这些时刻交织成一个合于逻辑的、无法反驳的类推、相似、疑问的网。但是如果你发明一个计划，再有其他人将它实行，那就好似这"计划"真的存在。而这就是谎言和真实之间关系的辩证法。万事万物是联系的，但是过度发挥这种联系，事情就会走向反面，如果将反面当作正面，那反面就真的成为正面的了。

第五节　象征代码

象征代码（the symbolic code）是小说代码化在巴尔特的表达中最具"结构主义特性"的一个方面。"我们避免构筑象征区，此区乃是多元符合性与可逆性的专有领地；首要任务总是表明此区可自任何一处进入，以此，其内深幽莫测度和隐秘性遂成问题[①]"。象征代码建立在这样的设想之上：意义来自某些最初的二元对立或区别——无论是在言语制作中声音变成因素的水平上，还是在精神性别对立的水平上，在词语文本中，这种象征性的对立可以用诸如对偶的修辞手段来译成代码。

象征代码在《傅科摆》中出现最多，如数字的象征处处都有，还有金喇叭、昆达里尼蛇、埃菲尔铁塔、圣杯等众多的象征代码。在《傅科摆》中，有两个最重要、最突出的象征代码，其一就是傅科摆，傅科摆作为小说的名字，在小说中起着提示主题、连贯情节的作用。而且傅科摆也是一个重要的内涵代码，它意指的是"摆"，人类的历史、理性、信仰如钟摆一样摆来摆去。我们把这个象征代码放到语义代码中去分析。其二就是塞弗拉之树——生命之树的象征。这一象征代码构成了整部小说的框架，十个塞弗拉数字对应着小说十部分内容，成为一严密的象征构架。

---

① 罗兰·巴尔特：《S/Z》，屠友祥，上海人民出版社，2000 年版，第 83 页。

一、生命之树

在《傅科摆》中，犹太的卡巴拉思想即生命之树（塞弗拉之树）的象征是整体的象征代码，整部小说在这个系统代码之下展开，小说一共十个部分，就是依据十个赛弗拉数字代码依次展开。而小说 120 小节，则是数字代码，象征的是圣堂武士每 120 年的一次聚会。十个部分对照的是十个塞弗拉即数字代码。

卡巴拉是犹太神秘主义思想的概念，神秘主义是灵魂和神的直接和即时的交流。神秘"mystic"一词源于一个古希腊文的动词，意思是紧闭双唇。当犹太神秘主义者经历了一种抛弃尘世，显示出一个无所不在的精神实在的时候，他们也按照犹太教的传统，为整个神秘主义体系做出了自己的贡献。犹太神秘主义者对传统保持极大的敬意，并将自己视为他们的神秘传统的传达者，此为犹太神秘主义的特征（希伯来文中的"kabbalah"，即传统一词，在具有神秘主义内涵以前，早已得到广义的使用）。

这种神秘主义的一本最重要的典籍是题为《创造之书》（*Sefer Yetzirah*）的论述宇宙哲学和宇宙志的简要和晦涩的著作。该书指出，上帝是通过由 10 个基本数字和 22 个基本字母组成的 32 条"神秘的智慧之路"创造世界的。这些数字被称为"数"（Sefirot，单数是 Sefirah），它成了秘传的犹太传统的一个关键词汇。这些被认为受到了新毕达哥拉斯哲学的影响（毕达哥拉斯学派——古希腊一哲学流派，主张数是万物的本源）。数是从"无限"的绝对神秘中发出的等级或梯层。它们不像新柏拉图主义所认为的那样，是上帝和物质世界之间居间的力量，每一个数及其整个数的体系都被赋予了一种复杂的象征标记。每个数同它的整体的关系是不倦的卡巴拉沉思的主题。

各个数之间的关系具有一种正式的结构，这一结构通常被分为三个部分。至高冠冕、智慧、知性这前 3 个数，形成了神圣有机体中的智力水平：意志、思想、知识。以下 7 个数的名字取自《历代志略》第一卷第二十九章第十一节，没有表达每个数精确的象征意义。伟大、大能和美构成了第二组，它是神性心灵或道德水准。永恒、威和根本构成了（在最受新柏拉图主义影响的论著中）自然中特定的力量的原型。第 10 个数，王国，具有它自己精巧的象征表示。它是女皇，特殊的阴性的数，它也是以色列人神圣的副本。第 10 个数是神圣世界和非神圣世界进行交流的渠道。

在有些卡巴拉的图表之中，数被安排成一个环绕着一个中心的圆周，像以地球为中心的亚里士多德的天体概念。数有时被描绘为如同一棵宇宙之树，它的根植于"无限"，它的躯干和枝条向下界延伸。最普通的比喻是认为数构成了一个天人的形式（卡巴拉的词汇是"Adam Kadmon"，意思是"原型的"或"原初的"的人）：前三个数是其头颅，中间三个数是臂膀和胸部，最后三个数是腿和生殖器，第四个数是整个身体的和谐。这些数还得到了垂直的划分：左半部是阴性的数，右半部是阳性的数（因此，阴性的因素就和左面严格的判断联系了起来，而阳性的因素则是纯粹的慈爱的显示），中间一部分，即居间的数，维持两边的确切平衡。第六个数，美，连接正义和爱，使那些道德品质保持和谐。上帝不同的名称和每个数有关。后七个数被认为是超时限的六个创造日和第一个创造的安息日的原型，以及宇宙各种星球的原型。将数和《圣经》中的象征物联系起来的可能性实际上是无限的。

在《傅科摆》中，狄欧塔列弗自认为是犹太神秘主义的后代，而卡素朋就根据他对数字代码的解释来对自己的人生进行解释。这十个数字象征着故事的内容，但却不是完全对应，因为代码在具体的语境中发生了变化。依据狄欧塔列弗的讲解，第一个赛弗拉（Sefirah）是吉特，即"皇冠"，是开端，也是原始的空茫。刚开始时，它创造了一个点，渐渐变为"思想"，所有的形体因而诞生。在这部分中卡素朋在巴黎科技艺术博物馆，时间是 1984 年 6 月 23 日周六。这两节已经是故事的结尾了，卡素朋在博物馆里开始了长长的回忆，直到小说的结尾，前后照应。第二个塞弗拉是霍克玛，象征智慧、知识，包含了万物最原始的思想。这一切都会在创造中展开。霍克玛含有将会自动散发出来的万物的本质。这部分卡素朋在贝尔勃的公寓里依靠智慧得到了密码。那就是"NO"，即没有口令。第三个塞弗拉，即碧拿，是霍克玛自原始点向外扩展时所建造的宫殿。如果霍克玛是源，碧拿便是自源流出的河，分成许多支流，直到这些小河将水全都倾入最后赛弗拉的大海中。可是在碧拿，所有的一切都已成形了。卡素朋认识了他所有该认识的朋友，后来发生的一切在这里已经成形。第四个塞弗拉，即赫西，是塞弗拉的爱和优雅。不过也是神物扩张的时刻，而这扩张更达到无限的边缘。那是为了死人而照顾活人，但某人必然也注意到了那也是为了活人而照顾死人。这部分卡素朋和安柔在巴西愉快地生活，然而安柔受到非洲神祇附体从而两人爱情无疾而终。第五个数字吉乌拉是塞弗拉的敬畏与邪恶，这部分卡素朋返回意大利，先是做学识的私家侦探，后加入葛拉蒙，进行金属的奇妙历险专题搜集研究，认识莉雅。玛纽夏斯出版社开始发动赫米斯计划，即神秘学计划，命名为"揭露艾昔丝"。卡素朋找来奕格礼做顾问，奕格礼俘虏了贝尔勃的女友萝伦莎，带他们全体到都灵附近的一处城堡参观玫瑰十字会的仪式和督伊德教的仪式。卡素朋在这个过程中受到了蛊惑，渴望着萝伦莎，就像在巴西时，安柔受到了迷惑。具有"家族相似"的两次经验。

　　第六个数字泰福瑞是塞弗拉的美与和谐，如狄欧塔列弗所言："那是谅解之光、生命之树，是欢乐、强健的外表，也是法规与自由的调和一致。"卡素朋过着快乐而具创造性的日子，因为就是那一年他们发明了"计划"。而他的哲人之石——小圭里欧也在顺利地发育成长。第七个数字涅扎是塞弗拉的坚忍、抑制、持续的忍耐。卡素朋和莉雅去休假，贝尔勃好萝伦莎出游，受到刺激，实际上贝尔勃处处受到奕格礼的干扰，他决定和奕格礼翻脸，编造秘密的谎言，奕格礼信以为真，密谋将贝尔勃骗至巴黎。第八个数字好德象征塞弗拉的壮丽、庄严和荣耀，是永恒的布幕被拉开的一刻。

贝尔勃在巴黎科技博物馆内，受到审讯，被吊死。不过卡素朋认为贝尔勃享有了"好德"这塞弗拉的荣耀了。第九个数字也梭居留在塞弗拉的基础，是优越之弓拉箭射向其标的——玛寇——的记号。也梭是从那箭跳出来的一点，以制造树和果；它是世界的灵魂，也就是男性生殖力将所有存在之状态连结在一起的那一刻。这部分写卡素朋在巴黎的逃亡，找到瓦格纳时，瓦格纳说他疯了。第十个数字玛寇是在塞弗拉之夜中闪耀的唯一真理，那便是智慧在玛寇中赤裸地揭示，而其奥秘并不在于生存，而是在于失去生存。然后，"其余"的又重新开始。玛寇是小说的最后一章，只有一节，写的是卡素朋在贝尔勃老家等候"他们"的到来，也即等死。但他却非常明白、非常坦然。这一章是全书的结尾，也是全书的一个哲理性总结。

小说的每一部分都由一个塞弗拉构成象征，对应着每一部分的内容。而在每部分的开头都有一段引文，同样直指小说内涵。塞弗拉意思就是数字，而《傅科摆》中数字代码还有很多。比如圣堂武士有 36 个，他们每隔 120 年会面一次。莉雅则把从 1 到 10 的数字和身体的各个部位联系起来。

二、小喇叭

小喇叭也是一个象征代码，在《玫瑰之名》中，天使吹一次喇叭，就会死一个修士，明显地具有象征意义。在《傅科摆》中，小喇叭象征的是贝尔勃的欲求之物。

贝尔勃五六岁时梦想拥有一支金喇叭，但是那是在大战前，1938 年左右，一个贫穷的时代。他的父母不可能为他买一支金喇叭，他的婶婶和叔叔没有小孩，愿意为他买一个小喇叭，但是贝尔勃出于羞涩，心口不一，于是他得到的只是一支单簧管。后来他喜欢上了对教区有捐助的塞西莉亚，想要以吹小喇叭来引起塞西莉亚的注意，于是他对吹小喇叭无师自通。"只是我研习小喇叭却是出于色情的原因。……对我来说，只有吹喇叭才能引起塞西莉亚的注意"。后来经过努力，他争取到在教区节庆上一个吹小喇叭的机会，"小喇叭是挑战性的，天使般的，启示录的，胜利的；它高奏冲锋"。他疯狂地练习吹小喇叭，但是在那一天，非常遗憾"她不在场。也许她病了，我不知道。可是她不在场"。贝尔勃再也没回去吹小喇叭。"战争结束了，我搬回城市，放弃了音乐，管乐器，且甚至连塞西莉亚的姓是什么也不知道"。总之，塞西莉亚甚至不知他的存在，这成了贝尔勃一直无法释怀的心病。

在小说的结尾，卡素朋回到某镇，代替贝尔勃重新回顾了他对小喇叭的情结。在贝尔勃的十六七岁时记载的笔记中，在战争快要结束时，他获得了一次吹喇叭的机会，那就是为死去的游击队员吹奏送葬曲，他对塞西莉亚的欲求在这次机会中实现了。在贝尔勃无意识的自我中，拥有了塞西莉亚的甜美影像。然而，他也许并不知道自己曾经拥有。为了表达他当时的感觉，贝尔勃在笔记本上屡次使用破碎、扭曲、不合章法的句子，且常被点点点的连续符号所隔断。但卡素朋却清楚地看出了——虽说他并未直率地表明——在那一刻他拥有了塞西莉亚。事实是，杰克波·贝尔勃在当时和后来，当他在写他无意识的自我时都不明了，"在那一刻他正永远地庆祝着他的化学婚礼——在和塞西莉亚，和萝伦莎，和苏菲亚，和地球和天空"。

在贝尔勃的回忆和记载中，总是有着这支小喇叭，小喇叭是他的纯真的爱的寄托，是他年少时的梦想。这支小喇叭伴随了贝尔勃的一生，是他对塞西莉亚的执念。然而，一个人毕生寻求着机会，却未意识到那决定性的一刻，那判别生与死的时刻，已经过去了。那一刻是一去不回的，但它如每一种启示般的炫目、圆满、慷慨。杰克波·贝尔勃并不知道他曾有过他的时刻，且那对他的一辈子便已足够了。因为他不知道，所以他尽其余生在找寻别的，直到他毁灭了自己。但或许他也猜疑到这一点，否则他不会那么常想到喇叭的回忆。只是，在他的回忆中，那是他所失去之物，而非拥有之物。

小喇叭在小说中主要是贝尔勃的"欲求之物",是他的爱之寄托。但小喇叭的象征不仅如此。在他们偷看督伊德教仪式的时候,那些女教徒吹喇叭,而数小时前他们在空中花园也看到了金喇叭。在林间空地上,他们看了一场奕格礼引介的"北欧魔法的整个仪式和体系"。再次遇到小喇叭,并勾起贝尔勃的回忆。奕格礼认为"喇叭声并非警告或召唤",他解释为,"而是一种超音波,好和地下的水流建立起联系。你们看,现在这些督伊德女教徒手握着围成圆圈。她们是在创造一种活的蓄热器,好收集并集中得球的振动……"在各种神秘主义的仪式上都有小喇叭的出现,是一种神圣的象征。

三、圣杯

圣杯是一个象征代码。圣杯的传说源远流长,在《傅科摆》中,卡素朋寻找得出的结论是圣杯就是他的圭里欧,是千万个莉雅子宫中的小生命。在《波多里诺》中,波多里诺寻找的结果是父亲的破木碗,圣杯原无其物,人们将它赋予什么形式,它就以什么形式呈现。赫赫有名而又无人亲见的"圣杯",在中世纪的宗教氛围里,被想象为来自耶稣的救赎;在文艺复兴的金钱氛围里,被想象成点石成金、起死回生的"哲人之石";在近代的科学氛围里,被想象成某种机器装置、某种"自然之书";在现当代,自然被想象为某种可以与核武器媲美的、能够建立世界霸权的超级能量。在魔鬼门徒眼里,"不管圣杯可能是什么,对圣堂武士而言,它象征着目标,也就是计划的终结"。"圣杯是力量来源,圣堂武士是能源秘密的守护者,他们并且因此而定出了计划。"

然而在卡素朋的心里,圣杯就是莉雅怀里的小东西。"秘密之奥秘已无需再寻找,解释说生命之书并不含隐藏之意义;一切都昭然若揭,在世上每一个莉雅的肚子里,在医院的婴儿室里,在草铺上,在河岸上,而放逐的石头和圣杯只不过是脐带仍未切断的尖叫的猴子"。"世上只有一只圣杯:我的小东西,在莉雅的子宫里与放射物层相接触，现在也许正快活地朝井口游去，也许正准备要出来"。"我的石头，美丽洁白，不追寻更深的深度，却追寻着表面……我想冲回家到莉雅身旁，和她一起等待，一小时接一小时，等着小东西出来，重申表面的胜利"。没有什么深度，深度只不过是一系列表面的累积。到最后，"当表面层叠到表面后，生命终于因累积经验而完全表皮化，你便无所不知了：秘密，力量，荣耀，你为何出世，为何死，以及一切本都可以完全不同的。你是明智的。可是在那一刻，最高的智慧便是知道你的智慧来得太迟了。你在已无一物可再明了时才明了了一切"。

这是那小东西，圭里欧，卡素朋的圣杯——哲人之石带来的启示。

第六节　文化代码

文化代码（the cultural or referential code）有许多，它们构成文本中那些已经"为人所知"的和被一种文化代码化了的事情的参照物。文化代码是指各种成规化了的知识或智慧，这些代码在文本里被作为参考的基础。巴尔特称文化代码为"科学的语码"，这里"科学"一词是针对一个体系的学问而言的。

巴尔特指出，"文化代码是对科学或智慧代码的引用；我们指出这些代码，仅仅点明其所引及的知识类型而已（如物理学、生理学、医学、心理学、文学、历史等），并未越俎代庖，去构造或重新构造其所列举的文化"[1]。"这种代码表现为格言的、集合的、无人称的和命令的语态，它是为公认的知识或智慧这一目的服务

---

① 罗兰·巴尔特：《S/Z》，屠友祥，上海人民出版社，2000年版，第83-84页。

的"①。

文化代码似乎是比前面四种代码更推进了一层，是一条通入隐在背后、支持着文本的变化或意识形态的门径。文化代码具有强烈的符号学精神，它从深层来看问题，把文本表面的所谓"自然性"或"合理性"粉碎，"文本"所呈现的"天真无邪"终被掀开。阅读是一个元语言行为，是一个"赋予名称"的过程。巴尔特曾说："去阅读就是去找意义，去找意义是用词汇把这些意义命名出来……名称——召唤着、重组着，而这些组合又要求赋予新的名称。于是，文本就在这个过程里逐渐产生。"②

在《傅科摆》中，我们可以将文化代码分为两部分。第一是学科文化，包括宗教、科技、历史、文艺等文化；第二是民族文化，包括意大利文化、巴西文化、法国文化和德国文化等。《傅科摆》讲述的是现代社会中的历史故事，在 20 世纪 80 年代的生活领域内引进和融汇了中世纪的历史和文化。比如圣堂武士的历史，涉及欧洲甚至世界其他国家的历史，并融合了各种学科的知识。和《玫瑰之名》以及艾柯的其他小说不同，后者在小说的故事时间上是统一的，而《傅科摆》中的时间是跨越时代的。因此，小说呈现的是现代社会中的欧洲历史文化，这样，现实和历史进行了叠加，产生出了纵横起伏的奇观。民族文化，是指在小说中除了意大利文化，还涉及法国、德国、北欧等国家的文化。除欧洲之外，艾柯带领读者前往美洲的巴西，游历了一番巴西文化，甚至将卡素朋的女友变成了非洲神祇的灵媒。圣堂武士的幽灵在巴西依然阴魂不散，奕格礼和布拉曼提就是最突出的代表。事实上，整个历史过程整个世界都有圣堂武士的影子，他们从中世纪诞生，就再也没有消失过。

---

① 特伦斯·霍克斯：《结构主义和符号学》，瞿铁鹏译，上海译文出版社，1997 年版，第 121 页。

② 司格勒斯：《符号学与文学》，谭大立，龚见明译，春风文艺出版社，1988 年版，第 138—173 页。

一、学科文化

小说中最重要的文化代码就是犹太神秘主义，整部小说以犹太神秘主义卡巴拉生命之树——塞弗拉之树为整体结构框架，由此在十个塞弗拉数字的象征代码下，展开故事。中世纪的文化代码首要的便是宗教。基督教统治一切，但是各种教派、各种秘密组织如杂草丛生。而神秘主义就像圣堂武士一样，在全世界无处不在。除了犹太神秘主义，基督教、北非的督伊德教、南美的异教等在小说中都有详细讲述。其教义、礼拜仪式等都不同程度地得到描述。

科技文化主要体现在巴黎的科技博物馆内，在卡素朋躲在博物馆内时，他将近代以来人类发明的各种科学技术详细叙述了一遍。另外，他们对于金属史书的编撰，也是对于科技文化的展示。

历史文化是最丰富的，尤其是中世纪的历史、圣堂武士的历史，不仅如此，为了使故事增殖，小说重述了整个欧洲史，当然这种历史是非官方的，是小说人物的主观臆断，甚至是有意编造出来的。从北欧到南非，从西欧到南美，圣堂武士的力量遍及全球，小说涉及的地理历史可谓兼容整个世界，从中世纪圣堂武士到第二次世界大战，从但丁到马克思，从莎士比亚到爱因斯坦，他们的传人连绵不断，而故事随之不断增殖。

文学艺术文化主要体现在贝尔勃的档案中，也就是他在阿布拉非亚中的小说创作中。在小说中，他"创作了更要丰富许多的叙述，其中各种引述疯狂地与他的私人神话相混合，结合其他故事之片段的机会，刺激他写出他自己的故事"。所以在重写的"历史"中，他是传奇的七海吉姆，是真正的莎士比亚，是神秘的日耳曼伯爵。宛然一个后现代主义作家，贝尔勃集引述、抄袭、假借、俗套、拼贴之大成，将卡素朋笔下的历史叙述转换为廉价小说的形式，彻底地"爆裂历史"。

二、民族文化

《傅科摆》中涉及的国家有意大利，主要城市是米兰，还有巴黎、慕尼黑等。各个城市都有自己的文化特色，比如意大利正处于转型期，皮拉底酒吧作为风向标是最明显的符号。巴黎的博物馆和埃菲尔铁塔说明了巴黎的灿烂先进的文化，慕尼黑的地下通道说明这个城市的阴暗。此外，还有一个特别的地方即巴西，巴西的文化特色尤其表现突出。小说中通过对巴西这个文化代码的详细阐述，说明文化的混杂性特征以及文化对人的影响。

文化的混杂性可以从许多方面体现，从巴西女孩安柔身上就可明显看出，安柔无时不处于矛盾之中。安柔是与印第安人和苏丹黑人通婚的荷兰移民的后裔，她有牙买加的脸和巴黎文化，但是却有一个西班牙名字。在米兰，安柔的冷静是她最迷人的特色之一。可是在巴西，她变得逃避，是一个隐藏着理性的空想家。她怀着古老的热情，却谨慎地不敢表露。安柔相信马克思主义，她和她的同志们的会议地点是在一些破旧的房子里，房里的装饰品只有几张海报和许多民俗艺术品、列宁的画像和被盲目崇拜的美洲红人。他们自然都是马克思主义的信徒，并且起初他们多少也似欧洲的马克思主义者那样交谈，只是主题总是不一样。在关于阶级斗争的辩论中，他们会突然提到"巴西人的自相残杀"或非洲——巴西宗教的革命性角色。他们谈论各种宗派，他们叙述国内来回移民的概况；失去特权的北方移向工业化的南方，在烟雾弥漫的大都会区成为次无产阶级，最后在绝望中回到北方，却又在下一次的巡回重复他们往南方去的奔逃。只是，有许多人在这些来回移动之间在大都市里搁浅了，于是他们便被过多的土著教堂吸收了；他们崇拜鬼神，召唤非洲的神祇……安柔的同志们对于这点便有不同的看法：有些认为这是归根，是与白人世界对抗的方式；有些人则认为这些宗派是统治阶级之所以握有极大之革命潜力的麻醉剂；还有些人则坚持这些宗派是白人、印第安人和黑人都可以融合的熔炉——至于目的何在，他们并不清楚。安柔已下定了决心：宗教一直都是人的麻醉剂，而假部落宗派甚至更糟。她会以革命性的轻蔑说，与部落巫术完全一样，如同足球仪式，失去特权的人扩张其战斗力和叛逆感，以咒语和魔法自各种神祇那里赢得对方中卫的死，完全不知道政权的存在，而这政权只想使他们永远处于一种狂欢销魂的非现实状态中。安柔批判宗教，但是却相信一些神秘的东西。比如海滩上谢恩的奉献物、小蜡烛的白色花环。"我祖母以前常带我到这处海滩来。她会对女神祈祷，保佑我长大后美丽、善良、快乐。那个批评过黑猫和珊瑚角的意大利哲学家叫什么？'那不是真的，可是我相信。'他说。嗯，我不相信，可是这是真的"。她的矛盾立场和观念是混杂性文化对其产生的影响。

安柔的矛盾使得卡素朋决定将各种事物进行联系。而当贝尔勃来信告诉卡素朋他在意大利的境况时，卡素朋更是觉得世上的一切事物都是相关联的，即使在另一个半球，圣堂武士还是要找到他，玫瑰十字会也照样出现，他照样要和贝尔勃打交道。

在布兰加港，卡素朋去逛书店和卖玄学物品的店铺，跑到地处偏僻、挤满了雕像和偶像的小店去。买了水神叶曼荷的香炉、烟味辛辣的香、香粉末、标明为"耶稣圣心"的香甜喷雾剂、廉价的护身符。他还找到了不少书，有些是为奉献者而写的，另一些则是为研究奉献者的人，还有一些驱邪降魔的指南和人类学教科书。还有一篇写蔷薇十字会的专题论文。而就在这时，突然间一切都好像汇流在一处了：耶路撒冷圣堂里的魔鬼仪式和摩尔人仪式，巴西东北之次无产阶级者崇奉的非洲巫术，提及120年的普洛文斯信息，和蔷薇十字会的120年。"我觉得自己像个活动果汁机，将各种奇怪的液体混合在一起。或者我绊到了一股缠绕在一起已有很久很久的五彩的电线，因而造出了某种短路。我买下了关于蔷薇十字会的那本书，想着如果我在这些书店待上几个小时，一定会碰上至少十几个艾登提上校和受到洗脑了的灵媒。"

在"黑色罗马"萨尔瓦多港，有365所教堂，沿着山坡或海岸高高耸立。在这些教堂里，非洲的众神都受到了尊崇。正是在萨尔瓦多，卡素朋和安柔认识了奕格礼。萨尔瓦多是巴西的一个著名的海港，有古老的大街和如歌般的街名：亚哥尼亚路、爱莫雷大道、奇哥狄亚波街。而在那些满目疮痍且充满恶臭的妓院外，蜂拥着15岁大的黑人妓女，卖非洲糖果的老妇和她们冒气的锅炉蹲在人行道上，成群的皮条客则在排水沟旁随着附近酒吧的收音机传出的歌声跳舞。葡萄牙移民的古老宫殿，在非法的武装护卫下，成为恶名昭彰之所。在港口百物杂陈的阿拉伯市场：有衬里绣了祷文的安抚小布袋，以半珍贵宝石制成的小手、珊瑚角、耶稣受难像、犹太人的六角星、史前宗教的性象征、吊床、地毯、皮毛、狮身人面像、圣心、贝壳、项链。奕格礼说："这便是称为巴西融合的民族学教科书的表象。'融合'看似一个丑陋的词汇，事实是却是对一个包容并培育所有宗教、学识和哲学之独一传统的认可。聪明人不歧视；他将来自不同光源的每一束都收集在一起……这些奴隶，或是奴隶的后代，因此比巴黎大学的民族学家都要聪明。"

奕格礼对巴西的文化颇有研究，对于文化的融合也有深刻的思索。他说"融合的力量是无限的"，又说"清纯是一种奢侈"，并举例说明原始的非洲宗派拥有所有宗教的弱点：区域性的、民族特有的、短视的。可是当它们碰上了征服者的神话，便产生了一个古老的奇迹，在这些起源于第二和第三世纪地中海岸的神秘宗派注入了新的生命。

在巴西，奕格礼带卡素朋和安柔去参加了两次仪式，第一次在萨尔瓦多，只是在外面参观，第二次，回到里约热内卢后，奕格礼又带他们去参观了一次北非"艾昔丝"的仪式，在这个仪式上，安柔被北非神灵庞巴吉拉附体了，在深沉的声音召唤下，安柔解除了所有的防卫和所有的意志力。她冲进跳舞的灵媒之中，停了下来，那不正常的绷紧的脸向上仰，颈部僵硬。在忘我的情况下，她开始跳淫荡的撒拉本舞，两手比画着要奉献她的身体。庞巴吉拉现形了。在外人无比羡慕的时候，安柔伤心至极："我根本就不信，我并不想那样的。""我一定是吃错了东西。"然而，再怎么理智，她也受到了深深的打击，"我仍然是个奴隶。"她生气地哭道："我是个肮脏可怜的黑女孩。给我一个主人吧，那是我应得的！"第二天，安柔不辞而别，她和卡素朋的爱情走向了终结。

"种族——或是文化——是我们无意识之心灵的一部分。而在这无意识的另一个部分则充满了原型，是不分古今所有的人都相同的形象"。小说以奕格礼的分析说明文化对人的深层影响。

结 论

关于代码，关于规则，特别是文学中的代码问题，艾柯在《符号学与语言哲学》中有一段很好的论述，可以作为本章的结束语。这段话是艾柯在评论巴尔特的代码理论并总结自己的代码观念时所阐述的：

> 谈论代码意味着我们不承认我们是神，而是被各种规则所推动的人。需要决定的是（关于这个问题，各种力量是分散的）：如果我们不是神，是因为我们被我们自己提出的诸规则所制约，还是如果我们不是神，是因为诸规则的多样性是由存在于我们之外的一种规则所确定和所允许的。代码可能是"准则学"或"物理学"，可能是希腊城邦的法律或"偏斜运动"。但我们也可以把它想象成一种游戏的开放的母模，想成并不是必然给定的、但以某种方式由人的符号化活动不断提出的"偏斜运动"的倾向。我们可以把它想象成像迷宫一样的、整体上不可描述的百科全书，但并不是把它想象成局部上不可描述的、在任何情况下都无法探求的、找不到其行进路线的迷宫。

> 在代码的隐喻里，即使当它是纯粹的隐喻用法时，也存在着统一的顽强愿望：规律和创造性之间的辩证法的统一，或像阿波里那依莱所说的那种"秩序"和冒险之间永恒斗争的辩证

法的统一。①

在《傅科摆》中，卡素朋一直在寻找各种事物的相关性、相似性，寻找深度，寻找神秘，寻找上帝的法则以及事物的规律，然而事实证明没有什么固定不变的规则，正如那奇特的傅科摆，在那个无形的定点之下永恒地来回摆动。

---

① 翁贝尔托·埃科：《符号学与语言哲学》，百花文艺出版社，2006年版，第368页。

第四章 隐喻和元小说
——《昨日之岛》

第一节 《昨日之岛》概述

《昨日之岛》〔The Island of the Day Before（L'isola del giorno prima）〕出版于 1994 年，英文版由威廉·维佛翻译并于 1995 年出版。《好书情报杂志》曾这样评价："继深奥沉重的《傅科摆》之后，埃柯又重拾《玫瑰的名字》中、受欢迎的博学、幽默、悬疑、刺激人心的哲学、聪慧的文字手法！……安伯托·埃柯，划时代最伟大的述事者，继续以本身精致雕琢的小说魅惑读者，以其丰富多彩的内容描述颂赞浪漫、战争、政治、哲学和科学的巴洛克时期。"①

同艾柯其他的中世纪小说一样，《昨日之岛》也是一部学者型博学小说，一部融汇各学科知识的百科全书。故事发生在 17 世纪，是个神学和科学较量的时代。文艺复兴尚未结束，宗教改革运动风起云涌，科学大为兴盛。从哥白尼开始，17 世纪开普勒的行星运动规律、伽利略的落体定律、牛顿三大定律等深刻改变人类的思想气质。各种科学仪器的发明，如复式显微镜、望远镜、温度计、气

---

① 安伯托·埃柯：《昨日之岛》，翁德明译，作家出版社，2001 年版。本章未注引文，均出自该译本。

压计、抽气机、时钟等，使得科学观测比以往任何时代都准确、广泛。科学的新概念对近代哲学发生了深刻的影响。笛卡尔在某个意义上可以说是近代哲学的始祖，他本人就是17世纪科学的一个缔造者。"近代世界与先前各世纪的区别，几乎每一点都能归源于科学，科学在17世纪获得了极奇伟壮丽的成功……近代从17世纪开始。"① 《昨日之岛》这部小说对17世纪的各种知识都有所探讨，而它的故事主体是顺应17世纪的科学潮流，寻找180度经线，探讨人与自然、宗教与科学等各种问题。中国台湾地区评论家张大春曾如是评论："但凡是知识的可能性在哪里，小说的领域就开展到哪里。"② 这部小说涉及神学、物理、化学、药学、天文学、植物学、海洋生物学、军事学、哲学……以迄于文学，集神话、历史、现实、科学、宗教、哲思、梦境、妄想和谎言于一体，运用了拼贴、剪切、隐喻、戏仿、模拟、反讽和元小说等多种后现代主义小说技法，是一部令人眼花缭乱的后现代主义博学——百科全书小说文本。

小说的结构主体，是一部以对故事主人公罗贝托日记进行复述并穿插点评的文稿。从内容和情节上看，全书只有开头，没有结尾，勉强靠复述者对罗贝托下落的推测以及罗贝托日记内容的怀疑，终结全书。艾柯公然挑衅人们对小说常识的认识："不错，这段历史极富小说特质，然而它的首尾都不完整，要如何编成真正的小说？"他甚至宣布这部小说叙述的对象"不是罗贝托，而是罗贝托的日记，此外其中臆测的成分要远远超过真实的成分"。

小说开篇是1643年，主人公罗贝托已经遭遇海难，他抱紧一条木筏在半昏迷状态下随波逐流，直到撞上一艘停靠在近海处的"达芙妮"号废船。废船上没有人、没有救生艇，但饮水、食物、

---

① 罗素：《西方哲学史》下卷，马元德译，商务印书馆，2004年版，第43页。
② 安伯托·埃柯：《昨日之岛》，翁德明译，作家出版社，2001年版，张大春导读第5页。

酒甚至禽鸟、植物一应俱全，这让罗贝托狐疑。但劫后余生使得罗贝托把更多精力用在了恢复体力和适应环境上，他甚至用回忆往事和写日记（以给远方的心上人写信的形式）来打发漫长的时光。

罗贝托出身于意大利领主家庭，16 岁时随父亲参加了牵动全欧的卡萨雷城争夺战——这是罗贝托所经历的第一件影响终身的大事。他的父亲在此役中身亡，他也在战争中见识了神圣罗马帝国、法兰西、西班牙、教会在争霸中的嘴脸和各阶层人士的光怪陆离，并初次遭遇了对异性的迷恋。影响罗贝托一生的第二件大事是游学巴黎。在那里他从一个意大利的青年领主、土包子，逐渐修炼成了一个在沙龙中虽偶有敏感却不失风雅时尚的绅士。但是一次他想要引起梦中情人莉里亚的注意，而在沙龙中所发表的关于"交感粉末"的理论过于奇特，引起了首相黎塞留的助手兼接班人马萨林主教的注意。马萨林胁迫罗贝托作为法国政府的间谍，潜入了荷兰商船"阿玛利斯"号，刺探英国医生毕尔德寻找海洋 180 度经线的秘密，以期将来服务于法兰西寻求海外殖民地的扩张行动。就在罗贝托刚刚接近毕尔德医生并搞清研究的内幕之际，"阿玛利里斯"号却突然遭遇海难，全船人除罗贝托外全部丧生。幸存的罗贝托偏偏不会游泳，从此只好长时间困守在与对面小岛一水之隔的废船"达芙妮"号上。

随着对"达芙妮"号环境的日趋适应，罗贝托开始认定船上除了自己，肯定还有别人。果然，他"捉"住了此船的主人——耶稣会神父卡斯帕。卡斯帕也是一位 180 度经线的寻找者。但他寻找经线的目的倒不同于毕尔德和罗贝托，他是想用仪器和探险去证明《圣经》的正确。卡斯帕告诉罗贝托，由于 180 度经线正是人们所说的反切子午线，那么一旦登上"达芙妮"号对面，也就是位于180 度经线另一侧的那座小岛，时光就可以倒流回昨天……为了证明自己判断的正确，他先是训练和自己同样不识水性的罗贝托学习游泳，后来又索性想借助自己发明的器材——水底钟，亲自渡海抵达对面的"昨日之岛"。

罗贝托阻止不了卡斯帕神父，只能眼睁睁看他离船没入茫茫波涛。绝望中的罗贝托一面继续练习游泳，一面写小说自娱，一度还因为下海受伤而陷入精神上的恍惚。罗贝托小说中的男女主人公分别是自少年时就一直被他在幻象中臆造出来的"兄弟"费杭德，和他在巴黎的单恋对象莉里亚。在小说中，费杭德实现了罗贝托现实生活中不可能完成的事——成功地和莉里亚成为情侣。与此同时，他还成为一个双重间谍和情报贩子，试图通过败坏罗贝托的品行而与马萨林主教达成交易，不料被主教识破、关押，后被莉里亚搭救，从此漂泊于海上汪洋。途中他们又遭遇海难，写到此时，罗贝托的脑子开始彻底乱了，在他笔下，幻想与现实开始纠缠不清。出于对费杭德艳遇的嫉恨，罗贝托毅然让费杭德在海难中去了阴间，而莉里亚因为落水时怀抱一块木板，被海水冲到了"达芙妮"号对面的"昨日之岛"。最后，在解救梦中佳人的冲动下，罗贝托放走船上禽鸟，点燃易燃之物，纵身跃入大海，游向"昨日之岛"。

读到这里，《昨日之岛》的故事线索全部中断，剩下的只有本文开头提到的"叙述者"对罗贝托所留文字的存疑。而从中大家约略知道，船上放的那把火终于没烧起来，罗贝托本人则下落不明，全书至此也就结束了。

正如《纽约时报书评》所评论："在《昨日之岛》中，艾柯是如此完美地延续了《玫瑰的名字》那般强烈的叙事手法和对神秘的中古世纪历史的爱，其百科全书式的情节发展再次以令人折服的胜利攻占读者的心。"[①] 艾柯在这部小说中对中世纪、百科知识以及小说叙述技巧等的精彩抒写折服了无数读者。

尽管艾柯自己是反对神秘主义和过度诠释，但是在他的小说中却不无神秘主义和过度诠释的成分，《玫瑰之名》和《傅科摆》都是深奥的有关神秘主义的探求，而在《昨日之岛》中，艾柯关注的依然是对神秘知识的寻找，那就是寻找180度经线。经度的测量牵

[①] 安伯托·埃柯：《昨日之岛》，翁德明译，作家出版社，2001年版。

涉地球上时差现实的因素而备极艰难，因为它不只是一种单纯的测距方法，还包含了时间参数在内。一直要等到 1737 年，第一具由英国钟表匠约翰·哈理森（John Harrison，1693—1776）发明制造的、利用不同膨胀系数之金属杆所做的摆钟才得以有效运用在航海计时的工作上。甚至到 1770 年，第五具由哈理森研发改进的经线仪问世时，才让迟迟不肯将那笔赏金（等值于英国国王年俸之数万英镑）发放给这位庶民表匠的英国国会承认了哈理森的地位，也才确认了今天大家所知的经度。但是在 17 世纪，经度的测量仍属秘密知识，对教会或帝国主义权力核心而言，它更应该是一种"被禁制的知识"。这和《玫瑰之名》《傅科摆》中对被禁制的知识的寻找是同一母题。

正如许多评论家所认为的，艾柯是后现代主义者，而实际上《昨日之岛》是融汇了多种艺术风格的后现代主义小说的典型。首先这部小说所写内容是 17 世纪的故事，而 17 世纪正值欧洲某些国家文学艺术上的巴洛克时代，巴洛克文学产生于 16 世纪下半叶，在 17 世纪上半叶达到盛期。巴洛克一词来源于西班牙文 barruco，在 16 世纪用在首饰行业中，指的是"一颗不圆的珍珠"。随后这个词的含义几经变化。后世把 16 世纪的建筑作为具有巴洛克风格的造型艺术，这种艺术以富丽繁复、精雕细刻为特点。巴洛克文学的风格与此相仿，因而得名。巴洛克文学起源于意大利和西班牙，兴盛于法国。意大利巴洛克文学的代表是诗人马里诺，他的长诗《阿多尼斯》叙述爱神维纳斯和美少年阿多尼斯的爱情纠葛，其中编织了许多插曲，诗句华丽，形成一种"马里诺诗体"，因而各国诗人群起效仿。西班牙巴洛克文学代表有诗人贡戈拉，他的作品比喻新奇、形象奇特、典故冷僻、词汇夸张、句式对偶，这种特点被称为"夸饰主义"，又称"贡戈拉主义"。它成为 17 世纪西班牙文学中巴洛克时期的代表倾向，影响深远。而卡尔德隆的戏剧则结构严谨，辞藻精美，常用象征和隐喻来加强效果。法国的巴洛克作家认为世界是不断变化的，因而表现要充分自由，热爱自然美景，重视古怪的、荒唐的、非同寻常的东西，喜欢玩弄文字游戏和俏皮话，精于隐喻和反衬。艾柯在《昨日之岛》中也集中体现了巴洛克的文学特点。正如他在和博尔赫斯作比较时所言："我和博尔赫斯不同，第一是我具有巴洛克风格，第二我的小说比较长。"① 可见巴洛克文学特点是艾柯有意为之，因此小说古色古香、精雕细刻，隐喻和象征更是随手拈来。

对于符号学家来说，符号永远都是他的挚爱，在任何时候符号学理念都深深地印在他的作品中，而作为小说家，后现代主义以"语言"为中心的特征最突出地表现在《昨日之岛》中。《昨日之岛》一方面以隐喻为主要的讨论对象，另一方面则是突出体现了后现代主义元小说的特点。艾柯依然让叙述者和人物喋喋不休地大谈各种知识，然而比起前两部小说，这部小说更加没有节制，每一个人物都是博学大师，神学、科学、哲学、文学样样精通，而行文风格更是恣肆汪洋，全然不顾读者的理解力和感受，大量的隐喻带来的晦涩难解，精雕细刻的巴洛克风格和自我戏仿、自我指涉的元小说技巧，使得小说成为一部富有深刻意义的后现代主义作品，或者说这部小说兼具现代主义的深度和后现代主义的不确定性和无中心性。本章将从隐喻和元小说两个方面来具体分析这部小说。

第二节　修辞隐喻

正如《图书月刊》的评论："作者以倒叙的手法带领我们回到文艺复兴时期的战争、法国宫廷的纠葛、间谍的穿梭、复杂的感情事件及试图解决的经度问题，借由一位幽默风趣的学者的描述，创

---

① Umberto Eco, *On Literature*, Harcourt Brace Jovanovich, Inc, 2002, p133-134.

造了一个充满寓意矛盾的世界。"①《昨日之岛》确实充满了寓意。

所谓"隐喻"（metaphor），用最通俗的话讲就是"打比方"。但这一定义过于简单，非但不足以把握隐喻的本质，甚至还会产生误导作用。事实上，在当代隐喻研究者那里，metaphor 已成为"隐喻性"的化身，统率着庞大的修辞学、诗学、语言学、认知哲学诸"隐喻家族"。隐喻性就不仅仅是修辞风格方面的意义，它更多涉及的是广泛的文化意义。

隐喻这个论题，是亚里士多德首次在《诗学》提出的。为了使语言生动活泼，人们可使用外来语、修饰语、人为造出的词语、延长词、缩略词、交替变化的词（在《修辞学》中，对很多这类的语词游戏及真正的文字游戏进行了分析）和隐喻来代替一般的语词。隐喻被定义为是使用另一种类型的名词，或被定义为由一对象的真正名词到另一对象的转移，通过由类到种，由种到类或类推作用可以出现的一种行为。

传统上隐喻一直是最主要的修辞格之一，在结构主义文学理论中也是讨论最多的主题之一。在传统修辞学研究中隐喻修辞格占据着最重要的地位。亚里士多德几乎用隐喻表示一切修辞格。维柯则认为隐喻是一切修辞格中"最辉煌、最不可缺少的一种"。艾柯也指出，"谈到隐喻就是谈到了修辞活动的一切复杂性"②。艾柯关注作为装饰效果的隐喻，但是他更看重的是作为一种增加性而非替代性认识工具的隐喻。利科在《时间与叙事》卷一中说："隐喻相关于诸比喻的修辞格，叙述相关于体裁样式，而二者均有关于语义更新现象。"在隐喻的语义更新现象中，他还指出应区分语言学隐喻和美学隐喻，后者为隐喻的风格性效果，意在"创立无现实指称的幻觉"。出于对作为转移词义的隐喻修辞格的特殊重视，促使利科

---

① 安伯托·埃柯：《昨日之岛》，翁德明译，作家出版社，2001 年版。
② 翁贝尔托·埃科：《语言学与符号哲学》，百花文艺出版社，2006 年版，第 170页。

撰写了他的评论性专著《隐喻的规则》或《活的隐喻》，书中对古典和现代西方各种隐喻理论加以系统地检讨。

在隐喻的众多说明中，共通的一点是，认为隐喻乃为用一种形象取代另一种形象而其实质意义并不改变的修辞方法。但是，从广义语义学角度看，由于意义的多面性，所谓实质意义或基本意素只是词义和句子意义的一个方面。实质和情绪上的各类联想或引申意义也是必不可少的，特别是在大多数非科学文本中。在文学修辞学中，由隐喻修辞格产生的增添语义或转移语义的重要性甚至不低于实质语义。在哲学、史学、宗教学话语中，隐喻修辞格也是极普遍和重要的思想情感表达方式。

但是在此我们讨论的不是理论上的隐喻修辞格，而是小说《昨日之岛》中的隐喻修辞。这部小说在各方面都运用隐喻，不管是什么东西，万物皆可入喻。这里讨论的修辞隐喻也不是单纯意义上的隐喻，而是我们经常说的比喻，包括各种修辞手法如明喻、隐喻、转喻、提喻和反讽等。划分方式不同，隐喻的种类也不同，但我们大致可以用隐喻一词来概述所有这些修辞手法。

一、隐喻的世界

在这部小说中，每一章、每一段甚至每个句子都可能是隐喻。艾柯是用一部隐喻的小说来隐喻小说的隐喻性，时时处处隐喻都或明或暗地出现。从小说的第一章就可以看出这是一部隐喻大全，而仅从罗贝托写给梦中情人的信中也可以窥豹一斑：

> 您是我幽影的太阳，暗夜的明光。
>
> 为何上帝掀起狂风巨浪，把我抛入海中，却不夺去我的性命？为何把我从那无情汪洋拯救出来，却要让我饱受惊吓的灵魂忍受孤寂的煎熬？
>
> 也许，要不是上帝慈悲，救了我的性命，您也无缘念到这一封信。在您眼中，我就好比白日里的一支火把，只因为海洋天空太过明亮，所以光照显得十分惨淡。我又好比月亮，享受

阳光拂照之后，慢慢移动步伐，走向地平线的另外一端，结束天际之旅。因为看不见您，我已双目成盲，因为无法与您交谈，我已喑哑失声，因为被您遗忘，我已失去记忆。

我很孤单，多么希望您能明白，虽然我的五内俱焚，却是无法照亮幽暗的前途。我在这座木构堡垒里面苟且偷生，大海既是敌人又是朋友，上帝尽管慈悲，对我施加惩罚却是异常严苛，毫不宽贷。我被放进这具无盖大棺，任凭毒阳烤炙；我被打入这处露天水牢，不再指望与您相见。

女士，这封信的价值恐怕不及一束枯萎的玫瑰，只是聊表我的敬意和无奈。虽然横遭屈辱，我却引以为傲，甚至在无奈的求生过程当中，也能苦中作乐。我想有史以来，大概无人像我一样，遭遇海难之后，又让浪潮冲击遇上一艘废船。

短短的一封信中，有多达十个比喻用法。而整个第一章"达芙妮号"里比喻比比皆是。罗贝托置身于大海之上，大自然奇妙的景色变化都化成了生动形象的比喻。罗贝托没事就给梦中情人莉里亚写信，在信中以敏锐的隐喻技巧记载夜游所见，他说宁静的夜很像母体子宫一般安全，同样温暖。当他看着一堆果子时，他拣了一个压在最下面的椰子，结果整堆果实立刻失去平衡，滚落开来，就像一只只蠢蠢欲动的老鼠或是倒挂梁间的蝙蝠，伺机想要跳上他的身躯，嗅闻散发汗水碱湿气味的脸孔。当他津津有味地吃着椰果时，感觉相当美好，可是一种不祥的感觉却已悄悄在他心里蔓延开来。他觉得自己满脑幻觉，恐怕就快疯了。说不定嘴里吃的并非甜美的椰肉，而是鲜血淋漓的鼠尸？等到饱足酣畅之际，双手就会变成利爪，身上也将长出一层毛皮，背脊弯曲如弓，并且以魔王的姿态，统治一班邪恶的住民。罗贝托的想象力确实很发达，而他也确实擅用比喻。当因为椰子四处滑落，发出声响吵醒船上寄生动物时，罗贝托听见食品储藏室和下甲板隔板的后面，传来阵阵脚爪搔刮板壁的噪声，并且夹杂着叽叽喳喳的叫声，他认为一定是畜生正在窝巢里面开会，商量如何对付他这个不速之客。他自己像传说中的匈牙利幽灵一样，飞快跑过甲板，到了船尾，冲进船舱，关紧通向瞭望台出口的门扇，把枪放在伸手可及之处，准备结实睡上一觉。

罗贝托是个心思细巧的人，他做起梦来，心中原来有的疑虑便能把它变得生动异常，而平日一些私密的联想，细心的思考或是精妙的隐喻此刻纷纷涌现，重重蜕变，让梦境也显得更深更浓。在他对梦的描述里，他也不忘精雕细刻和运用隐喻，例如星星。星星在他眼中化作一道道的流火，它的轨迹竟和帆上的斜桅、天上的闪电，交织成一幅线条复杂的画。闪电则不断劈下，眩目强光划过海面，此时罗贝托从船壁的裂缝中看到幢幢魅影掠过他的眼前。阿玛里斯号在怒涛中剧烈摆荡，情势十分紧急，后来一道大浪扑来，向他冲刷而去。罗贝托双臂抱着木筏，不停地忍受冲击，每次他从波峰滑向波谷，就会觉得好像失足坠崖，引发阵阵眩晕。他的眼前异象频生，高山顷刻夷为平野，平野转瞬拔出高山，这时他整个人好像化成一颗彗星，流过湿淋淋、水汪汪的天空。骇浪反射闪电，景象惊心动魄，有的化作一片汽沫，有的就像漩涡沸腾，扬起高高水柱。浪花喷溅，直似受惊兽群，四散逃命，雷声轰隆，好比一首狂乱舞曲，两者交相辉映，天空忽明忽暗。罗贝托仿佛看见覆满青苔的峰峦，耸立在纵横交错的宽广犁沟当中，它的泡沫化为已收成的庄稼，谷物女神瑟瑞斯站在宝蓝色的光芒中，展露欢颜。突然，碎浪迎面拍来，有如一串串蛋白石卵倾泻而下，好像她的女儿，地狱之后波耳塞平喧宾夺主，驱逐专司丰饶的母亲。

回澜追逐激荡，好像猛兽在罗贝托四周奔跑吼叫。海水在他身上结成晶亮盐巴，他的皮肤阵阵刺痛，直似沸水烫伤一样，忽然之间，他觉得自己对这出原本就无意参与演出的戏感到厌倦透顶。接着他失去了知觉，身旁发生什么一概浑然不知。事后他想，或许上天垂怜，这块木板才能只靠本身浮力，很快就适应这首快步舞曲，在波涛间自在滑落，自在涌起，接着节奏变慢，步调跟着和缓下来（自然一旦发怒，文明社会所有舞蹈规则都被推翻）。可是阿玛里斯号——劫数难逃，终于沉没，只剩船首斜桅指着天际，如同风神拿给自己小孩玩的陀螺一样，斜斜躺在他的手掌心里。葬身鱼腹的人包括四处流浪的犹太人，船难之后，只能到天堂寻找他在俗世遍寻不获的耶路撒冷，包括马尔他岛骑士，包括毕尔德医生以及他的几个同伴。至于侥幸活命的，除了罗贝托以外，就是一条全身长疮流脓的病狗。

罗贝托的一段梦境就包含了无数的比喻。不仅小说的主人公罗贝托喜欢运用隐喻，小说的叙述者更是运用隐喻的高手。写大海上的风光——空中水汽似乎已达饱和，好像上苍噙着眼泪，再也无法望见海波尽头，又如自然提笔蘸水，抹过地平线上，让它慢慢晕开，渐渐模糊，营造出来一片无垠空间，留给海市蜃楼。罗贝托则像个躺在摇篮里的婴儿一样，安静睡去。小岛好像一颗放在粗纸上的土耳其蓝宝石。棕榈树成行成列，好像花冠一样，环绕白色海滩。早晨时海滩是越来越亮，沙岸迤逦延伸，如同一只散发香气的大蜘蛛，移动瘦削的脚爪，走入水中。罗贝托站在船上，远远观察这座岛屿，给它取了"流动植物"的诨名。而岛上成千上万的鸟，正在歌咏东升的太阳。

从第一章可以看出，艾柯正是以各种隐喻将读者带入了五彩缤纷的幻境。在整部小说中，从具象的动物、植物包括虫鱼鸟兽、花花草草，各种事物如钟摆、望远镜、达芙妮号和阿马里斯号甚至地图等，各种人物如神父、主教、军人、医生、骑士以及女人等，到抽象的情感如亲情、爱情、友情等，统统可以进行隐喻。

二、事物隐喻

各种事物尽可入隐喻，如时钟。达芙妮号上有一个房间专放各种各类的时钟，当罗贝托在这些金属器械当中来回巡视时，嗡嗡之声充盈于耳，很像蚊闹，却又少了一点生趣。他注视着水钟，水滴一滴接着一滴落下，永无休止，好比一只只没长牙齿，但是贪吃无厌的蛀虫，在那里静静啃食他的时间。他更害怕机械钟的齿轮会把日子碾得支离破碎，它所发出来的声响则像一首死亡乐曲，慢慢磨耗他的青春。时光流逝，它的节奏让罗贝托联想到死。他把一对大近视眼凑近钟面，想要仔细欣赏这首赋格乐曲，心里一面不由自主，把水钟比拟成一具"液态棺木"，一面暗暗痛骂那些惯以占星谬论行骗四方的人，因为他们不会预测未来，只懂推测往事。最后由于他血管里面的酒液远远多过诗情，四周传过来的滴答声居然渐渐化成一首催眠曲调，慢慢带他进入梦乡。时钟象征的是时间、生命。

比如阿玛里斯号，从欧洲出发以后，罗贝托就发现阿玛里斯号的船长竟和自己理想中的航海家迥然不同。为求海图精确，别人总是仔细标下新发现的陆地，画出附近云朵的形状，描绘它的海岸轮廓，同时收集各地的手工艺品……只有阿玛里斯号与众不同，它像炼金术士的海上秘密。大家只是潜心巫术，对于外面的海天胜景丝毫不感兴趣。当遇到海难的时候，怒涛排山倒海而来，阿玛里斯号好像一头饱受惊吓、狂乱奔跑的野兽。在罗贝托看来，船难是上天赐给他的珍贵礼物。从此他可以自我放逐，再也不用担心有人横刀夺去他的爱人。对于船难，罗贝托决心苦中作乐，用一种到乡间豪华别墅度假的心情来看待这场船难，于是欣赏日出日落的壮观景致就和参观一组又一组的奢侈套间没有什么两样了。

达芙妮号什么都有，是一座迷宫。罗贝托把达芙妮这艘船的船身幻想成他爱人的身体，因为"达芙妮"是月桂树的化身，而月桂树这种乔木的质地和建造达芙妮号的木料不是极为类似吗？因此他觉得这首乐曲就是莉里亚之歌。这种联想根本不合逻辑，但这正是罗贝托的思考模式。实际上达芙妮号可以看作诺亚方舟的隐喻，和诺亚方舟一样，上面有各种鸟类、动物、植物，而包围着它的是大洪水——大海。而到最后，罗贝托将所有的禽鸟都放掉，也和诺亚方舟洪水退去相仿。

昨日之岛就是达芙妮号对面的所罗门群岛，卡斯帕神父告诉罗贝托这个所罗门群岛正位于180°经线上。这个岛屿像是一座天堂，而两人关系不错，神父像慈父像老师，罗贝托像苏格拉底的门徒，随时准备向老师承认自己的看法有误。卡斯帕学识渊博，教他识别鱼类，有关对面岛屿的种种细节，岛上有一处瀑布和一片非常美丽的植被，除了椰子树、香蕉树，还有一种树干横切面呈星状的植物，它的棱边锐利可比刀刃。至于动物，该岛可看成鸟的天堂，甚至还有飞狐。最丰富的动物群还是聚集在珊瑚岸，例如乌龟、螃蟹和牡蛎。牡蛎形状各异，和大西洋产的牡蛎外观很不相同，有的大如篮筐，有的状似锅子，有的扁扁一片，像个餐盘。如把岛上的动物比成艺术品，那么这些艺术品绝非出自建筑师或雕刻家的手，倒像金银珠宝匠的杰作。天上飞鸟如水晶般灿烂夺目，丛林中的动物娇小可爱，水中鱼儿更是通体剔透，游姿翩翩。珊瑚长什么样？罗贝托只知道的红艳珊瑚首饰可比女人的樱唇。其实珊瑚首饰是利用死珊瑚做的，巴黎一些放荡的人把它比喻成"失去贞操的高等妓女"。珊瑚礁便是由死珊瑚堆积而成，我们在海滨戏水的时候，一不小心便会被它割伤。活珊瑚可不同，它就像是——怎么形容才好——像是水中花、银莲花、风信子、女贞树、紫罗兰或毛茛，这样比喻不够生动，应该说它集樱花、浆果、蓓蕾、根芽、包菜和嫩枝的美于一身，还是差得太远，其实它的形态千变万化，颜色缤纷斑斓，像田野、花园以及森林里的所有植物，从黄瓜到蘑菇，到卷叶沙拉菜都有……岛屿北角耸起一堵平而陡的玫瑰红色峭壁，隐约可以看见大浪拍打岩石，激起水花水沫，好像一群骤然飞起的白山雀。从船上望过去，又仿佛是一条躲藏深海的巨蛇，不断喷出水晶烈焰。

　　对于岛上的鸽子，罗贝托急切地想要知道是什么神圣之物。在罗贝托眼中，这座岛屿向来是一个晦暗的象征，只有神父才能揭开它的秘密。卡斯帕却认为，语言实在难以道尽它的妙处，还是亲眼目睹为佳。他在达芙妮号抵达外海当天，便从望远镜里看到这种鸽子。鸟儿掠过树巅，飞向天空，好像一颗着了火的金球。它的叫声非常奇特，好像我们用舌头抵住硬腭时所发出的笃笃声。它的头是深橄榄色，不对，应该说是芦笋绿色。爪子颜色和头一样，嘴呈药草色，像面具似的一直延伸到眼眶。它的眼睛好像玉米颗粒，瞳仁乌黑，闪烁发光，下颌有簇短毛，和翅膀的羽梢一样，都是金黄色的，但是身躯从胸口到尾羽尖端，却长着细如人发的羽毛，颜色如何形容好呢？红色？不够精确，是铁锈红、淡红、红宝石红、血红、酡红、棕红、胭脂红，还是皮肤发炎、发红呢？罗贝托一面猜测，一面提示。不是，卡斯帕神父有些气恼。罗贝托又继续猜道：那么像草莓、天竺葵、覆盆子、酸樱桃、红萝卜、冬青实、红斑鸫的爪心、红尾鸲的尾羽、红喉雀的喉毛……不，卡斯帕使劲摇了摇头，并且试图从德语或其他他懂得的语言中挑选一个恰当的形容词。根据罗贝托的记载，当时也弄不清，到底说话的人还是听话的人比较激动。最后神父大概把它比成塞维亚的金黄甜橙，或是长翅膀的太阳。总之，当它从白色的天空飞过，就像晨曦抛在雪中的一颗红石榴；当它展翅迎向太阳，则又比小天使还要绚烂耀眼。

罗盘地图，在罗贝托眼中已经转变成令他心荡神驰的情人胴体。罗贝托透过幻想，可以把海湾和岩洞的形状看成情人胴体的玲珑曲线；把列岛中间的海流看成她的三千发丝，粼粼波光正是太阳照耀时，她脸上泛光的汗水；而万顷碧波则是她那深不可测的眼眸。这张地图的每个细节都能让他想起情人的许多特征。当他的心中燃起欲望时，情不自禁便把地图凑到嘴边，尽情吸吮这片情欲的海岸。他的双唇划过岬角，停在海峡前面，感到有点酥痒。纸张在他脸上摩挲，他似乎闻到海风的气味，甚至想跳进岛上的溪流，畅饮沁凉的清水，或是化身照遍河岸的煦阳以及冲击河口的潮汐……不过他所品味的不是占有的满足，而是失落的快感。这时他莫名，心中感受到的是博学之士奋力笔耕的乐趣。在这座连地图都不能确实标出形状的真实岛屿上面，却有一些人正在水中嬉戏，同时品尝多汁的鲜果……更有一些蛮横粗鲁的外人正要伸出魔掌来亵渎这座岛屿，就像古代神话中跛足的金工之神伏尔坎占有美丽的维纳斯女神一样，让人想起明珠暗投的比喻……

对于提灯里的火苗，罗贝托发现它有两种颜色：红色部分包藏着一截烧焦的灯芯，另外一个部分则是向上跳动，顶端呈淡紫色，看久了让他眼花的白焰。他心里想，红焰正像自己，因为滋养他爱情的躯体正一步步走向死亡，而且他的生命已奉献给爱人至为高贵的灵魂，像白焰的高贵灵魂。

卡斯帕神父对天体的比喻——所有的天体都在运转，就连地球也不例外，像个娼妓似的扭臀摆腰，跟着动了起来。对于太阳，他认为太阳非得位于宇宙中央不可！一切天体需要它迸射出来的烈火。它像国王一样，必须稳居王国中央，以满足四方臣民的请求。孕育生命难道不该在宇宙中心运行吗？人的精囊不也位于头脚之间，桃核不也藏在桃实的正中吗？说到地球，它需要太阳的光和热，所以围着太阳转，是为了让每个角落都能沐浴在光热之中。一味相信太阳围着一个对它来说毫无助益的星球旋转，这未免太可笑了，这就和烤鸡的道理一样，没听说炉子围着鸡打转的。

卡斯帕神父自己制造了一个水底钟，依靠它可以在海底行走。罗贝托认为那个钟的内壁就像岩洞一样，到处滴水，也许更像湿的海绵，轻轻一压就会渗出水珠。人的皮肤不也极像精纺的毛筛绢，上面密密麻麻、难以觉察的细孔便是用来蒸发汗水的。如果人的皮肤如此，那么牛皮不是也一样吗？还是说牛从来都不出汗？他觉得自己的脑袋好像安了一只节奏乱掉的钟，有时快如兔跃，有时慢如龟行。谁敢说在如此深的海底，海水的压力不会像挤柠檬或是削豆荚那样，把钟笼的皮套压塌呢？罗贝托的想象力无不围绕着各种各样的比喻进行。

三、人物隐喻

人物的比喻也多得很，尤其关于女人的比喻最为有趣：圣萨凡曾认为女人既像巨蟹一样贪婪，又像蝎子一般阴毒，而淫邪的双眼正如败坏德行的彗星。他用的净是天文学的比喻，而罗贝托不喜欢这样的比喻。诗人常常以耀阳的红宝石、乌黑的木炭、腴白的大理石以及闪亮的钻石来比喻爱人的朱唇和眼眸、酥胸和冰心。罗贝托流落达芙妮号时，环顾四周只有甲板上的装备，于是就地取材，利用这些冷硬的物件来比喻自己的爱人。她的卷发像缆结粗绳，眼睛像闪亮的圆头钉饰，牙齿像整齐的舱檐，脖子像缠绕黄麻绳索的绞盘，此刻再也分不清楚自己是迷恋爱人的幻象，还是折服于造船匠人的绝技。

罗贝托只在船上的这个时刻才用这些冷硬的意象比喻她，在某些时候，比如在巴黎上流沙龙里，他用的是另一些比喻。对于沙龙的女主人阿尔泰妮斯，她就像一些品种特殊的花朵，既不能直接受到太阳暴晒，也不能完全遮断光源，得靠园丁细心呵护，否则立时便会枯萎凋零。

对于梦中情人莉里亚，罗贝托第一次见到她是在黄昏的时候。那时她一身深色打扮，脸上覆着面纱，好像一轮羞怯的月亮，躲在如纱似缎的云朵后面。在巴黎的社交界里，传闻常有三人成虎的威力。罗贝托前后听来的话并不一致，不似缅怀旧日百般的恩爱，倒像重申对于失落物品的主权，还有人说她是原籍摩里亚的埃及美女，所以才要戴上面纱。这些传闻不管是真是假，只消看到她的裙裾微微牵动一下，看到她那轻盈步态，看到包藏起来的神秘面庞，罗贝托的魂魄就已被她掳去。她的举手投足仿佛一束光芒，投射在他心窝里面。罗贝托把她想成身披曙色羽毛的夜鸟，同属暗夜以及白昼，让人同时联想到牛乳和墨汁、象牙和黑檀。缟色玛瑙在她轻柔乌黑的发云里面闪闪发亮，好像繁星点点的夜空，将她脸庞的轮廓、体态的曲线烘托得越发标致。她的那对眼眸——那对不再关闭的晨曦之窗。

罗贝托陶醉在一厢情愿的气氛里，就好像沉迷在一首歌词并不是专为自己而写的乐曲之中。她虽然散发耀眼光芒，可是罗贝托却觉得自己活在一片阴影里面，看着别人尽情吸收这束光芒。她的名字是莉里亚。罗贝托觉得再也没有比莉里亚（Lilia）这个名字更适合他的意中人了，因为她那冰肌玉肤极像纯洁无瑕的百合。凡人爱得越深，怨气也就越是容易累积。心里尽管欲火中烧，身体却是冷得直打寒颤，爱情远景原本美好，可是一朝落空幻灭，亢奋的灵魂便如铅制的羽毛，看似轻盈，其实沉重。罗贝托继续给莉里亚送去情书，但是一概不签姓名，至于诗作则收在胸前口袋，日夜取出反复诵读。

罗贝托自己是位想象力特别丰富的情人，有时他想化作风，抚弄她的秀发，有时想变成水，亲吻她的胴体，有时他也想化成一件睡袍，整夜紧裹着她，或是一册书本，整天陪伴她的纤指，此外他也渴望变作可以温暖她双手的手套，可以欣赏她娇态妍姿的镜子……如果罗贝托知道曾经有人送她一只松鼠，那么必然巴不得立刻化身那只好奇心十足的小家伙，任凭主人爱抚亲吻。即使一面用毛茸茸的尾巴搔弄她的粉颊，一面冒冒失失，把嘴唇贴凑在柔软白嫩的胸脯上面，他也不怕招来她的嫌恶。当他学游泳时，他觉得自己或许是狗，或许是青蛙，也许更像一只长毛的癞蛤蟆、一只四足两栖动物、一只半人马的怪物，或是一只雄性人鱼。

至于费航德，罗贝托认为是幸福快乐的伊甸园里闯入了一条蛇。这条蛇是卑劣的费航德，罗贝托把卡斯帕神父从油槽里拉出来时，看他一身油亮，就像条准备入炉烤炙的乳猪。这些对人物的比喻极其幽默形象、俏皮生动。神父如艾曼纽埃勒、卡斯帕对科学大感兴趣，艾曼纽埃勒发明了制造隐喻的亚里士多德望远镜，卡斯帕则发明了能助他在海底行走的水底钟，而医生毕尔德反而采用神秘的"交感粉末"原理测量经线，这种安排本身就是一种对人物的讽喻。

四、情感隐喻

抽象的事物如情感、爱情、友情、亲情等都可以入喻。交感粉末、武器膏药都有相似性，罗贝托则将物理现象运用于爱情友情。爱情作为情感被罗贝托变成了像光线一样的物质微粒。罗贝托对达芙妮号的感情简直和对爱人的感情没有太大分别，都是一种自私的占有欲，因为一旦发现对它情有独钟，便硬把先前的物主看作巧取豪夺的恶徒。罗贝托在写给情人的信中并不讳言初次与她见面时自己心中那股复杂的情绪。那时有位男士目不转睛地盯着莉里亚，让他觉得这位男士简直就像玫瑰花上面的一条毛虫。罗贝托受到博学知识分子伊格比的影响，对交感粉末理论大为感兴趣，并进行了丰富的联想，将爱情和友情真谛也归为交感粉末。交感粉末实际上是自然界的一种物理现象，却被罗贝托拿来比喻感情。

罗贝托认为，爱情和风一模一样，遵循相同法则。来源不同的风闻起来会有不同味道。如果风从花园或是菜圃吹来，那么必然混了茉莉、薄荷或是迷迭香的花草味儿，这是一股会让舟客水手魂系梦牵的香气，令他们渴望早日踏上陆地，实现心里的愿望。同样道理，爱情微粒能够使得恋爱之心的鼻子为之陶醉（原谅罗贝托这种拙劣的比喻吧）。被爱的心好比一把神奇的诗琴发出共鸣，就像夜深人静，万籁俱寂时分，在清澈水面摇响铃铛，声波撩动水波，双双和谐同韵的妙景。爱人的心其实和酒石没有两样。玫瑰盛开的时候，如果把酒石放在阴暗地窖，它就摄取飘在空气中的香气微粒，因为附近空气受到盐分吸引，便会化为液体，并使酒石沾上玫瑰花香。葡萄开花时节，木桶里贮藏的酒液跟着开始发酵，而且表面浮现白色霉花，一直等到落英之际，才会消失不见。多情的心可比霉花来得顽强，因为即使爱人的心像葡萄花落，它依然坚定如昔，不像霉花一样化为乌有。

恋爱就像月光浴，照在我们身上的光线其实只是月亮反射下来的阳光。如果用镜子集中阳光，我们就会感到反射光线威力强大，炽热无比。但是如果把月光集中在一个银质水盆上面，我们也会看到凹形盆底反射出来的柔光，这种光线因为含有细微水珠，所以特别令人神清气爽。这时水盆似乎空着，但是双手伸进去再抽出来一看，居然湿淋淋的。据说这是一种治疗肿瘤十分有效的妙方。

爱情靠一种微粒粉末的作用才能发生。爱情遵循的法则也就是支配地上万物以及天体星辰的法则，而爱情正是这些法则最崇高的体现。爱情源于视觉，所谓一见钟情正是如此。光线投射在情人身上，她的影像反射到我们眼中，然后经由眼睛引导，到达我们内心深处，于是我们全身上下、由内到外，都被情人躯体最美好、最轻盈的部分所占据。因此一见钟情等于大口喝下情人心里释放出来的微粒。大自然好比一位伟大的建筑师，在创造我们的身体时，已经预留了粉末，因此这些粉末便能像哨兵一样，随时向统帅汇报最新状况。这位统帅同时也是支配躯体这个大家庭的主人，他就是我们的想象力。想象力受到客体刺激所产生的结果和聆听音乐的经验是一样的。比方听人弹奏六弦琴时，我们会把旋律存放在记忆里面，就算睡着，还是可以在梦中听见玲珑乐音。我们的想象力会根据目中所见造出幻影，让恋爱中的人意乱情迷。因此，如果我们突然看见一个模样俊俏的人站在面前，我们的脸色通常立刻转变，至于转红还是变白，端看那些扮演哨兵角色的粉末往来于对方和自己想象力之间的速度了。这些粉末不仅跑到大脑，同时沿着连接大脑的通衢长驱直入心脏，这条大道也是活力粉末从心脏直奔大脑、然后转变成为肉欲微粒的路线。此外，想象力也将从外在物体上面接受的粉末，顺着通道，送到心脏，这些粉末刺激活力因子，让它极度亢奋。因此恋爱中的人有时心花怒放，有时又会突然昏厥。

爱情成了物质活动，竟和酒液生出霉花没有两样，对于爱情的选择性和专一性，罗贝托也有解释。交感粉末的原理完全可以用来解释爱情的特质。只有外形相同、构造一样的粉末才能彼此吸引。因此爱情只会结合两个天性类似的人，崇高的粉末结合崇高的粉末，庸俗的粉末自然结合庸俗的粉末，例如村夫匹配牧女就是天作之合。乌尔飞先生笔下精彩的情节已经把这个道理交代得相当清楚了。早在太初混沌之时，就已注定爱情负起促进两性关系和谐的责任，如同希腊神话中皮拉姆斯和提斯蓓生来就注定化为连理桑枝。关于单恋问题，罗贝托说他不太相信单恋这一回事，他认为很有可能只是对方还没有接到自己眼眸中透露出来的讯息，也就是说，爱情尚未达到完美的境界而已。可是真正爱到深处的人，心中必然明白今生今世再难找到与他心性如此契合的对象，所以时间再长，情愿苦等下去，即使赔上一生一世，也是在所不惜。就算生前无缘厮守，死后遗体散成粉末，到处漂浮，终究能够聚在一起。就像有人伤势很快痊愈，身体恢复健康，却不知道这是对手抹在武器上的膏药所造成的影响，同样道理，许多爱得殷切的人，心灵突然享受慰藉，却不明白这是因为梦中人回心转意，双方的粉末可以一拍即合。

罗贝托这套复杂的比喻竟然使得在场的人都接受了罗贝托的理论，深信交感粉末以及爱情的密切关系。前者可以医病疗伤，后者虽有同工之妙，但是往往煎熬心灵，为祸最烈。

事实上，以上所有隐喻修辞，有相似性，有相异性，有类比，有象征，有寓意，正如艾柯所言："符号化过程一旦开始，便很难指出一种隐喻的解释在何处停止：这取决于语境。解释者被一个或多个隐喻导向寓意的解读或象征的解读的情况是很多的。但从隐喻出发，开始解释的过程时，隐喻的解读、象征的解读和寓意的解读之间的界限往往是很难确定的。"[1] 下一节将分析文本的文化隐喻，这个和修辞性隐喻即隐喻修辞格是很难分开的。

第三节　文化隐喻

一、语境隐喻

维柯在《新科学》中提出了文化的、语义场和语义全域的、经过协调的符号化结构。这种结构主宰着隐喻的创造和解释。用艾柯的话来说，即："如果书籍告诉我们真理（尽管这些真理会相互抵触），它们的每一个字、每一个词都将是一种暗示、一种隐喻。它

---

[1]　翁贝尔托·埃科：《语言学与符号哲学》，百花文艺出版社，2006年版，第230页。

们表达着与其字面意义不同的东西。……为了能够理解书籍中的神秘信息，有必要去寻找某种超越于人类之外的启示：这种启示将由'神性'自身通过形象、幻梦或讥谕的方式加以显现。"[1] 艾柯又说："说到底，中心问题是：隐喻是否是一种具有认识价值（突出地具有认识价值）的表达手段。由于它具有认识价值或作为它具有认识价值的原因，要讨论的问题是：隐喻是创造（语言的）还是被（语言）创造的。我们对隐喻作为修饰不感兴趣，如果只是这样的修饰，那么隐喻完全可以在外延理论的范围内得到解释了。我们感兴趣的是：隐喻是一种认识的工具，这种认识是增加性的而不是替代性的。"[2]

这部小说的主要线索就是寻找 180 度经线，而进行经线测量的方法则是根据交感粉末和武器膏药的原理。其中作为牺牲品的狗儿，在罗贝托的眼中，它的不幸正是人世间所有苦难的象征，它的一生是个荒谬绝伦的故事。这当然象征了人和动物之间的一种关系，人类其实是相当残忍的一类动物。

为了测量经线，阿马里斯号上英国医生毕尔德采用交感粉末和武器膏药的原理通过狗儿来进行测试。这也许是一条血统纯正的狗，可是因为宿疾和饥饿的煎熬，如今瘦得只剩皮包骨头。看得出来主人还想保住它的性命，因为食物和水都不缺乏，而且有些还像是从旅客的配给扣攒下来的。那狗侧身躺着，舌头露在外面，一副无精打采的懒模样。它的身上有道伤口，皮开肉绽，看上去活像是两片嫩红色的嘴唇，中间陷下去的裂缝又深又长，十分吓人。伤口已经化脓，分泌出酷似乳浆的液体。罗贝托总觉得那伤口是故意不让它愈合的，可能是个深谙科学的人干出来的好事！这样折磨动物真是太卑鄙了。这条狗的伤口一直不能结疤，因此得要继续忍受痛

---

[1]　安贝托·艾柯《诠释与过度诠释》，王宇根译，生活·读书·新知三联书店，1997年，第31—32页。

[2]　翁贝尔托·埃科：《语言学与符号哲学》，百花文艺出版社，2006年，第172页。

楚，天晓得它还能撑上多久？罗贝托仔细察看伤口，发现周围有些结晶颗粒，好像是种盐类。一定是哪个医生（医术精湛但心狠手辣的医生）每天按时撒在上面，希望借着药物的刺激，阻止伤口的愈合。

罗贝托推测这一条狗早在上船以前就已负伤，后来毕尔德又千方百计不让它的刀创愈合。他一定和伦敦的人约好，每天到了固定时刻，便让同谋对杀伤狗儿的武器或是染有狗血的布条动些手脚，以便暂时减轻它的疼痛。但是疼痛也有可能加剧，因为毕尔德自己曾说过，武器膏药的原理也可以用来加重伤害。所以医生虽然远在阿玛里斯号，每天却都固定能够收到从欧洲传来的标准时间，加上推测出来的所在地时间，他就可以求得正确的经度。而事实上正是根据狗儿的疼痛，毕尔德医生一伙测出了反切子午线。

关于鸽子，小说中有两章都在专门论述，其论述的中心则是其象征和隐喻意义。自从听了卡斯帕神父对鸽子的讲述，橙色鸽子已像一根钉子，深深嵌入罗贝托的脑海。罗贝托对于鸽子的兴趣是从一开始满不在乎的态度进展到非得亲睹否则不快的心境。这个愿望正是他情爱经验的缩影，包括了敬仰、爱慕、赞美、期待、嫉妒、渴望、惊奇以及狂喜等复杂的心灵现象。他不清楚（我们也一样不清楚），鸽子到底变成了那座岛屿还是变成了莉里亚，或者两样都是，还是说三者都束诸昨日的高阁。罗贝托的流放生活是没完没了的今天，也就是说，他的未来只寄望于某个明天的前一天。

最早谈到鸽子的人，很自然的是埃及人，最早的霍拉波隆象形文字中就曾记载。从它身上许多特征来看，这种动物是所有动物中最纯净的，所以当黑死病蔓延，并危害人畜之时，唯独只有吃鸽子的动物才能幸免于难。这种飞禽很明显是唯一不分泌胆汁的动物（也就是说，其他动物身上的毒素都附着在肝脏上）。普利尼曾说过，鸽子要是病了，只要吃下一片月桂树叶，便可痊愈。月桂树叶长在月桂树上，而且月桂树正是女神达芙妮的化身。关于鸽子的传说实在数不胜数！鸽子原产塞浦路斯，也就是维纳斯之岛。鸽子虽然洁净无比，但常沉溺淫欲，无法自拔，所以也可象征放荡。它们会花上一整天的时间来接吻。鸽子缠吻不休，表现出淫荡的模样，但实际上，这正是彼此忠诚不贰的证据，因为如此，鸽子同时也象征了贞操，至少在夫妻间忠诚的意义上是这样的。普利尼说："鸽子虽然爱得疯狂，却都有强烈的羞耻观念，而且很少通奸。"如何能够不喜欢这种象征不渝之心的动物？更何况它的忠诚还会持续到伴侣死后。总而言之，不管淫荡与否，这种挚爱使鸽子成为博爱慈悲的象征。——圣灵是以鸽子的形象降临人间的，它不分泌胆汁，而且爪子、嘴巴都不伤人。

正如大家都把空气视作最高贵的元素，自然而然，大家也会推崇这种飞得比任何鸟都高，而且疲倦的时候知道返回自己窝巢的动物。当然，这种特性燕子也有，可是从来没人会像对待鸽子那样，把它当作朋友同时加以驯养。鸽鸟散发香气，象征纯洁以及贞操，就凭这点，已够让大家感动的了。

鸽子不仅贞节忠诚，而且非常单纯。《圣经》上说："你要像蛇一样聪明，鸽子一样单纯。"因为鸽子有时候也象征修道院的隐居生活。那么鸽子的吻作何解释？其实这没什么大不了的。

此外鸽子还会颤抖，它的希腊文名字是 trenon，很明显是源于treo，"我颤抖着"。荷马、奥维德和维吉尔都说过"六神无主，就像身陷暴风雨的鸽子"。我们不要忘记，鸽子一直都生活在老鹰和秃鹫的阴影中，因此我们可以在瓦勒里安的文章里面读到，鸽子总爱在最隐蔽、最安全的地方筑巢（居安思危这句铭文便是由此而来）。——也提到这点，就像《诗篇》第五十五章的呐喊："啊，但愿能像鸽子长出翅膀！如果这样便可展翼高飞，得享安息！"

希伯来人说鸽子和斑鸠是最受迫害的鸟类，因此它和羔羊一般可敬，都适合当作祭坛的牺牲。阿勒丁人不像希伯来人那样温和，他们认为鸽子可怜兮兮，是弱者的象征。艾比范尼曾说，鸽子从不知道在危境中保护自己，奥古斯汀也赞同一点，甚至进一步说，鸽子非但在面对比自己庞大的动物时不能自我保护，就连面对生性温驯的麻雀时也是一样胆怯。

根据传说，印度有种茂密青翠的树，希腊人称之为极乐之树。鸽子就栖息在树的右侧，一步也不敢离开，因为一旦离开，马上就会成为天敌——龙的猎物。龙最怕极乐树的树影，只要树的右方有荫，龙就移到右边埋伏窥伺，反之亦然。

此外，鸽子发起抖来，它的感官就会像蛇一样灵敏。如果那座岛屿上面有龙，那么橙色鸽子应该知道如何应付才是。鸽子似乎总爱贴着水面飞行，因此如遇猛禽来袭，便可以看到敌人的倒影。由于鸽子具有各种禀赋，于是有关它的传说自然很多。上古洪水肆虐之时，全靠鸽子通知人类风息雨歇、陆地浮出水面的好消息。在许多脍炙人口的作品里面我们可以看到，鸽子披上"慈母恸子"形象的外衣。有些作者说鸽子"从里到外"都是纯洁无瑕。有时，鸽子象征挣脱枷锁，或是从死里复活的基督。此外，鸽子害怕黑夜，因此赶在黄昏之前归巢，黑夜象征死亡，罪愆如果尚未洗净，怎可贸然赴死？值得一提再提的是，圣约翰曾说"我看见圣灵像一只鸽子从天而降。"

鸽子好像"慈母无私育子"，因为它会拔自己的羽毛铺在巢里，以便幼鸟窝居更加松软舒适。它是"最亮的光"，因为每当它朝着太阳展翅高飞时，身上总是闪闪发光。它知道"动中求静"的道理，因为滑行途中，有时为了节省力气，它会收起一只翅膀。据说曾有一位热恋中的士兵，特地挑选了一个钢盔表明自己的心迹，这个钢盔里面曾有一对鸽子筑过爱巢，而且刻着"爱神维纳斯"的字样。

总之，鸽子的象征意义实在太多了。一个象征如果要它含义丰富深远，那就必须赋予它多层的意义，否则便和称面包为面包、酒为酒，或是叫原子为原子、虚空为虚空没什么两样了。在罗贝托的心中，鸽子最迷人的地方在于，它不仅像所有"铭文"或是"象征"一样，是个信息，而且还是个含义深远的讯息。

此外，有人认为鸽子就是宙斯神殿里的使者，专司传达神的谕令，也就是说：没有鸽子，真理便不能够彰显。《圣经》里劝人不要把珍珠丢给猪猡，赞美别人有双鸽眼则是说他不会拘泥在文词的表面意义上，而能探究隐藏在字里行间的深奥意义。有些犹太人说鸽子是上帝的旨意，而希伯来文里面的 tore（鸽子）一字则使人联想起 torah（摩西五经）这个字来（这本圣书是所有启示的根源）。鸽子在阳光下飞翔，乍看起来似乎一身银白，要是耐心等候仔细观察便可发现，隐藏的一面原来是金黄色的，说得更精确些，是鲜艳夺目的橙色。远从伊希多的时代开始，基督徒就已描述过鸽子在飞翔时，羽毛会反射阳光的奇景。今天我所看到的鸽子颜色似乎不止一种。它爱亲近太阳，其寓意是"我的华丽来自你的光芒"或是"因为有你，我才优美动人，灿烂炫目"。它的脖子闪耀着缤纷的色彩，不论何时都是如此。事实上这是一个警示，告诫人们不要相信表象，应该找出虚假表象下的真理。

鸽子是一个重要的象征，由此我们也可理解，为何一个迷失在子午反切线上的人要聚精会神，苦苦寻觅鸽踪，以领悟这种鸟类包含的寓意。岛屿无法接近，莉里亚不见芳踪，他所有的希望都破灭了。因此橙色鸽子就可能变成术士的点金石，终点的终点，或是人们梦寐以求的任何事物。小说关于鸽子的大段论述，充分阐释着隐喻的多种解释。

以上两个例子可以说明隐喻成为寓意、象征等符号化结构形式。

二、文本隐喻

从文本读出来的外在于文本的隐喻，是整个文本的隐喻。它突出体现在文本的哲理意义，或者直指现实，有关政治或意识形态的意义。在艾柯的小说中，这种文本隐喻主要集中在符号之间的关系上，在《玫瑰之名》中，威廉曾说过："我从来都不怀疑符号，但我关心的主要是符号之间的关系。"《傅科摆》中隐喻的是圣堂武士前世今生的关系，《波多里诺》则是真实与谎言、符号与事件之间的关系,《洛安娜》着重写的是书籍与记忆、语义记忆与事件记忆之间的关系。在《昨日之岛》中,隐喻无处不在,初级的修辞性隐喻,象征寓意层面的语境隐喻。此外就是文本的隐喻,整部小说的隐喻,而这部小说文本隐喻性也在于各种关系,即人与自然、人与上帝、人与社会、人与人之间的关系,小说对生命与死亡、时间与空间、物质与精神的关系都做了探讨。

艾柯谈到这部小说时曾说:"写完《玫瑰之名》和《傅科摆》,写了太多修道院和博物馆,那些文化机制的地方,现在要写一部关于大自然的小说。"① 这部小说写的是罗贝托的海上历险生活。大自然在人类面前是美丽的,无限丰富、令人惊叹,海上风光和海底奇景让罗贝托沉醉迷恋,但同时大自然也是残酷无情的,狂风巨澜和随时发生的海难将人类摧残得体无完肤。大自然蕴含了太多的秘密,充满好奇的人类不断探秘,在揭示大自然神秘面纱的同时,也感受到了大自然的威力。欧洲各国为了揭开经线的秘密,不惜采取最残酷的手段,彼此明争暗斗。罗贝托以及其他很多人为了测量经线,冒险于海上,但是强悍如阿马里斯号在毕尔德医生成功测出180°经线的同时遭遇特大海难,当怒涛排山倒海而来时,阿玛里斯号好像一头饱受惊吓、狂乱奔跑的野兽。大船沉陷海底,所有的人除了罗贝托无一幸存。而达芙妮号和阿玛里斯号一样,出航的目的都是为了寻找太平洋上的"定点",但是却只有卡斯帕神父一人得以存在,全船的人由于贪婪和自私全部毁于自然人——原始人手里。

罗贝托从海上的生活得出经验:他认为自然就是那个他们已经驾驭熟稔的自然。而上天创造自然,自然是要它来配合人类,也就是说,如果想在地球的这一端生存下来,那么就得和自然谋合,将自己的天性完全改变过来。其实所谓的天性或许只是居住在地球另一端的人类祖先在征服自然、适应环境的过程中所养成的习惯而

---

① Umberto Eco, *On Literature*, Harcourt Brace Jovanovich, Inc, 2002, p310.

已。因此，人是适应自然，而非自然适应人类。人类若违反自然，那么只能受到自然的严惩。大自然具有伟大的创造力量，人类也不过是它创作的一个原子而已。

另一隐喻从岛屿可以看出，人可以将自然视为爱人，但需保持敬爱的距离。昨日之岛正好位于 180°经线上，正是因为它位于经线上，跨过这道线，就是回到了昨天。罗贝托针对这座岛屿进行了猜想，事实上这也是小说对自然的一种隐喻。他想，这片土地会不会是可以看到溪流注满牛奶和蜂蜜、树林垂着累累果实、原野上有成群温驯动物漫步的的伊甸乐园？为什么有那样多的航海家冒着危险，越过万里惊涛，忍受狂风暴雨来到南太平洋？红衣主教黎塞留派遣他出航乃是指望他能代表法国，来到这个尚未被亚当原罪污染，尚未遭神怒洪水淹没的未知世界一探究竟。而其他人的动机和他一样。如果事实真是如此，那么侵入这座处女岛屿的行径和人类犯下的原罪又有什么两样？罗贝托看着对面的岛屿，觉得就像他"咫尺天涯"的爱人。他把对待爱人视同对待孤岛，如果至高的爱情要有距离，而且扬弃卑鄙的占有欲望，如果孤岛和爱人是一体两面，那么对爱人谨慎自制的态度应该也适用于孤岛。爱情的魔力驱使他一肩挑起守护圣杯的角色，同理，他必须以同样纯洁的态度去看待眼前的孤岛。因为如果要继续保留上天的恩赐，那么只能远观，不可亵玩。既然不可亵玩，只好乞灵于言辞，只好盼望客体与主体一样纯洁无垢，同受水、火、土、气等天地元素的摩挲拂弄。如果美善真的存在，那么这种存在绝对没有目的。这样将岛屿视作爱人，也就是对待自然的一种态度，热爱但绝不可毁坏亵玩。大自然的秘密岂可穷尽，17 世纪人类在自然面前还是小孩，但是到了当今，人类已经将自然破坏得满目疮痍，同时也受到大自然的严重惩罚。《昨日之岛》中蕴含的人与自然的关系对人类极有启示意义。

人与上帝的关系向来是复杂的，意大利的天主教传统也是非常深厚，艾柯是中世纪学者，中世纪是基督教专制的时期，他的小说与中世纪有千丝万缕的联系。在每部小说中，基督教都是重要思想内容，在《昨日之島》中也不例外，人和上帝的关系通过罗贝托进行了隐喻性的解释。罗贝托对上帝的看法受到一系列人物对他的教导和影响。他十六岁之前的家庭教师是一个加尔默罗会的修士，极为博学，足迹遍及中东，还曾改信回教，最早传授给他"武器膏药"的秘方。这个方法深刻影响并改变了罗贝托的命运。这个时候，他对上帝还没有任何怀疑，只是觉得自然法则能力无边。在卡萨雷城时，他受到的教育非同小可，那就是和圣萨凡的结识。圣萨凡是个军官，口若悬河，对上帝的批判令人闻风丧胆："《悼亡经》念起来吵得要死，我还宁可听野狗狂吠或是乌鸦乱叫。"他认为天地间最自然的事就是死亡，宗教不教我们认识它，反而教我们避讳它。世界上最美好的事就是生命，宗教不让我们享受它，反而让我们厌恶它。因此，正直诚实的人都应唾弃宗教。我们宁愿像那天星一样，在亘古永恒的虚无中，自在运转，不用期盼救赎，无须担心天谴。希腊先哲面对死亡总是泰然自若，这种态度值得后代效法。而耶稣死后复活，钉死前还会显露惧色。这是罗贝托有生以来第一次接触这种挑衅宗教权威的言谈，隔天他又听到一些观点还要更加激越的论调。当罗贝托为父亲的战死哀悼时，圣萨凡更是教唆："其实追忆令尊传授给你的剑法才能真正表现孺慕之情，总比呆坐教堂里面，听狗屁拉丁祷文更可彰显令尊的荣耀。"他说他找不到信教的理由，在他眼里，《圣经》的教义都是谎言欺骗，耶稣也不是上帝之子，他的一派胡言里却隐藏了奥妙的玄机，而这些玄机是一般神职人员所不敢面对的。圣萨凡是一个自然哲学家，他从无限的宇宙出发，彻底否定了上帝的作用和价值。他也不相信永生的神话，他教育罗贝托："我并非想劝你为永生做准备，而是教你好好把握今生今世，这才是你能掌握住的，而且也只有这样，你才能面对死亡、体验死亡。死亡是门艺术，因此得要及早沉思冥想，以便大限之日来临时，可以拿出正确的态度来迎接这桩一生只有一次的大事。"圣萨凡后来受到西班牙军人误杀，遭到他奚落的修道院院长也同意视他为殉国烈士。卡萨雷之战促使罗贝托思考，圣萨凡常告诉他天地不仁、世事无常的道理，还教给他一套有关宇宙无穷大和无穷小的理论。后来他认识了两位老谋深算的大人萨雷塔和萨拉扎，教给他的纯粹是如何做伪善的世故小人。而艾曼纽埃勒神父的科学装置让他叹为观止，他心悦诚服的同时减弱了对上帝的信仰。在那场深具意义却又毫无意义的战争中，他同时失去父亲和自我。此后，他把宇宙看成一串暧昧模糊的谜语，这些谜语没有作者，就算真有作者，那么他在按照自己的形象理念创造宇宙的时候，必定时时改变观点，结果让人无法猜出谜底。因此，随着心智逐渐成熟，他认为历史是由许多不能透过理性了解而且诡谲多变的事件所组成，他对宗教失去了信心。

人与社会和人与人之间，罗贝托主要受到两位大人萨雷塔和萨拉扎的教唆，俨然是巴尔扎克小说中的拉斯科尼科夫受到奸诈狡猾的伏托冷的诱惑。但是这种人际法则和社交规则在任何社会都是适用的，沉默是金，寡言是银，谨言慎行，虚与委蛇，媚上欺下，两面三刀，八面玲珑，这才是"智慧的前提"。

一切都是关系，人类、物质、灵魂甚至上帝。宇宙间的亿万物体全都是原子碰接聚合的结果，这种复杂的聚合物照理永远不会停止运动。不管哪种物体，运动现象必定恒常持久，气流腾动成风，动物移动四肢都是；植物生长较慢，我们肉眼观察不到，但是没有任何力量可以阻止。依此类推，矿物也会生长，而只是速度慢到难以测量而已！"我"是什么？就是身上所有原子粒彼此间的关系！这些原子粒不能够分割，而且以严格的规律聚合起来，而形之于外的，就是"我"的身躯相貌。伊壁鸠鲁认为灵魂也是原子所构成的一种物质，而且它的颗粒极细，除了原子，灵魂还是一股热腾腾的气息。这种看法"我"难以赞同灵魂不是物质，它是一种方式，是肉体各原子间互动关系的方式。所谓的"我"，不过是自己身体各部位彼此配合的情形而已。这些部位又包含一套其他的互动关系（以下尚可类推），因此，每个关系网络不但能够感受自己，甚至是知觉的本身，是思考的核心。"我"能思考自己，思考身上的血，思考"我"的神经，但是"我"血管里面的每一滴血也有能力思考自己。大自然中，人以极复杂的方式察觉自己，在这方面，动物比人要差许多，（比方它有食欲，却不知道悔意为何）。至于植物，那就更不能比，或许抽芽生长它能感受，刀割斧斫它能感受，或许它懂得用单数第一人称代词，但是整体来讲，层次比起人类要低许多。万物都能思考，只是复杂程度有所差别而已。那么石头也能思考，罗贝托最后把自己当成了石头，恍然大悟，上帝是什么？上帝就是宇宙万物之间各种关系的核心点，而且思考范畴包含整个现实世界以及他创造出来的无限世界。

第四节　元小说

一、元小说

《纽约时报》书评周刊评论道："《昨日之岛》借用博学深奥和巧妙细致的故事手法，带领我们经历了文艺复兴时期的战争、情诗的颂赞和海洋之旅等等探寻之旅。《昨日之岛》继续了叙事者永恒不变的权威主义。艾柯的小说证实了时间的永恒与无止境，以及无界限扩散的思想。最伟大的思想家莫过于在述说故事的同时，让读者反思，并进一步置换成本位思想创造的事故。"[①] 这部小说重要的叙述特征就是讲述故事的同时，让读者反思。实际上这部小说采用了后现代主义的元小说形式，无限开放，多层次叙述，迎接读者的参与。

　　元小说就是"关于小说的小说"，是"小说何以成为小说的小说"。它自我揭示虚构、自我戏仿，把小说自我操作的痕迹有意暴露在读者面前，自我揭穿了叙述世界的虚构性和伪造性。"小说的

[①] 安伯托·埃柯：《昨日之岛》，翁德明译，作家出版社，2001年。

真相就是：事实即幻象；虚构的故事是世界的原型。"这样一来，在元小说中，所谓的"现实"便只存在于用来描绘它的语言之中，而"意义"则仅存于小说的创作与解读的过程中。元小说就是以戏仿（或讽仿）为主要范式，对小说这一形式和叙述本身进行反思、解构和颠覆，这就在形式上和语言上导致了传统小说和叙述方式的解体，宣告了传统叙事的无效和虚假。后现代主义元小说家认为，现实是语言造就的，而虚假的语言造就了虚假的现实。传统小说的叙述方式就是虚假现实的造就者之一：它虚构出一个虚假的故事去"反映"本身就是虚假的现实，从而把读者引入双重虚假之中。因此，小说家的主要任务就是去揭穿这种欺骗，把现实的虚假和虚构的虚假同时展现在读者面前，促使他们去思考，去重新认识现实和语言。

　　元小说的突出特点就是作家以小说的形式反思小说创作同时进行小说创作的革新。因此，元小说又被称为"关于小说的小说"。"元小说"这个术语首次出现于美国小说家兼批评家威廉·H. 伽斯的论著《小说与生活中的形象》中。然而元小说并非后现代主义的范式或是其中一个子系统，它与后现代主义一样，都是很难用确切、稳定、清晰的概念加以界定的。元小说与超小说（surfiction）、自省小说（self-reflexive）、自我陶醉小说（narcissist fiction）、自我生产小说（self-begetting novel）、反小说（anti-novel）这些概念经常是混杂在一起使用的。帕特里夏·沃说："所谓元小说就是指这样一种小说，它为了对虚构和现实的关系提出疑问，便一贯地把自我意识的注意力集中在作为人造品的自身的位置上。这种小说对小说作品本身加以评判，它不仅审视记述体小说的基本结构，甚至探索存在于小说外部的虚构世界的条件。"[1]

---

[1]　王先霈、王又平编：《文学批评术语词典》，上海文艺出版社，1999 年版，第 676 页。

元小说的主要特征在于它的自反性，也就是说小说必须不断地将自身显示为虚构作品。为了在小说内部寻求小说的意义何在，读者、现实乃至叙事理论都可能成为作者讨论的题目。这类小说的作者往往身兼叙述者、主人公和作者等多重身份，经常自由出入作品，对作品的人物主题、情节等发表评论。由于元小说表现了作者在文学创作过程中强烈的自我意识，所以又被称为"自我意识小说"。比如英国约翰·福尔斯的《法国中尉的女人》，作者不时中断叙述进程，明确告诉读者自己在编故事，甚至把许多有案可稽的史实嵌进小说，或者干脆讨论起现代小说的做法、创作目的等，最后还为作品设计了三个不同的结尾。

二、《昨日之岛》中的元小说技巧

《昨日之岛》中叙述者对该部小说的撰写，每一章开始叙述者都会将本节故事内容以及创作构思和读者进行讨论。比如第一章里，叙述者和读者谈起罗贝托的故事："这里我得请求读者原谅，如果故事情节不够精确，那是因为罗贝托写信向情人叙述这件事情始末的时候，有些地方也是含糊其词，甚至自相矛盾。依我看来，他没有把事情脉络原原本本说明清楚，只是硬把信笺当做稿纸，写下一段故事，经营些个情节，让人读来，既像小说，又像私函。他一定是选了题材就奋笔疾书，没有预先安排情节，好比棋盘上的棋子，没有规定要走哪步，也不知道如何布局。"比如在结尾，叙述者又讨论起小说来："小说可以用这种方式收尾吗？小说可以撩拨恨意，看见我们所憎恶的角色恶有恶报是件快活的事。除此之外，它也可以激发怜悯之情，因为危难排除以后，看见所认同的人物安然无恙，我们都会感到欣慰。"然而罗贝托写的小说却没有完全符合期待，所以在他眼中这种结局算是差的。

当罗贝托准备登上昨日之岛营救莉里亚时，叙述者又发话了：读者或许要问，罗贝托的主意虽然不错，但是也得掌握实效，最迟要在隔天清晨以前登陆彼岸才行。可是用什么办法呢？一次又一次的尝试不都失败了吗？还是他没有弄清楚，登陆乃是现实世界的事，而救人却是故事里虚构的情节，怎么可以混淆起来？上文交代过了，起初他很明白，现实世界以及小说国度分明，没有重叠，但到后来，或许心智过于疲乏，那条区隔的线日渐模糊，于是原本泾渭分明的事，现在居然混流在一起，破坏了虚实两边的铁律。只要幻想自己双脚踏上岛岸，他的主观意识就会同时忽略其过程的艰难，等他到了那里，又可以虚拟情人逐流而至的场面，总之，希望能够使得一切成真。这是小说家享有的自由。他就这样随心所欲，安排事件情节，然后推波助澜，促其成功，读者极难臆测叙事脉络，道理即在于此。话说回来，他不登陆可不行呢，如果情节不是这样发展，故事还能说下去吗？读者如果不是很明白罗贝托的心路历程，那么他当前的念头当然显得荒谬可笑。总之，现在命运完全取决于罗贝托的叙述方式了。

叙述者假借小说人物对小说进行讨论。比如圣萨凡对罗贝托谈论小说："凡是小说总以误会作为肇端，误会的对象可以是人物、地点、行为、时间或是情况。而后再从这个原始误会发展其他误会或是枝节，最终再以出人意料的结局收场。"谈情书的写法则是：要进行精雕细镂，因为真理如能运用艰涩的文体表达出来方可打动人心，经过辛苦推敲得到的佳句才能获得尊重。而描述生死攸关的大事就要用雄伟的言辞、华丽的文体，结尾必须语出惊人才好。再有艾曼纽埃勒神父利用亚里士多德望远镜教他要学会运用暗喻。"如果人类认知能力的定义就是将很不相同的概念串联组织起来，并在相异的事物中间找出类同之处，那么暗喻这种最牵强，但却有最深刻的修辞技巧，正是唯一能够取悦人心的妙方，就像剧场中布景的变换一样。暗喻能够引人入胜是因为我们丝毫不费力气，便可以在只字片语中学得许多事物。它能够让我们的心智尽情驰骋在不同的概念之间，让我们从芥子中观看须弥。"

《昨日之岛》中还有一章名字即为"小说的起源"，专门谈罗贝托的小说方案。罗贝托受到现实中爱情失落的刺激，准备写小说发泄，因为小说国度中的爱情可以去除嫉妒。他想在那里面，本来不是你的，或许就会变成你的，相反，在这个世界上原本属于你的，或是从你那里被偷走的，在小说里未必就找得到。罗贝托可能想写（或是至少构思）一个有关费航德以及他和莉里亚恋爱的故事，因为只有逃避到这种虚构的世界，罗贝托才能够忘掉真实世界里嫉妒的折磨。接着，罗贝托又继续想道，对女性的爱是我故事的主题，但是"故事"并不等于"历史"，只是叙述"历史"的某一种方式而已。罗贝托还认识到，虽然小说可以免除嫉妒，可以让他随心所欲，有种种优点，但是小说也是有缺点的，这一点罗贝托也知道。就像医学也会研究毒药，形而上学也会扰乱宗教教义，伦理学也会推崇华丽（这对谁都没好处），占星学也会助长迷信，光学也会骗人，音乐也会煽动情欲，几何学也会助长暴政，数学也会倡导悭吝，小说这种艺术虽然提供给我们一个辽阔的幻想空间，但却为我们铺好了一条通往荒谬之宫的大道。叙述者和罗贝托混在一起谈论构思小说，读者也只好参与了。

元小说是一种处于小说与批评边缘的写作，它有着对自身虚构性的清醒认识，批评视角被融入小说，从而使得读者与作者合二为一。文学批评和它的对象之间的界限混淆在一起，对象本身就具有批评功能。简单来说，文学文本就是批评文本，反之亦然。这个同义反复简洁明了地指出了后现代状态下小说与批评的处境。比如《昨日之岛》中叙述者竟然对主人公罗贝托的小说进行批评，他认为"罗贝托的小说有着鲜明的巴洛克叙事风格，也就是说，罗贝托喜欢同时经营几个故事，同时发展数条情节轴线，结果到了最后，往往很难收尾。读者或许记得，罗贝托第一次潜水到珊瑚礁里的时候，曾经携回一颗状似人类头骨的大石头"。

真正的读者必须与文本中隐含的批评以及叙述技巧的质疑过程保持距离，要以不同于文本自身提供的视角来建构文本的意义。从这一点上来说，阅读元小说与阅读传统意义上的现实主义小说没有什么本质区别，因为元小说的自我指涉不可能完全涵盖真正读者的反应。把《昨日之岛》当作现实主义小说来读是完全可行的，读者可以认为其中的人物存在都是合情合理的，也可以认为他们的存在是故意要破坏读者对他们的幻觉的。也正是从这一角度出发，帕特里夏·沃认为元小说是所有小说内在的、固有的一种功能。

　　元小说的另一个重要技巧是作品套作品，文本套文本。虚构世界的虚构行为本身已经构成故事，而且充当了小说的结构功能，这说明了故事本身具有不依赖于人和现实世界的内在独立性。康拉德的《黑暗之心》在表面上采取了元小说的形式，让故事中的人物进行第一人称叙述，以表达人物的意识感受，但小说的叙述结构仍属于传统的现实主义手法。纳博科夫的《微暗的火》塑造了一个企图像作者本人那样虚构文本的金伯特，将文本与评论、诗歌与小说糅合在一起。莱辛的《金色笔记》中作家的自我意识和自我反省也很突出。主人公安娜是位作家，书中她四部笔记的内容穿插交织在一起，对现实和小说的真实性与虚构性、作家的自我欺骗、文学的撒谎本质都作了探讨。在《昨日之岛》中有两层故事。一是作者艾柯写的罗贝托的故事，二是小说人物罗贝托自己写的以男女爱情故事为主题的小说，其中费航德是男主角，莉里亚是女主角，而罗贝托自己是另一个男主角，三个人共同演绎了一个三角恋爱故事。而事实上，这则故事又是一个隐喻，这三个人实际上都是罗贝托自己。他有时是费航德，有时是莉里亚。费航德极恶，莉里亚至善，但是至善极恶都算伟大，他喜欢这种光荣的感觉。而直到最后，他都惯用莉里亚的美去滋润心灵龌龊的一面。甚至费航德作为罗贝托小说里的人物都知道自己是什么角色，费航德说："我的父母是谁？正是你那苦恼积怨的心！你只教会我去仇恨，我被塑造出来，放进你的小说国度，只为体现你心中那个怀疑的声音？这算什么恩赐，什么厚礼？只要你还活着，便会越俎代庖，左右我的决定，干涉我的思想，甚至让我瞧不起自己。不管你杀我，还是我杀你，结局都是一样的。"而圣萨凡认为："费航德正是你心里面的恐惧以及羞耻。人们时常不肯正视命运操之在己的事实，而把它看作一部小说，由一位个性古怪而且无所忌惮的作者所写成的小说。"

元小说以不确定的、颠覆式的叙事模式在许多方面打破了传统的阅读期待，严肃与琐碎、恐怖与滑稽、悲剧与喜剧成分之间的界限都被推翻。多数情况下，历史、政治失去了严肃性、庄重性，而充满了逢场作戏的滑稽性。在《昨日之岛》中，犹大被费航德杀掉，因而没有能够出卖耶稣。一千六百一十年来，基督一直被监禁在昨日之岛，他一次又一次化身橙色鸽子，想要逃离囚所，但是始终未能如愿。而阻止耶稣被钉死在十字架的惨剧，同时也就剥夺了人类获救赎的机会，这样一来，人类还得背负着原罪的担子，到了末日审判，就得全部跌进地狱。因此，罗贝托打算到昨日之岛上，将基督钉上十字架，让他流下赎买原罪的血，罗贝托此时成了基督的弥赛亚。不过，戏剧性的是，他看见自己站在月球上，陪伴他的不是基督，而是莉里亚，扮成圣母的莉里亚。严肃神圣的上帝成了肆意调侃的对象，玩世不恭的冷嘲热讽和渗透着虚无主义的阴沉幽默，传达了当代小说创作的意识，在很大程度上动摇和改变了传统的小说观念。

如果说元小说以把作者与读者、小说与批评、艺术与生活之间的内在联系化为特点，那么它在文学史上并不是无从溯源的。乔叟《坎特伯雷故事集》的精致结构、莎士比亚的戏中戏、17世纪小说中大量的书信，菲尔丁和理查森作品不时打断故事的叙述者，从某种程度上来说都是元小说的先行者。小说家戏仿的一些作品，如斯特恩的《项狄传》和奥斯丁的《诺桑觉寺》等，被看作早期的元小说，因为现代实验性小说的很大一部分技巧和关注点早在这些小说里就初露端倪了，这些故事的基础则使这一悖论显得更加突出。元小说的一些手法和技巧，在19世纪霍桑、麦尔维尔、马克·吐温等人的作品里也可以看到。到了20世纪，许多作家都尝试过这一创作模式，比较典型的有英国的福尔斯、B.S.约翰逊，法国的纪德和热内，美国的巴思、巴塞尔姆、库弗，阿根廷的博尔赫斯等。

后现代小说家通过小说写作的实践来探索小说理论，在他们看来，意义的建构不再像从前那样理所当然，他们非但宣称现实是不能被表现的，还通过作品来揭示"现实"的虚假性和欺骗性。由于20世纪语言哲学的深刻影响，批评家也倾向于认为元小说从严格意义上说不是一种小说，而是文学语言众多功能中的一种，这种功能是文学语言内在特征与批评阐释的辩证结合。元小说既是指文本的意识层面，也是指其无意识层面。后现代主义小说与批评都致力于揭示无意识，特别是元小说以外的小说那种不自觉的自我指涉。元小说并不仅仅是后现代主义的一种形式，后现代语境下的小说文本与批评性阅读之间也并非界限分明。元小说是一种混沌的再现世界，其中艺术与生活、语言与元语言、小说与批评之间的关系都必须重新加以思考。

应该说，元小说一方面是文学批评家总结出来的某种小说创作模式，和概括出来的某些小说叙事特点。它旨在从某个角度、以某种特殊的方式引导读者解读某些具有特殊性的小说；另一方面又是小说家自觉表达自我理论和批评意识的小说美学手段，它旨在揭示由言语构成的小说叙事的虚构性质。元小说的表现方式或是小说叙事者越过小说文本的界限，中断小说叙事的连续性，直接对小说叙述本身进行评论；或是对过去人们认为真实表现了人类认识论自信的文学方式予以戏拟式模仿和反讽式嘲弄。元小说的美学特征可以概况为强烈的自我指涉性和自我意识、叙事结构和形式上的创新、采用戏仿的手法、玩弄文字游戏以突显多义性和不确定性，其美学目的是要从一个全新的层次上揭示小说与现实的关系，从而以特殊的方式提出人类应该如何认识世界的基本问题。而艾柯的小说《昨日之岛》无疑是一部典型的元小说。

结　论

《昨日之岛》是艾柯关于大自然的小说，描述了人类在科学与迷信之间徘徊的时代特征。这部小说通过各种隐喻体现了人与自然、人与上帝、人与社会、人与人之间的关系，艾柯运用元小说的技巧探讨了小说这一文体特征。另外，小说还呈现出一种精雕细刻、富丽繁复的巴洛克风格。

第五章　符号与叙述化
——《波多里诺》

第一节　《波多里诺》概述

《波多里诺》（*Baudolino*）是艾柯的第四部长篇小说，是一部有丰富内涵和独特形式的历史玄幻小说。《波多里诺》意大利语版出版于 2000 年，英文版由威廉·维佛翻译，并于 2006 年出版，2007 年中文版由中国台湾学者杨梦哲先生翻译出版。本章采用艾柯的符号学思想分析小说中对历史的特殊叙述方式，用艾柯的"符号谎言"理论分析小说中历史与谎言、真实与想象的辩证互动。并在当前学界叙述转向的背景上，分析小说中蕴含的新历史主义叙述化观念。

《波多里诺》的故事发生在 1204 年，"十字军"东征过程中君士坦丁堡遭到劫掠，混乱中主人公波多里诺救了拜占庭史学家尼塞塔，在随后的避难途中，波多里诺向尼塞塔讲述了自己传奇的经历。他自称是神圣罗马帝国皇帝腓特烈收养的义子，皇帝的舅舅奥托是他的老师。在巴黎求学的时候，波多里诺和朋友想象出一个"约翰王大主教统治的遥远的东方王国"，他还把亲生父亲的破木碗当成"圣杯"献给义父，以说服皇帝让他们去寻找那个构想出来的国度。一路上他们经历了种种神话和传奇里才有的奇境……最后，尼塞塔断定波多里诺是个说谎者，他的经历都是编造出来的，但毕竟，这是一个伟大的故事。在这部小说中，艾柯又一次表现出惊人的博学。这部喧闹的侦探小说沿袭了索福克勒斯的《俄狄浦斯王》（"文学史上第一部侦探小说"，艾柯这么认为）的叙事模式，其新颖之处在于它糅合了中世纪所有的重要神话。因此，在明确的诸说混合之中，圣杯传奇、祭司王约翰的故事、东方贤士的神话以及假施洗约翰头颅的磨难依次展开。显然，为了占有这些圣物，主人公必须穿越位于东方尽头，居住着独角兽、半羊人、狗头人以及巨大鸟类的地区。在这些大鸟面前，史前期的翼龙不过是只小麻雀……"这一切似乎很离奇，但相反，它的确存在"，艾柯解释道，"去Moissac 或 Vezelay 转一圈，看看那些教堂的门楣：你会发现我描写的一切。我是世界上最现实的作家！"① 事实上，现实与否也是相对而言的，因为艾柯是符号学家，而符号学研究的正是谎言，因为符号本身就是谎言。

作为世界顶级符号学家，艾柯对于符号的热爱胜过一切，他曾经说过："我们应当意识到：过去和现在的任何一位伟大的哲学家无不在以某种方式研究符号学。"② 他的符号学名著《不存在的结构》《符号学理论》《符号学与语言哲学》、《读者的角色》等，在国际学术界享有崇高的地位，是国际符号学界的经典著作。与之相对应的是，在他的小说中，充满了各种各样的符号，而他根深蒂固的符号学观念更是贯穿小说首尾，他的小说成了符号的乐园。无论是《玫瑰之名》中对能指与所指的探讨、《傅科摆》中代码的迷宫，还是《昨日之岛》中隐喻的符号化，符号和符号学观念始终是他小说的最突出、最独特的品质。而艾柯的第四部小说《波多里诺》，更是一部典型的符号学小说。小说于 2000 年出版后，受到极大的欢迎，对艾柯以及《波多里诺》的评价重现《玫瑰之名》当年的

---

① http://www. ewen. cc/books/bkview. asp?bkid=131204&cid=388452.
② 翁贝尔托·埃科:《语言学与符号哲学》，百花文艺出版社，2006 年版，前言第2 页。

热潮。

　　20世纪后期的国际学术界出现了"叙述转向"的趋势，"叙述化"成了各学科竞相探讨的题目。这种趋势如今愈加强盛，艾柯作为学界权威，对这一理论倾向当然有所领悟和探讨。在他的文学论著《论文学》、小说论著《悠游小说林》中，他对叙述问题做了细致的讨论，而他的长篇小说《波多里诺》则是对"叙述化"这一观念的生动演示和感性阐释。受后现代主义的影响，新历史主义的理论一度风行全球，"历史是叙述性的"这一观点深入人心。而《波多里诺》这部历史玄幻小说，也可以说是对这一观点的回应。它从表面上看完全是一部类似《十日谈》或《堂吉诃德》的中世纪流浪汉冒险的长篇小说，但实质上仍然是他对"历史，真相，模糊和叙述可能性"等永恒迷案的继续探索。他在接受记者采访时说过，《波多里诺》的开头的确会让没有耐心的读者感到"乏味，甚至不安"，然而一旦读者克服或者暂时绕过这个障碍，肯定就会产生"山重水复疑无路，柳暗花明又一村"的奇妙感受。也如《纽约时报》的评论所说："小说包含着一个接着一个的故事，委实让人眼花缭乱，读者也不禁想知道这些到底是事实还是虚构，但故事本身的迤逦色彩和错综复杂的关系足以使读者经历一次愉快的阅读之旅，而我们也仿佛看到艾柯自己也因为想象读者在读《波多里诺》时所感受到的愉快而欣喜不已。"

　　符号和叙述化是《波多里诺》的两翼，小说中充满了各种各样的符号，也有大量对符号问题的讨论。艾柯运用精彩的故事将其叙述化为有情节和时间的人生历程。在戏谑反讽、幽默滑稽的故事中，艾柯极尽调侃之能事，大开符号学家和历史学家的玩笑，而小说中丰富的历史文化知识也呈现出艾柯作为学术大师的博学以及他对历史人生的深沉思考。

第二节　符号的宇宙

艾柯在他的符号学成名作《符号学理论》中曾这样说过："符号学的这一计划，即对整个文化加以研究，因而也就是把无穷无尽的客体和事件都视为符号。"① 他认为，尽管这也许会给人造成骄横的"帝国主义"印象，但即便是一种冒险的游戏，符号学也试图将"每种东西"界定成自己的研究对象，进而宣称关注整个宇宙。基于这个理念，艾柯的雄心在于建立包容一切事物的一般符号学，他建议将任何依据事先确定的社会规范、可以视为代表其他某物的事物都界定为符号，并开出了一个详细的符号学清单，将符号学分为 19 种门类，这个分类一直被西方学术界公认为是有关这一问题的最为全面的表述。小说文本属于诗意性符号。艾柯的小说文本是符号，是符号链、宏观符号或者超符号，而他小说的各个组成部分则充满了人物、器物以及地理风物等各种单个符号。在艾柯的眼里，一切都是符号，而在我们眼里，他的小说也充满了符号，《波多里诺》更是一部符号集锦，是艾柯作为符号学家的符号小说的典型。

一、语言符号——波多里诺

语言是特殊的符号系统，是人类创造的最强有力的符号工具。只要有人类存在的地方，就有语言的存在，那么就有语言符号的存在。艾柯有两本专著讨论符号和语言的关系，即《符号学与语言哲学》和《追寻完美语言》。索绪尔认为语言学是符号学的一部分，而巴尔特则认为符号学是语言学的一部分，可见语言学和符号学的

---

① 乌蒙勃托·艾柯：《符号学理论》，卢德平译，中国人民大学出版社，1990 年版，第 5 页。

关系极为复杂密切。事实上，在人类社会用于表达意义的各种符合体系中，语言是最为庞大的符号体系，人的语言活动远远超过了人的其他符号活动的总额。正如索绪尔所设想的，虽然语言学只是符号学总体科学的一部分，但是它应当而且可以成为"所有符号学分支的模式基型"。而现代分析哲学使语言分析成为哲学研究的普遍方法。语言学在西方哲学和人文社会科学中地位之重要，几乎如数学之于自然科学。语言又是人类的思维和表达工具，语言符号之重要性对于人类不言而喻。在艾柯的小说中，主人公大都是语言天才，比如《玫瑰之名》中的威廉能读懂拉丁语、希腊语，欧洲的语言他都掌握了。《洛阿娜女王的神秘火焰》中的主人公亚姆伯通多种语言，因此他能看懂不同语言的书。"精通一门语言，就是多了一个灵魂。"艾柯如是说。

在《波多里诺》中对语言有很多的讨论。小说第一章，艾柯就显示了作为语言符号学家的本事：他以现实中并不存在的语言写作。这个用编造的法斯凯特地区方言写就的十几页文字，让人如入"符号迷宫"，原来它是中世纪拉丁语、普罗旺斯语、古法语、德语和早期意大利语的巧妙杂糅，而且没有标点，这种滑稽的混合语意义相当模糊，让许多读者望而却步。就在这种创造出来的语言写就的前言中，波多里诺闪亮登场。艾柯表示："波多里诺正是从那十几页纸上诞生，在那之前，我不知道波多里诺可能是什么样子，通过发明他的语言，我发现了他的精神，啊哈，那就是他。"① 在此，是语言创造了人物，而不是人物创造了语言。正如拉康所言："现实世界从语言世界产生。"没有语言，一切无从表达，因为有了这些杂交混沌的文字，波多里诺的形象才跃然纸上。反过来，波多里诺是个语言天才，"从小只要我听到别人说五个字就可马上重复他们的话"，波多里诺掌握语言毫不费力，什么语言都能学会，不管是什么语言，只要他听见了，马上就能学会。这种天分使他在东游

---

① Umberto Eco, *On Literature*. Harcourt Brace Jovanovich, Inc, 2002, p320.

寻找祭司王约翰的王国时派上了大用场，经过任何地方，他就是一群同伴的翻译官，各种方言完全没问题，这增强了他们和各种人顺利进行交际的可能，也减少了很多误会。波多里诺学习语言很快，也很快学会了书写和书面表达，他既能够在口头上天花乱坠，也能在文字上打动人心，他写给皇后的情书不仅使皇后本人大为动心，也使他的伙伴阿布杜和"诗人"大为倾倒，以至于"诗人"要借重波多里诺为他捉刀才不负"诗人"之名，而得以在宫廷任职。他提到自己家乡的时候，有办法使用乡下佬的用语，提到君王的时候又能够用帝王的辞藻，就连东罗马宫廷史官尼塞塔都非常欣赏其表达精妙、修辞审慎而近乎文学的希腊文。可以说波多里诺本人就是语言的语言、符号的符号。

二、女性符号

雅各布森于 1958 年在《结束语：语言学与诗学》一文中论述了"符指过程六因素"分析法，当符指过程侧重于所指时，符号会出现强烈的指称性，或外延性。此时，符指过程明显以传达某种意义为目的。《波多里诺》中的人物符号大多是所指突出的符号，它们明显在传达意义。根据皮尔斯的符号三分法，符号能指和所指的关联方式有标示、象似和象征，小说中的人物都可算是象征性符号人物。在《波多里诺》中，这种象征性尤其明显而突出，特别是其中的女性形象。

波多里诺生命里出现了三位重要女性，即皇后贝阿翠丝、妻子柯兰迪娜以及他的真爱伊帕吉雅。贝阿翠丝是波多里诺爱上的第一位女性，她既是意大利的皇后，也是神圣罗马帝国的皇后，波多里诺对之一见钟情："自从见到她之后，他就动弹不得，直睁着眼睛盯着她瞧。她有着一头如黄金般闪耀的头发、一张迷人的脸孔、鲜红如成熟果实的小嘴、珍珠般的牙齿、挺直的身材、谦逊的目光，以及明亮清澈的眼睛。腼腆而充满说服力的言谈、细长的身躯，她似乎以一身的优雅支配了周遭所有的人。"贝阿翠丝不仅貌美倾城，又精通文学、音律并能够以悦耳的声音吟唱自创的曲目。然而她又是波多里诺的养母，爱上她意味着伦理犯罪。波多里诺虽然心里苦恋，但还是理性地抵制了自己的欲望。皇后是波多里诺前往巴黎的原因，因为他要逃避她；也是波多里诺回到罗马的理由，因为他太过思念她。他们最为亲密的接触是波多里诺返回巴黎接到召见，在一种对腓特烈大帝的怨怒中和贝阿翠丝的一吻，这一吻似雷击，使得波多里诺觉得自己犯下了弥天大罪。事实上，很多学者认为后来波多里诺无意中杀死了腓特烈大帝，也是他热恋皇后从而潜意识杀父娶母的结果，因此，波多里诺就是另一个俄狄浦斯。贝阿翠丝的名字取自但丁的《神曲》，但丁九岁时爱上的贝阿翠丝，带领她游历了天堂。在此艾柯用来戏仿波多里诺可望而不可及的爱情，皇后代表了至高无上的圣母形象，是波多里诺的精神之爱。

柯兰迪娜是波多里诺在家乡娶的妻子，象征了他的世俗婚姻之爱。柯兰迪娜"非常温柔，一举一动当中有一种略显笨拙的高雅"。波多里诺38岁时娶了当时15岁的她，波多里诺自己也不知是否爱她，更不知怎么对待一个如此年轻的妻子，但是柯兰迪娜非常爱他。这是一场奇特的婚姻，也是现实而完满的婚姻，却因柯兰迪娜在一次小规模的冲突中死去而断绝，而她腹中是即将出生的波多里诺的小孩。波多里诺虽然不知是否爱柯兰迪娜，但是要从她死亡的忧郁中走出也花费了很长时间。后来在前往祭司王约翰的东方王国时，就在他延宕在阿布卡西亚安宁和平的黑暗中时，是柯兰迪娜托梦促他前进；当他为家乡亚历山大城修改名字时，他想的是为柯兰迪娜赢得了一座再也没有战争的城市。柯兰迪娜在小说中只有一节，就像一个小插曲，人物符号所指意义明显，象征了平凡的世俗婚姻之爱。

伊帕吉雅是完美爱情的象征，是波多里诺一生的真爱。她是人与自然的结合体，与她如影随形的是她的伙伴独角兽。独角兽和伊帕吉雅构成一个完美的人与自然的和谐整体。独角兽是艾柯喜欢探讨的动物，他早年到中国时，曾在北大发表过"独角兽与龙"的演讲。在《波多里诺》第一节中，波多里诺自己看见了独角兽，并且幻想自己就是独角兽。实际上独角兽可以是男性的象征。小说中对独角兽的更为具体的描写就是它和伊帕吉雅的亲密关系。"它（独角兽）看起来像是一匹年幼的骏马，全身包裹在一片雪白当中，它的动作既优雅又轻柔。在它的脸上，一根像身体一样雪白、旋为螺状而末端尖锐的独角长在额头的正中央。那是一头曾经在他儿时梦中出现的独角兽。他屏息欣赏，而这时候，独角兽身后的树林里出现了一名女子的身影。她手持一把长矛，身上穿着让她娇小的乳房优雅挺立的紧身衣袍。她像一头驼豹一样慵懒地移动，衣袍掠过点缀着湖岸的青草，就像飘荡在地表上面一样。她长了一头丝绸一般而长及腰部的金发，轮廓非常完美，就像是象牙雕刻出来的人像。她的脸颊泛着淡淡的粉色，天使般的面孔就像默默祈祷一样地转向湖面。独角兽在她的周围轻轻地蹬着蹄子，不时抬头晃动鼻子，希望得到轻柔的爱抚。"波多里诺在彭翟裴金稍作停留时，在湖区遇到了伊帕吉雅和她的独角兽。波多里诺心醉神迷，觉得她不仅是一个美丽的人物，也是作为上帝圣洁思维的完美本身。波多里诺认为自己找到了真正的爱情。"我全身燃烧着想要见到她的欲望，我害怕再也见不到她，我想象她遭遇到千百种危险，总而言之，我体验到爱情特有的感受，但是我却不觉得嫉妒。"

由于伊帕吉雅，波多里诺进一步思考并认识了爱情，并总结了自己对于皇后和柯兰迪娜的感情："面对贝阿翠丝，我培养的是爱情的念头，所以我不需要一张脸孔。此外，花心思去想象她肌肤的线条，对我来说就像一种亵渎。至于柯兰迪娜，我发现——认识伊帕吉雅之后——我和她之间并非热情，而是一种欢乐、温存，以及就像对一个小女孩或小妹妹一样的强烈喜爱——愿上帝原谅我。我相信所有坠入爱河的人都有着同样的感受，但是那一段时间，我已经确信伊帕吉雅是我第一个真正爱上的女人，而且一直持续到目前，或直到永远。"虽然是半羊人，但她的言行举止在波多里诺眼里完美无瑕，波多里诺甚至更爱她，因为那是伊帕吉雅，就连她的野兽本质也包含在她的优雅当中，而那些卷曲柔软，闻起来像青苔的毛发是波多里诺最迫切的欲望，原本隐藏起来的肢体也是出自艺术家的手笔，这个充满着森林气息的生物，就算她长得像吐火兽、埃及鼬、角奎，波多里诺一样会爱上伊帕吉雅。不过，"再一次，我又爱上了一个不能被我占有的女人"。柯兰迪娜死亡的第二年皇后驾崩，伊帕吉雅也早已献身上帝，不能属于波多里诺，而白汉斯人的进攻造成他们永远的分离。对于三位女性的相继离去，他伤感而富有哲理地进行了总结："一个是因为她崇高的地位而逃避我，一个是因为死亡的悲剧离我而去，现在，第三个则因为献身给了上帝而不可能属于我。"正如《波多里诺》中其他人物一样，这三位女性符号代表了突出的观念性人物，她们每个人都承载了极为明显的象征意义。

三、其他人物符号

如果说女性人物都是不同的爱情符号，那么其他人物也是各种意义的代表。如不会作诗的"诗人"，完全是附庸风雅追逐权力的恶俗之徒。他从来都不曾写过半首诗，只是宣称自己准备动笔。"诗人"靠着波多里诺替他写的诗成为宫廷诗人，但是宫廷的生活使他变成无耻的追名逐利的小人，权力在他眼里就是一切，一听到某样可以获得权力的东西，他立刻兴致勃勃。对祭司王约翰的王国本来不感兴趣的他，当知道那是一件能够成为皇家权力明显象征的事情时，立刻像一个战争工具一样地参与。随着他慢慢说出来的话，祭司王约翰的那个国度对他来说，就像是尘世间的耶路撒冷一样，已经由一个神秘的朝圣地变成了遭到觊觎的战利品。到后来，诗人简直成了大骗子，到处伪造圣物，欺骗别人也到处受骗，而他为了争夺"葛拉达"，不惜和同伴们撕破脸皮，完全不顾曾千百次一起冒险的伙伴，武力索取那可以带来财富和权力的圣杯。他已经成为毫无廉耻、心狠手辣的疯子，致使波多里诺忍无可忍地杀死了他。

在艾柯的小说中，宗教永远都是重要的探讨对象。他的每部小说都会大谈宗教，在《玫瑰之名》中典型的是讨论基督教。上帝是否笑过、上帝是否贫穷是《玫瑰之名》中各位博学人士争论的主题。而在《波多里诺》中，则是各种宗教混杂一起，各位代表人物既互相争论又能和平共处，这也反映了艾柯自己的宗教观在不断变化，如果说从前他是一个虔诚的天主教教徒，那么后来他的立场也转变成多种信仰和平共处。小说中阿布杜是永恒的恋人兼伊斯兰代表，他本人就是一个身份混杂的人。他的母亲是海伯尼亚人，因此他长了红色的头发而且举止怪异爱做白日梦。他的父亲是普罗旺斯人，出生于一个自从耶路撒冷被征服之后就定居在海外的家族。他们早已听从《古兰经》的箴言，遵从阿拉伯人的习俗，完全被同化了。而阿布杜出生在叙利亚，因此他的脸孔是深色的。阿布杜用阿拉伯语思考哲学问题，听母亲讲北海冰冻汪洋的古老传说时则用普罗旺斯语，用阿拉伯文写辩证法，用普罗旺斯文写情诗。阿布杜体现着穆斯林的特征，但他又是永恒的恋人，他爱的是一位虚幻中的遥远地方的公主，他因为将永远见不到她而感到欣慰，而不管到哪里，他都是大受欢迎的情歌王子。

波罗内是基督教主教，也是一名科学知识渊博的学者。他四处流浪，似乎总是在进行着一项从来不曾对任何人提及的计划。他让波多里诺和阿布杜折服，对他们提出了会让他们的教授花上数天去争辩的细微问题，而最让他感兴趣的问题是真空，在这个主题上，他觉得自己比任何一名哲学家都更为博学。他是他们这群冒充"东方贤士"中读书最多的人。所罗门是一个非常著名的犹太教拉比，他虽然年轻，但是他的面孔却因为思索和研究而憔悴，他精通希伯来文，代表着犹太人的智慧。他认为祭司王约翰的王国就是失落的以色列十部族，那里的人们使用圣语交谈，也就是上帝托付给亚当，在巴别塔建立之后失传的语言。奇欧是一名出身香槟区的年轻人，满脑子充满着迷途骑士、占星家、仙女和魔法的故事。奸诈狡猾的左西摩是君士坦丁堡的主教，是基督徒的反面典型。阿祖鲁奴则是科学理性的代表，他的城堡里有很多科学仪器，有阿基米德的镜子，有蒸馏瓶、蒸馏器和一些奇怪的容器。他还是雕塑家，伪造圣物圣人头颅，他还制造了自动打开的大门，利用水利工程原理证明真空，他知识渊博，头脑灵活，在寻找东方王国的路上是向导的角色。甚至彭粗裴金的各种怪人等都是典型人物，是各种观念的代表和象征，有着鲜明的所指意义。可以看出，艾柯小说中的人物基本是扁平型或类型化的人物，是为了突出各种意义而被固定化的人物。

按照雅各布森的说法，能指指向自身才能尽显文本的"诗性"即"文学性"。① 而《波多里诺》中的人物所指突出，因而"诗性"丧失，成为没有丰富个性的符号人物。人物符号的所指突出，他们就很难有丰富突出、发展变化的个性，他们基本是作者观念的代言者和传声筒，因此也难以引起读者的强烈喜爱或深切同情。不过事实上，这也正是后现代主义小说人物的共同特征。

四、器物、地理、风物

各种器物也是重要的象征符号，如圣杯。圣杯作为一种美好事物的象征，从中世纪各种骑士传奇中"寻找圣杯"开始，就以各种可能的形式存在，而这个意象也不断在文学中出现，几乎构成了一条意味深长的叙事线索。桂冠诗人丁尼生创作的《国王歌谣集》风靡一时，促使了圣杯传奇的复兴，瓦格纳的歌剧《帕西法尔》重新掀起骑士传奇寻找圣杯的热潮，1922 年 T. S. 艾略特又把圣杯故事中的"荒原"主题抽离出来用以表现现代人精神上的空虚和颓败。

后来，圣杯更是出现在电影甚至动漫游戏中，寻找圣杯成为一个常见常新的母题。而风靡一时的《达芬奇密码》是对这一母题的再解释。对圣杯传统的解释是在耶稣受难时，用来盛放耶稣鲜血的

---

① 赵毅衡：《文学符号学》，中国文联出版公司，1990 年版，第 106 页。

圣餐杯。"罪恶的人找不到它，因为罪恶深重，他已经无力承载圣杯的重量"，只有纯洁的人才能找到圣杯。在小说中，波多里诺找到了圣杯，那就是加立欧多的破木碗，波多里诺同意父亲的论断：耶稣基督是木匠的儿子，不可能用黄金宝石的杯子大吃大喝。"'葛拉达'应该是一个像这样的木碗，简单、贫穷，就像耶稣基督一样。所以杯子可能就在眼前，每个人伸手可及，但是却没有人认出来，因为他们一辈子都在寻找一件闪闪发亮的东西。"把破木碗当作圣杯，有着明显的反讽与象征意义，它也是艾柯通过波多里诺对平凡人所表示的敬意。

祭司王约翰的东方王国是这部小说中贯穿始终的象征符号。实际上，它就是古往今来神秘、神奇、文明、安宁的乌托邦乐园，是上帝创造人类时的东方伊甸园。中外历史上，都不乏人们对这一美好王国的向往和追求。自从1515年托马斯·莫尔写了《乌托邦》以来，对于乌托邦社会的想象和追求就一直是政治哲学和文学中探讨追逐的对象。培根的《新大西洋大陆》和康帕内拉的《太阳城》是政治哲学著作对乌托邦的讨论。而随着19世纪社会主义（它本身即深具乌托邦色彩）的兴起，乌托邦主义便逐渐变成关于社会主义之实现可能性的辩论。文学中的乌托邦想象更是令人眼花缭乱，而最近的乌托邦王国出现在2008年荣获诺贝尔奖的法国作家勒克雷奇奥的《乌拉尼亚》中，小说叙述一位法国地理学家在墨西哥勘探地貌时，意外发现了一个乌托邦式的理想王国。乌托邦是人类对美好社会的憧憬，是人类思想意识中最美好的社会，虽然是空想的，但是它美好，人人平等，没有压迫，正如世外桃源、香格里拉、伊甸园、理想国、香巴拉、天堂、西天、亚特兰蒂斯、桃花源、空想社会主义等都是它的代名词，尽管无法实现，但是人类无可避免地正朝着它前进。而《波多里诺》中祭司王约翰的东方王国也是这样的一个国家，虽然永远不能到达，但它却是存在的，因为它吸引着无数的人们为之疯狂。

城市也是所指明显的符号，如亚历山大、君士坦丁堡、罗马、米兰、洛迪都是有趣的象征符号。亚历山大是波多里诺的出生地，波多里诺目睹了它的建造并积极参与命名，当它受到腓特烈的围攻时，波多里诺全力营救，后来又在大帝和家乡之间多次周旋，直至它成为一个再也不受攻击的城市。亚历山大是波多里诺甚至艾柯深爱的城市，因为它也正是艾柯的出生地，它的意指相当丰富，寄寓了作者对家乡的无限深情。君士坦丁堡是文明文化的象征，波多里诺说："和君士坦丁堡比起来，罗马只是一堆废墟，而巴黎只是一个泥泞的村落。"而尼塞塔则高度赞美："君士坦丁堡，君士坦丁堡，教会之母、信仰的公主、理想主张的向导、各门科学的保姆、各种美学的凝聚地。"波多里诺第三次到达君士坦丁堡时，正值第四次"十字军"东征，整个城市正陷入一片火海，"全世界最美丽的城市像一个散发香味的火盆"。罗马是教皇统治的中心，是专制愚昧的象征；米兰是文明程度很高但却实施霸权主义的城市王国，数次侵犯洛迪，数次被腓特烈大帝制服；而洛迪则是软弱无能、受欺负的代表。这些城市仿佛具有生命，都是《波多里诺》中相当重要的符号。彭辄裴金则是个多民族、多种族、多种人类、多种语言、多种思想并存的混杂国家，而其中各种人类对"思想正确不正确"的争论让人很容易联想到当今的美利坚合众国。

此外，波多里诺一生的"寻找"也可以看作一种象征符号，"寻找"象征的是人类对美好事物永恒地追求和探索。波多里诺一生都在寻找，青少年时期去巴黎求学寻求知识和学问，成年后向东寻找约翰的东方王国，此后一生都在寻找这个想象出来的东方王国。"我把一生的梦想当成了赌注，换句话说，就是我这一条命，因为我的生命一直建筑在这个梦想的周围。"为了找到祭司王约翰的王国，他的确付出了他的一生。而伴随寻找东方王国同时寻找的是没有人看见过的圣杯。他们像"十字军"一样向东前进，但是"十字军"的"东征"是野蛮无情的，摧毁了东方的文明，而波多里诺的东游则是向东方寻找理性和智慧的王国，他们的东游过程是奇特的而不是残忍的，他们的东游和"十字军"的东征形成两条平

行线，形成鲜明的对比。经过遥遥无期的寻找后，波多里诺组成的
"东方贤士"团宣告了东方王国是子虚乌有的，虽然死伤惨重，但
是正如波罗内总结的："让我们团结在一起的是对你手中这件东西
的追寻。我说的是追寻，而不是东西本身。……我只需要让自己保
持追寻的那股热情。"无论是圣杯还是东方王国，重要的是必须没
有人找得到，否则其他的人都会停止追寻，这些富含哲理的语言是
他们几十年寻找得出的结论。事实上，艾柯的小说都有这个特点，
《玫瑰之名》对凶手和怪书的寻找；《傅科摆》中对圣堂武士秘密计
划的寻找；《昨日之岛》对一百八十度经线的寻找；《洛阿娜女王的
神秘火焰》中对记忆的寻找；而《波多里诺》则是对乌托邦东方伊
甸园和圣杯的寻找。每个人都在寻找，而最终找不找得到无关紧
要，紧要的是他们一生在寻找。而人生的意义不就是在这种寻找中
体现的吗？

在《波多里诺》中，符号处处皆是，人物、器物、地理风物等
都是有趣的符号，这和艾柯将一切事物视为符号的观念是一致的。
而象征、比喻、反讽等各种符号学领域的典型修辞手法的运用也使
得小说摇曳多姿、生动活泼。

第三节　真实的谎言

艾柯的一个最重要的符号学观念，即他在《符号学理论》中谈
到的谎言理论："符号可以认为是从能指角度替代他物的东西。这
种所谓的他物未必非存在不可，或实际就表现在符号介入进来以代
表它的时候。因此，符号学是这样一门学科，它研究可用以说谎的
事物。倘若某种东西不能用来说谎，那么，反过来，也就无法用以
阐明真理：事实上，等于压根无法用来'诉说'什么。我认为，关

于'谎言理论'的定义应该视为一般符号学至为全面的大纲。"①
符号谎言论给小说提供了理论依据，给历史的虚妄提供了符号学的
解释。在这部小说中，骗子的谎言创造和改变了历史，历史则变成
了被添油加醋的故事。正所谓假作真时真亦假，无为有处有还无，
真实与想象、历史与谎言浑然一体。因之，这是一部亦真亦幻、真
假不辨、同时体现"符号谎言论"的历史玄幻小说。

一、撒谎集团

首先，这个故事是由天才骗子波多里诺讲述的，他的一群伙伴
也都是骗子。波多里诺随口撒谎人所共知，他的父亲说："他比犹
大还会说谎。"奥托主教说："你是一个天生的骗子——但是不要认
为我在责怪你，如果你想成为文人墨客，或甚至有一天撰写历史你
也必须说谎，发明一些趣闻，否则历史会变得单调无比。"腓特烈
认为："你会对我说谎，但是你也不会伤害我。你会对我说谎，而
我会假装相信你，因为你的谎言总是善意的。""你这家伙就像克里
特岛的骗子一样"。尼塞塔认为："你告诉我你是一个地地道道的骗
子，而你认为我会相信你。你要我相信，除了我之外，你对所有的
人都说了谎。……你已经不知道自己是什么人，毫无疑问是因为你
说了太多谎话。"而波多里诺自己说："我这一辈子有个问题，就是
我会把我看到的和我希望看到的东西搞混……当你把自己想象的东
西说出来，而其他人告诉你确实如此，你自己到最后也会真的这么
相信。"波多里诺时刻都在编造谎言，最初是利用谎言声称圣波多
里诺的显像帮助腓特烈不战而胜，赢得腓特烈的信任并认作儿子。
为"诗人"写诗、给皇后写信并假装回复、为查理曼列圣、为祭司
王约翰建造皇宫、撰写祭司王约翰的信件、救助亚历山大城等，在
战争中欺骗，波多里诺的一生都在谎言中度过，然而，波多里诺的

---

① 乌蒙勃托·艾柯：《符号学理论》，卢德平译，中国人民大学出版社，1990 年
版，第 5 页。

每一次谎言都成了真，他虽然在想象和谎言中穿行，但是不仅参与历史且改变了历史。因此，在某种意义上，我们也可以说波多里诺是个预言家而非谎言家。正如尼塞塔所说："我宽容地认为你希望成为一名谎言王子，但是现在，你却让我认为你希望成为上帝。"波多里诺认为自己就是上帝，因为他的话一出口就变成真。

虽然欺骗、撒谎、幻想给波多里诺带来了很多好处，但是谎言也曾带给他沉重的打击和报复。而结果是，他又一次从谎言的打击中获取谎言给予的益处。他一生受到谎言最大的报复和打击有两次，第一次重击就是他和柯兰迪娜的孩子，那个小孩生下来时，竟然是一个畸婴。就像祭司王约翰的王国里那些他们想象出来的物种一样。脸上两道如歪斜裂缝的小眼睛、干瘦的胸膛、两条细小的手臂看起来就像章鱼的触手一样，从肚子到脚板上面还覆盖着一层白毛，就好像他是一头母羊一般。波多里诺在法斯凯特游荡了一整夜，思考上帝何以如此对他，他把一辈子都花在想象其他世界的物种上，在他的想象当中，这些物种全部都奇迹般的美妙，并通过多元化见证了上帝无止境的能力，但是当上帝要他表现得和其他人一样的时候，不是孕育一个奇迹，而是产下一个可怕的东西。"我的儿子是大自然的一个谎言，奥托说得没错，事实上还有过之而无不及：我是一个骗子，我活得像个骗子，以至于我的精液也制造了一个谎言，一个死去的谎言。我于是恍然大悟……"受到如此打击，他考虑的结果是既然这就是他的命运，既然不能不说话，不能和常人表现一样，那么他从此将把自己贡献在谎言上面。因为他唯一一次试图和一名再没有比她更诚恳的女人经营一件真实的事情，却遭到彻底的失败：他制造出一样没有人相信，也不愿其存在的东西。所以他最好躲到他那些奇迹的世界里，他至少可以决定如何让这些奇迹不可思议。

第二次重大打击是他全力寻找的杀害腓特烈大帝的凶手竟然是他自己，这个发现几乎将他置于死亡边缘。他一蹶不振，变成了柱头隐士。当波多里诺自以为找到杀害腓特烈大帝的凶手"诗人"，并代表公理处决了这个杀害神圣罗马帝国皇帝的人时，他却不知道是自己无意中杀害了腓特烈大帝。"是我淹死了我挚爱的父亲，而他当时还是活生生的！"波多里诺感到无法接受而几次昏厥，醒来后又不断地自我批判："我在自己不知情的情况下痛恨他，因为我渴望他的妻子、我的继母。我首先犯了通奸罪，接着又逆伦弑父，而我身上背着这样的罪恶之后，又用我乱伦的精液污染了最纯洁的处女，并让她认为那就是她被承诺的狂喜。我是一名凶手，因为我杀害了无辜的'诗人'……"尼塞塔认为诗人咎由自取，波多里诺继续深刻自省："我不当地用自己犯下的谋杀罪来指控他，我杀了他是为了不承认我必须自我惩罚，我一辈子都活在谎言当中，我要死，我要沦入地狱去受尽永恒的折磨……"波多里诺无法平静，怎么做都没有办法治疗他。于是，他爬上了城门处昔日的隐士柱，成了柱头隐士，他决定赎罪、祈祷、冥想，在沉默当中化为乌有。

经过这一打击，波多里诺似乎打算开始恢复纯真，不再撒谎。虽则如此，他依然要完成自己的使命。"我准备净空我的灵魂和智慧，从此抵达精神的国度，我会在黑暗中通过烈焰的途径完成我的旅行。"在经过几个月的反思之后，他领悟到许多事情。他认为自己虽然有罪，但从来不是为了获取权力和财富。他重整行装，继续前往祭司王约翰的王国，他坚信传统的声音不会说谎，虽然他们从前没有到达这个王国，但是并不表明它不存在。至此，波多里诺这个谎言大王又一次从谎言中获取了力量。

波多里诺的一群伙伴也都是撒谎能手，他们都是天马行空的幻想家。他们先是大力想象，然后去实践想象，从而把想象变成真实。"诗人"不才，名为诗人实则根本不会写诗，时刻准备着写诗，是一个典型的大骗子，最后被揭穿，连波伊迪和亚历山大不通文字的人都嘲笑他。阿布杜永远想着从没见到过也永远不会见到的公主，他自从在幻觉中看到公主后，就发誓永远深爱这位女士，并决定为她奉献生命。"为了不可能的爱而受尽折磨是一件非常美的事。"是自欺欺人，自我哄骗，但是却很享受。阿布杜前往祭司王约翰的王国，实际上是要寻找心中的公主。在阿布卡西亚的黑暗中遭到攻击后快要死亡时，他念念不忘的还是他的公主，波多里诺用善意的谎言使得他相信公主终于来到了他的身边。波罗内和奇欧整天幻想"葛拉达"的样子和真空问题，所罗门则时刻惦记着消失的以色列十部族，而这十部族或许根本就不曾存在过。还有曾让撒谎大王波多里诺上当的左西摩，他骗取了波多里诺撰写的祭司王约翰的信件，后来为了躲过波多里诺的报复继续行骗，最后落了个被挖去双眼、街头行乞、无家可归的叫花子结局，他是所有骗子中最无耻、最狡诈的骗子。他们这一群冒充的"东方贤士"无一不是撒谎专家，他们自我欺骗、互相欺骗又合伙骗人。

就连小说中出现的三位历史学家也无一不是撒谎高手。神圣罗马帝国的大主教兼历史学家奥托就是个最大的骗子，而波多里诺成为撒谎大王，奥托主教的教导功不可没。"如果你想成为文人墨客，或甚至有一天撰写历史——如老天同意的话——你也必须说谎，发明一些趣闻，否则历史会变得单调无比。不过，这样的做法必须适可而止。所有的人都谴责什么事都不做而只会说谎的人，就算内容微不足道，但是却赞赏仅在高尚的事情上说谎的诗人。"波多里诺从他师傅的教诲当中获益不少，也发现他有多么会说谎。他一方面重写世风日下的《历史》（两个城邦的记录或历史），一方面又编撰世界只会越来越美好的《功勋》（腓特烈的功勋），看到他在两者中的自相矛盾后，他明白这一点。他就是为了这个原因才决定如果要成为一个完美的骗子，是奥托的言传身教给了波多里诺撒谎的理由和信念。祭司王约翰的东方王国也是奥托交给波多里诺的遗愿，"如果你没有得到关于这个王国的其他消息，就用编造的方式"。总之就是一定要寻找东方王国，如果没有，就编造一个出来。拜占庭皇帝的掌玺大臣兼史官尼塞塔哲学家帕夫奴吉欧，则随意地增删史书，正如帕夫奴吉欧所言："在一部宏大的史记当中，我们可以为了呈现更大的真相去篡改微小的细节。"他们都参与了历史的编造与篡改，也即他们都是撒谎者和骗子。因此，一切都是符号，一切也都是谎言，包括我们以为的历史真实。

二、历史与谎言

在小说中，有很多中世纪历史故事和历史人物，这些历史变成了啼笑皆非的谎言，而想象与谎言却变成了真实，当然这是就小说的真实而言。这和艾柯提出的在小说中我们要"延迟怀疑"一致，我们相信这些想象是真的，是因为我们愿意相信。

腓特烈的死亡，在历史记载中是在进行东征的时候溺水而死。但在小说中，却有五种死亡的原因，而且每一种都证据确凿，每一种都足以让他真正死亡。在小说的最后，"诗人"丧心病狂地要抢夺"葛拉达"，他把三个好朋友波罗内、奇欧和波伊迪叫到左西摩藏身的修道院内，翻出当年的旧账，一个个进行逼问。他认为波罗内利用制造真空的圆筒制造了真空或者污浊的空气，使大帝感到头昏并喝下解毒剂，但是解毒剂是假的，于是大帝死亡，是波罗内拿走了圣杯"葛拉达"。当事实证明波罗内的圣物盒里没有"葛拉达"时，"诗人"又逼问奇欧，认为奇欧摸了阿基米德的镜子，使得壁炉的火定时燃烧了，腓特烈被浓烟呛得呼吸困难，他以为自己被下了毒，于是喝下"葛拉达"里的解毒剂。奇欧大喊冤枉，而事实证明他的圣物盒内装的也不是"葛拉达"。"诗人"于是又逼问波伊迪，因为波伊迪曾经买过一个活血药的戒指，很可能里面装的是毒药。波伊迪拿出自己的圣物盒也没有"葛拉达"的影子。这时藏在暗处的波多里诺才意识到是自己拿走了"葛拉达"，在过去的十五年中，他一直在完全不知情的情况下将"葛拉达"带在身边。而这时波多里诺认定"诗人"才是杀害腓特烈的真凶，"诗人"那个晚上利用楼下通往楼上的"丹尼斯耳朵"，恐吓腓特烈说他已经被下毒，腓特烈信以为真喝下了"葛拉达"里的解毒剂，事实上解毒剂也是毒药。"诗人"已经到了崩溃的边缘，他和波多里诺进行了决斗，波多里诺杀死了他。但是诗人自始至终并没有承认是他杀了腓特烈大帝。

尼塞塔找来智者帕夫奴吉欧为波多里诺解答疑问，因为他曾多次造访过阿祖鲁尼的城堡，并非常了解阿祖鲁尼那些玩意。他认为人类当前不可能制造真空，而阿基米德的镜子也不可能点燃室内的炉火，毒药和解毒剂都是假冒的河里的清水，就是传达声音的"丹尼斯耳朵"也不可能将楼下的声音传到楼上。总之，阿祖鲁尼城堡里的玩意儿都不能置腓特烈于死地。而真正的死因是因为他睡在密闭的房间里，壁炉里的木材燃烧后留下的一种狡诈的气体吞噬了纯净空气后，吸入这种毒气的人会感觉头部沉重、耳鸣，他会呼吸困难，视线也会开始模糊，然后会昏昏欲睡瘫倒在地，而外人会认为此人没有气息、没有体温、没有心跳，四肢发冷，脸色苍白，因此断定此人已经丧命，就连最有经验的医生也会认为他是一具尸体。有的人在这样的情况下会被埋葬，而事实上只需要以冷湿巾放在头上，双脚泡在水里，再以复苏精神的精油擦拭全身，就会恢复正常。这时候，波多里诺才觉得是自己杀害了大帝，因为他们当时以为大帝已经驾崩，而他事实上还活着，他是被丢进河里之后才丧命。证据是大帝被救出河水时，全身肿胀，而放进水中的死人不会肿胀。因此，杀害大帝的人其实就是将大帝丢进水里的波多里诺自己，他才是杀害腓特烈大帝的真正凶手。何者真实、何者虚构，腓特烈大帝到底是怎么死的，谁也搞不清楚。

祭司王约翰的信件是最大的谎言，然而，这在欧洲历史上却曾经是真实的事件。在《谎言的力量》一文中，艾柯谈到祭司王约翰的信件是这部小说的主要理念（idea），并认为这封伪造的信件曾极大地影响了欧洲历史的发展。[①] 这个骗局导致人们发动第三次"十字军"东征，促使马可·波罗踏上东方之旅，也令葡萄牙人决定征服非洲。虽然这封信是假的，但是那整个世纪政治的发展都是基于这封假信的。虽然后来发现那封信是假的，但为时已晚，它主宰了整个中世纪的政治，导致了君主与主教之间的战争。由于这个

---

① Umberto Eco, *On Literature*. Harcourt Brace Jovanovich, Inc, 2002, p282.

谎言，数以千计的人死于非命，帝国也随之垮台。所以在世界上，人们的命运有时是受谎言影响的。小说中叙述的故事大约在 1160年，一封来自祭司王约翰的书信在帝国流传。信中描绘了一个遍地宝石和黄金、远离人类所有罪恶的王国。那里还是圣杯和青春之泉所在地。祭司王约翰在信中提议建立联盟，抵抗在耶路撒冷占领圣坟的穆斯林。对于再次发动"十字军"东征，这无疑是再好不过的借口。事实上，这封书信是伪造的，而伪造人正是波多里诺自己。因此，这封信可以说是真的，因为大家都说是真的，并在这个"真"的基础上发生了许多事；也可说这封信是假的，因为本来就是谎言，根本就不存在这封信。它既是真的，却又是假的，这是历史和故事的再次交汇，也是真实和谎言无奈的悖论。

小说中其他重要的历史事件有第三次和第四次"十字军"东征、腓特烈大帝亚历山大战争、米兰战争等，东罗马史官尼塞塔也实有其人。然而，"十字军"的东征是非理性的、恶劣的，曾被认为是"圣战"的正义战争，其实只是"十字军"烧杀抢掠、摧毁文明世界的侵略战争。腓特烈大帝在亚历山大和在米兰的战争，完全凭由波多里诺的谎话指挥军队。至于战争军队的实情，根本就无所谓什么实情，就连军队的人数，都是经过添油加醋胡说出来的。人们为了谎言而战，也因为谎言而停歇，战争完全是建立在谎言基础上的笑话。尼塞塔是真实的历史学家，但放在小说中，已经成为不可靠的小说人物。由此，历史和小说完全纠合，真实与虚构的边界彻底模糊。

三、真实与想象

再看"圣杯"，圣杯没有人真正见过，因而每个人都有自己想象中的圣杯。波罗内认为是圣餐杯，也是整个基督教世界最珍贵的一件圣物，也就是耶稣在最后的晚餐祝福过的酒杯，后来被亚利马太的约瑟用来从受难耶稣的胸口盛接圣血。所罗门认为是沙朗帝王子送给哈伦·拉启德的红宝石酒杯；奇欧认为是天上掉下的石头，如果成了杯子，也是用这块天石琢磨而成；诗人认为是刺杀耶稣的长矛，长矛它代表着权力，因为它也是力量的象征；但是只有波多里诺找到了"圣杯"，即他生父加里欧多的"破木碗"。正如加里欧多所言，这件在他罪人的一生中和他情感相通的卑微东西，从精神上来看，确实是一生贫穷，为了帮所有罪人赎罪而付出生命的耶稣所使用的酒杯。"没有人怀疑它的真实性，我为基督教世界找回了'葛拉达'，上帝并没有拆穿我，证据就好似连我的同伴也立刻相信。圣杯就在他们眼前，被陷入狂喜的腓特烈高高举起，而波罗内一见到一直让他胡思乱想的圣物，立刻就跪了下来，奇欧立刻表示自己似乎见到一道强烈的光芒，所罗门也承认——就算耶稣并非其族人等待的救世主——这件容器肯定散发着某种焚香的气味，左西摩则睁大了经常见到幻象的双眼，阿布杜更是抖动得像片榕叶一样，一边嘀咕着表示，拥有这件圣物相当于征服了所有的外海王国——大家都了解他肯定渴望将杯子献给遥远国度的公主，作为爱情的见证。"波多里诺将木碗献给了腓特烈，腓特烈大帝激动不已，确信这就是传说中的"圣杯"。至于"诗人"，他愤慨地啃噬自己的指甲，面对大帝明显的衰老，他已经开始了权力的狂想。正如尼塞塔所言："是信仰让它们成为真品，而不是它们让信仰成真。""真心相信一件圣物的时候，我们就会闻到一股芬芳。"实际上，木碗之所以成为圣杯，是因为它被赋予了圣杯的光辉和神圣意义，是因为人们"相信"它是，所以它就是。

各种圣迹、圣物和圣像等，都是伪造和复制的假货，"问题并不在于寻找圣物，而是制造：复制已经存在，但是还没有出现的圣物"。耶稣的红袍、手杖、受笞的柱子、递给临危耶稣那块浸了胆汁和醋而现在已经完全干燥的海绵、装有最后晚餐祝圣面包的盒子、受难耶稣的胡子、一件耶稣穿用而未经缝制便由几名士兵分得的长袍、圣母玛利亚的衣物等都是复制伪造的最佳对象。不仅如此，圣物都是拿来倒卖的货物，"谁希望在这座城市发财，就去贩卖圣物，谁希望回乡的时候一举致富，就去购买圣物"。阿祖鲁奴制造了七个施洗约翰的头颅，在世界各国变卖。波多里诺一伙人在拜占庭伪造各种圣物，发财致富。一位老教士送给波多里诺三名东方贤士完整无缺的遗体，被认为是基督教世界最珍贵的圣物，竟然是无名的东方地毯贩子向他推销所得，或许只有上帝才知道哪些是真品。既然大家都是骗子，波多里诺解释道："我们必须在随时准备诈骗的帝国公民之间求生存。所以事实上，我们只是诈骗了一群骗子。"不过，即便是伪造的圣物，也有其存在的意义。正如尼塞塔所说："或许这些圣物可以让那些成了野蛮人的拉丁人，在他们不成规的教堂内得到神圣的启示。神圣的思想、神圣的圣物，上帝的道路永无止境。"圣物全是假的，但是却可以被当成真。

祭司王约翰及其他统治的东方王国是最大的想象物，由奥托发源，经波多里诺一伙人的充分想象而最终完善。奥托临死的时候托付波多里诺一定要去寻找这个王国，"一定要确认在波斯人、亚美尼亚人的土地之外，巴库、埃克巴坦那、波斯波里斯、苏萨、阿贝拉再过去的地方，有一名祭司王约翰的存在，他是东方贤士的后代……想办法让腓特烈往东方去，因为在那里才有照亮他成为王者之最的光明……把大帝带离米兰和罗马之间这一片困境……否则他至死都会被黏在这个地方。让他远离还有一个教皇在发号施令的王国，因为他在这里只能算半个皇帝。记住，波多里诺……祭司王约翰……东方之路……"。从此以后，波多里诺就无时不在考虑构想这个王国，寻找一切机会查找资料，发挥想象，并邀请同伴共同猜想、建构这个国家。波多里诺认为这是他们每个人都希望前往的地方，而不是真的决定前往的地方，是一个正直、收成丰盛，而谎言、贪婪、淫秽不存在的地方。波多里诺在巴黎求学时，大部分晚上都是在想象这个世界中度过的。他们在代替祭司王约翰给腓特烈写信时，更是发挥了各种天马行空的想象力。他们赋予祭司王无尽的领土、无尽的财富和权力，并强调洋溢在王国内的美德，每一位朝圣者都会得到仁慈的接待，小偷、穷人、强盗、守财奴、谄媚者全都不存在。世界上没有任何一个君王，拥有如此多的财富和才能。"祭司这个人确实存在，因为他们并没有找到反对他存在的理由"，而且这位祭司王拥有耶稣基督的智慧和理性。"我们生活的世界里四处是大骗子，并不表示我们就应该放弃寻找他的王国。"东方王国是想象编造出来的，是谎言的累积，但是它却是一个没有谎言的世界，"那个地方并没有人通奸，也没有人说谎。那些说谎的人会立刻丧命"。东方王国随着波多里诺的成长而生长，随着波多里诺的成熟而成熟，在波多里诺及其伙伴的想象创造中日益真实，终于变成了他们追寻的真实目标。"信仰可以让事情成真；祭司的王国确实是千真万确，因为我和我的同伴用三分之二的生命去寻找。"

在寻访的过程中，他们经历了阿布卡西亚永恒的黑暗，横渡了只在星期六停歇的掺杂着砾石、化石、尖石、卵石和锥石的森巴帝翁河，最后抵达东方王国的前沿阵地助祭约翰的王国——彭鞑裴金。这是一个多种人类构成的怪物王国，如单腿的西亚波德人、没有脑袋的布雷米人、巨耳的潘诺提人、矮子俾格米人、沉默的无语人、没有膝盖的蓬塞人、黑人努比亚人、独眼巨人、阉人和从不露脸的萨提洛斯人等。所有这些几乎囊括在现实中、幻想中甚至童话、神话、传说中的各种人类。这些人杂居在一起，每个种类都有自己独特的生存方式，他们互相指责对方的思想不正确，对于三位一体、上帝、圣母、耶稣等宗教问题争论不休。在彭鞑裴金等候前往约翰的王国时，波多里诺遇见了他一生的真爱——伊帕吉雅。但这时白汉斯人入侵，彭鞑裴金全军覆没，波多里诺一行人逃跑却落入厄罗瓦汀的堡垒，最后乘着比十头鹰还大的洛克鸟逃回到君士坦丁堡。至此，小说已经完全脱离历史的束缚，变成了极尽想象的产物。

如此，历史和想象混合，真实与虚幻交融，艾柯认为"真实与否在现实世界是最重要的评判标准，而我们倾向于相信小说描述了一个我们必须通过信任才能接受的世界"①。可以说某某在历史上不属实，但它仍可以在小说意义上保持真实。保罗·利科认为"谎言十分接近真理的本质"，"谎言的精神与我们对真理的探索交织在一起"②。因此，或许只有通过谎言，我们才能最终达到真实。

第四节　叙述化

一、叙述转向

20 世纪后半期，无论是自然科学还是人文社会科学，都在经历着一场"叙述转向"。利奥塔在那本轰动性的《后现代知识状况》中首先提出泛叙述，他提出人类知识可以分成"科学知识"与"叙述知识"两大类。③ 在利奥塔之前很久，萨特已经强调生存等同于讲故事："人永远是讲故事者：人的生活包围在他自己的故事和别人的故事中，他通过故事看待周围发生的一切，他自己过日子像是在讲故事。"④ 这些是个别批评家超前的见解。

真正的叙述转向，始自 20 世纪七八十年代的历史学，海登·怀特（Hayden White）出版于 1973 年的《元史学》开创了用叙述化改造历史学的"新历史主义"运动。此后，格林布拉特、阿瑟·丹图以及保罗·利科等人进一步推动，造成了一个影响深远的运动。闵克（Louis O Minke）1987 年的著作《历史理解》清晰地总

---

① 安贝托·艾柯：《悠游小说林》，俞冰夏译。北京：北京三联书店出版社，2005 年，第 94 页。

② 保罗·利科：《历史与真理》，姜志辉译。上海：上海译文出版社，2004，第 151 页。

③ Jean－Francois Lyotard, *La Condition postmoderne：Rapport sure le savoir*, Paris：Minuit, 1979.

④ Jean－Paul Sartre, *Nausea*, New York：Penguin Modern Classics, P12.

结了历史学叙述转向的基本点。西方历史哲学由此发展了一个由"思辨历史哲学"中经"分析历史哲学"再到今天"叙述的历史哲学"的阶段，将叙述和历史紧密联系在一起。此后，叙述转向在各个学科中悄悄进行，比如心理学、教育学、法学、社会学、政治学甚至医学等。最近开始出现从哲学方面综合研究各种叙述的著作，例如心理学家布鲁纳（Jerome Bruner）2002 年的《编故事：法律，文学，生活》、2008 年雷斯曼（Catherine Reissman）的《人类科学中的叙述方法》都试图跨越学科寻找叙述化的规律。出现叙述转向的科目，基本上都是以追求"真相"为己任，因此不可能摆脱伦理考量的科目。虽然"真相"独立存在的观念早就过时，但是心理学、历史学等依然需要追索对象中包含着"有效性"（validity）。由此，"真实性"就变成了"故事的可信度"问题。通过叙述，才能获得把握存在经验"有意义地联系"（meaningfully interconnected）的方式。

为什么叙述能达到这个目的？因为叙述不可能"原样"呈现经验事实。在情节化过程中，意识不得不进行挑选和重组。生活经验的细节之间本是充满大量无法理解的关系，所谓"叙述化"，即在经验中寻找"叙述性"，就是在经验细节中寻找秩序、意义、目的，把它们"情节化"地构筑成一个具有内在意义的整体。一旦情节化，事件就有了一个时间序列，人就能在经验的时间存在中理解自我与世界的关系。因为获得了时间的意义，叙述就起了一般讲述所不能起到的作用：叙述是构造人类的"时间性存在"和"目的性存在"的语言形式。

因此，20 世纪初开始的"语言转向"，现在采取了"叙述转向"的形式。某些论者认为叙述转向是"20 世纪语言学范式相继更迭的结果：从结构主义语言学（经典叙述学），生成叙述学（文本语法），语义学和语用学（言语行为理论），文本语言学（会话分析，批评话语分析），到现在的认知语言学（认知叙述学）。"① 这话实际上是说叙述转向是语言转向的最新一环，而且叙述认知理论已经超越了语言学，人文思考特有的伦理价值，改造了语言转向。

而且，后现代理论摧毁了自我主体，叙述转向至少为主体找到了一个替代品：自从后结构主义把主体视为零散碎裂、不可复原之后，学界进入了一个虚无主义时代，无主体的话语成为虚空中的声音，而后现代人的自我也就无从整合。叙述转向后，至少自我处于叙述的中心，叙述给了自我暂时立足的一个支撑点，为人构筑了一个从自身通向世界的经验形式。这个"后门进来"的自我，至少比完全没有着落的破碎主体有了一些依持。

二、《波多里诺》与叙述化

任何意义都靠符号传达，叙述化则编排意义，叙述是人类认识与表达世界的基本方式，这是许多学科的共识。艾柯在他的理论探索和小说创作中也表现出了对叙述化的思考。在《符号学与语言哲学》中，他总结了亚里士多德"存在是以各种方式被陈述的"的观点；② 在《悠游小说林》中，他从多个角度论述了小说的叙述问题；而他的小说《波多里诺》则是对叙述化的形象阐释，尤其是对历史的叙述化进行了有趣的讨论。

首先，《波多里诺》自身的叙述就很有特色，其中的每个人物都有故事，每个人都要讲故事，每个人都在叙述，众多的叙述者不得不加以分层。小说以波多里诺和尼塞塔的对话展开故事，其主体部分采取了双重的叙述方式，全知全能的第三人称隐身叙述者讲述波多里诺当前正在发生的故事，而波多里诺则追述自己的人生故事和经历。两条线索交叉讲述，并行发展。而在这两层叙述之外，还

---

① 莫妮卡．弗卢德尼克，"叙事理论的历史（下）：从结构主义到现在"，《当代叙事理论指南》James Phelan 等主编，北京大学出版社，2007年版，第44页。

② 翁贝尔托·埃科：《符号学与语言哲学》，王天清译，百花文艺出版社，2006年版，前言第6页。

有多个次叙述，如阿布杜讲的厄罗瓦汀城堡故事、伊帕吉雅讲的先人故事、助祭约翰讲的麻风病故事等，总之，每个人都有自己的故事。而整部小说呈现的是一种叙述分层、对话体复调式、故事套故事、层层叠加的多重结构，属于典型的不可靠叙述。这与整部小说的谎言创造历史的论调非常合拍，可谓形式与内容完美结合的典范。

其次，小说通过各个人物的故事形象传达了艾柯的叙述化观念。每个人都在讲述自己的故事，每个人都有不得不讲的精彩故事。小说开始，波多里诺和尼塞塔两个人就叙述问题展开了讨论，波多里诺遗失了自己的记录，尼塞塔请他讲出来，然后帮他重组过去，"只要有事情的片段和残迹，我就可以为你编串成带有神意的故事"，"但是我的故事可能没有任何意义⋯⋯""没有任何意义的故事并不存在⋯⋯故事会成为世人阅读的书籍，就像响亮的喇叭一样，让几世纪来的尘土在坟墓上重新飞扬⋯⋯只是，这需要时间：要把事件考虑清楚，重新组合，发觉彼此之间的关联，就连最不明显的关联也不放过"。

尼塞塔·柯尼亚特身为前宫廷演说家、帝国最高法官、皇宫仲裁长、经手国家机密的官员，如果以拉丁文表示，就是拜占庭皇帝的掌玺大臣，还是族谱史家。作为一个历史学家，他喜欢聆听其他人的叙述，而且不限于他所不知道的事情。就算是他曾经耳闻目睹的事，当有人重新提起时，他会觉得自己像是从另外一个角度进行观察。波多里诺的故事精彩绝伦，而且波多里诺救了尼塞塔的命，尼塞塔要帮助波多里诺重组遗失的过去，重建其辉煌历史。波多里诺的语言天赋不仅表现在书面，也表现在口头上，只要倾听两个人使用某种语言交谈，他没多久就能说得像他们一样。波多里诺叙述的时候，他自己也没有到达"那一刻"，而他就是为了到达"那一刻"而继续说下去。他爱上了讲述，到最后竟然离不开尼塞塔了。"我的故事还很长。"波多里诺说，"无论如何，我和你们一起走。我在君士坦丁堡已经无事可做，而城里的每一个角落都会唤起我的悲痛记忆。你已经成了我的羊皮纸，尼塞塔大爷，我的手就好像自己或几乎自己动了起来一样，写下了许多事情，而有些我原本甚至已经忘记。我想，说故事的人都应该有一个叙述的对象，只有这样，他才能够同时对自己叙述。""从今以后，你就像我呼吸的空气一样，对我来说已经不可或缺。"所以波多里诺一直和尼塞塔在一起，因为他不讲述就难受，他的故事不讲出来就没有任何意义。

波多里诺是最善于讲故事的人，他天天跟随尼塞塔就是要将他所有的经历故事全部讲出。而他对助祭约翰讲的故事使他像是重新活过。患有麻风病的助祭有一张腐蚀的嘴唇，已经盖不住溃烂的牙龈和龋齿，和像幽灵一般的面孔，他讲了自己的悲惨故事，不过从此波多里诺和这个不幸的人培养出感情，也开始每天去看他，告诉他自己从前读过的书以及在宫廷里听到的对话，为助祭描述见过的每一个地方。除了彭鄱裴金，助祭从来没有外出过。于是波多里诺编造了很多故事，为他描述他从来不曾造访的城市、从来不曾参与的战役、从来不曾占有的公主。波多里诺还对他详细描述昂多尼柯所遭遇的、远超过他痛苦千倍的酷刑，发生在克雷马的大屠杀，好让他知道还有比他的情况更糟糕的痛苦。但是当波多里诺担心自己过分夸大时，接着又开始描述世间美好的一切，例如思想经常能够带给囚犯的慰藉效果、巴黎青少年的优雅、威尼斯妓女慵懒的美丽、一名皇后难以比拟的红润、柯兰迪娜孩子般的笑声、一名遥远国度的公主明亮的双眸。又给他讲各种香料，试图让他明了这个世界充满了香味。波多里诺满足了自己说谎的胃口，并为他创造的故事感到骄傲，同时波多里诺让助祭在剩余的时间里过得十分快乐。

波多里诺遇上伊帕吉雅，依然用他杰出的叙述能力来打动伊帕吉雅。他讲到了自己出生的地方、腓特烈宫廷的种种、帝国和王朝、如何带着鹰隼去狩猎、城市是什么样子、如何建造，也就是他告诉助祭的相同故事，不过避开粗俗和下流的内容。她仔细倾听，她的眼睛则因为情绪的起伏而闪烁着不同颜色的光芒。"你真会说故事，每个人说的故事都这么美吗？"波多里诺承认，他肯定比他的同类会说故事,不过他们之间还有一些更会说故事的人。他唱起阿布杜的歌,她像阿布卡西亚人一样,因为旋律而着迷。波多里诺所讲的人类故事不仅征服了伊帕吉雅,连他自己在描述的时候也有新的发现:"原来我们也可以为人类勾勒出一幅充满情感的图像。"伊帕吉雅所讲的伊帕吉雅种群的故事、伊帕吉雅的远祖来历、他们的生存繁衍、日常生活以及精神信仰也彻底征服了波多里诺,他疯狂地爱上了她。阿布杜善于写诗吟唱,诗意地表达自己心中对远方公主的爱恋。"诗人"则从来不曾写过半首诗,只是宣称自己准备动笔,当他看到波多里诺的诗词时,大叫宁可不知道如何与女人交媾,也不愿意处于不知道如何表达自己的窘困,而波多里诺也知道如果给皇后写信,写不出对她的真正感觉是多么痛苦。像左西摩、阉人、助祭甚至各种怪人都有自己精彩的人生故事,他们也积极向别人讲述。

在小说结尾,历史学家尼赛塔拜访了哲学家帕夫努吉欧,询问他是否应该将波多里诺的故事写进他正在编撰的有关拜占庭的编年史。这位双目失明却非常睿智的帕夫努吉欧建议他将波多里诺从他的记录中删除。尼塞塔觉得删除这段充满美丽和智慧的故事非常可惜,而帕夫努吉欧则告诉他,不要自认为是世上唯一的作家,迟早会再出现一个比波多里诺更会说谎的人,来告诉我们另一段故事,所以没有必要觉得遗憾。我们可以从很多角度来理解这个故事,但有一点可以看到,波多里诺的谎言让历史显得毫无意义;从更深层次来说,这个故事也说明,通过叙述性的想象,我们将展望更美好的未来。即使这样的想象没法实现,也没有关系,因为一个更会说谎的人迟早会出现。帕夫奴吉欧总结道:"不要自认为是世上唯一的作家,迟早会再出现一个比波多里诺更会说谎的人,来告诉我们一段精彩的故事。"这句话暗示了人类的故事和讲述不会结束,将永远持续下去。

人们为什么讲故事,为什么从时间的起源就开始讲故事?艾柯认为这是因为"叙事的宽慰作用——而这也是神话的至高作用,便

是给混乱的人类经验一个形态，一种形式。"① 艾柯说："在我们的
生命里，我们总在找一个与我们的来源有关的故事，让我们知道自
己为何出生，又为何活着。有时我们寻找一个广大无边的故事，一
个宇宙的故事，有时则是我们自己个人的故事（我们告诉牧师或精
神分析师的故事，或写在日记里的故事）。有时候，个人的故事会
与宇宙的故事恰好一样。"② 克罗齐曾说："没有叙述，则没有历
史。"③ 而我们从波多里诺的人生中认识到，没有故事，就没有
人生。

　　事实上，波多里诺和作者艾柯有许多相像之处。他们都掌握了
好几种语言，对历史和政治都有着极大的兴趣，而且都以一种幽默
的态度对待理想主义。甚至他们的父辈都一样有着传奇和神秘的色
彩：波多里诺的父亲加里欧多利用他的牛说谎，结束了一场侵略；
艾柯的名字 Eco 是从他祖父那里继承而来，是 ex caelis oblatus 的
首字母缩写，意为"上天所赐"。但最重要的是，他们都爱讲故事。
正因为对讲故事的热爱，才使得这个故事得以成型。这是艾柯迄今
为止最轻松和最具喜剧性的一部作品。尽管都是中世纪故事，但是
《玫瑰之名》这一发生在修道院里的侦探故事写的是知识分子，严
肃庄重，而《波多里诺》的基调有些类似流浪汉的冒险故事，主人
公是农民和战士，轻松幽默，没有过于浓厚的宗教色彩，完美地再
现了中世纪的人物风情。《波多里诺》比《玫瑰的名字》更具趣味
性，受到"历史是叙述性的"这一想法的启示，《波多里诺》的故
事在多个层次上展开，将一个壮丽多姿的冒险故事和一个令人着迷
的历史性创造完美结合在一起。

---

① 安贝托·艾柯：《悠游小说林》，俞冰夏译。北京三联书店出版社，2005 年版，
第 92 页。
② 安贝托·艾柯：《悠游小说林》，俞冰夏译。北京三联书店出版社，2005 年版，
第 149 页。
③ 海登·怀特：《后现代历史叙事学》，陈永国，张万娟译。中国社会科学出版
社，2003 版，第 127 页。

结　论

符号与谎言让历史显得虚妄而无意义，而叙述却又赋予历史以形式，使其重获意义，这也许正是《波多里诺》要告诉我们的道理。阿瑟·丹图曾说，"叙述结构渗透我们关于事件的意识"，并进而指出，"我们关于自己生活的图像必定深刻地是叙述性的"①。也即叙述性不仅渗透认知，并且进入了我们生活世界的存在。哲学家罗蒂 1989 年出版的名著《偶然，反讽，友爱》曾指出"叙述转向"的重大意义：基于"客观真实"的分析方法已经无法处理当代文化的困境。他所谓"友爱"（solidarity）是从实用主义出发，接近社群主义，是一种建设性的利他的后现代主义。而要在当代社会达到这个道德目标，罗蒂认为只能通过"类似普鲁斯特，纳博科夫，亨利·詹姆斯小说"的叙述。这是当代思想界寄予叙述转向的最大希望。而我们看到艾柯的小说已经带来了这种希望。诚如中国学者赵毅衡所言，当今的文化都已经叙述化，"都借叙述而获得意义，借叙述而改变意义。我们的文化在自我情节化中被激活，我们借叙述意义的空气而生存，没有叙述化，我们就无法对生存说出一个意义，而意义一旦阙如，生存本身就可能变成无定形的沼泽"②。因此，叙述成为人作为文明人的生存需要，对叙述本质的掌握，也成为当代人们文化生活追逐的目标。

① 阿瑟·丹图：《叙述与认识》，周建漳译。上海译文出版社，2007 年版，第 13 页。

② 赵毅衡：《建立一种广义叙述学》，北京：中国比较文学学会第九届年会大会主题发言，2008 年 10 月。

第六章　记忆与符号双轴位移
——《洛阿娜女王的神秘火焰》

第一节　《洛阿娜女王的神秘火焰》概述

《洛阿娜女王的神秘火焰》〔*The Mysterious Flame of Queen Loana（La Misteriosa Fiamma della Regina Loana）*〕是艾柯的第五部小说。[①] 艾柯曾表明这是他最后一部小说，而在另一场合又说不一定就是最后一部小说，因为他写小说的时候不会告诉别人。《洛安娜女王的神秘火焰》意大利语出版于 2004 年，英文版由吉奥弗瑞·布洛克（Geoffrey Brock）翻译后 2005 年春天出版。小说的名字来自主人公亚姆伯所阅读过的一部漫画，即意大利版的美国著名连环漫画《提姆·泰勒的幸运》（*Tim Tyler's Luck*）。提姆·泰勒是一个孤儿，他和他的朋友斯巴德在全世界，主要在非洲进行冒险。这个连环漫画从 1928 年以来一直到 1996 年长盛不衰，而《洛安娜女王的神秘火焰》正是取自其中的一个故事。洛安娜是非洲中心地带的一个神秘王国的神秘女王，她掌握着一种超神秘的火焰，这种火焰能够让人长生不老，洛安娜已经两千多岁了，但依然青春貌美，统治着这个古老的王国。她杀死了拒绝她的情人并将他变成

---

① Umberto Eco：*The Mysterious Flame of Queen Loana*. Translated by Geoffrey Brock，Harcourt，2005.

化石，但是她却可以通过神秘火焰将两千年前的情人唤回现实。

谈到小说的名字，艾柯曾做过解释："至于神秘的火焰，在构思的时候，还没开始写之前，我就决定它的名字是洛安娜女王的神秘火焰。为什么呢？因为我记得一部古老的漫画书的书名，只记得书名，而不是故事，但是显然这个书名让孩童时的我感到着迷。一旦我确定要将它作为我的书名，那么自然它也就成为亚姆伯的，当某些过去的认识使他震撼时，他就认为这种震撼是一种激情火焰。神秘火焰事实上是来源于一部著名的小说，作者是里德·哈格德（Rider Haggard）。或者更糟的是，它来自皮埃尔·贝纽特（Pierre Benoit）对哈格德的剽窃，此人曾被控抄袭了哈格德。对于仿制品的仿制当然不会是一部杰作。但是我要重申的是，令我同样也是令亚姆伯着迷的是它的名字，亚姆伯仅仅保持了他的文化和公共记忆，他只是被语言所迷，他失去了事件记忆（包括洛安娜的故事），他所保留的仅仅是语言。"

小说叙述的是主人公亚姆伯（全名是吉亚姆巴蒂斯塔·博多尼 Giambattista Bodoni）在接近 60 岁时，遇到了一场突如其来的中风，接着他患上了失忆症，但他的失忆症很奇怪，不记得自己的现实生活，却记得他读过的书中的内容。他的妻子波拉和朋友建议他回到乡下老家，寻找失去的记忆。亚姆伯在乡下待了很久，翻阅了所有他从前读过的书，渐渐地童年、青少年时期的事情都回忆起来他还看到了年少时读过的漫画册，有一个故事就是关于洛安娜女王。亚姆伯非常喜爱这个故事，但更多的是喜欢故事中的神秘火焰。通过好朋友盖亚尼的启示，亚姆伯知道了自己中风的原因。原来在残忍的四月，盖亚尼告诉了他的初恋女孩——丽拉在不到 18 岁毕业那年已经死去，而这个消息他们一直以来都不知晓，亚姆伯得知这个消息几天后就中风了，然后即失去了"事件记忆（episodic memory）"，只留下了"语义记忆（semantic memory）"。就在他历数老屋中的各种书籍甚至作业本教科书以尝试回忆当年，但是却并不能如愿的时候，他发现了祖父收藏的莎士比亚 1623 年的第一对开本全集，这意味着可以得到一笔可观的财富。由于惊喜他再次昏迷不醒了，而似乎在迷雾中，他想起了一本《三朵玫瑰的旅馆》的书。亚姆伯觉得这部书就是他自己的写照，他想起自己的三朵玫瑰即初恋情人丽拉、妻子波拉和助手西比拉。这三朵花在他的生命中绽放，若即若离，忽隐忽现。他又想起洛安娜女王的神秘火焰，洛安娜女王可以助他唤回那死去的情人吗？在体验死亡的过程中，他的记忆全部复苏，在病床上他回忆起了所有的往事，但是他依然昏迷，他自己也不清楚到底他是在做梦还是在回忆，一切都是曾经存在过的还是仅仅是他的幻想，丽拉是真实的还是出自他的梦境。他所有的记忆都有丽拉存在，但是他却从来不曾看到过她的脸。小说结束在亚姆伯在生死边缘回味人生寻找丽拉不断质疑的状态中。

与艾柯之前的小说相同的是，《洛安娜女王的神秘火焰》也涉及了侦探、历史以及幻想的因素，比如亚姆伯对自己过去的探究，亚姆伯在老屋中对小阁楼和小礼拜堂的追索，对墨索里尼时代的历史考证，还有福尔摩斯等侦探小说、飞侠高登的冒险故事等的讲述，都和前几部小说有类似的基因。而互文性显示出的知识的广博也是艾柯小说的一贯特征，这部小说也不例外，仅仅是人物的名字也可看出他的博学，艾柯小说中人物的名字都有出处，而不是他凭空创造的。在《洛安娜女王的神秘火焰》中，主人公的名字来自意大利18世纪著名的印刷商博多尼，他发明了现代活字字体——博多尼活字字体。亚姆伯则是他的小名或者昵称，来自意大利民间故事。其他人物如亚姆伯的女儿妮可莱达的名字来自小说《阁楼八日》，丽拉的名字来自小说《西拉诺》，甚至他的猫的名字——马度也是来自故事书中。

但与艾柯之前的小说不同的是，这是一部特殊的小说。艾柯的前几部小说离不开中世纪，直接写中世纪的就有三部，即《玫瑰之名》《昨日之岛》《波多里诺》，跟中世纪密切相关的是《傅科摆》。而这部小说写的不是中世纪，它是一部20世纪知识分子的回忆录，是一本关于记忆、失忆与寻找记忆的个人心灵小说。这部小说似一部意大利的《追忆逝水年华》，在缠绵、幽咽、踯躅、徘徊的漫长的回忆中，亚姆伯再次经历了童年的梦想、初恋的甜蜜与苦涩、法西斯时期的郁闷，种种的快乐与悲伤、希望与惆怅。正是在追忆中，亚姆伯重述了自我，寻找到了自我，因为没有了记忆的人生，将不是完美的人生、真正的人生。但和《追忆逝水年华》不一样的是正如艾柯所言：普鲁斯特写的是内部记忆，而他写的是外部记忆。我们知道普鲁斯特写的是意识流小说，心理成分占主体，但是艾柯的小说内心独白不多，这部小说以散文化的语言，叙述人物的成长过程和华年往事，虽然掺杂浪漫主义的想象，却极具现实主义特征。与此同时，《洛安娜女王的神秘火焰》也是一部个人的阅读史。小说主体部分展示了 20 世纪三四十年代的意大利文化，例如书报杂志、漫画、邮票纪念册等，都是当时意大利的大众文化符号。小说中大量对于书籍的介绍，使得这部小说成为一部关于书的书，是一部"元书"，是一部关于大众文化的百科全书。

心理学家图尔文（Endel Tulving：*Elements of Episodic Memory*）研究人的两种记忆：一种是"情节型记忆"（episodic memory），记住的是个人的、个别的，与具体时间地点有关的事件，是横组合型的；另一种是"语义型记忆"（semantic memory），储存的是组织过的、抽象的，与具体时间地点脱离的范畴，是纵聚合型的。一个人的记忆虽然是两种同时进行，但是纵聚合型的比较不容易忘记。《洛安娜女王的神秘火焰》从文本符号系统来看，呈现出一种很有趣、很特殊的符号双轴位移的形式结构，因此本章将从符号的双轴关系即小说中纵聚合轴和横组合轴的演变来细读分析。

第二节　失语症与符号双轴关系

在小说中，主人公亚姆伯失去了事件记忆，于是在表达事件和情景方面失语了。这些事件情景记忆内容包括他所亲身经历的事情，包括身边的亲人如父母、妻子儿女以及他的朋友同事等，都是他生活中最重要最亲近的人和事。而他还拥有内隐记忆，即无意识的自动化的记忆，这种记忆一般不会丧失，他可以做日常的任何事情，如洗脸、刷牙、开车等。而更重要的是他的语义记忆完好无损甚至因为事件记忆的失去而见强力，对于一个博学的书商来讲，他的大脑贮存的知识大放异彩。因此，由于失去的事件记忆对他的生活造成了很大的影响，而语义记忆的加强又进一步使得他跃入知识的海洋，亚姆伯的失忆、寻找回忆、记忆三部分的变化也使小说呈现出有趣的符号双轴变化。

符号学中最重要的一对概念就是横组合（syntagmatic）和纵聚合（paradigmatic）。因此，在本节中将尽可能详细举例并说明这对重要而且有趣的概念。索绪尔在提出语言的能指和所指后，又提出了符号体系的一个基本的双轴关系，即横组合关系（syntagmatique）与纵聚合（paradigmatique）。后者被索绪尔称作"联想关系"（associatif），此词心理学味道太重，似乎是纯主观性的，因此现代符号学家不取，一般改用"纵聚合"一词。雅各布森称纵聚合关系为"选择"（selection）关系，清晰易懂。

横组合指系统的组分之间的顺序的组合排列（例如说话时字音的前后相续，书写时文字的左右相续）。这样形成的一组符号，称为横组合段（syntagm）。纵聚合指横组合段中的任何一个成分背景中存在的可以替代它的一连串其他成分，它们构成了纵聚合段（paradigm）。索绪尔解释说："横组合关系表现在言语中，是两个以上的词在所构成的一串言语里所显示的关系。与此相反，联想或纵聚合关系是把言语以外的词汇连接起来成为凭记忆而组合起来的潜藏的系列。"（上面提过，"凭记忆"这种说法主观心理味道太浓，即使没有记忆，纵聚合关系也依然存在。）这两种关系形成了符号的纵横两轴。

索绪尔举的例子是建筑物的柱子。"柱子与整个建筑有一定的关系，建筑物的任何两个组分在空间所展示的关系就是横组合关系。另一方面，如果这柱子是陶立克式的，就会引起其他风格的联想性比较（例如艾奥尼亚式、科林斯式等），尽管这些风格的柱子并不出现在这建筑空间中。这关系就是联想关系。"索绪尔在这里说的其实不是符号系统。建筑当然可以成为符号，带柱子的宫殿的实用意义远不及符号意义重要。但是，就这两轴而言，实际上是任何系统结构中必然出现的两个方面。横组合是系统本身的排列，纵聚合是系统内组分的选择（而不是索绪尔说的"联想性比较"），例如在背景装个电话，号码是 6655·4481，两组数字组成了一个能发挥功能的横组合段。其中 6655 是分局号，它是从各种分局号的纵聚合中选择出来的，而 4481 则是从任何四个数字的组合中选择出来的。前一个选择由电话所在地决定，后一个选择标准则是避开与其他电话号码的重复。拿写诗来说，诗行的组成是横组合，选字、"炼字"则是纵聚合上的运作。王安石在许多可用的字中最后选定"春风又绿江南岸"，用个形容词做动词，贾岛、韩愈关于"僧敲月下门"的"推敲"讨论，都是对横组合上某个成分进行纵聚合的选择。拿衣服来说，不管是当作实用物还是当作符号，裙子与帽子、上衣、鞋子的搭配方式是横组合，而裙子/裤子/连衣裙，裙子的各种式样、各种料子、各种颜色，这是裙子的几种可能的纵聚合段，大部分组分的都是复式的。

就一般情况来说，横组合是显示的，纵聚合是隐含的，但在很多情况下，两者都可以显示出来。巴尔特举过一个例子：饭店的菜单有汤、菜、酒、饭后甜食等项，每项中选一就组成了我想点的晚餐。菜单既提供了横组合的可能，又提供了纵聚合的可能，两者都是显示的。当我把菜单隔开，晚饭上桌时，才只有横组合段显示在眼前，纵聚合退到"记忆联想"中去。

大部分结构主义——符号学学者都讨论并发挥这迷人的双轴关系，但其中做出最大贡献的是雅各布森。雅各布森把横组合关系称为"结合轴"（axis of combination），把纵聚合关系称为"选择轴"（axis of selection）。1962年他发表了一篇造成轰动的论文《语言的两个方面与失语症的两个类型》。① 首先，他指出横组合段的各组分之间的关系特征是"邻接性"（contiguite），而纵聚合各组分之间的关系是"相似性"（similarite）。这是一个很出色的见解，邻接只有一种可能，而相似可以在不同方面相似，因此同一组分可以有一系列纵聚合段。

然后，他指出这两个特征实际上正是比喻两个主要类型的特征：依靠相似性的比喻就是隐喻（metaphor），就是因某一方面相似而替代，例如以花喻少女；而依靠邻接性的比喻就是转喻（metonymy），就是以一定的邻接关系而替代，例如以裙子或辫子代少女。这样，雅各布森就把横组合与纵聚合都拉到语言的实际运用的平面上（而不像在索绪尔那里，纵聚合只是一种联想性比较）。他指出，在实际的语言组织中，我们得依靠这两者才能使语言正常运作。接着，雅各布森对此提出惊人的"科学性"论证：医学上的失语症（aphasia，大脑受损伤而造成的语言障碍）类型很复杂，但基本上可分成两大类。一类病人看起来失去了横组合功能。他们的语句失去了正常的句法组合，词序混乱，尤其是把连接性的要素丢失，例如连接词、介词、副词等。但是他们似乎保持了纵聚合能力，找不到适当词时会从纵聚合段中拖出很奇怪的词来做比喻，例如用"小望远镜"来代替"显微镜"。另一类病人似乎失去了纵聚合能力。原本能说各种方言或多国语的人无法转换翻译了，词汇极

---

① 拉曼·塞尔登编：《文学批评理论——从柏拉图到现在》，刘象愚、陈永国译，北京大学出版社，2003年版，第370—373页。

其贫乏（无法从纵聚合段上选择要用的词），无法使用隐喻。但是他们似乎保持了横组合能力，句子的语法很正确，各种连接性要素很完整，想不出词来时，会用邻接关系来替代，例如用"削苹果的东西"来代替"刀"。

结论是：可能我们的大脑语言区分成两个部分，它们分管横组合和纵聚合。也就是说，横组合和纵聚合是人类的基本思维方式中两个互相配合的系统。从这里，可以再进一步推论：不通过符号的这二轴关系，人的思维和表达都不可能进行。

显然，由于横组合段是显现的，所以它是言语 parole 的基本关系；由于纵聚合关系是隐藏的，所以它是语言 langue 的构成之一。而且，由于横组合段离开纵聚合选择就无法成形，所以，横组合段可以被视为巨大的、多元的纵聚合系的水平投影。所以我们接触到的符号链是横组合式的，但这横组合是被纵聚合系控制着的。拿写诗为例：某字必须是平声，某字可平可仄；某字必须押韵，或必须对偶，也是在纵聚合系（押韵不押韵，对偶不对偶）影响下决定的。这些似乎是纯粹的横组合"句法"规定，已是纵聚合压力下的产物。还没有到决定用哪一韵、用哪一字这些明显的纵聚合运作，符号链组成已经落在纵聚合的控制之下。所以，任何符号活动都是从纵聚合轴向横组合轴的投射。

雅各布森把这双轴区分用到文学艺术的分类上，他指出不同的文类强调不同的关系：横组合性文类强调转喻性（邻接性），纵聚合性文类强调隐喻性（相似性）。属于横组合隐喻的体裁有英雄史诗、现实主义、电影的特写与蒙太奇等，而属于纵聚合隐喻的有抒情歌曲、浪漫主义、象征主义、电影叠印镜头等。巴尔特在《符号学原理》一书中又加上几条，通俗小说、报刊新闻属于横组合隐喻，而论文、格言式文章则属于纵聚合隐喻。乍一看这些分类很令人迷惑，但是仔细考察一下，可以看出：第一类的问题强调连贯，强调组成的复杂性；第二类与第一类相比，意义比较"深远"，强调替代，或强调暗示。例如电影特写与剪辑镜头，是靠连接推进电影的情节线索；而叠印，则是靠比喻关系连接。巴尔特的例子更不太好懂，他的意思是通俗小说的特点是连贯，而论文需要依靠替代来下定义。从巴尔特的理解我们可以引申出一个结论：文学分析尤其是文学的符号学式分析，倾向于纵聚合性，因为文学研究是无语言式的、是用语言解释语言、是替代性的，靠同型性（homology）来说明对象。

苏联符号学家洛特曼用这双轴关系做了一个更精彩的推论，他指出文化（尤其是我们的书面语文化）由文本集合而成（这与福柯关于知识体系由讲述集合而成的想法相似）。根据这些文本的相互关系来看，可以有两种文化类型。一种是纵聚合文化，其中文本间关系主要是等级性的，像金字塔。"出于等级顶峰的是该文化中具有最大指标价值和真理性的文本"，其余文本，价值性或真理性递减。一本书的真理性并不存在于这本书写得如何，而在于这本书在这个文化结构中所处的地位。中国古代社会中一本历史或一本小说的"真理性"大不相同，因为历史处于这个文化中的文本等级的上层。另一种文化结构是横组合文化，其中的文本之间主要关系是邻接，因此产生包括现实生活各个方面、价值意义不相同的不同类型文本。这样，各种文本服务于不同的文化功能，其价值、"真理性"也依情况而异，并不由其文类决定。

横组合/纵聚合关系与语言/言语关系一样，似乎是任何系统中无所不在、无时不有的。虽然它们在符号系统中表现得特别明显，但即使在非符号系统（实用系统）中，我们也可以发现它们的存在。

在小说《洛安娜女王的神秘火焰》中，文本符号系统的纵聚合轴和横组合轴，随着主人公的失忆、寻找记忆和记忆恢复的过程进行了有趣的演变。

第三节　失忆与符号双轴的平行位移

　　小说的第一部分写的是亚姆伯因为中风而失忆以及失忆后醒来的状况。在这一部分，由于亚姆伯语义记忆牢固，事件记忆弱化甚而几乎丧失，语义的深远性、语义和其他事物的相似性，使符号的纵聚合轴呈现出深入的发展。而亚姆伯被动的表达，他联想的时候又会按照相邻性原则想出很多内容，但是却不加选择地堆积，则是横组合轴的发展。而整个文本从医院，到家里、办公室以及到老家的路上这些横向地理位置的粘连，都是按照横轴的相临性原则排列组合的。因此，这一部分符号双轴呈现平行位移。

　　这部分共有四节，小说开头是"残忍的四月"，一看这个题目就知道是出自艾略特的《荒原》，而实际上小说的每个小标题都是出自一部书、一句诗或者一首歌。

　　在四月里亚姆伯发生了一场病变——他中风了。在医院里他不知道自己是谁，在昏迷中脑海里只有大雾弥漫，小说开头就是一片雾中风景，预示了亚姆伯的失忆和迷茫状态，也给小说奠定了如烟似雾、朦朦胧胧的基调。在雾中有人和他说话，指引他醒来，那是他的医生还有关心他身体状况的女声，那是他的夫人波拉。醒来后，医生对他进行了两次测试，得出的结论是他还拥有内隐记忆即公共（自动）记忆，但是却失去了外显记忆中的事件记忆（个人、情境记忆），不过他的事件记忆中的语义记忆（文化记忆）却完好无损。小说里的叙述非常有趣，一个失忆的人在常人眼里自然是傻乎乎、相当可笑的。失去了事件记忆的亚姆伯忘记了自己的名字，认为自己的名字是阿瑟·高登·皮姆——爱伦·坡小说中的一个人物。他也也忘记了自己的妻子波拉，疑心自己是否会把她误认为是一顶帽子。当他的女儿和外孙来看望他时，他一个也不认识。不过在他们离开的时候，他竟然哭了，因此他庆幸地认为他的情感功能还是有的。他对父母的照片感到很茫然，但是他却认识很多名人的照片。不过亚姆伯的内隐记忆完好无损，因此他的洗脸、刷牙、开车等自动化的行为都做得毫无瑕疵。重要的是他的语义记忆比往常似乎更为牢固，他出口成章，每字每句都有来处，医生让他写一段睡后醒来脑子里最先出现的事情，他写的是大段的诗文，让他画一幅画，他画了心中的拿破仑。医生说要准备一部百科全书才知道他说的是什么意思。在医院里基本能够自我料理后，医生建议波拉带他回家疗养，因为记忆在熟悉的环境里或许能够更好地恢复。

"紫色桑叶的低语"写的是亚姆伯回家后的情况。在回家的路上，观看了好像是第一次见到的米兰城。到了家里，观察自己的住宅，最感兴趣的是书房和书。《约婚夫妇》《高老头》《情歌》等，对书的记忆引起了他对老家的想象。波拉告诉他在乡下的老宅子里也有很多书，亚姆伯想那一定是他度过童年的地方。看到他书房里的 5000 册书，他非常骄傲，并且和波拉谈到如果有人问他是否看完这些书，他的回答是什么。对于看完的书，他会将他们送给医院和监狱（这里有埃科自己的影子和观点，他在几个地方都谈到有记者问这个问题，他的答案是把这些人赶出去）。无疑他又在书中得到了满足感和快乐感。接着波拉给他讲述他的家世背景，他的父母以及祖父母、妹妹阿达和叔叔婶婶。后来他最好的朋友盖亚尼来看望他，给他讲了很多他们俩的故事，还提到了迷人的西比拉。盖亚尼作为亚姆伯从小到大的好朋友，对他的事情了如指掌，他们一起长大，一起读书，两家可以说是世交。因此，亚姆伯后来有什么疑惑都会向他咨询探问。两个女儿卡拉和妮可莱达携全家人来看望亚姆伯，看着女婿们和外孙们，他又一次成了百科全书，给他们讲很多的故事。后面的日子，波拉会和他谈书，会带他到街上去，去餐馆吃饭时，亚姆伯点了许多菜，好像从来没吃过似的。当亚姆伯迷茫不知所措，失忆症严重时，波拉叫喊"瓦娜、瓦娜"的名字，他的记忆就会神奇地有所恢复。瓦娜曾是他的一个情妇，亚姆伯用一句话来形容自己：多么丑恶的男人！来自书中的句子。晚上他们睡觉时，他会想起"东方快车"上的绯闻。

"有人要采你的花"主要写亚姆伯到他的办公室，和西比拉的交流。亚姆伯开始学会了和人打招呼、微笑、摆姿势等人际关系的各种行为动作，他认为这些表明了"社会生活是虚构的"。波拉建议他回办公室去，拜访一下西比拉，看工作状况能否给他灵感，他于是想起了盖亚尼对他说的悄悄话。但还是不知道谁是西比拉。波拉解释说，西比拉是他的助手，是波兰人，相当甜美的姑娘，已经给亚姆伯做了四年助手了。西比拉非常可爱美丽，亚姆伯自然很喜欢她，他们就工作问题——一些书的版本销售进行了讨论，西比拉助他想起了很多和书有关的事情。但是亚姆伯更多的兴趣在西比拉身上。当天晚上，就他与西比拉可能发生过什么思来想去，就是记不起来。他甚至对于西比拉的来历以及他们的相处进行了彻底的想象，就像是真的，但是没有证据，他自己很难确定，因为是他一个人的想法。"西比拉……"他的脑海里一直在叨念着，于是他打算向好朋友问询。第二天早上，亚姆伯去找盖亚尼，问是否告诉过他关于西比拉的事，盖亚尼说，亚姆伯曾经告诉过他关于卡瓦西、瓦娜、伦敦的美国女人、荷兰女孩、西尔瓦娜……但他起誓，亚姆伯从未告诉过他任何关于西比拉的事。亚姆伯自我安慰道，即使是和西比拉有什么，他也不会告诉盖亚尼，因为这是他俩之间的秘密。但是他还是感到莫名的嫉妒，觉得西比拉不属于他。他后来在办公室里，知道西比拉非常能干，把生意经营得井井有条，西比拉还非常耐心地将他关于雾的文学收集并全部整理到电脑里存储起来。由此，亚姆伯觉得自己的事业是离不开她的，而且很放心西比拉单独工作，因此在他身体渐渐康复，觉得应该到外面去旅行时，他也就很放心了。

"我孤独地穿过城市的街道"继续写亚姆伯的失忆生涯，他对于纸上内容的牢固记忆，以及西比拉结婚的消息带来的伤感，最后在波拉的建议下，由二女儿妮可莱达开车送他去乡下老家。

亚姆伯积极地寻找回忆，波拉给他找了很多的家庭照片包括他小时候的照片，想帮助他回忆起自己的家人。亚姆伯小时候的照片都是在索拉若拍的，这个他出生成长的小镇将是唤醒他回忆的地方。亚姆伯和远在澳大利亚的妹妹阿达通了电话，并让阿达带袋鼠给他养，而曾经他还要她带鸭嘴兽给他。由于西比拉的工作做得很出色，而他又不想只把西比拉作为记忆的前文本，因此他每天在办公室的时间就少了。亚姆伯向波拉问起自己的政治倾向，波拉告诉他，他是一个很好的自由主义者，但是他签署了和平主义和非暴力请愿书，经常被种族主义激怒，还加入了反动物解剖联盟。他是一个同情者，同时是一个愤世者，同情弱小者和愤世嫉俗者的混合物。亚姆伯是一个快乐的男人，喜欢美女、美酒和精美的音乐，不过波拉强调说，那些是面具，而后面隐藏的才是真实的他。当他摘掉面具的时候，他会说："历史是由血渗透的而世界是一个错误。""没有什么可以动摇我世界是黑暗之神的果实这一信念。"当亚姆伯想起这句话时，他想起了格瑞格瑙拉（Gragnola）的名字，但是却想不起他是谁，而实际上这个格瑞各瑙拉在他的记忆中占有很大的位置。

　　某日他醒来后制咖啡的时候，突然哼唱起来，这老歌令波拉兴奋，认为是记忆复苏的开始，第二天早上，他又开始哼唱一首老情歌，这首歌让他的眼里充满了泪水。波拉问是什么歌，他说可能是寻找某人的歌，但不知道是什么人。波拉又问他是否觉得回到了40年代，他说他觉得像是来自内部的震颤，就像是有人从第四维——身体内部比如说幽门处，在温柔地触摸，——他说感觉是mysterious flame，即神秘的火焰。波拉问是否和看到他父母照片的感觉一样，他说非常像，但又不是。亚姆伯自己猜想这闪烁的神秘火焰或许是因为想起了西比拉。

　　星期天，波拉让他到街上去走走，顺便带回来一些花，给憋闷的家里一点新鲜。亚姆伯在街上看到一个小店，专售动物睾丸、动物的肝肾等，他大感兴趣，买了几个狗的睾丸回家，波拉用发白的脸色说，这什么都不是，更不是艺术品，家里连放的地方都没有，最后她建议将其放在亚姆伯 17 世纪自然科学的书旁边。她进一步说，亚姆伯是世界上的唯一，是自有亚当以来妻子让他买花他却买回狗的睾丸的唯一。又一个星期天，波拉带亚姆伯去街上的小市场，亚姆伯对旧报纸非常感兴趣，他还看到了米老鼠的漫画，于是他们买回了漫画书。他觉得自己的记忆是建立在纸上的，他必须通过书本来寻找。波拉说如果他不是普鲁斯特，他也不是 Zasetsky，他进一步询问谁是 Z，于是波拉给他讲 Z 的故事，一个战时受伤的失忆的人，用阅读和写作重建了自己。但是亚姆伯已经有许多的书籍纸张，但却不能唤回他的记忆，因此，波拉认为他的"cavern 洞穴"在索拉若，他必须独自到那里去寻找自己的记忆。而波拉已经和老家的老女仆阿米莉亚联系过了。亚姆伯感到迷惑，似乎往哪个方向去都碰壁，找不到出路。正如他所说，"芝麻开门吧，我想进入，像阿里巴巴，进入记忆之洞。"

正在不知如何的时候，西比拉告诉他，她要结婚了。这个消息给他的感受是"有一个人将刀子放在他的心里并在那里旋转了两次"。他想起了不知谁的诗句："……他永远地失去她了。"西比拉的结婚促使亚姆伯决心离开米兰回乡下去。晚上他和波拉做爱，觉得也是第一次，但是却很顺利、很美满，然而他又在想是否和西比拉在一起也会有同样的感受。亚姆伯离开了，由妮可莱达开车送他。当他看到路上的路标时，他想起了很多的城市，于是他问自己，是否他正在开始穿越记忆之洞。

亚姆伯记得所有阅读过的书的内容，文中出现的雾的象征贯穿始终，是纵聚合的一个典型例证。小说里还有一些象征符码，对小说的纵聚合轴的发展都是极好的证实。当他看到某些事情，就会联想到阅读过的诗句或小说里的描述。他的语义记忆在这部分中明显表现出由相似而联想的隐喻型的纵聚合发展趋势。

小说的第一部分是非常精彩的一部分，有类似前几部小说中的侦探悬疑的因子。因此，得到大部分评论者和读者的认可。主人公亚姆伯的失忆使一切充满了悬念，失忆后的生活面对的是什么，失忆前的经历又是什么，他自己感到迷茫，而读者也随之对他的来历和未来生活产生了好奇。从整体上看这部分符合文本符号系统的双轴平行位移，纵聚合和横组合平衡发展，因此这部分内容在形式上也是完美的。本书先分析其纵聚合轴的发展。

纵聚合强调的是联想、相似性，如前面所言，其意义比较"深远"，强调替代，或强调暗示。亚姆伯失去了事件记忆，即个人和情境记忆，但是拥有完好无损的强有力的语义记忆。靠着语义记忆，无论是他的口头表达，还是他的语言文字表达，再或者是他的图画表示，都是根据相似和联想来进行的，因此这些内容就呈现出纵聚合的深远性、替代和暗示性。

在小说的开头一节，首先就是关于雾的大段引文，雾作为全书最重要的象征意象经常出现，尤其是在小说的第一部分和最后一部分，这无疑是纵聚合的一个重要方面。艾柯本人生在一个多雾地区，在他的每部小说中，几乎都有对雾的描写。比如《玫瑰之名》和《波多里诺》中有很多关于雾的描述。而在《洛安娜女王的神秘火焰》中，雾更成为全书最重要的意象。在小说的开头，叙述者主人公亚姆伯在昏迷中感觉自己在雾中，很多关于雾的描绘都跑到他的脑海里了。此后，每当感到迷茫不知所措或者虚弱之时，就觉得是处于雾中，而大量关于雾的诗句就会浮现在他的脑海里。和艾柯一样，亚姆伯也是出生在一个多雾地带，他对于雾十分着迷，自小就收集了大量关于雾的文字，这些关于雾的描写出自各种诗歌、散文或者小说。艾柯在访谈中曾说过：雾象征了失忆的状态。想象一个人在雾中是多么迷茫不知方向，失忆的人也是这种状态。艾柯曾专门谈到过《洛安娜女王的神秘火焰》中大量的雾："我出生在雾区，因此我的记忆充满了雾的景象，我如此喜爱雾以至于我收集了文学中的雾，从荷马到当今；雾必然是记忆丧失的一个隐喻。"[1]雾在小说中经常出现，实际上是只要亚姆伯的记忆出现盲点，他的

---

[1]　http://www.umbertoeco.com/en/harcourt.html.

大脑开始糊涂，雾就开始出现。比如当他想象西比拉时候，他老是觉得迷雾一片。当他在迷雾中时，他又想象如果西比拉能牵着他的手走出迷雾该是多么美好。不过，在小说中，关于雾的最浓重的描写除了第一部分开头，就是第三部分的第一节，题目就是"你最终回来了，雾朋友"。因为亚姆伯发现了 1623 年《莎士比亚全集》第一对开本，又因为他听到丽拉·莎芭死亡的消息，他重新昏迷过去了。这次中风无疑是对他最严重的打击，他几乎难以醒来。在他似睡非睡，似醒非醒，不死不活，方生方死的状态中，他的回忆全部复苏。而雾，他的老朋友，终于又来了。在整个第三部分，亚姆伯在迷雾似的记忆中回忆从前，思考人生。雾在小说中是一个重要的象征，也是纵聚合轴深入发展的典型表现。

关于神秘火焰，第一次出现是在亚姆伯早上醒来突然哼唱起的一首情歌时，此后这个神秘火焰就如同幽灵常常出其不意地来访。这首歌令亚姆伯感到震颤，感觉好似在寻找某个人，但是却不知道这个人是谁。事实上，神秘火焰一再出现，是小说中的一个极其重要的象征意象，它是爱的象征，是触及心灵或神经时才会出现的一种震颤。后来在亚姆伯回索拉若老屋的晚上，当谷仓里的猫头鹰在窗外呼唤他时，这种火焰或者震颤出现过；在亚姆伯看到父母的房间和自己出生的具体地点时也出现过。还有其他象征，如玫瑰是女性和爱情的象征等。总之，象征符号构成了符合纵聚合轴的联想、相似和深远的发展。

事实是，亚姆伯的联想和选择能力相当强，只不过他不在现实中联想，他只想到书中的句子，他的联想和选择都有来处。比如在医院中的测试，当医生问亚姆伯叫什么名字，他说叫亚瑟·高登·皮姆，这是他在迷雾般的昏睡状态中想象出来的，而实际上是来自爱伦·坡小说中的一个人物。当被否定的时候，他说："叫我以实玛里吧！"这个是《白鲸》中的人物，"你的名字不是以实玛里，再试一下"。当他想象出一系列的名字时，他认为他是碰到了难以过去的墙壁，然而转念一想，不是墙，而是雾，寻找自己的名字就像走在大雾中。"那么，雾像什么？"医生继续问，他马上背出一句关于雾的诗来，医生说他只是个医生，何况这是四月，四月是没有雾的。亚姆伯一听到四月，就引出艾略特《荒原》中"四月是最残忍的月份"一句话来。当被医生告知他的名字是吉亚姆·巴蒂斯塔·博多尼时，他说那个可能不是他的名字，博多尼这个名字和拿破仑的名字一样，因为博多尼这个印刷工人和拿破仑一个时代，而拿破仑·波拿巴出生于科西嘉，和约瑟芬结婚，后来成了皇帝，征服了半个欧洲，在滑铁卢失事，死于 1821 年 5 月 5 日圣赫勒拿岛。亚姆伯的一连串关于拿破仑的口述，使医生目瞪口呆，他说下次他必须带上百科全书，而他认为亚姆伯的记忆没有任何问题，除了他忘了自己的名字。医生让他写出自己刚醒来后脑子里出现的事物，他写了一大段极富哲理的抒情文字，让他随便画点什么，他画了一幅自认为是拿破仑的简单图画。医生给他一系列的艺术品，他表现非常出色：蒙娜丽莎、马奈的奥林匹亚，这幅是毕加索的，那幅是仿制的。当给他展示另一系列的人物时，他又是毫不犹豫地说出名字来，还记得各种历史人物和著名事件发生的时间地点。他最好的朋友盖亚尼的照片，还有他父母的照片，他却想不起来，不认识是谁，而与之相联系的相关事实都回忆不起。然而他又极会打比喻，说自己是碰伤了鼻子穿了别人的夹克衫的不认识事物的猫，感觉极其不舒服，而且什么都不认得了。关于城市、关于书本、关于知识，他就像个百科全书，什么都能联想，但是一到与现实相关的事物，他就不知所措了。

　　作为百科全书的他，对各种事物的引语随手拈来，滔滔不绝。两个女儿和外孙来看望他，他给他们讲故事，故事一个字不差，相当有趣。而他最深入想象的是西比拉，对于西比拉的想象是所有故事中最精彩的篇章之一，亚姆伯对于西比拉当然也没有记忆，但是却对他们俩之间可能发生的事情进行了充分的联想。所有这些都是纵聚合轴发展的标志，联想、相似、纵深、宽幅、深远的意义等。总之，在小说的第一部分，由于语义记忆牢固，事件记忆弱化甚而几乎丧失，语义的深远性、语义和其他事物的相似性，使符号的纵聚合轴呈现出深入的发展。

第一部分主要是纵聚合轴的发展，而亚姆伯被动的表达，他联想的时候又会按照相邻性原则想出很多内容，但是却不加选择地堆积，则是横组合轴的发展。而整个文本从医院到家里、办公室以及到老家的路上这些横向地理位置的粘连，都是按照横轴的相临性原则排列组合的。亚姆伯拥有内隐记忆（implicit memory），诸如洗脸、刷牙、开车等，这种记忆几乎不用记忆，是自动化的。他还拥有外显记忆（explicit memory）中的语义记忆（semantic memory），即公共记忆（public memeory），记得所有学习过的内容，所有读过书中的内容，相当 scholastic，而亚姆伯失去的是事件（情境）记忆（episodic memory），这种记忆跟自我密切相关，不能记得他自己和周围的人是谁，做过什么事，也没有感情。因此，从医院到家里再到办公室，再到去往索拉若的路上，是由于位置相临性文本系统横向组合的发展。而他拥有的语义记忆使他出口成章，朗朗上口的背诵和大批量的引文使他显得很有学问，又是文本系统在聚合轴上的纵深发展。因此，总的来说，在第一部分中，小说呈现的是以纵轴的发展为主符号系统双轴的平行位移。

第四节　大众文化形式与横轴单向发展

如果说在第一部分中，由于亚姆伯的语义（文化）记忆相当牢固，而事件（个人）记忆完全丧失，他对于大量经典文本的引用借用，使得文本符号系统纵轴得以深入发展，因而显得意义深远且极富象征色彩。那么在第二部分中，由于亚姆伯想要恢复事件记忆即他的个人记忆，想要从书籍中纸张里寻获他的童年、青春期的情感往事，借此达到个人记忆的恢复，但是结果却每每令人失望，而小说中则充满了 1935—1945 年的意大利大众文化的狂欢。亚姆伯在乡下老家，一间一间屋子地探寻，是文本符号系统的横组合发展。他对于书籍、报纸、杂志、漫画、唱片、图画等的描述，是意大利1935—1945年大众文化形式的体现，文本符号系统也是呈横向组合的发展。故而，在这部分中，文本符号系统基本是横向发展趋势，而纵向则相对弱化及至消失，因此整个文本系统了无生机呈平面化效果，正如某些评论者所言："只有最勇敢的读者，才能穿越这部分阅读。"

在这部分中，涉及大量的大众文化和部分的精英文化，艾柯自己既是学者精英文化的代表和研究者，同时他也对大众文化进行过大量的研究。艾柯在研究抽象而艰深的符号学理论的同时，也对当时学者少有涉猎的大众文化进行了研究，比如超人、小红帽、007系列、柯南·道尔、卡萨布兰卡等，但他并没有将文化价值等级模式化，按照他自己的话说："对米老鼠的仔细分析有利于理解为什么普鲁斯特比较复杂。"他既是中世纪哲学美学的大师，又有深厚的符号学、语言学理论素养，不过艾科最早曾经在电台工作，当时就已经开始对影视广播传媒等大众文化形式有所关注，并在后来的学术生涯中不断地对大众文化进行深入研究，在这部小说中，除去艾柯赋予亚姆伯深奥的经典知识外，更是让他带领读者在大众文化的海洋中畅游了一番。

第二部分题目是"纸上的记忆"，是小说的主体部分，占全书的二分之一，共有十小节。这每一小节的名字和前面一样，或是书的名字，或是书中的一句话，总之，艾柯的小说好像要把所有的故事、所有的书籍都放进去，为读者设置了诸多障碍阅读。在这部分中，亚姆伯回到了索拉若——他祖父和父母以及他幼年时期的老屋。亚姆伯对老屋里所藏的各种书籍、邮票、漫画、相册、画册、收音机、留声机、唱片等极为感兴趣，他们家就是一个图书馆，他们家也是一座知识的迷宫。他们家将20世纪墨索里尼时期意大利的各种文化珍宝全部收藏，亚姆伯完全沉浸在重新阅读过去的兴奋中。然而正如艾柯所言，他小时候并没有亚姆伯那么博学，拥有那么多好看的书籍，他小时候想得到而没有的，他就让亚姆伯来得到这些东西。[①] 亚姆伯泡在"图书馆"，他不厌其烦地阅读谈论各种过去的故事，饶有滋味地想象着书籍和自己的关系，然而他的记忆却越来越糊涂，几乎难以分清什么是过去的、什么是现在的，哪些是别人的、哪些是自己的记忆。随着亚姆伯在老屋中的活动，小说文本符号系统按照他的活动横向发展，同时也按照他的阅读，渐次展开，繁琐、无聊、平面化，这就是符号横向单轴运动的效果，可以说，每个读者在阅读这些文字的时候，都要和自己的心智斗争一番，问问自己是否能坚持读下去。让我们来看看亚姆伯是如何在寻找个人记忆的时候迷失在"图书馆"里的。

这部分开始是"克拉若柏莱的财宝"，写亚姆伯到达索拉若老屋的第一天，女儿妮可莱达很快就离开了，他受到老婆婆阿玛利亚的热情接待。清新的季节，美丽的乡村让他轻松，葡萄园的葡萄像樱桃一样正在长大，他却想起了桃子（傅科摆）和桃园。亚姆伯在园子里方便了一下，并对自己的排泄物发了一通感慨，他认为所有私人的东西只有这东西是最私人的，只有这个私人的东西不能给人看。这一天很快地过完了，他接着看了外孙们来时住的房间，有三张小床、一些玩具娃娃，还有丢弃的小三轮车，到阿玛利亚的厨房吃了晚餐，还拜访了老屋里的各种宠物，名字叫皮波的忠实的老狗和三只没有名字的猫，听见蟋蟀清脆的叫声和看见满天明亮的星斗，亚姆伯警告自己：他的记忆是纸做的，而不是神经细胞。正当他打盹时，听到有声音在呼唤他，他打开窗子，看到了白色的影子飞入黑暗的夜里，原来是他们家谷仓里的猫头鹰，这只鹰或者从前它的同类一定属于我，亚姆伯想，因为这只鹰唤起了"神秘火焰"的感觉，正如同他唱起那首歌和想起西比拉时的感觉。他的睡眠充满了不安定的梦幻，而夜间醒来感到胸口尖锐的痛。他只能吃药，只能自己照顾自己，而他告诉自己，他还有太多的东西需要学习。

① http://www.the modernworld.com/features/interview-brock.html.

这一天就这样结束了。文本是线性横向叙述，如素描画一样淡然。没有深远而幽深的难解的意义，纵轴渐渐隐身。

"新的梅尔齐"是一本酷刑百科全书的名字。亚姆伯先是到村子里走了一趟，顺便买回了一些卡通图片。亚姆伯和阿玛利亚谈起雾，阿玛利亚说这里的雾太多了，到九月份就开始有大雾，什么都看不见，拿着灯也几乎看不到，有位叫萨尔瓦多的人经常迷路，使得村民们拿着手电筒到处找他。亚姆伯开始参观自家的房子，阿玛利亚交给他一大串大大小小钥匙，并交代他好好记住钥匙和房间，亚姆伯无所谓，他更喜欢拿着很多钥匙随便打开哪个房间。

他穿行在每个房间，而老屋像个迷宫似的，让他着迷。一幢大房子，一头是阳台，中间是大厅，大厅另一头是分成两排的房间。亚姆伯从右边开始，第一间是宽大的老式厨房，有巨型火炉和壁炉，还有铜雕的花样在上面，所有的陈设都似乎来自遥远的年代，如今看起来就像是古物。然后是浴室，也是老式的，令人想起 19世纪皇家浴室的风格。接着是阿达的卧室，绿色的门上镶着蝴蝶，此处令人想起纳博科夫的小说《阿达》，而纳博科夫自己是个蝴蝶研究专家，可见艾柯对纳博科夫的喜爱。然后在尽头处竖立着一个大衣橱，里面散发着樟脑的味道，还有绣花的鞋子和毯子被子。接着亚姆伯返回，从右边开始参观，墙壁上是非常精美的雕刻，婆罗门人、中国满洲人、那不勒斯的渔夫、罗马的强盗、美丽的爪哇人等，还有拜占庭皇帝、教皇和圣堂武士、14世纪的女士、犹太商人、皇家步兵、枪骑士、拿破仑精锐部队等，这些世界各地的人们经由古老的雕画散发着神奇的异国情调，不禁让亚姆伯发出感叹："地球上的种族和人们啊！"

左边第一间是餐厅，当然也是古老而豪华的装饰。在此亚姆伯想起了阉鸡和皇家肉汤，如果没有这道菜就等于没有过圣诞节。接着是祖父的卧室，下一间是父母的卧室，一切都是巴洛克的雕刻风格，包括床和大衣柜、镜子和抽屉。这些突然使得亚姆伯有异样的感觉，那神秘的火焰（mysterous flame）似乎来临。在父母的房

间里，他看到一本古老的褐色皮质封面的书，名字是 riva la
filotea.，原来是母亲的祈祷书。亚姆伯猜想如果这是父母的房间，
那么这里也一定就是他的出生地，但是如果他不记得了，那么他曾
经出生过吗？在这里亚姆伯想起了皮皮奴先生，他出生时是 60 岁
的白须老人，经过一系列的冒险生活，变成了一个小男孩，最后在
他的一声尖叫后变成婴儿消失了。亚姆伯想到自己说不定也和他一
样，但是他死之前一定要看到母亲的脸。最后是两扇挨着的门，左
边的那间是书房，墙上贴了很多画，是穿着蓝色和红色制服的士
兵，桃花心木的桌子和书架，三面墙都是书架但几乎是空的，只有
寥寥的几本旧日志和法语杂志，还有 1905 年版的 Nuovissimo
Melzi 百科全书，以及法语、英语、德语和西班牙语词典。这太奇
怪了，一个书籍收藏者竟然只有一个空书架。亚姆伯还看到了祖父
的照片。接着他来到最后一间房内，是一个小男孩的房间，墙上有
电影《在空中》的海报，这个房间里还有一些诗集，好像是一个大
诗人的房间一样。他问阿玛利亚，他的玩具去哪里了，他祖父书房
里的书都到哪里去了；阿玛利亚问他为什么几十年后还想着玩具，
并回复道，祖父的东西都在阁楼里。他重新回到祖父的书房，看到
一台 20 世纪 50 年代的录音机，翻阅法语杂志，发现很多法国女人
的图片。看到一幅有着长长金发的女性侧影时，他这次不是感到震
颤（神秘火焰），而是直接心跳加速，于是亚姆伯推断小时候肯定
看到过这幅画。她是谁呢，她明明就是西比拉的侧影，他关于西比
拉的一切想象都是来自这幅画，那么是否他和所有女人之间都存在
着这幅画呢？亚姆伯心里又想，他是在寻找祖父，脑子里却在寻找
西比拉。看完杂志，他被那本《新的梅尔齐》吸引，在这部书中，
亚姆伯发现了世界各国各种各样的酷刑，看到大诗人、大哲人的语
录，还有很多古老的日志，第一次世界大战、德属西非、荷属西印
度、桑给巴尔的历史等，难道童年和这些都有关吗？亚姆伯重新回
到自己的房间，阅读探险故事和其他一些流行的浪漫主义杰作。亚
姆伯沉浸在书中，忘记了时间，直到阿玛利亚来找他吃晚饭。

　　这一节中，亚姆伯参观了所有的房间，介绍各个房间的布置装饰和相关的书籍图画。文本符号系统横向发展，波澜不惊，平淡无奇。而下一节即第七节"阁楼八日"则更是如此，这间阁楼存放着祖父所有的宝贝，他完全沉陷其中，而文本显示的依然是系统的横轴一马平川向前发展，纵轴则依然隐形，几乎看不见。

　　"阁楼八日"中，亚姆伯待在阁楼里的八天时间，疯狂地阅读，从早到晚废寝忘食。阿玛利亚送来吃的，他吃完便继续阅读。他向波拉汇报说"天气很好，每天散步，阿玛利亚是个甜心"。他又给办公室西比拉打电话，以父亲的口吻说鼓励性的话。西比拉好像已经成为遥远的儿时的回忆，而他从迷雾中挖掘出来的过去的记忆倒像是成为现实的了。他家的老屋结构复杂像个迷宫，而阁楼的取暖、采光和装修的颜色等都很讲究，相比于潮湿黑暗阴冷的地下室来讲，简直就是天堂。第一天亚姆伯最先注意到的是大量的锡罐盒，罐子上面有彩图，有故事，还有过去各种品牌的香烟盒，然后是有女人图像的香粉盒，亚姆伯认为或许可以从那里得知自己的性意识信息。接着他打开一个大箱子，里面盛满了木制和金属玩具，而不是像孙儿们的塑料或电子玩具。最后找到一个锡制青蛙时，他想到了奥斯莫医生，还想起了安哥劳玩具熊。他们都和某人有联系，但是记忆却中断了。第二天，他发现了一个图书馆，祖父的藏书都展现在他的眼前。看到杰克·伦敦《马丁·伊登》，许多带图片的鬼魅故事，还有 1911 年插图版的家喻户晓的《皮诺奇诺》，还看到《瑟法提诺的冒险》，故事的主人公名字就是叫"亚姆伯"，这正是亚姆伯名字的由来。这就是他的童年吗？各种带插图的海上陆上冒险故事，萨拉尼出版的一系列书籍——《来自海上的男孩》《吉普赛人的遗产》《太阳花历险》《野兔家族》《邪恶的幽灵》《卡萨柏拉的美丽囚徒》《带图画的战车》《北方的塔》《印第安手镯》《铁人的秘密》《巴莱达马戏团》等，太多了，亚姆伯从中得出结论：所有的故事都是一个故事。后来他发现了那本名字叫《阁楼八日》的故事书——一群小男孩在阁楼里将一个名叫妮可莱达的女孩藏了起来，妮可莱达有个猫咪伙伴马图，所以亚姆伯猜想这可能就是他为何迷恋阁楼的原因和女儿妮可莱达和马图名字的来源。还有《钻石大奖章》《世界上的意大利男孩》，自然还有《金银岛》《皮皮奴的故事》，还有撒格瑞的儿童文学系列小说，多个版本的 *The strand* 和全套的《福尔摩斯》，亚姆伯迷失在阁楼里，或许他和波拉都错了："如果不回索拉若，我还能保持虚弱的心智；回到索拉若，却可能让我真正的发疯。"亚姆伯迷惑了，他自己到底在哪里？然后他意识到，这些故事书在时间上没有顺序，而他要真正弄清楚自己的记忆，应该找到从前的教科书和笔记本，它们才是追捕记忆的档案。因此，亚姆伯放弃了阁楼。

"收音机播放时"这一节主要展示了意大利 20 世纪三四十年代的歌谣。在阁楼里待了八天后，亚姆伯身心疲惫，血压上升且发烧。波拉率领全家来看望他，亚姆伯就给孩子们讲他刚刚看过的故事。待他们离开后第二天，他来到祖父的卧室，发现一台喇叭形唱片机和一台收音机，上面放了和节目有关的杂志。杂志/唱机是 20 世纪 40 年代，而收音机是 30 年代的品牌，当时的唱机和收音机都是昂贵的产品，是身份的象征。亚姆伯打电话给盖亚尼询问收音机的故事，盖亚尼极富感情地讲述他们家第一台收音机以及当时广为传唱的"如果我一个月赚到一千里拉"的歌曲。然后亚姆伯在祖父的书房里找到了这首歌的录音唱片以及三四十年代的许多唱片。但是他还是未找到自己的教科书和笔记本，他想如果祖父把儿童书籍保存得那么好，对他的教科书和笔记本一定也会保管得很好。他打算重返阁楼。

"但是皮波不知道"写亚姆伯决定找到自己小学和中学的教科书和笔记本。这些原来都在阁楼里，为了避免血压再次上升，他让阿玛利亚将那些箱子都搬到楼下书房里。1937—1945 年是他的中小学阶段，他还把标着"战争""1940""法西斯主义"的箱子也一起搬了下来。在书房里，他把所有这些都拿出来放在不同的书架上，小学课本、中学课本、历史地理，写着他名字、时间和班级的笔记本，还有许多的报纸。很明显，祖父保存了从埃塞俄比亚战争开始的重大事件，如墨索里尼 1940 年 6 月 10 日宣布意大利帝国的演讲、战争宣言、战争快结束时广岛原子弹的爆炸等，明信片、海报、传单和各种杂志应有尽有。亚姆伯打算采取历史的方法、比较的方法进行研究，也就是说，他在阅读四年级的课本和笔记本时，他也同时浏览这一年的报纸，一旦可能，他还把当年的唱片同时播放。这一节重点写战时意大利的文化，依然是通过书本、音乐等形式来体现。亚姆伯所读的课外书籍大都是冒险和科幻故事，如萨格里和大仲马以及凡尔纳的书。他通过作文知道，小时候的亚姆伯竟然想要参军效忠于法西斯，这使现在的亚姆伯感到非常不可思议。

"炼金术师的塔楼"重点写亚姆伯发现他们家难以被人发现的秘密处所——小礼拜堂，但是无法进去，它的入口早已被封起来了。不过，关于礼拜堂的秘密阿玛利亚是很清楚的。阿玛利亚曾经发过誓不对任何人提起，亚姆伯则便想方设法说服阿玛利亚告诉了他。原来这个礼拜堂在战争时期，曾经被祖父用来掩护四个受到法西斯黑色旅追杀的八岁小男孩。他将他们藏起来，随即将教堂门也封起来了。他们成功地躲避了法西斯军队的追杀，但是这个小礼拜堂没有出口，他们是怎么离开的呢？亚姆伯决定自己探索一番，原来在阁楼上的地面有入口，很难察觉。他通过这个入口下了梯子进入小礼拜堂，里面还有当年四个孩子睡过的席子，亚姆伯觉得自己回到了 1944 年。

"就在卡帕卡巴那上面"是一首歌的名字，写的是亚姆伯在礼拜堂中度过的许多日子。原来这个小礼拜堂是亚姆伯自己的宝藏，他的漫画书、画册都藏在这里，时间是 1936—1945 年。这一节写的大多是漫画，最著名的是米老鼠、飞侠戈登、马里奥的故事，亚姆伯津津有味地重新翻阅这些漫画故事，他还发现了很多杂志，有的有女人的图画，露出长长的腿，他怀疑是否他的性启蒙是从这里来的？他觉得自己简直无法离开那些花花绿绿的有趣的封面和故事，就好像是在一个舞会上认识所有的人，但你却无法告诉他们你是第一次看到他们，尴尬得就像故地重游但却是一个从没见过的世界。恰如"似曾相识燕归来"，亚姆伯觉得自己就像经过漫长的旅途回到家里，然而回到的却是别人的家。当他看到"提姆·泰勒的幸运"的画册时，他觉得有所启迪，原来这本画册就是《洛安娜女王的神秘火焰》的来源。事实上，这个故事非常平淡，叙述也很一般，是关于提姆和他的好朋友在非洲冒险的事情，他们发现了非洲中部的一个由神秘女王洛安娜统治的神秘王国，她拥有神秘的火焰，可以将两千年前死去的情人召唤到她的身边。艾柯在一次访谈中说，这个故事最早来自抄本的抄本，传抄多次，但是他感兴趣的不是故事本身，而是这个名字让他着迷，他认为或许亚姆伯也是被这个名字吸引了。此外，亚姆伯还发现了大量的四十年代的邮票，其中有他喜欢的斐济岛的邮票。当他看着这些邮票时，他无意识地唱起了"up there at capocabana"的歌曲。他又一次感到迷惑，如坠雾中，每当他觉得有所启悟而无法清楚时，就感到像是到了大峡谷边缘，什么是峡谷呢？它和什么有联系呢？

　　亚姆伯感到迷惑，因为总是想起大峡谷，于是他向阿玛利亚请教。阿玛利亚就告诉他附近的沼泽地以及大峡谷，而他在十几岁的时候经常和住在峡谷上面的桑马蒂诺孩子们发生争斗，亚姆伯认为或许这才是他经常想起大峡谷的原因。西比拉来电话，让他看最近的一个书目，上面有莎士比亚 1623 年的第一本对开本，亚姆伯大谈了一番不同版本的书的价值，原版的书有可能赚上一大笔钱，这也正是很多人追求原版书的原因。接着，亚姆伯在书房发现了大量的写给祖父的信件和明信片，并且在一个书架的顶端发现一个散发着腐烂气味的小瓶子，由此引出了祖父的故事。祖父曾是新闻记者，1922 年，他受到两个法西斯分子的迫害，他们在他的办公室干尽坏事，其中一个名叫马罗的人曾逼着祖父喝下导致腹泻的蓖麻油，祖父对此人恨之入骨。1945 年 7 月 25 日，法西斯倒台后，祖父到处寻找此人的行踪，最后在两个朋友的帮助下，惩罚了马罗——以其人之道还治其人之身，甚至是更为严苛的报复，那瓶散发腐臭味的液体正是让马罗喝下的东西。

　　亚姆伯在书房里又发现了三个他以前不曾注意到的盒子。第一个里面是童年时的照片，他看到有妹妹和他自己的合影，受到感动，实际上艾柯说书里面的插图照片是他自己和妹妹的照片。第二个盒子里装的是一些卡片、书和小册子，还有 Don Bosco 在 1847年出版的《富有远见的年轻人》。这些书和小册子没能告诉他什么，而最重要的是第三个盒子，装的是和亚姆伯密切相关的东西。里面有很多唱片，尤其是肖邦的。还有大量的诗歌，都是亚姆伯中学时自己写的，"我想每个人在十六岁都要写诗。写诗是青春期到成年期的必经阶段"。亚姆伯看到自己的诗还想到一句名言，好的诗人摧毁他的诗到非洲去打仗，差的诗人出版诗并写出更多的诗直到他们死亡。他认为自己的诗非常烂，但是他还是一首首地读下去，却发现很多是写给一个女孩子的，但他却想不起到底这个自己钟情的女孩是谁。满怀疑惑的他再次请教好朋友盖亚尼，盖亚尼谈起了高中时代他们的同学丽拉·莎芭，是亚姆伯最喜欢的女孩，也是他们学校最美丽的女孩。但是丽拉·莎芭在他们高二时消失了，有人说因为他父亲的缘故，他们全家去了南美。而亚姆伯在此后的日子里一直在寻找她，在所有的女人中间寻找她的影子，甚至还曾经想到南美去找她。亚姆伯想如果能在死之前见到她一面，那就知足了。而盖亚尼痛心地告诉他，就是在他出事故的前天，他曾告诉亚姆伯丽拉实际上在他们毕业那年就已经死去了，当时她刚刚十八岁。他不知道这个消息是否和亚姆伯的中风有必然的联系，但是情况确是如此。而丽拉·莎芭的真正名字是"西比拉"。原来亚姆伯和那么多的女人来往，都是在寻找丽拉，而他在她死亡后还一直在为她写诗。

　　亚姆伯重新陷入了迷雾，他最重要的记忆在 20 世纪 40 年代的城市里，在巴西，而其他的地方全都不存在了。索拉若提供给他的最后的档案是他写给丽拉的诗，然而他却连一张丽拉的照片也没有。他想告别小阁楼，想告别索拉若，因为这个地方再也不能给他什么了，但是在走之前，他固执地想要再寻找到点什么线索。他看着那些玩具、衣橱、书架、箱子盒子，许多的书，许多的小说，包括康拉德和左拉还有流行的侦探故事，有一本是 20 世纪 30 年代意大利的侦探小说——《三朵玫瑰的旅馆》，作者是奥古斯塔·德·安格力斯。亚姆伯读着这本书，觉得写的就是他自己，而三朵玫瑰就是丽拉、波拉和西比拉。在一个箱子下面是一堆报纸，报纸下面有一本圣经，亚姆伯发现了新大陆，他确信他看到了 17 世纪的原版莎士比亚全集（《威廉·莎士比亚先生喜剧、历史剧和悲剧》）上面有莎翁的画像，由艾萨克·亚伽德印刷。即使是健康的人，看到这个也会引发心脏病，而亚姆伯的心在狂跳，他用颤抖的手抚摸着他的宝贝，在经过些许的烟尘后，他终于进入了三朵玫瑰的旅馆。这不是丽拉的肖像，而是回到米兰，回到当下的邀请函。如果莎士比亚的肖像在这里，丽拉的肖像一定在那里。"游吟诗人一定指引我走向我的黑暗女士"，莎士比亚初版是亚姆伯在索拉若三个月里最富有成就的冒险。它如此激动人心，是亚姆伯人生最为重大的一击。这一击使他重新昏迷，回到迷雾中去。但是他的记忆却从此完全复苏，以至于在昏迷状态中，他的所有往事都来到了脑海。

我们看到，第一部分的纵聚合（隐喻）文化语义记忆在第二部分中变成了横组合，这部分作为小说的主体，十节内容几乎全部是围绕着书本故事，相当烦琐，没有深度，关于每一本书的介绍，每一幅图画的描述，每一首歌的叙述，关于他的教科书笔记本的追忆，都是平铺直叙线性发展，文本符号系统完全是波澜不惊，顺流而下，是横组合的平面发展。而这个趋势也印证了大众文化的横组合性，或者说转喻性。总之，这部分文本符号系统以横轴发展为主，纵轴相对萎缩，盖亚尼收音机的故事、祖父的故事、丽拉的故事、雾与玫瑰的象征，都是很难得的纵轴的发展，但是相较于大量的书籍、漫画、唱片、邮票的文化形式介绍，篇幅难以与之抗衡。

第五节　记忆与符号双轴的平行位移

小说的第三部分和第一部分一样只有四节，这部分叙述的是亚姆伯在方生方死、亦生亦死的昏迷状态中，记忆似乎完全复苏了，他的事件记忆和语义记忆都恢复了，这时系统在朝着纵深发展。而还是在这种昏迷状态下，他又看见许多的画面，产生许多的幻想，又成了不加选择的罗列，这时系统又在朝着横向发展。在纵横交错的双轴平行位移中，叙述者兼主人公似乎找回了自己。

亚姆伯又一次中风入院，这次他貌似变成了一个植物人，濒临死亡的边缘，完全处于昏迷状态。但是他的思维却没遭到破坏，他是死了，是活着，是在医院里、家里，还是已经在坟墓里，他不清楚自己是什么状态。他重新陷入迷雾，迷雾中有很多精灵鬼怪在缠绕着他，这些精灵正是小时候他发烧或梦中出现过的，熟悉的来去自由的精灵鬼怪。但是不可避免的是，亚姆伯的记忆渐渐复苏，那些久远的故事一个个浮现出来。他想起了父亲，父亲就在身边给他阅读故事；想起了母亲，她总是跟女朋友谈论神秘的事情；他想起了妹妹阿达，阿达的出生以及她的锡制青蛙和玩具熊；想起玩具熊的可爱和死亡；想到美丽的女喜剧演员；想到和父亲夜间在雾中行路，想起和母亲到教堂去礼拜，想起战时他们一同在地下掩护所躲避炸弹。还有同学布鲁诺，一个家境贫寒父母双亡的孩子，在亚姆伯和同学们宣誓要效忠于国家领袖的时候，布鲁诺拒绝宣誓，他的倔强和反叛给亚姆伯留下深刻印象，成为第一个教亚姆伯学会反抗的人。这一节文本符号系统是纵横平行发展的，但是横轴更为突出。

"风在吹"重点写的是当年亚姆伯和格瑞格瑙拉的交往以及战争年代大峡谷发生的故事，是小说中最具故事性也最精彩的篇章。

在这一节中，亚姆伯的记忆又模糊了，他很想回忆起丽拉，想看到丽拉的脸颊，但就是想不起来。他成人时期的记忆依然没有来到。他想起的最早的记忆是他的一个穿着白色制服的击鼓的玩偶，而最近的一个记忆是他看着莎士比亚初版书。波拉是否知道这套书的价值呢？如果把这套书卖了，他们可以偿付所有的医药费，还可以雇上十个护士，从而使他们自己得到解脱。迷雾开始清晰，亚姆伯能够忆起同学布鲁诺，但就是想不起丽拉的脸，想不起西比拉是怎么到他那里找工作的，他的成人记忆还没有复苏。中学时，亚姆伯在城里，是一个孤独的男孩。他经常到 Oratorio 去，这里有很多人打乒乓球、演话剧、打牌，是一个有趣的俱乐部。正是在那里，亚姆伯知道了游击队，知道了支持王室的蓝队和反对王室的红队，蓝队大部分是共产党并有最先进的斯特恩式轻机枪，红队则是像法西斯黑旅一样只有冲锋枪。游击队里都是好人家的好孩子，而黑旅中则是从监狱出来的坏孩子，有的只有 16 岁。格瑞格瑙拉经常到奥热陶里欧来，听人说他是红队的一个领导者，由于他和亚姆伯一起表演了《小小巴黎人》，就认识并喜欢上了亚姆伯。格瑞格瑙拉曾是个老师，但患有肺病，身体非常弱。不过他知识渊博，听说曾被某所大学聘请当老师，但是他说他自己连大学都没念完。他是一个无政府主义者，最痛恨的是法西斯主义，虽然说自己不是无神论者，但他认为上帝是邪恶的化身，上帝是第一个法西斯主义者。他不仅在政治、宗教上精通，在哲学上也很博学，和亚姆伯谈苏格拉底、柏拉图、谈康德、黑格尔，总之他是一个相当博学的游击队队员。他随身带有一把柳叶刀，是一个已逝的军医赠送，格瑞格瑙拉随时准备用这把刀结束自己的生命。如果他被捕，他肯定遭到折磨，而他受到折磨就会出卖同志，所以在遭受敌人的折磨前他要杀死自己。格瑞格瑙拉送给亚姆伯两张非常少见的斐济群岛的邮票，令亚姆伯大开眼界。亚姆伯和他的伙伴们在战争时期也要找到自己的敌人，于是他们瞄准了大峡谷悬崖上端的桑·马蒂奴村的孩子，而要爬上那个村子，道路艰难，中间隔着沼泽地，而峡谷中的悬崖峭壁更是难以前行。因此他们必须经过训练，但是他们终于爬到那里的时候，被桑·马蒂奴村的孩子们打得落荒而逃。他们又想出了更妙的办法，在雾中攀登上去，他们就拥有了主动权，于是他们又训练在大雾弥漫看不见人的时候爬到悬崖上，终于他们打了一次胜仗，那些孩子们都躲起来不敢出门。正当他们在战争中也玩得有趣时，德国人来了并驻扎在峡谷口悬崖下面，要捉拿上面村子里藏着的哥萨克人。但是这些德国兵对地形不熟悉，根本不知道怎么才能抓到那些人。终于一个牧师从上面下来要给索拉若地区的一个死人施涂油礼，但实际上牧师是来求助的，他请求索拉若的人上去营救那八个哥萨克军人，他们想加入蓝色游击队。尽管格瑞格瑙拉是红队，他还是不计门户之见要前往营救，因为亚姆伯对地势非常熟悉就让亚姆伯带路。亚姆伯参加了有生以来最惊险的行动，经过一夜惊恐的冒险，终于把那八个哥萨克人救出并送到目的地。亚姆伯一夜惊魂，安全到家。但是格瑞格瑙拉却在返回的路上被法西斯分子抓住，用柳叶刀自杀了。后来美国人来了，亚姆伯还认识了美国黑人军人，德国投降了，希特勒死了，战争结束了。索拉若举行了庆祝大会，人们兴高采烈地唱歌、跳舞、弹琴。然而亚姆伯却因为格瑞格瑙拉的死，如同自己犯了罪似的郁闷。

这一节塑造了格瑞格瑙拉的博学而英勇的形象，讲了精彩的故事。文本符号系统呈深度纵向发展，横轴相对弱化。

"富有远见的年轻人"写的是法西斯倒台，第二次世界大战结束后的意大利生活状态以及亚姆伯的青春期烦恼。

战争结束了，城市里的晚上有灯光了，人们晚上可以出门散步了，露天电影院开放了，亚姆伯经常和父母一起去看电影，最著名的就是风靡一时的《卡萨布兰卡》。这个时期，报摊上出现了各种各样的报纸杂志，而最引人注目的是许多性感的封面女郎。"每个人都认为，自从1944以来，生活就是美好的。"亚姆伯常常骑着单车在路上溜达，经常思考格瑞格瑙拉以及他的哲学问题，如上帝是邪恶的吗？亚姆伯有两个表兄，一个是天天找不到工作的浪荡子，一个是小城里的舞蹈明星。亚姆伯最爱逛的是火车站的报摊，喜欢那个裸露胳臂和胸部的封面女郎——"红颜祸水"安迪妮,"男人可以为她去死"。亚姆伯喜欢秋天的雾,因为在雾中他经历了人生最危险的事情,而雾帮助掩护并拯救了他。法语杂志充满了诱惑,亚姆伯看着裸体的约瑟芬·贝克,感觉自己又一次犯了罪。亚姆伯很想忏悔,一个嘉布遣会修士给他推荐东·博斯科(Don Bosco)的《富有远见的年轻人》,该书教导年轻人如何向主祷告如何抵抗诱惑。亚姆伯唱着圣歌却始终想念着丽拉·莎芭。学校的精神导师也给他们阅读《富有远见的年轻人》,进行精神指导,每天要祈祷说"仁慈的耶稣,请怜恤我"。周日,父亲会带亚姆伯去看球赛,但是看到足球场上的混乱无序,亚姆伯突然有了启悟,他认为"上帝是不存在的"。但是忏悔师告诉他伟大的作家如但丁、曼佐尼甚至科学家都相信上帝,他也要相信上帝的存在,不过此后每去一次球场,亚姆伯就要失去一次灵魂。但是还有其他的方式失去灵魂,同学们都在悄悄传看不适合年龄的书报小说,到神秘的"红房子"去看女性表演。亚姆伯觉得应该忏悔,但他想起了雨果的《笑面人》,女王的妹妹裸着身子对笑面人说:"如果你是我丈夫,走开,你没有权力到这里来,这里是我情人来的地方。"多么冠冕堂皇的堕落,罪恶如此英勇而有力量。雨果评论道:"女人的裸体就是女人的武器。"而在电影《血与沙》中,男主角将脸深深埋在女主角的怀里,亚姆伯认为有些女人不裸体也有武器。亚姆伯感到迷惑,他躲进了自己的小天地,阅读并迷上了音乐。牧师东·瑞纳图借《失败者》一书给亚姆伯看,希望他从精神的诱惑中抗拒来自肉体的诱惑。主人公简直像个坏脾气的癫蛤蟆,他没有快乐的童年,从出生就是一个失败者,但是他渴求知识并将自己沉陷入书中。亚姆伯不是癫蛤蟆,他很可爱,他依然想着可爱的姑娘并依然无法抵抗诱惑。到高中二年级快结束时,他偶遇法国作家胡斯曼的小说《格格不入》,主人公迪斯·艾森特不问世事躲入自己的生活。亚姆伯最喜欢的篇章是他到英国游玩,回到巴黎已经筋疲力尽,最后决心回到自己的隐居地。亚姆伯认为自己也应该证明自己的逃离生活或者被生活拒绝是合理的，而只有疾病才能给出这种证明。他认为自己确实是病了，而且预演着死亡的仪式，亚姆伯说服自己最美丽岛屿永远是没有发现的，即使它偶然出现，也是在远方。"没有被发现的岛屿，因为它是达不到的，所以它永远是我的。"亚姆伯这样教育自己与丽拉相遇。

这一节主要写亚姆伯中学时期伤感而浪漫的成长，絮絮道来。文本符号系统的双轴基本是平行发展，既有纵向深入，例如亚姆伯的情感体验相当深刻，也有横向粘连，例如对书报杂志和小说的阅读介绍等。

"你如太阳般可爱"这个标题是亚姆伯所唱圣歌中的一句，"你如太阳般可爱，如月亮般苍白"，亚姆伯终于看到了丽拉的脸，但是却蒙着面纱。亚姆伯期待一生、寻找一生就是要等待一个最后的告别之吻，但是当他知道丽拉死亡之后，他永远都没有机会得到这个吻了，他就中风失忆了。

丽拉也是诞生于一部书。当亚姆伯接近 16 岁，正进入高三，他在祖父的书店里读到了罗斯坦德《西拉诺》，这本书他不知读了多少遍，即使是现在，如果有人问起，他也能从记忆中背诵出来。这是一部夸张的浪漫主义音乐戏剧。它和亚姆伯的成长紧密相连，是他的第一次情爱震颤。西拉诺是个非凡的剑客，也是一个天才诗人，但是长得很丑，有一个巨大的鼻子。他爱着神仙一样的表妹罗克珊娜，但是罗克珊娜却爱着外表俊美的巴伦·克里斯坦，此人成了加斯科尼军校的学生，罗克珊娜请求西拉诺保护他。西拉诺答应为她效忠善待巴伦。巴伦虽然外表俊美，但是却没什么文化，西拉诺帮他写信给罗克珊娜，教他怎样向罗克珊娜说情话。这样，罗克珊娜就听到了西拉诺的话，只不过是通过巴伦的嘴唇。后来西拉诺和巴伦一起上战场，巴伦不幸先中弹身亡，看到罗克珊娜伤心不已的样子，西拉诺怎么也无法说出事情的真相。几年过去了，西拉诺每个周六都会去看望罗克珊娜，这日他遭到了政敌的袭击，头部严重受伤，但是他用帽子遮盖了。罗克珊娜给西拉诺看巴伦留下的最后一封信，西拉诺在黑暗中直接背诵出来。罗克珊娜瞬间明白了所有的事情，但是西拉诺却否认道："不，不，我最亲爱的，我从来没有爱过你。"这时西拉诺已经精疲力竭，他靠在树干上，慢慢倒下了。罗克珊娜俯在他身上亲吻他的额头。这个吻如此珍贵，如此美丽，西拉诺在死亡来临时收到，并第一次闻到了她呼吸的芳香。这部戏剧对亚姆伯的影响如此之大，罗克珊娜的名字深深印入他的心中，他所需要的就是要找一张与名字相应的脸，这张脸就是丽拉·莎芭的。正如盖亚尼告诉他的，他是在学校的楼梯下方看到她从上面下来，因此他设想的和丽拉的相遇都是在楼梯上。

亚姆伯把所有的人和事都回忆过了，都回想起来了，但就是丽拉的脸还没看到，不过亚姆伯觉得她近在咫尺、一步之遥。亚姆伯幻想了他是怎样遇见丽拉的，放学后，他到丽拉家门外楼梯下方等候，当她下来时，他问："梵赞迪是否住在这里？"她说不，亚姆伯说"谢谢打扰了，我搞错了"，然后他就离开了。亚姆伯就这么简单的一次见面机会却没能介绍自己。丽拉其实有其他的活动，她有一个朋友，骑着当时最流行的小摩托车来接她，她穿着美丽的裙子坐在车上消失在远方。那诱人的摩托车对于亚姆伯来说简直是折磨的象征，他只能看到她的后背。而盖亚尼告诉亚姆伯，一次在电影院，他们一起看《西拉诺》，亚姆伯盯着前面丽拉的后脖颈直到演出结束。爱上后颈，爱上黄色的夹克衫。亚姆伯一生都在寻找丽拉的脸，而事实上，亚姆伯在沉睡的时候，她一直陪伴着他进行回忆，每个时刻都有丽拉的影子跟随。

到底是在做梦，还是在回忆？亚姆伯自己也不清楚。如果是梦，那么为什么梦不到丽拉的脸。所有的回忆是真的发生过，还是仅仅是梦境。丽拉在哪里，丽拉到底存不存在？亚姆伯警告自己绝对不能放弃，丽拉一定存在。他想起了洛安娜女王那神秘的火焰，于是他祈祷请求洛安娜女王让他看到丽拉，他的意念是如此强烈以至于近乎疯狂。于是亚姆伯站在学校的楼梯下方，等待着。有一个声音告诉他，可以将所见写下，却没有人会阅读它，因为亚姆伯只是梦见自己写下了它。先是出现了一座王位，原来是行星蒙戈的统治者——明，他的四周是他的四大保镖，他们和飞侠高登进行了大战，残酷的明最后从王位上跌落惨败。接着魔术师曼德拉上场，小龙女献歌，高登以及他的伙伴们，然后七个小矮人以及米老鼠等等都出来的，甚至西拉诺也出现了，嘴里念叨着他美丽的表妹。最后，洛安娜女王出现了，裙里的肚脐若隐若现，带着白色的面纱，头上插着羽毛，在两个打扮得像是印加皇帝的摩尔人陪伴下从上面下来了。她温柔地朝着亚姆伯微笑，鼓励地点头，并示意他看学校的门口。那里站着的是东博斯科，后面是东·瑞纳图，这两个神职人员答应亚姆伯，他的新娘就要出现。亚姆伯看到了许多的女孩子经过，在这神圣的时刻，丽拉就要到来了。丽拉什么样子呢？亚姆伯紧张地期待着，她是 16 岁吗，像一朵早晨露珠中的玫瑰。还是美丽优雅的 18 岁，抑或窈窕可爱的 17 岁。她带着面纱，神秘庄严。不是的，亚姆伯爱的她就是她原来的样子，黄色夹克上的脸，无论她是否病体虚弱，亚姆伯都要告诉她，她是世界上最美丽的女人。亚姆伯就要看到她了，看到他一生都在寻找的人，从波拉到西比拉，他就要成为完整的一体，但是一阵轻微的灰褐色的烟雾从楼梯上方弥漫开来，并遮掩了出口。亚姆伯感到一阵冷冷的强风，为什么太阳在变成黑色？

　　到故事的结尾，亚姆伯始终没看到丽拉，丽拉是否真的存在，并不重要。因为最美丽的岛屿是没有被发现的，那些达不到的才永远是最珍贵的。这一节符号的双轴是平行发展的，既有深情的回忆，又有平淡的故事罗列。

　　小说的最后一部分和第一部分一样是符号纵横双轴的平行发展，事件记忆的恢复，使得亚姆伯想起了年轻时候的很多事情，他也有了选择事件的能力，叙述充满趣味，故事引人入胜，尤其"大峡谷"那段冒险故事，精彩至极。而对于丽拉的探究尤其深入，丽拉来自小说中的人物原型，亚姆伯也像故事中的人物那样等待那个最后的吻，当他获知再也等不到的时候，他就出了事故，中风昏迷不醒。而对于意大利战后的生活叙述，昏迷中他应洛安娜女王之邀，看到了一系列的表演，则是横组合的粘连发展。总而言之，文本符号系统是双轴纵横交织，平行发展的。

结　论

《洛安娜女王的神秘火焰》这部小说与符号的双轴位移关系密切。文本系统的双轴平行位移时，呈现出的是和谐而完美的小说情节和故事发展。而当文本系统的双轴发生偏离，尤其在第二部分，其纵横两轴失衡，小说偏向横组合，几乎没有什么选择比较，只是大量的文化符码的堆积，这时小说呈现出的就是平面化，没有什么值得玩味，小说也失去了原有的趣味，枯燥乏味。尽管纵聚合在这部分也有发展，但是却跟不上横组合的发展。主人公的兴趣完全集中在各种报刊、唱片、漫画中，他的语义记忆在第一部分中是纵聚合型的，是隐喻性的，但是到了第二部分中，他的语义记忆反而成了转喻性的，呈现横组合的发展，原因是他对语义记忆的内容不加选择，批量生产。这种情况下，小说文本就是横轴发展，纵轴不够，小说本身枯燥无味，了无生机。正如评论者所言："只有最勇敢无畏的读者才能穿越这两百页文字。"到了第三部分，文本系统又呈现出双轴平行位移的可喜变化，主人公的记忆复苏，尤其是事件记忆的恢复，使纵聚合轴快速发展，小说的宽度增大，深度也增加，也变得相当有趣。与此同时，横轴也在不断发展，并没有停止，一时甚至又超越了纵轴的发展。但是总的来讲，最后一部分双轴是平行发展的，也因此使得小说第三部分呈现出了既有深度又有广度的最佳效果。

事实上，艾柯的小说都可以用来符号的双轴理论来分析，因为这迷人的双轴在许多方面都是适用的。一方面，艾柯的小说认识论价值非常大，这也正是符号双轴关系的一个例证。其组合程度比较大，但是聚合程度并不是很足。符号所指突出，认识性就强，而诗性即文学性也就较弱。因为诗性和认识性是呈反比关系的。也就是说，艾柯的小说所指突出，重视语境，具有极大的认识论价值，而小说也有自指性，但不是重点，所以诗性比较弱。总的来说，他小说的认识论价值高于其美学价值，这也是学者小说的通病。另一方面，艾柯的小说美学价值也相当高，虽然他的小说中充满了大量的知识，所指非常突出。但是，其小说的能指也并非很弱，他的小说难懂，是因为既充满了晦涩难懂的知识，同时，高超的小说技巧更是令人眩晕。比如《玫瑰的名字》采用的艺术技巧非常精妙，其能指和所指都很突出，侦探小说的外衣下是文史哲宗教等理论问题的探讨。而《玫瑰之名》也是其小说中最具代表性的，是思想性和艺术性结合的最佳典范。除此之外，其他几部小说的能指有所减弱，其横组合程度比较大，但这并不是说艾柯的小说文本在纵深程度上没有太多的变化和选择，而只是相比较而言，文本的形式横组合超越其纵聚合程度，但是就整体来说，他的小说无一不是纵横紧密交错的后现代经典。

第七章 结论——开放式百科全书

　　艾柯的小说之所以风靡世界，最大的原因就是其博学性和不可替代的百科全书气质。艾柯的小说融汇了百科知识，将学者型智性写作推向一个独特而又崭新的领域，充分显示了艾柯学者型作家的磅礴气势、渊博学识，达到了同类作家的不可企及之高度。

　　按照艾柯的定义和观念，所谓百科全书式特征，是指对同一时代的知识进行全面的涉猎状态。[①] 艾柯的小说正是这样一种状态。他甚至涉及了跨越时代的各种知识，从中世纪到现代社会、从宗教到政治、从信仰到科学、从历史到文化等各个领域，艾柯在小说中或通过叙述者或通过人物进行了大肆宣扬和讨论。如果从符号学的角度来说，艾柯的百科全书概念和他的辞典概念呈对应关系。所谓辞典，是能指和所指构成的一个有极强组织结构的意义空间。至于百科全书，它注意到用来解释定义的语词同样有待被理解，于是构成一个融合同一性、矛盾性和多义性的意义空间，意义在不同的语义场中跳跃，在不同的历史时空里发生关联。在这里，寻找意义的行为每一次都引向一个解释符串、引向更多的符号，永远不会终止。[②] 相对于辞典式的"语言王国"，艾柯的符号世界是百科全书式的"知识王国"。艾柯的小说无论在内容还是在表达方面，无论在对知识的广泛涉猎还是在意义的多重性、矛盾性、对立性方面，

---

　　① 筱原资明《埃柯——符号的时空》，徐明岳、俞宜国译，河北教育出版社，2001年版，第9页。

　　② Umberto Eco：*Semiotics and the Philosophy of Language*，The Macmillan Press，1985. P46—84.

都体现了百科全书特征。

　　艾柯的小说是真正的博学小说，是体现其符号学理论的百科全书。本章主要是从符号学角度分析他的小说艺术，总结其创作规律，为艾柯的小说研究提供必要的借鉴。此外，艾柯的小说还有其他几方面的特征，一并总结如下。

第一节　符号迷宫

　　艾柯是著名的符号学家，是国际符号学会的会长，从青年时期开始研究符号学，出版了一系列具有开创性的符号学著作，如《不存在的结构》《符号学理论》《读者的角色》《符号学与语言哲学》等。与他的理论相对应，他的小说中充斥着诸如象征、隐喻、代码等各种类型的符号。艾柯曾这样定义符号："符号可以认为是从能指角度替代他物的东西。这种所谓的他物未必非存在不可，或实际就表现在符号介入进来以代表它的时候。因此，符号学是这样一门学科，它研究可用以说谎的事物。倘若某种东西不能用来说谎，那么，反过来，也就无法用以阐明真理：事实上，等于压根无法用来'诉说'什么。我认为，关于'谎言理论'的定义应该视为一般符号学至为全面的大纲。"① 既然符号是可以用来说谎的事物，那么符号所指的事物可以存在也可以虚构，符号无所谓真假，而只在于有效无效。这些符号得到接收后，产生效果和意义了，就达到目的了，便成为有意义的符号。在他的小说中，符号众多，文本充满能指与所指的或对应或游离的狂欢，真假错综纠结，虚实相克相生，淋漓尽致地体现了符号学家的小说特征。

　　《玫瑰的名字》是一部关于能指力量的小说。玫瑰在符号的一级系统中是一朵玫瑰花，它的所指是芬芳。但在文本中，即它的二

---

　　①　艾柯：《符号学理论》，卢德平译，中国人民大学出版社，1990年版，第5页。

级系统中，它的能指隐匿或者消逝，因而所指不明。从而，玫瑰意味着没有指称，也没有内涵，而这个正是其内涵——能指无限衍义造成的"意不尽言"——所指模糊的悖论。玫瑰的名字到底是什么，根据能指的无限衍义，玫瑰可以有无限多的名字，但同时，玫瑰也就失去了名字。正如艾柯所言："玫瑰的象征意义如此丰富，以致于很难说它还有什么意义。"① 而玫瑰在这部小说中，除了在结尾处的那句话："昔日的玫瑰芳香已逝，我们拥有的是空空的名字"外，② 基本没有出现，因此，它是一朵无名的玫瑰。

在《傅科摆》中，代码成为主要的研究对象。代码理论是艾柯符号学的一个重要领域，艾柯曾经以"水闸模式"生动解释过"代码"原理。在小说《傅科摆》中，他将代码理论融入中世纪的圣殿骑士团的故事中，而整部小说完全可以借用巴尔特的五种文学代码来进行分析。如象征代码有生命之树、金喇叭、圣杯、昆达里尼蛇、地图、埃菲尔铁塔等；文化代码有犹太、基督教、圣堂武士的历史发展演变以及意大利、巴西、巴黎的文化差异等；内涵代码有赫米斯计划和傅科摆等；行动代码则有编造计划、寻找地图、讨论出版、参加神秘主义的仪式等；疑问代码有关于圣堂武士计划、神秘主义的思想和来源等。

《昨日之岛》主要讨论的是比喻。首先小说有大量的比喻用法，再者小说中通过叙述者和人物对比喻进行了大量的讨论和研究，使得比喻这个符号学中的重要概念得以感性地显现。主人公的各种幻想（幻想出来的贵妇人，以及他的私生弟弟费航德），都是伪造捏造幻想虚构的真实。其中最重要的"武器膏药"和"交感粉末"是两个能指不同所指相似的符号。

《波多里诺》是最能体现艾柯"符号谎言论"的一部历史玄幻

---

① Umberto Eco: *Postscript to The Name of the Rose*. Harcourt Brace Jovanovich, Inc. 1984. P3.

② Umberto Eco: *The Name of the Rose*, Harcourt Brace Jovanovich, Inc. 1980. P502.

小说。在这部小说中，最主要的符号是祭司王约翰的信件、祭司王约翰的东方王国和圣杯。这部小说简直是符号的狂欢，一切都被符号化了。有各种人物符号如波多里诺和他的伙伴、敌人以及女性人物等。有各种器物符号如圣杯、圣迹、圣物、圣像等。约翰的东方王国永远不能到达，但是它却是存在的，因为它吸引着无数的人们为之疯狂。这些事物的真实与否不重要，然而它们却是如此真实地构成了历史——祭祀王的信件是假的，但却影响了历史的发展；圣杯是一个破木碗，但没有人怀疑它的真实性；阿布杜的爱情纯粹出于想象，他却完全信以为真。正所谓"假作真时真亦假，无为有处有还无"，所有这些都来自谎言的力量，而谎言则是符号的功能。

《洛安娜女王的神秘火焰》中最重要的符号学概念是象征。在这部小说中，艾柯采用了大量的象征符号。这部小说最能体现老年艾柯的思想，小说主人公在感时伤事的追忆中寻找并重构了自我。小说中最重要的一个象征就是"雾"，叙述者兼主人公经常陷入迷茫的"雾"中，不知方向。雾的意象在这部小说中得到了最详尽地发挥和想象，这一意象在《波多里诺》中也多有呈现，这是一个朦胧且含混的象征。艾柯自己出生在意大利北方一个恒雾地带，因此在他的小说里，对于雾的思考以及对于雾的各种想象都成为他的灵光。

艾柯的每部小说都有主要的符号，也有些符号是艾柯惯用的，比如玫瑰，在每一部小说中都会出现，当然其指称的意义各不相同。又比如"火"，《玫瑰之名》中图书馆大火，《波多里诺》中君士坦丁堡的大火，《傅科摆》和《昨日之岛》也多有大火，"在中世纪，教堂和修道院像火绒一样易燃，想象一个没有火的中世纪故事，正如想象一场第二次世界大战的电影里没有燃烧着的战斗机一样"[1]，艾柯如是说。

---

[1] Umberto Eco: *Postscript to The Name of the Rose*. Harcourt Brace Jovanovich, Inc. 1984. P29.

艾柯的小说称得上是符号王国，众多的符号纠结成了纵横交错的迷宫。而在艾柯那里，迷宫通常有三种类型：第一种类型呈线状，是以希腊神话讲述的迷宫为象征。这种类型最终是把入口或者出口同中心部连接起来的一根绳（在希腊神话中就是阿里阿德尼之绳）。第二种类型成树状，是以迷路为象征。在这里，每次都会在岔路口面临选择，走进一条死胡同，再折返回来，只有如此往复方能抵达一个出口。这个分叉结构被看成一棵大树状。第三种类型是网状的，与前两者不同，既无内部又无外部。在这里，一个结节点不仅通过另外单一的结节点和单一的方式结合，而且通过另外的方式与其他的结节点结合。这种类型被看作网状。可以看出，艾柯的网状迷宫类型极似德勒兹的"块茎理论"，毋庸置疑，艾柯的符号学是非常具有后现代主义特征的符号学。艾柯将符号过程世界，即人类文化世界设想为这种迷宫结构，认为它有五个特点：①网状结构；②无限的，可以多重解释；③不仅有真理，也有虚假的、想象的、传说的诸般内容和主题；④永无完成之日，只能作为一种调节性观念存在；⑤具有局部性和暂时性，不可能组织成一个完整系统。[1]

在做了这样的区别之后，艾柯认为，所谓百科全书，是属于第三种类型的、无中心的网状组织。而艾柯的小说正属于这样的百科全书式迷宫或曰迷宫式百科全书。

第二节　知识王国——中世纪

艾柯的小说世界五彩缤纷，摇曳多姿。从中世纪到后现代，从历史到现实，庞杂的内容，深沉的哲思，带你进入知识与符号的迷

---

[1]　李幼蒸：《理论符号学导论》，社会科学文献出版社，1999 年版，第 310－311 页。

宫。他的小说大都是以中世纪为背景，融入宗教、哲学、科学、美学、符号学、诠释学等多种学科的知识，成为以中世纪为根基、以各种知识为伸展的微型百科全书。

艾柯对中世纪的热爱始自他的青年时代。1954年他在博士论文的基础上出版了《托马斯·阿奎那的美学问题》，对中世纪的经院哲学和托马斯的美学问题进行了精心研究，从此他对中世纪的研究就不曾中断。1959年他出版《中世纪美学的发展》一书，1966年出版了《混沌宇宙美学：乔伊斯的中世纪》。艾柯之所以研究现代文学大师乔伊斯，一个重要原因就是乔伊斯对于中世纪同样情有独钟，并也曾对托马斯深深着迷。而艾柯最为推崇的《芬尼根守灵》是他认为的与中世纪最为关联的百科全书小说。1986年，艾柯出版了英文版《中世纪的艺术与美》，全面总结了他的中世纪艺术观和美学观。为了写小说，艾柯反复阅读中世纪编年史，熟悉编年史写作的节奏。正因为艾柯有着深厚的中世纪根底，他才能以敏锐的眼光来观察并分析纷繁复杂的历史事件，用历史小说这一文学形式来反映时代精神和风貌。正如艾柯在访谈中曾经说过的"中世纪是人类的童年时代；为了探究以往的病症，必须常常回顾这个时代"一样，[①] 他的小说无不要回到中世纪去畅游一番。

艾柯的小说成名作《玫瑰之名》是一部不可多得的侦探—哲理—历史小说。故事发生在1327年，当时的意大利正处于天主教封建势力反动统治的阴影中。英国天主教方济各会修道士威廉和年轻的徒弟阿德索来到意大利北部山区本尼迪克特教会修道院，参加关于宗教与清贫、王权与意志的大辩论。在修道院的七天中，他们耳闻目睹了一系列神秘的死亡事件。这一切都与缮写室中的一本怪书有关。在那座八边形的迷宫式的图书馆中，他们发现了谋杀案的秘密：原来是前图书馆馆长约尔格在怪书上涂了剧毒药物，因为他

① 昂贝托·埃科：《玫瑰之名》，林泰、周仲安、戚曙光译，重庆出版社，1987年版，前言.

害怕这本宣传真理的"怪书"会影响人们对天主教教义的信仰。这本怪书就是传说中的亚里士多德的《诗学》第二卷《喜剧》。他看到阴谋败露，便把怪书撕毁，并放火焚烧图书馆。威廉冒着生命危险从大火中抢救出的只是这座基督教世界最大图书馆中的微小的一部分。除了扣人心弦的侦探故事情节外衣外，《玫瑰之名》涉及神学、政治学、历史学、犯罪学等知识，在政治上表现了教皇与国王之间的冲突，在宗教上反映了圣经中有关罪恶的预言，还涉及亚里士多德、阿奎那、培根等不同的思想。阅读全书，犹如通过意大利来欣赏欧洲中世纪晚期和文艺复兴初期五彩斑斓的历史画卷。小说充满各种学问，尤其是艾柯对符号的巧妙运用更使小说妙趣横生，德国《明镜》周刊曾说，这是"近年来写法最妙，内容最有趣的小说"①。

《玫瑰之名》获得了极大的成功。虽然由于侦探小说的外衣令人感到有趣，但其中的深奥哲理、百科知识则可能成为理解的障碍。而《傅科摆》则是一部被人称之为"比《玫瑰之名》更难懂的小说，它有太多的地方简直像极了数学、物理学、神学、史学、政治学乃至历法学的论文"②。故事发生在 20 世纪 60 到 80 年代，其中心内容则是中世纪的圣堂武士的历史演变，从其诞生、在世界各地的发展一直到现代社会。《傅科摆》的主人公卡素朋和他的朋友在偶然的机会里掌握了一份神秘文件，他们"发现"了一个天大的秘密：每过 120 年，一代又一代分散在欧洲各地的 36 名圣堂武士将要重新聚首一次，拼合他们手上断简残篇的信息，以便掌握一种可以控制世界、改变人类前途的巨大能量。据说西方历史上的种种神秘社团，比如蔷薇十字会、大白兄弟会、共济会等，一直在追求着这种比核武器还要可怖的能量。据说莎士比亚、培根、马克思乃

① 昂贝托·埃科《玫瑰之名》，林泰、周仲安、戚曙光译. 重庆出版社，1987 年，前言.
② 安伯托·埃柯《傅科摆》，谢瑶玲译，作家出版社，2003 年版，第 5 页.

至爱因斯坦等历史名人，也都是圣堂武士的传人。卡素朋的女友莉亚通过研究文件得出另外的结论：根本就没有什么圣堂武士的秘密，那份文件不过是个送货－购物清单。但已经走火入魔的卡素朋等人根本不相信她的解释，同时，许多"要将秘密知识据为己有的人"开始关注此事。结果是很多人在这个过程中死去了，卡素朋知道自己也难逃毒手——虽然所谓的"秘密"不过是他们三人自己的"发明"。这部小说将中世纪与现代完全打通，让中世纪圣堂武士来到现代，试图将欧洲的历史重写。

《昨日之岛》讲的是 17 世纪的海难故事。1643 年七八月间，一艘负有寻找 180°经线位置之秘密任务的商船阿玛利里斯号在南太平洋某处遇难。船上唯一的幸存者罗贝托是个患有疑心病、妄想症、惧光症而且不会游泳的年轻人。在遭遇海难之后，他又让浪潮冲上另一艘弃船达芙妮号。罗贝托勉强依靠达芙妮号上残存的粮食、果菜和家禽维生，坐以待毙之余，只能靠书写情书以及回忆，最后演变成小说，打发时光。写一切样式和内容的小说，甚至还幻想出一个弟弟"费航德"……真实与虚构渐渐分不出界限。到最后，他离开达芙妮号，奋力游向未知的结局。17 世纪是中世纪与现代的交界处，人类将跨入新的时代，科学思潮兴起，但却与过去难分难舍。主人公罗贝托对于科学的探索，对于哲学的思考，是艾柯的哲学家小说风格的又一次展示。

《波多里诺》的故事发生在 1204 年，"十字军"东征中君士坦丁堡遭到劫掠，混乱中主人公波多里诺救了拜占庭史学家尼塞塔，在随后的避难途中，波多里诺向尼塞塔讲述了自己传奇的经历。他自称是神圣罗马帝国皇帝腓特烈收养的义子，皇帝的舅舅奥托是他的老师。在巴黎求学的时候，波多里诺和朋友们想象出一个"约翰王大主教统治的遥远的东方王国"，他还把亲生父亲的破木碗当成"圣杯"献给义父，以说服皇帝让他们去寻找那个构想出来的国度。一路上他们经历了重重神话和传奇里才有的奇境……最后，尼塞塔相信波多里诺是个说谎者，他的经历都是编造出来的，但毕竟这是一个伟大的故事。

　　除了最后一部小说《洛安娜女王的神秘火焰》外，艾柯的小说都与中世纪有着千丝万缕的联系，中世纪的各种问题诸如宗教争论、圣殿骑士的功过、科学新发现、"十字军"东征、基督教城市的兴建和千年王国的诞生等都被艾柯一网打尽，尽入他的创作。举凡历史、政治、宗教、神话、哲学、科学、技术、语言、文学，乃至军事、航海、医药、机械、烹调、魔法、迷信，林林总总，无所不包，他的小说复原了一个生机勃勃的中古世界。虽然艾柯的小说取材于中世纪，但艾柯绝对没有停留在中世纪，而是将中世纪与现代社会联系起来，他的指向最终是现代社会生活，因为现代生活中有许多问题来自中世纪，正如他在《后记》中谈到的趣事：他写的是中世纪，别人误认为是现代的，而现代的，却被认为是中世纪的。[①] 中世纪既是危机的时代，同时又是成熟的时代，是知识的游戏和储存两者并存的时代。艾柯认为，对这个时代的认识，在某种意义上也适用于现代。在艾柯的各种论著中，尤其在他的小说创作中，都体现了他对中世纪的熟悉和钟爱，中世纪给了他无尽的灵感，而他的创作终生也没有离开这块丰沃的土地。

第三节　书中之书——互文性

　　互文性是 20 世纪后半期文论中的一个关键词，尤其是在后现代文论思潮中更是炙手可热，该词最早出自法国结构主义符号学家克里斯蒂娃。克里斯蒂娃认为：文本与一个文化中的其他文本之间的关系，常被称作"互文性"（intertextuality），与一个文本有关的其他文本就是"互文"（intertext）。互文是在文本之中隐藏着的

---

　　① Umberto Eco：*Postscript to The Name of the Rose*. Harcourt Brace Jovanovich, Inc. 1984. P77.

一个文化中的文本传统积累，是"书中之书"。后来互文性成为文论中一个独特的用语，再后来，互文性被用于各个领域，以至于成为失去本来意义的一个普遍性的术语。

如果说互文性无所不在，那么艾柯则是将其发挥到了极致。在他的小说中，"互文性"是一个非常突出的特征。首先从他小说中各种人物的名字就可见一斑，《玫瑰之名》中，威廉一名出自柯南道尔爵士《夏洛克·福尔摩斯》系列里的《巴斯克维尔猎犬》。威廉和阿德索师徒二人可以看作是对福尔摩斯和华生的戏仿，威廉的智慧、深邃以及超人的观察力正如著名的侦探福尔摩斯，阿德索的谦逊、好学以及得体的辅佐正如华生。除了福尔摩斯，人们或许会想起吉姆斯·邦德，艾柯对于邦德曾经有研究并有专论，对于邦德的侦探故事不会不受到影响。而小说中罪大恶极的图书馆老馆长则是对博尔赫斯的戏拟，约尔格的博学和失明类似博尔赫斯，至于他是个杀人凶手，艾柯说道"人物不得不按照他们自己所生活的世界法则行动"①。博尔赫斯对艾柯影响深远，艾柯曾写文章《博尔赫斯的影响和我的焦虑》以说明作家之间不可避免的"影响和借鉴"，以及博尔赫斯对众多作家的影响。

互文性不仅指前文本对后文本的影响，而且常常因为释义的原因出现前后影响的颠倒。而正是博尔赫斯首先指出了前文本的逆向影响关系。他在《其它探讨》一书（1960）中指出："实际上每个作家都在创造他的先行者。他的作品修正了我们对过去的看法，正如这作品也修正了未来一样。"② 而艾柯在《故事中的读者》一书中写道：博尔赫斯提倡，读作品《奥德赛》要把它当作《埃涅阿斯纪》以后的作品，或者读《模仿基督》要把它当成是赛里努写的作品。这是光辉的、刺激的、简直是可以实现的建议，而且，其创造

① Umberto Eco：*Postscript to The Name of the Rose*. Harcourt Brace Jovanovich, Inc. 1984. P29.

② 博尔赫斯：《其他探讨》（Jorge Borges, *Other Inquisitions*）英译本，1964年版，第108页.

性是无与伦比的。① 事实上，在《玫瑰之名》的序言中，艾柯也开了个玩笑，暗示博尔赫斯曾经看过这部小说。总之，他讲的是通过打乱时间上的前后关系而产生令人眼花缭乱的感觉。我们可以理解为，艾柯以其自己的方式实践了博尔赫斯的建议。在这个时间的迷宫中，博尔赫斯甚至有可能会彻底了解《玫瑰之名》中的约尔格。

《傅科摆》最突出的特征就是这个小说的名字，它一语双关指向两位大师。一是让·伯纳德·莱昂·傅科（Jean-Bernard-Léon Foucault，1819—1868），他是 19 世纪法国物理学界的巨擘，他曾经参与发展高精度测量绝对光速的技术，更为地球绕轴旋转提供了实验证明。所谓"傅科摆"，是这位物理学家赖以证实地球自转速率的设计——它是一个悬垂于 67 米长的钢丝底端的铁球，重 28 千克；这个摆在无须人为助力的情况下，因地球自转而移动，其速率为地球转动速率乘以纬度的正弦。但是"傅科"这个名字或许另有所指，它暗示的是米歇尔·福柯。傅科的"历史非连续性"观念曾引起过人文社科界的强烈反响，而在小说中，艾柯却以"圣堂武士"在历史上的发展作为论据，对这个观点做了反证。但事实上，艾柯更加深入，他的故事得出的结论是历史可能是连续的，也可能是非连续的，历史在于如何叙述和如何解释。不过在这里，却又和傅科成了同道，傅科提醒人们的正是"历史如何被书写"。虽则如此，但艾柯曾经在《诠释与过度诠释》中谈到这个问题，他说："很多人都会想到那个大名鼎鼎的米歇尔·傅科，但事实上，这部小说和傅科没有任何关系。"② 这一说法更增加了小说的迷惑性。小说中关于神秘主义、罗塞克鲁主义、圣殿骑士的故事则源于中世纪各种宗教、历史、传说等。艾柯自己说这部小说曾受福楼拜和博尔赫斯小说人物的直接影响，神秘主义也可能受到博尔赫斯的

① 筱原资明：《埃柯——符号的时空》，徐明岳，俞宜国译，河北教育出版社，2001 年版，第 135 页.

② 安贝托·艾柯：《诠释与过度诠释》，王宇根译，生活·读书·新知三联书店，1997 年版，第 89 页.

影响。①

《昨日之岛》作为海上冒险、海难式传奇小说，根据日本学者筱原资明的考证，很可能受到了中世纪学者作家格拉西安的影响。格拉西安的长篇小说《克里特海》（1651—1657）也采用海难小说的体裁，准确地说，开了海难小说的体裁的先河。这部小说对笛福的著名小说《鲁滨逊漂流记》（1719）产生了影响。关于《昨日之岛》，很多人都会谈论《鲁滨逊漂流记》，而《鲁滨逊漂流记》本身则是以《克里特海》为一条伏线的。另外，格拉西安作为哲学家，在创作小说之前对小说的理论分析和思考，和艾柯的思路也是一致的。为开疆辟土或探险游乐而远航的故事不乏遇难、登岛、求生、救援、获救这一连串的模子，如爱伦·坡的《海上历险记》、史蒂文森的《金银岛》和大仲马的《基督山恩仇记》。到了威廉·戈尔丁的《蝇王》里，尽管平添了前所未见的政治批判，吸引一般读者入迷的那个老模子依然故我。这种海岛历劫故事之不胜枚举，俨然可以成立一小的文学类型。

《波多里诺》采用的是骑士小说、流浪汉小说的形式。这类小说也已经成为一种显而易见的模式，作品不胜枚举。如最早的法国作家勒那·勒萨日的《吉尔·布拉斯》、托尔美思豪森的《痴儿西木传》，到鼎鼎大名的塞万提斯的《堂吉诃德》，甚至菲尔丁的《汤姆·琼斯》都是这类小说的代表。而《波多里诺》尤似《唐吉柯德》，主人公波多里诺的一生经历和唐吉柯德非常相像，都是三次出征，都是博学多识而又疯疯傻傻。波多里诺既有唐吉柯德的游侠骑士精神，又有唐吉柯德正直高尚的灵魂。

《洛安娜女王的神秘火焰》可以看作意大利版的《追忆逝水年华》。主人公亚姆伯因失去记忆，而回到老家去寻找逝去的岁月，寻找和重建自我的过程，正如马塞尔对他一生的追忆。从《悠游小说林》中我们可以看出艾柯极为推崇普鲁斯特的《追忆逝水年华》，

---

① Umberto Eco, *On Literature*, Harcourt Brace Jovanovich, Inc, 2002, P125.

他把令人厌倦的描述称作"徘徊的美感",① 而艾柯的每一部小说都体现了这种徘徊、漫步、延长、迂回的特色。洛安娜女王是一部漫画书的故事主角,主人公"亚姆伯"的全名来自意大利著名的印刷术发明者博多尼。在《诠释与过度诠释》中,艾柯曾谈及卢里亚(Lurija)的小说《破碎世界里的人》(*Man with a Shattered World*, New York, Basic, 1972):"发生在卢里亚所描写的某个扎茨基(Zatesky)身上的事同样在我身上发生了:扎茨基因在战争中脑部受伤而丧失了全部记忆与说话能力,但幸好还能写——这样他的手便自动将他无法想起的东西写了下来,通过阅读这些写下来的东西他最后重新建构了自己。"② 这部小说对艾柯的《洛安娜女王的神秘的火焰》来说,应该是有互文意义的。主人公亚姆博和扎茨基经历极为相似,只不过扎茨基是在战争中脑部受伤,亚姆博则是因为车祸中风而患上失忆症。

除此之外,互文性非常明晰地体现在小说的外表——形式方面。艾柯的小说在外形方面有着理查德·罗蒂所言的"家族性相似"的特征,这一特征突出体现在小说的标题方面。他的每部小说的每章都有故事简介,类似古典小说风格。在《玫瑰之名》中,是一个超然的叙述者概括了每章的主要情节内容;在《傅科摆》中,有十个塞弗拉的象征代码作为每一部分的标题,而每一部分的开头都有一段与小说内容紧密相关的引文;在《昨日之岛》中,各章的标题分别取自 17 世纪著作的名称,意指故事内容。引人注目的是,格拉西安的著作被用作两章的标题。在《波多里诺》中,题目概括了故事内容;在《洛安娜女王的神秘火焰》中,每个标题都是一本书中的一句诗,这句诗正好象征对应了该部分的内容。这个"家族性相似"特征,既体现了艾柯自己小说文本之间的互文性,也体现

---

① 安贝托·艾柯:《悠游小说林》,俞冰夏译,生活·读书·新知三联书店出版社,2005 年版,第 52 页.

② 安贝托·艾柯《诠释与过度诠释》,王宇根译,生活·读书·新知三联书店,1997 年版,第 94 页.

了他的小说与其他众多文本的互文性，更是显示了艾柯小说的百科全书性。

互文性一方面体现了艾柯渊博的学识，另一方面也体现了其小说的后现代特征。可以说，艾柯的小说就是一出出互文游戏，它几乎采用了一切表现互文的手法：明引、暗引、戏仿、拼贴、化用等。这些技法的运用，由于把他人话语等诸多外部因素纳入当下文本，一方面促使读者质疑文本的同一性、自足性和原创性，另一方面又迫使读者倾听文本中的多重声音，解读出多种文本含义，从中获取阅读的乐趣和自由。艾柯的小说是"书中之书"，这一特征充分显示了艾柯小说的百科全书性。艾柯藏书五万册，这从侧面也反映了艾柯对知识的追求和他小说中互文性的必然。

第四节　从结构到解构

20 世纪 60 年代是结构主义鼎盛的时代。艾柯符号学理论最早来自结构主义大师巴尔特的引导，曾被戏称为"意大利的巴尔特"，在他深受巴尔特结构主义和符号学影响的同时，他发展了索绪尔和皮尔士的符号学理论。后期，艾柯从结构主义符号学转向了解构主义符号学，然而，他又不囿于解构主义。随着解构主义的虚无主义倾向愈加强烈，他理性地分析后，和解构主义保持距离，或者说，他在结构主义和解构主义之间游弋，这在他的理论著作如《诠释的界限》和《诠释与过度诠释》中多有论述。在他的小说中，也充分体现了他的这一矛盾或曰辩证之处。

艾柯的小说表层呈现出的是一种传统的结构主义线性叙述模式，从开端到发展再到结局，遵循的是传统现实主义小说叙述方法，并且按照解构主义故事特征，基本是从主人公出门，寻找某物再到归来这样的模式，主人公都是在寻找，体现的是一种"寻找"母题。如《玫瑰之名》，按照威廉和阿德索到达修道院后的时间顺序，从第一天到第七天寻找凶手的侦探过程。而众多的修士死于非命都因为他们在寻找神秘的被禁止的知识。《傅科摆》中则是卡素朋及他的朋友贝尔勃、狄欧塔列弗等人寻找圣堂武士神秘计划的过程。《昨日之岛》是主人公罗贝托出海寻找隔开昨日今日时间的180°经线的过程。《波多里诺》写的主人公波多里诺寻找祭司王约翰的东方王国的过程。《洛安娜女王的神秘火焰》则是写主人公亚姆伯失忆后重新寻找自我的过程。艾柯的小说解构主义叙事模式是非常明显的，这体现了他的小说传统的一面。

然而，艾柯的过人之处在于他不仅仅止于这些，他不仅有传统的一面，他还有现代或者后现代的一面。他的小说虽然是线性发展、寻找母题，但是小说的行进过程中却并不是那么传统和规范，他运用了大量的现代和后现代小说技法，诸如内心独白、意识流、拼贴、剪切、戏仿、悖论、反讽等。而最重要的是小说的结局，主人公最终都没找到自己想要的东西，因此消解了终极意义。小说在深层结构上体现的是解构主义或者后现代的小说思想。

《玫瑰之名》中，艾柯除了运用传统的侦探小说模式外，还采用了诸多的后现代技巧，如元叙述、对话、双重编码以及互文反讽①。在《傅科摆》中，除了线性的叙述结构，整部小说以犹太神秘主义思想——卡巴拉生命之树的象征为解构模式，形成了一种独特的空间叙述方式，打破了单一的线性叙述模式，从而更加体现了后现代的叙述技巧。《昨日之岛》中有双重编码，罗贝托和他的影子费航德在小说中互为小说主人公，互相戏拟和反讽。《波多里诺》中运用撒谎大王波多里诺的谎言对历史进行建构和解构。《洛安娜女王的神秘火焰》中结构和解构的关系则是互为补充，并行不悖。在寻找过往的"我"的过程中，主人公解构了曾经的我，并建构了新的"我"。这个新我当然不是旧日的我，而是截然不同于昔日的我。

---

① Umberto Eco, *On Literature*, Harcourt Brace Jovanovich, Inc, P212.

艾柯的小说主人公都在寻找，但最终什么都没找到，这是对西方逻各斯中心主义的探讨与解构，呈现了一种后现代的解构真理和历史、不确定性的文本寓意和结构。但从艾柯的小说发展来看，五部长篇却并非一成不变，而是呈现一种渐次的变化，这些文本的变化反映了作者艾柯思想的重大变化。如前两部停留在解构完毕的层面，《玫瑰之名》中一把大火焚烧了真理的堡垒——图书馆，一切都成为废墟。《傅科摆》中的重要人物一一死去，只剩下卡素朋在恐惧中等死。在第三部小说《昨日之岛》中，罗贝托最后奋力游向对岸那个未知的海岛，虽然行动，但对自己的行动毫无把握。《波多里诺》中，波多里诺经过痛苦的思索后再度出发，并且有了明确的目的，决心完成自己和伙伴们未竟的事业。而在《洛安娜女王的神秘火焰》中，亚姆伯经过一系列的调查、思考，重建了回忆并重构了自我。依次看来，艾柯从对结构主义的怀疑到解构主义的虚无，最终似乎又返回到了起点——终极核心。在能指和所指之间，他回到了能指：在绝对和相对之间，他偏向了绝对。实际上，他的小说以无序的外表显示了宇宙的有序性，在对历史嘲讽和解构的同时又试图维护历史的必然性。

因此，我们可以这样说，艾柯的小说既非纯粹的解构主义模式，亦非无边的解构主义不确定性，而是在两者之间不断滑动，不断游移。正如艾柯在一次谈话中所言："我同意罗斯的观点，即对于绝对的怀想和对于混沌的信心使得我的作品生气勃勃。这种对于绝对秩序的怀想是一种精神因素，产生于我早期的宗教教育，我也把这种怀想传给我的小说人物。"①

---

① Illuminating Eco, *On the Boundaries of Interpretation*, Edited by Charlotte Ross Rochelle Sibley. Published by Ashgate Publishing Company, P199.

第五节　在封闭中开放

艾柯早在 1958 年第十二届国际哲学大会上就发表了关于《开放的作品》这篇文章。但是，这时的艾柯似乎还未打算将其编成一本书，而是作家伊塔洛·卡尔维诺使他产生了这个想法。当时，卡尔维诺看了登载在杂志上的这篇文章，就劝艾柯出本书。1962 年，艾柯出版了他的引起广泛争论的《开放的作品》一书，艾柯指出开放的作品是指"欢迎读者参与"的作品，他的小说正是他思想观念的印证。艾柯的小说不仅具有传统小说的封闭性，更具有后现代式的开放性，是一种在封闭中的开放。

所谓开放的作品，总的来说，意思是为接受者的参与而被积极展开的作品，这里说积极，是因为创作者方面具有对这种开放的要求。所谓封闭的作品，则是不能接受读者的参与，而只是满足读者的期待。事实上，艾柯的这种开放与封闭极似巴尔特的"可写"的与"可读"的文本概念。在某种意义上，这种开放与封闭之说也就是传统与现代或者后现代的界限。不过，艾柯所谓后现代，指的并非时间概念，而是文本呈现的对于过去的重新反思，比如拉伯雷、塞万提斯等都被他认为是后现代作家。

在《〈玫瑰之名〉备忘录》中他自称是亚里士多德诗学的赞赏者，艾柯吐露心声称其小说整个情节都是值得欣赏的。但是，或许由于曾经维护过开放的作品这一形式的前卫，他不会以简单的形式歌颂对情节的恢复。诚然《玫瑰之名》具备作为侦探小说的情节。但是，引导侦探进行推理的原因之一是约翰的启示录。到了最后关头，启示录式的推理没有发挥作用，即推动推理的情节本身已经引用，作为引用的情节，决不会产生出什么自鸣得意的结果。说起来，威廉也不是令大众得以安慰的超人，他最后落得个死于鼠疫的悲惨结局，似乎是为了证实这一点。《玫瑰之名》乍一看虽然是封闭的文本，但它作为后现代文本，又同封闭的文本这一明显的模式保持距离。

《傅科摆》表面上是一部推理小说，一群博学之士为了神秘的"计划"而不惜任何牺牲。在步步深入对神秘主义以及圣堂武士的追踪解构的同时，历史被他们重写。但这部小说却并非如传统的推理小说一样，故事的结局并非如人们料想的那样顺理成章，他们孜孜以求并为之付出生命代价的东西，竟然只是一张购物——送货单而已。巨大的历史秘密如此不堪一击，所有的真实与虚构都混为一体。而卡素朋全然不知道自己的朋友们是否真的死了，因为他自己也被心理医生瓦格纳诊断为"疯了"。小说在庄重严肃的推理中展开，然而却处处充满了解构主义的不确定，读者在一次次的期待中一次次地失望，不得不参与开放小说的创造。

《昨日之岛》是海上冒险小说，这类小说也已经成为一种模式。而不同的是，在众多的海上冒险小说中都有一个貌似真实的故事和结局，有现实主义的典型细节以及塑造典型人物的典型环境，是满足读者期待、无须读者参与的封闭的文本。但是在《昨日之岛》中，英雄不再是英雄，而是一个多愁善感、多思多虑、手无擒拿能力的学者。他所做的就是在弃船上进行幻想，然后将幻想写成日记、情书和小说。对于他寻找 180°经线的任务，他早已抛到九霄云外了。在他的系列写作中，对各种思想进行探讨，读者也不得已跟随他进行哲学思考和逻辑分析。这已经完全不同于以往的海上冒险小说，而是一种吸引读者参与其中的开放文本。

《波多里诺》是流浪汉式的传统小说封闭模式，寻找祭祀王约翰的东方王国一如各种西游东游记，但是这群寻找者却非同以往，历史的创造者不再是帝王将相和英雄，他们是天下最善于撒谎的小人物。他们通过自己的幻想，在谎言中建构、创造历史并推动、改写了历史。波多里诺的每一步行动都不是故步自封的，他的每次行动都是未知的，连他自己都不知道他下一步要做什么。但是随着他的讲述，他的故事延续开来，历史也在他的讲述中得以成形。读者随着他的讲述，一并参与了历史的创造。后现代主义的"历史是被叙述出来的"观点也在此呈现无疑。

《洛安娜女王的神秘火焰》以回忆录的模式再现主人公的青春年华，真实的追忆、调查、研究，真实的亲人、朋友，真实的童年、初恋、战争和法西斯，一切都毫无疑问。然而他却是一个失忆症患者，他已经完全不记得自己的真实生活，而只是记得所读书中的内容。因此，他的回忆是真实的经历，还是幻想的建构？在真实与虚构之间，读者要自己去思考。

综上所述，艾柯的小说采用的是传统小说的封闭的模式，同时采用大量后现代的手法，在封闭中对外开放，在开放的同时拥有合理的封闭。封闭和开放互相生发，互为补充。这实际上也是他在结构主义和解构主义之间、在传统和现代之间徘徊的又一体现。

艾柯的每一部长篇小说都可以看作微型百科全书，真正体现了融文学、历史、哲学、科学、宗教等众多学科为一体，旁征博引、洋洋洒洒，将互文性发挥到了极致，具有对话、复调、狂欢化、拼贴、剪切、戏仿、模拟、反讽等纷繁的现代、后现代诗学美学特征。艾柯将理论融入小说，用小说阐发理论，充分发挥了他理论家的优势，是学者型小说家成功的典范。艾柯无疑是当今意大利甚至欧洲和世界最为博学的学者和作家之一，这部如同但丁和达·芬奇一样的百科全书，必将随着时间的流逝而充分彰显其无穷魅力。

参考文献

一、中文参考

陈嘉映. 语言哲学［M］. 北京：北京大学出版社，2003.

陈平原. 小说史：理论与实践［M］. 北京：北京大学出版社，1993.

陈治安，刘家荣. 语言与符号学在中国的进展［M］. 成都：四川科学技术出版社，1999.

陈宗明，黄新华. 符号学导论［M］. 郑州：河南人民出版社，2004.

陈宗明. 符号世界［M］. 武汉：湖北人民出版社，2004.

戴锦华. 镜与世俗神话影片精读18例［M］. 北京：中国人民大学出版社，2004.

丁尔苏. 语言的符号性［M］. 北京：外语教学与研究出版社，2000.

高亚春. 符号与象征：波德里亚消费社会批判理论研究［M］. 北京：人民出版社，2007.

龚翰熊. 欧洲小说史［M］. 成都：四川大学出版社，1997.

龚鹏程. 文化符号学［M］. 台北：学生书局，2001.

龚鹏程. 中国小说史论［M］. 北京：北京大学出版社，2008.

苟志效. 从符号的观点看——一种关于社会文化现象的符号学阐释［M］. 广州：广东人民出版社，1998.

苟志效. 意义与符号［M］. 广州：广东人民出版社，2003.

顾嘉祖，辛斌. 符号与符号学新论 [M]. 南京：东南大学出版社，2006.

蒋承勇. 英国小说发展史 [M]. 杭州：浙江大学出版社，2006.

李幼蒸. 电影与方法：符号学文选 [M]. 北京：生活·读书·新知三联书店，2002.

李幼蒸. 理论符号学导论 [M]. 北京：社会科学文献出版社，1999.

李幼蒸. 历史符号学 [M]. 桂林：广西师范大学出版社，2003.

刘润清. 西方语言学流派 [M]. 北京：外语教学与研究出版社，1995.

刘象愚. 从现代主义到后现代主义 [M]. 北京：高等教育出版社，2002.

鲁迅. 中国小说史略 [M]. 上海：上海古籍出版社，1998.

罗婷. 克里斯特瓦的诗学研究 [M]. 北京：中国社会科学出版社，2004.

马凌. 后现代主义中的学院派小说家 [M]. 天津：天津人民出版社，2004.

毛信德. 美国小说发展史 [M]. 杭州：浙江工商大学出版社，2004.

申丹. 叙述学与小说文体学研究 [M]. 北京：北京大学出版社，1998.

沈萼梅，刘锡荣. 意大利当代文学史 [M]. 北京：外语教学与研究出版社，1996.

汪民安. 文化研究关键词 [M]. 南京：江苏人民出版社，2019.

王焕宝. 意大利近代文学史 17 世纪至 19 世纪 [M]. 北京：外语教学与研究出版社，1997.

王军. 意大利文学史——中世纪和文艺复兴时期 [M]. 北京：外语教学与研究出版社，1997.

王铭玉，李经纬. 符号学研究 [M]. 北京：军事谊文出版社，2001.

王铭玉. 语言符号学 [M]. 北京：高等教育出版社，2004.

王铭玉，宋尧. 符号语言学 [M]. 上海：上海外语教育出版社，2005.

王强，李玉波. 图形语境 [M]. 上海：上海三联书店，2007.

王晓路. 文化批评关键词研究 [M]. 北京：北京大学出版社，2007.

吴岳添. 法国小说发展史 [M]. 杭州：浙江大学出版社，2004.

夏志清. 中国现代小说史 [M]. 上海：复旦大学出版社，2005.

项晓敏. 零度写作与人的自由：罗兰·巴尔特美学思想研究 [M]. 上海：复旦大学出版社，2003.

许宝强，袁伟. 语言与翻译的政治 [M]. 北京：中央编译出版社，2001.

杨春时. 艺术符号与解释 [M]. 北京：人民文学出版社，1989.

杨习良. 修辞符号学 [M]. 哈尔滨：黑龙江教育出版社，1993.

杨义. 中国古典小说史论 [M]. 北京：中国社会科学出版社，2004.

杨义. 中国叙事学 [M]. 北京：人民出版社，2009.

易思羽. 中国符号 [M]. 南京：江苏人民出版社，2005.

殷企平，等. 英国小说批评史 [M]. 上海：上海外语教育出版社，2001.

余建章，叶舒宪. 符号：语言与艺术 [M]. 上海：上海人民出版社，1988.

余志鸿. 传播符号学 [M]. 上海：上海交通大学出版社，2007.

张绍杰. 语言符号任意性研究——索绪尔语言哲学思想探索 [M]. 上海：上海外语教育出版社，1999.

张世华. 意大利文学史 [M]. 上海：上海外语教育出版社，2003.

张宪荣. 设计符号学 [M]. 北京：化学工业出版社，2004.

赵一凡，等. 西方文论关键词 [M]. 北京：外语教学与研究出版社，2006.

赵毅衡. 文学符号学 [M]. 北京：中国文联出版公司，1990.

赵毅衡. 符号学文学论文集 [M]. 天津：百花文艺出版社，2004.

赵毅衡. 新批评文集 [M]. 天津：百花文艺出版社，2001.

赵毅衡. 当说者被说的时候——比较叙述学导论 [M]. 北京：人民大学出版社，1998.

赵毅衡. 新批评——一种独特的形式主义文论 [M]. 北京：中国社会科学出版社，1986.

朱立元. 二十世纪西方美学经典文本. 第四卷. 后现代景观 [M]. 上海：复旦大学出版社，2000.

朱玲. 文学符号的审美文化阐释 [M]. 合肥：安徽大学出版社，2002.

A. J. 格雷马斯. 结构语义学——方法研究 [M]. 吴泓缈，译. 北京：生活·读书·新知三联书店，1999.

A. N. 怀特海. 宗教的形成 符号的意义及效果 [M]. 周邦宪，译. 贵阳：贵州人民出版社，2007.

C. S. 皮尔斯. 皮尔斯文选 [M]. 涂纪亮，周兆平，译. 北京：社会科学文献出版社，2006.

H. 伯特·阿波特. 剑桥叙事学导论 [M]. 北京：北京大学出版社，2007.

J. 希利斯·米勒. 解读叙事 [M]. 申丹，译. 北京：北京大学出版社，2002.

阿尔维托·曼古埃尔. 意象地图 阅读图像中的爱与憎 [M]. 薛绚，译. 昆明：云南人民出版社，2004.

阿瑟·丹图. 叙述与认识 [M]. 周建漳，译. 上海：上海译文出版社，2007.

奥尔森. 基督教神学思想史 [M]. 吴瑞诚，徐成德，译. 北京：北京大学出版社，2003.

保罗·德曼. 符号学与修辞 [M]. 北京：中国社会科学出版社，

1998.

保罗·利科. 历史与真理 [M]. 姜志辉，译. 上海：上海译文出版社，2004.

保罗·利科. 哲学主要趋向 [M]. 李幼蒸，徐奕春，译. 北京：商务印书馆，2004.

彼得·布鲁克斯. 身体活：现代叙述中的的欲望对象 [M]. 朱生坚，译. 北京：新星出版社，2006.

池上嘉彦. 符号学入门 [M]. 张晓云，译. 北京：国际文化出版公司，1985.

茨维坦·托多罗夫. 象征理论 [M]. 王国卿，译. 北京：商务印书馆，2004.

戴维·洛奇. 小说的艺术 [M]. 王峻岩，译. 北京：作家出版社，1998.

戴卫·赫尔曼. 新叙事学 [M]. 马海良，译. 北京：北京大学出版社，2002.

弗迪南·索绪尔. 普通语言学教程 [M]. 索振羽，等译. 北京：北京大学出版社，1987.

贡布里希. 艺术与错觉：图画再现的心理学研究 [M]. 林夕，等译. 杭州：浙江摄影出版社，1987.

海登·怀特. 后现代历史叙事学 [M]. 陈永国，张万娟，译. 北京：中国社会科学出版社，2003.

海登·怀特. 形式的内容：叙事话语与历史再现 [M]. 董立河，译. 北京：文津出版社，2005.

杰克·特里锡德. 象征之旅——符号学及其意义 [M]. 石毅，刘珩，译. 北京：中央编译出版社，2001.

克劳德·列维－斯特劳斯. 野性的思维 [M]. 李幼蒸，译. 北京：商务印书馆，1987.

克里斯丁·麦茨，等. 电影与方法：符号学文选 [M]. 李幼蒸，译. 北京：生活·读书·新知三联书店，2002.

拉曼·塞尔登. 文学批评理论——从柏拉图到现在 [M]. 刘象愚，
等译. 北京：北京大学出版社，2000.

路易-让·卡尔韦. 结构与符号：罗兰·巴尔特传 [M]. 车槿山，
译. 北京：北京大学出版社，1997.

罗兰·巴尔特. 符号帝国 [M]. 孙乃修，译. 北京：商务印书馆，
1994.

罗兰·巴尔特. 符号学原理 [M]. 李幼蒸，译. 北京：中国人民
大学出版社，2008.

罗兰·巴尔特. 流行体系：符号学与服饰符码 [M]. 敖军，译.
上海：上海人民出版社，2000.

罗兰·巴尔特. 神话：大众文化诠释 [M]. 许蔷蔷，等译. 上海：
上海人民出版社，1999.

马克·柯里. 后现代叙事理论 [M]. 宁一中，译. 北京：北京大
学出版社，2003.

米兰·昆德拉. 小说的艺术 [M]. 董强，译. 上海：上海译文出
版社，2004.

米歇尔·福柯. 词与物——人文科学考古学 [M]. 莫伟民，译.
上海：上海三联书店，2002.

米歇尔·福柯. 知识考古学 [M]. 谢强，马月，译. 北京：生
活·读书·新知三联书店，1998.

皮埃尔·布尔迪厄. 文化资本与社会炼金术：布尔迪厄访谈录
[M]. 包亚明，译. 上海：上海人民出版社，1997.

斯图尔特·霍尔. 表征——文化表象与意指实践 [M]. 徐亮，陆
兴华，译. 北京：商务印书馆，2003.

苏珊·兰瑟. 虚构的权威——女性作家与叙述声音 [M]. 黄必康，
译. 北京：北京大学出版社，2002.

特伦斯·霍克斯. 结构主义与符号学 [M]. 瞿铁鹏，译. 上海：
上海译文出版社，1987.

筱原资明. 埃柯——符号的时空 [M]. 徐明岳，俞宜国，译. 石

家庄：河北教育出版社，2001.

伊恩·P. 瓦特. 小说的兴起 [M]. 高原，董红钧，译. 北京：生活·读书·新知三联书店，1992.

尤利·洛特曼. 艺术文本的结构 [M]. 长沙：湖南文艺出版社，1990.

尤瑟夫·库尔泰. 叙述与话语符号学 [M]. 怀宇，译. 天津：天津社会科学院出版社，2001.

约翰·斯特罗克. 结构主义以来·从列维－斯特劳斯列德里达 [M]. 渠东，等译. 沈阳：辽宁教育出版社，1998.

詹姆斯·费伦. 作为修辞的叙事——技巧、读者、伦理、意识形态 [M]. 陈永国，译. 北京：北京大学出版社，2002.

二、英文参考

Barry, Ann Marie Seward. Visual Intelligence：Perception, Image and Manipulation in Visual Communication [M]. New York：State University of New York Press，1997.

Bignell, Jonathan. Media Semiotics：An Introduction [M]. Manchester：Manchester University Press，1997.

Bouissac, Paul. Encyclopedia of Semiotics [M]. Oxford：Oxford University Press，1998.

Burgelin, Olivier. Sociology of Mass Communications [M]. Harmondsworth：Penguin，1972.

Chandler, Daniel. Semiotics. The Basics [M]. London：Routledge，2001.

Cobley, Paul & Litza Jansz. Introducing Semiotics（originally entitled Semiotics for Beginners）[M]. Cambridge：Icon，1999.

Cook, Guy. The Discourse of Advertising [M]. London：Routledge，1992.

Coward, Rosalind & John Ellis. Language and Materialism：

Developments in Semiology and the Theory of the Subject [M]. London: Routledge & Kegan Paul, 1977.

Culler, Jonathan. The Pursuit of Signs: Semiotics, Literature, Deconstruction [M]. London: Routledge & Kegan Paul, 1981.

Danesi, Marcel. Messages and Meanings: An Introduction to Semiotics [M]. Toronto: Canadian Scholars' Press, 1994.

Danesi, Marcel. Of Cigarettes, High Heels and Other Interesting Things: An Introduction to Semiotics [M]. London: Macmillan, 1999.

Danesi, Marcel. Understanding Media Semiotics [M]. London: Arnold, 2002.

De Lauretis, Teresa. Alice Doesn't: Feminism, Semiotics, Cinema [M]. London: Macmillan, 1984.

Deely, John. Basics of Semiotics [M]. Bloomington, IN: Indiana University Press, 1990.

Eaton, Mick. Cinema and Semiotics (Screen Reader 2) [M]. London: Society for Education in Film and Television, 1981.

Evans, Jessica, and David Hesmondhalgh. Understanding Media: Inside Celebrity [M]. London: Open University Press, 2005.

Horrocks, Christopher. Baudrillard and the Millenium [M]. London: Icon Books, 2000.

Hodge, Robert & David Tripp. Children and Television: A Semiotic Approach [M]. Cambridge: Polity Press, 1986.

Hodge, Robert & Gunther Kress. Social Semiotics [M]. Cambridge: Polity, 1988.

Jensen, Klaus Bruhn. The Social Semiotics of Mass Communication [M]. London: Sage, 1995.

Johansen, Jørgen Dines & Svend Erik Larsen. Signs in Use [M]. London: Routledge, 1988.

Ketner, Kenneth Laine. Peirce and Contemporary Thought [M].
New York: Fordham University Press, 1995.

Langholz Leymore, Varda. Hidden Myth: Structure and
Symbolism in Advertising [M]. New York: Basic Books, 1975.

Lévi-trauss, Claude. Structural Anthropology [M]. Harmondsworth:
Penguin, 1972.

Lotman, Yuri. Universe of the Mind: A Semiotic Theory of
Culture [M]. trans. Ann Shukman. Bloomington, IN: Indiana
University Press, 1990.

Metz, Christian. Film Language: A Semiotics of the Cinema
[M]. trans. Michael Taylor. New York: Oxford University
Press, 1974.

Miller, John. Peirce, Semiotics, and Psychoanalysis [M].
Baltimore and London: The Johns Hopkins University
Press, 2000.

Nöth, Winfried. Semiotics of the Media: State of the Art, Projects
and Perspectives [M]. Berlin: Mouton de Gruyter, 1990.

Sless, David. In Search of Semiotics [M]. London: Croom
Helm, 1986.

Solomon, Jack. The Signs of Our Time: The Secret Meanings of
Everyday Life [M]. New York: Harper & Row, 1988.

Stam, Robert, Robert Burgoyne & Sandy Flitterman — Lewis.
New Vocabularies in Film Semiotics: Structuralism, Post —
Structuralism and Beyond [M]. London: Routledge, 1992.

Thwaites, Tony, Lloyd Davies & Warwick Mules. Introducing
Cultural and Media Studies: A Semiotic Approach [M].
London: Palgrave, 2002.

Umiker — Sebeok, Jean. Marketing and Semiotics [M].
Amsterdam: Mouton de Gruyter, 1987.

Williamson, Judith. Decoding Advertisements [M]. London: Marion, 1978.

Wollen, Peter. Signs and Meaning in the Cinema [M]. London: Secker & Warburg, 1969.

附录：艾柯著作

1. 中文翻译

艾柯. 玫瑰之名 [M]. 林泰，等，译. 重庆：重庆出版社，1987.

艾柯. 玫瑰的名字 [M]. 闵炳君，译. 北京：中国戏剧出版社，1988.

艾柯. 符号学原理 [M]. 卢德平，译. 北京：中国人民大学出版社，1990.

艾柯. 玫瑰的名字 [M]. 谢瑶玲，译. 北京：作家出版社，2001.

艾柯. 昨日之岛 [M]. 谢瑶玲，译. 北京：作家出版社，2001.

艾柯. 傅科摆 [M]. 谢瑶玲，译. 北京：作家出版社，2003.

艾柯. 大学生如何写毕业论文 [M]. 高俊方，译. 北京：华龄出版社，2003.

艾柯. 带着鲑鱼去旅行 [M]. 马淑艳，译. 桂林：广西师范大学出版社，2004.

艾柯. 开放的作品 [M]. 刘儒庭，译. 北京：新星出版社，2005.

艾柯. 悠游小说林 [M]. 俞冰夏，译. 北京：三联书店，2005.

艾柯. 诠释与过度诠释 [M]. 王宇根，译. 北京：三联书店，2005.

艾柯. 符号学与语言哲学 [M]. 王天清，译. 天津：百花文艺出版社，2006.

艾柯. 误读 [M]. 吴燕莛，译. 北京：新星出版社，2006.

艾柯. 波多里诺 [M]. 杨梦哲，译. 上海：上海译文出版社，2007.

艾柯. 美的历史［M］. 彭淮栋，译. 北京：中央编译出版社，2007.

2. 英文著作

（Co－author）*Environmental Information：A Methodological Proposal*，UNESCO，1981.

（Editor，with Thomas A. Sebeok）*Sign of the Three：Dupin，Holmes，Peirce*，Indiana University Press（Bloomington，IN），1984.

（Editor，with others）*Meaning and Mental Representations*，Indiana University Press（Bloomington，IN），1988.

（Editor，with Costantino Marmo）*On the Medieval Theory of Signs*，John Benjamins，1989.

The Limits of Interpretation，Indiana University Press（Bloomington，IN），1990.

（With Richard Rorty, Jonathan Culler, and Christine Brooke－Rose）*Interpretation and Overinterpretation*，Cambridge University Press（Cambridge，England），1992.

Misreadings，Harcourt（New York，NY），1993.

Apocalypse Postponed：Essays，Indiana University Press（Bloomington，IN），1994.

Six Walks in the Fictional Woods，Harvard University Press（Cambridge，MA），1994.

（Author of text）*Leonardo Cremonini：Paintings and Watercolors*，1976－1986，Claude Bernard Gallery，1987.

The Cult of Vespa，Gingko Press，1997.

（Coauthor）*Conversations about the End of Time：Umberto Eco.* ［and others］，produced and edited by Catherine David, Frederic Lenoir, and Jean－Philippe de Tonnac, Fromm International（New York，NY），2000.

(With Carlo Maria Martini) *Belief or Nonbelief?: A Confrontation*, translation by Minna Proctor, Arcade (New York, NY), 2000.

3. 英文翻译

Il Problema estetico in San Tommaso, Edizioni di Filosofia, 1956, 2nd edition published as *Il Problema estetico in Tommaso d'Aquino*, Bompiani (Milan, Italy), 1970, translation by Hugh Bredin published as *The Aesthetics of Thomas Aquinas*, Harvard University Press (Cambridge, MA), 1988.

(Editor, with G. Zorzoli) *Storia figurata delle invenzioni: Dalla selce scheggiata al volo spaziali*, Bompiani (Milan, Italy), 1961, 2nd edition, 1968, translation by Anthony Lawrence published as *The Picture History of Inventions from Plough to Polaris*, Macmillan (New York, NY), 1963.

Opera aperta: Forma e indeterminazione nelle poetiche contemporanee (includes Le poetiche di Joyce; also see below), Bompiani (Milan, Italy), 1962, revised edition, 1972, translation by Anna Cancogni published as *The Open Work*, Harvard University Press (Cambridge, MA), 1989.

Diario minimo, Mondadori (Milan, Italy), 1963, 2nd revised edition, 1976, translation by William Weaver published as *Misreadings*, Harcourt (San Diego, CA), 1993.

(Editor, with Oreste del Buono) *Il Caso Bond*, Bompiani (Milan, Italy), 1965, translation by R. Downie published as *The Bond Affair*, Macdonald (London, England), 1966.

I Tre cosmonauti (juvenile), illustrated by Eugenio Carmi, Bompiani (Milan, Italy), 1966, revised edition, 1988, translation published as *The Three Astronauts*, Harcourt (New York, NY), 1989.

La Bomba e il generale (juvenile), illustrated by Eugenio Carmi, Bompiani (Milan, Italy), 1966, revised edition, 1988, translation by William Weaver published as *The Bomb and the General*, Harcourt (New York, NY), 1989.

(Editor, with Jean Chesneaux and Gino Nebiolo) *I Fumetti di Mao*, Laterza, 1971, translation by Frances Frenaye published as *The People's Comic Book*: *Red Women's Detachment*, *Hot on the Trail*, *and Other Chinese Comics*, Anchor Press (New York, NY), 1973.

Trattato di semiotica generale, Bompiani (Milan, Italy), 1975, translation published as *A Theory of Semiotics*, Indiana University Press (Bloomington, IN), 1976.

Lector in fabula: *La Cooperazione interpretative nei testi narrativa*, Bompiani (Milan, Italy), 1979, translation published as *The Role of the Reader*: *Explorations in the Semiotics of Texts*, Indiana University Press (Bloomington, IN), 1979.

Il Nome della rosa (novel), Bompiani (Milan, Italy), 1980, translation by William Weaver published as *The Name of the Rose*, Harcourt (New York, NY), 1983.

Semiotica e filosofia del linguaggio, G. Einaudi, 1984, translation published as *Semiotics and the Philosophy of Language*, Indiana University Press (Bloomington, IN), 1984.

Postscript to "The Name of the Rose" (originally published in Italian), translation by William Weaver, Harcourt (New York, NY), 1984.

Art and Beauty in the Middle Ages (originally published in Italian), translation by Hugh Bredin, Yale University Press (New Haven, CT), 1986.

Travels in Hyper Reality (originally published in Italian), edited by Helen Wolff and Kurt Wolff, translation by William Weaver, Harcourt (New York, NY), 1986.

Il Pendolo di Foucault (novel), Bompiani (Milan, Italy), 1988, translation by William Weaver published as *Foucault's Pendulum*, Harcourt (New York, NY), 1989.

The Aesthetics of Chaosmos: The Middle Ages of James Joyce (originally published in Italian), translation by Ellen Esrock, Harvard University Press (Cambridge, MA), 1989.

La Quete d'une langue parfaite dans l'histoire de la culture europeenne: Lecon inaugurale, faite le vendredi 2 octobre 1992, College de France, 1992, published in Italian as La Ricerca della lingua perfetta nella cultura europea, Laterza (Bari, Italy), 1993, translation by James Fentress published as *The Search for the Perfect Language*, Blackwell (Oxford, England), 1994.

How to Travel with a Salmon and Other Essays (originally published in Italian as Il Secondo diario minimo), translation by William Weaver, Harcourt (New York, NY), 1994.

L'Isola del giorno prima (novel), Bompiani (Milan, Italy), 1994, translation by William Weaver published as *The Island of the Day Before*, Harcourt (New York, NY), 1995.

Kant e l'ornitorinco, Bompiani (Milan, Italy), 1997, translation by Alastair McEwen published as *Kant and the Platypus: Essays on Language and Cognition*, Harcourt Brace (New York, NY), 2000.

Cinque scritti morali, Bompiani (Milan, Italy), 1997, translation by Alastair McEwen published as *Five Moral Pieces*, Harcourt (New York, NY), 2001.

Serendipities: Language and Lunacy, translation by William Weaver, Columbia University Press (New York, NY), 1998.

Baudolino, Bompiani (Milan, Italy), 2000, translation by William Weaver, Harvard University Press (Cambridge, MA), 2002.

Experiences in Translation, translation by Alastair McEwen, University of Toronto Press (Toronto, Canada), 2001.

On Literature, translation by Martin McLaughlin, Harcourt (Orlando, FL), 2004.

The Mysterious Flame of Queen Loana: *An Illustrated Novel*, translateion by Geoffrey Brock, Harcourt (Orlando, FL), 2005.

4. 意大利文著作

Filosofi in liberta, Taylor (Turin, Italy), 1958, 2nd edition, 1959.

Apocalittici e integrati: *Comunicazioni di massa e teoria della cultura di massa*, Bompiani (Milan, Italy), 1964, revised edition, 1977.

Le Poetiche di Joyce, Bompiani (Milan, Italy), 1965, 2nd edition published as Le Poetiche di Joyce dalla "Summa" al "Finnegan's Wake," 1966.

Appunti per una semiologia delle comunicazioni visive (*also see below*), Bompiani (Milan, Italy), 1967.

(Author of introduction) *Mimmo Castellano*, Noi vivi, Dedalo Libri, 1967.

(Coeditor) *Storia figurata delle invenzioni*. Dalla selce scheggiata al volo spaziale, Bompiani (Milan, Italy), 1968.

La Struttura assente (includes Appunti per una semiologia delle comunicazioni visive), Bompiani (Milan, Italy), 1968, revised edition, 1983.

La Definizione dell'arte (title means "The Definition of Art"), U. Mursia, 1968, reprinted, Garzanti, 1978.

(Editor) *L'Uomo e l'arte*, Volume 1: L'Arte come mestiere, Bompiani (Milan, Italy), 1969.

(Editor, with Remo Faccani) *I Sistemi di segni e lo strutturalismo sovietico*, Bompiani (Milan, Italy), 1969, 2nd edition published as Semiotica della letteratura in URSS, 1974.

(Editor) *L'Industria della cultura*, Bompiani (Milan, Italy), 1969.

(Editor) *Dove e quando?* Indagine sperimentale su due diverse edizioni di un servizio di "Almanacco," RAI, 1969.

(Editor) *Socialismo y consolacion: Reflexiones en torno a "Los Misterios de Paris" de Eugene Sue*, Tusquets, 1970 , 2nd edition, 1974.

Le Forme del contenuto, Bompiani (Milan, Italy), 1971.

(Editor, with Cesare Sughi) *Cent'anni dopo: Il ritorno dell'intreccio*, Bompiani (Milan, Italy), 1971.

Il Segno, Isedi, 1971, 2nd edition, Mondadori (Milan, Italy).

(Editor, with M. Bonazzi) *I Pampini bugiardi*, Guaraldi, 1972.

(Editor) *Estetica e teoria dell'informazione*, Bompiani (Milan, Italy), 1972.

(Editor) *Eugenio Carmi: Una Pittura de paesaggio*, G. Prearo, 1973.

Il Costume di casa: Evidenze e misteri dell'ideologia italiano, Bompiani (Milan, Italy), 1973.

Beato di Liebana: Miniature del Beato de Fernando I y Sancha, F. M. Ricci, 1973.

Cristianesimo e politica: Esame della presente situazione culturale, G. B. Vico, 1976.

(Coeditor) *Storia di una rivoluzione mai esistita l'esperimento Vaduz*, Servizio Opinioni, RAI, 1976.

Dalla periferia dell'impero, Bompiani (Milan, Italy), 1976.

Come si fa una tesi di laurea, Bompiani (Milan, Italy), 1977.

(Coeditor) *Le Donne al muro: L'Immagine femminile nel manifesto politico italiano*, 1945—1977, Savelli, 1977.

Il Superuomo di massa: Studi sul romanzo popolare, Cooperativa Scrittori, 1976, revised edition, Bompiani (Milan, Italy), 1978.

(Coauthor) *Informazione: Consenso e dissenso*, Saggiatore, 1979.

(Coauthor) *Strutture ed eventi dell'economia alessandrina: Cassa di risparmio di Alessandria: Umberto Eco, Carlo Beltrame, Francesco Forte*, La Pietra, 1981.

Testa a testa, Images 70, 1981.

Sette anni di desiderio, Bompiani (Milan, Italy), 1983.

Conceito de texto, Queiroz, 1984.

(Coeditor) *Cremonini: Opere dal 1960 al 1984*, Grafis, 1984.

(Coauthor) *Carnival!*, *Mouton Publishers* (Hague, Netherlands), 1984.

L'Espresso, 1955/85, Editoriale L'Espresso, 1985.

La Rosa dipinta: Trentuno illustratori per "Il Nome della rosa," Azzurra, 1985.

Sugli specchi e altri saggi, Bompiani (Milan, Italy), 1985.

De bibliotheca, Echoppe, 1986.

Faith in Fakes: Essays, Secker & Warburg (London, England), 1986.

(Coauthor) *Le Ragioni della retorica: Atti del Convegno "Retorica, verita, opinione, persuasione": Cattolica, 22 febbrario—20 aprile 1985*, Mucchi, 1986.

(Coauthor) *Le Isole del tesoro: Proposte per la riscoperta e la gestione delle risorse culturali*, Electa, 1988.

(Author of introduction) *Maria Pia Pozzato and others*, *L'Idea deforme*: *Interpretazioni esoteriche di Dante*, Bompiani (Milan, Italy), 1989.

Lo Strano caso della Hanau 1609, Bompiani (Milan, Italy), 1989.

(Co – author) *Leggere i promessi sposi*: *Analisi semiotiche*, Bompiani (Milan, Italy), 1989.

I Limiti dell'interpretazione, Bompiani (Milan, Italy), 1990.

Stelle e stellette, Melangolo, 1991.

Vocali, *Guida*, 1991.

(Coauthor) *Enrico Baj*: *Il Giardino delle delizie*, Fabbri, 1991.

Semiotica: *Storia*, *teoria*, *interpretazione*: *Saggi intorno a Umberto Eco*, Bompiani (Milan, Italy), 1992.

(With Eugenio Carmi) *Gli gnomi di gnu*, Bompiani (Milan, Italy), 1992.

(Co – editor) *Flaminio Gualdoni*, *La Ceramica di Arman*, Edizioni Maggiore, 1994.

(Editor) *Povero Pinocchio*, Comix, 1995.

(Coauthor) *Carmi*, Edizioni L'Agrifoglio, 1996.

Incontro, Guernica Editions, 1997.

La Bustina di Minerva, Bompiani (Milan, Italy), 1999.

后　记

　　时光转入 2016 年，我的博士论文作为我的第一部学术专著即将出版，感谢几个月来曾鑫编辑的认真审读，此著作从封面设计到内容的编排都融入了曾鑫编辑的心血，同时也感谢所有对这部著作怀有期待的亲友。昨日重现，关于这部著作即我的博士论文当初的写作也重新回到眼前。

　　记得刚入川大，赵毅衡先生就与我商量论文的研究对象，当时老师正办《海外中国文艺评论》的刊物，并决意在这块领域做出一些成就。商讨的结果是，专攻海外华人获得语女性写作这一在海外华人文学研究领域的前沿，但不幸的是，《海外中国文艺评论》第一期即夭折，抱着严肃负责的态度，老师建议我换掉论文题目，因为不能拿我的博士论文冒险，我们冒不起这个险。于是，在论文已经顺利开题后，我改弦易辙，重新选择题目，而此时将近一年半的时间已经过去。

　　经过新一轮的筛选，我选定了艾柯作为论文的题目。艾柯是世界著名的符号学家，而老师也是国内的符号学专家，对于老师来说，这是他感兴趣的研究。更重要的是，我本人也喜欢艾柯，因为艾柯不仅是理论家更是小说家，他的小说畅销世界，极有特色，是当今学者型小说的代表。不过，研究艾柯是有难度的，因为他是意大利人，他的著作或是意大利语，或是英语，中译本只有一部分，因此，研究他面临着英语和意大利语的双重挑战。英语对我来说是不足为难的，但是意大利语就要从头学起。"那就学吧"，在老师的鼓励下，在兴趣的指引下，以及在时间的追逼下，我定下了论文题目——论艾柯的符号学小说。此时 2008 年已经悄然来临。

　　时不我待，无暇旁顾，只能全身心投入论文的撰写中去。在写作过程中，每一章开始都要和老师进行多方面的讨论，从何种视角来写、表达何种观点、采用何种理论等各种问题，老师不厌其烦，我却延宕犹豫，直到他说："请开始写吧！时间已经很紧了。"我才真正地动手。而当每一章结束之后，自己还没看就先发给老师，他很快就会回复，先是给予肯定，然后指出问题，接着提出意见和建议，最后经常是鼓励。从选题、定题到每一章的撰写，每一步都有老师的辛苦。可以说，没有老师的悉心指导，这部论文不可能是如今的样子。终于，在 2009 年春节期间，论文初稿写作接面世近尾声。即便在普天同庆的新春佳节，我照样不断地麻烦老师，他也不管什么假期节日，依旧认真对待我的问题。初稿完成后，老师很快阅读，并给出修改意见，而后，又是反反复复地修改，直到上交送审。

　　尽管如此，我知道论文还是和老师的期望有距离，当然自己也不是很满意。只能今后更加努力，不断进步，以不负老师的良苦用心和辛勤教育。"桃李不言，下自成蹊"，再多的话语也不足以表达对老师的谢意！

　　最后，我想感谢我的家人，他们对我的付出和支持，需要我用一生去回报！

　　是为记！

李　静

二零一六年十二月